大地三部曲

[美]赛珍珠（Pearl S. Buck） 著

沈培锠 唐凤楼 王和月 译

分家

Pearl S. Buck
A House Divided

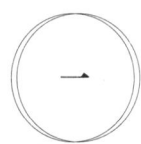

王虎的儿子王源就这样走进了他祖父王龙的土屋。

王源从南方回来同父亲争吵那年刚巧十九岁。那是一个冬夜，北风裹着雪片不时吹打着窗户。王虎独个儿坐在大厅里，望着铜火盆中燃着的炭块发愣。他喜欢这样独自思量，他一直巴望他的儿子——他的长大成人的儿子有一天会回来，率领他父亲的军队去打胜仗。打胜仗是王虎梦寐以求的愿望，但这愿望从来没有实现过，因为年龄已不饶他了。就在那天晚上，王虎的儿子王源出人意料地回到了家中。

他站在父亲面前。王虎看见儿子穿着一身他从未见过的制服，这是一套革命党人的制服，而革命党是所有同王虎一般的军阀的死对头。当这个老头觉察到这一切时，就像从梦中醒来一样挣扎着站了起来，他两眼瞪着儿子，用手去摸索他那把一直挂在身边的狭长的快剑，打算像杀死任何仇敌那样把儿子干掉。但是，王虎的儿子生平第一次在父亲面前发了脾气，而在这以前他是从来不敢这样做的。他扯开蓝色的上衣，露出充满青春活力的、黝黑而光滑的胸脯,用年轻人那种响亮的嗓门叫道:"我知道你很想杀了我——你就只有那么点能耐!好吧,杀了我吧!"

这个年轻人虽然叫喊着,但知道父亲绝不会杀他。他看到父亲高高举着的手臂慢慢地垂落下来,剑往下轻轻地画了一条弧线。他两眼镇静地盯着父亲,看见父亲的嘴唇在索索发抖,仿佛就要哭出来似的,他看见那老头把手按在唇上,抚弄着,试图止住嘴唇的颤动。

就在父子俩面对面僵持在那儿时,那个从年轻时就开始侍候王虎的忠心耿耿的豁嘴老头进来了。他手里拿着热酒,那是为他的主人在睡前保持安定的情绪而惯常准备着的。他完全没有注意在场的年轻人,而只看到他的老主人,在他瞧见那张震颤着的脸,瞧见那脸上的怒色蓦然消逝时微妙的转换后,不由得叫出声来。他跑上前去,急急忙忙地为主人斟酒。于是,王虎便把儿子抛到脑后,他放下剑,用一双索索发抖的手接过碗来,将它举到唇边。他喝了一碗又一碗,那个忠厚的老头便用那把锡酒壶不断地往他的碗里添酒。王虎一边喝,嘴里一边咕哝道:"再来一点……再来一点……"他已忘记了哭泣。

年轻人站在那儿,观察着这一切。他注视着这两个老人,一个受了伤害,在热酒的慰藉下又显得热切和孩子气起来,而另一个则佝偻着身子斟酒,一张长着裂唇的丑脸为显示殷勤和亲切而缩拢到一起。他们只是两个老人,甚至在这样的时刻,他们的心里也满是酒以及借酒浇愁的念头。

年轻人感到他自己被遗忘了。他那颗心——那颗刚才还剧烈而急切地跳动着的心,在他的胸膛里一下子变冷了,他的喉咙口绷得紧紧的，眼眶中霎时间充满了眼泪。但是他决不会让眼泪掉下来。决不！他在军校里养成的某种硬气现在正在支撑着他。他俯下身去，捡起他刚才扔到地上的那根腰带，一言不发地走了出去。他把身子挺得直直的，走进小时候他那个年轻的家庭教师常教他读书的那间房间。后来，这个教师在军校中成了他的队长。在黑乎乎的房间里，他在书桌边摸到那把椅子，便坐了下去。既然他心里那么难受，就得让躯体松弛松弛。

现在，他感到他用不着对父亲抱有如此强烈的畏惧感——不，也用不着对父亲怀着那么强烈的爱，可正是为了这个老头，他背弃了他的同志、他的事业。源的脑中一遍又一遍地掠过他父亲刚才的那副模样，兴许现在他还坐在那个大厅里喝他的酒呢。他开始用一种新的眼光来看待父亲，觉得似乎无法相信这就是他的父亲王虎。对源来说，他一直是既怕父亲，又爱父亲，尽管是很不情愿地爱着。在他的内心深处，常常生出一种对父亲的隐秘的反抗的情绪。他惧怕父亲突然爆发的狂怒，他的怒吼，和他飞快地拔出身边常备的那把狭长的、明晃晃的剑的样子。作为一个孤独的小伙子，源在夜里常常因为梦见触怒了父亲而吓醒过来，浑身冒汗。照理说他用不着如此害怕父亲，因为王虎不大可能一直这样当真对儿子发火，可小伙子看过父亲动辄对别人发火或者看上去像是发火的样子，因为他惯于把狂怒作为统治部下的手段。在幽暗的夜色中，小伙子一想起父亲发怒时那双圆睁的怒火燃烧的眼睛和气到索索发抖的连鬓胡子，就不禁会在被子底下打冷战。有一句玩笑话——一句半含惧意的玩笑话在人们当中流传："最好别去扯虎须。"

然而，不管王虎多么爱发怒，他还是很爱他的独子，源很清楚这一点。他清楚，但又害怕，因为这种爱也同怒一样，是那样热烈、狂暴，使这个孩子承受不了。在王虎的军营中，没有妇人来平息他那颗暴烈的心。别的军阀从战场上隐退后，往往找些妇人以慰晚年，王虎身边却连一个女人也没有。他甚至不去看望自己的妻妾。那位医生的独生女接受了父亲的遗产，已在多年前迁到一个沿海的大城市居住，她和王虎生的唯一的女孩同她住在一起，并在一所教会学校中读书。因此，对源来说，他的父亲成了他一切的爱和畏惧的源泉，这种爱和畏惧的混合物像一只无形的手，将他紧紧地抓住。因为害怕父亲，又因为对父亲那唯一的、专注的爱的了解，源常常感到自己像被监禁着，心神受到了束缚。

虽然王虎自己并不知情，他就是这样紧紧地抓住了源。这是源从未经受过的苦不堪言的时期：在南方的军校里，源的同志们站在队长面前，为一项新的伟大的事业起誓。他们要夺取本国政府的权力，打倒窃据统治地位的无能之辈，为受军阀和外来之敌侵辱的平民百姓而战，重新创建伟大的国家。在热血青年一个接一个地以生命起誓的当儿，源却怀着对父亲的恐惧和爱开了小差；事实上，父亲恰恰是这些青年征讨的军阀。源的心是在他那些青年同志一边的。他心里藏着许多有关那些劳苦大众的苦涩的记忆。他记得农民们目睹他父亲部队的马匹将他们那些上好的庄稼踏倒时所流露的神色；他记得在某个村庄，尽管王虎彬彬有礼地为部队摊派钱粮，一个老农脸上还是表现出一种无望的仇恨和恐惧；他记得在父亲及其部下眼中，横陈在地上的尸体完全算不了什么；他记得水灾和饥馑，记得有一次，他和父亲骑着马经过一座大坝，坝下全是洪水，坝上则是黑压压一片满面饥色、羸弱不堪的男女，那些士兵毫无恻隐之心地驱赶他们，唯恐他们得罪了王虎和他的宝贝儿子。是的，源记得所有这一切以及其他许许多多事情，记得亲眼看见这些情景时自己如何畏缩，如何痛恨自己是个军阀的儿子。当他和他的同志们在一起生活时，他也是那样恨自己；而他为了父亲，偷偷脱离了他乐意为之奋斗的事业时，更是痛恨自己。

独个儿待在他孩提时代住过的老屋的黑暗中，源想起了他为父亲做出的自我牺牲。对他来说，这段时间全然是一种浪费。既然父亲对他的这一牺牲毫不理解和重视，他是多么希望他事实上并没有采取这一步啊。为了这个老头，源离开了自己的事业和同志，而父亲究竟关心过吗？源感到他这辈子被亏待了，曲解了。蓦然间，他记起了父亲加于他的每一个小小的伤害，记起父亲怎样强迫他丢下他正阅读着的爱不释手的书籍，出外观看父亲部下进行作战演习，记起父亲怎样处决了前来要给养的部下。他回忆起许多这样可憎的事情，不由得咬牙切齿地咕哝道："他这辈子从来没有爱过我！他自以为爱我，把我当作他唯一的宝贝，但他从来没有问过我究竟喜欢干什么；即使问了，如果我的回答违背他的意志，他也不会答应我，我说话得时时刻刻留神迎合他，我从来就没有过自由！"

源想起了他的那些同志。他们一定十分看不起他，而且，他现在永远也不会有和他们共建伟大国家的福分了。他怀着一种反抗的心理喃喃自语道："我压根也不想进那所军校，是他逼着我去的,不然我就什么地方都不能去!"

源心中那种痛苦和孤独的感觉越来越厉害,使他不得不尽力克制着自己。在黑暗中,他不断地眨着眼睛,就像一个受了伤害的孩子那样气冲冲地自言自语:"不管父亲是否知道、关心或理解,我本来完全可以成为一个革命家!完全可以跟随着我的队长,可现在我没有一个——一个也没有哇——"

源就这样独自坐着,心头凄苦、孤独,闷闷不乐,没有一个人来接近他。在这漫漫的长夜里,居然没有一个仆人前来看看他在干些什么。谁都知道他们的主人正在对儿子发火,因为父子俩吵得不可开交的时候,有不少人站在窗外窥视、偷听,现在,自然不会有谁敢来安慰王源,把怒火招惹到自己身上。源生平还是第一次这样受冷落,不免愈发感到孤寂。

他继续这样坐着,也不设法点一支蜡烛,或是召唤一下仆人。他把双手叠放在书桌上,然后伏下头去,听凭悲哀的浪潮在心头激荡。但是,他最后还是进入了梦乡,因为他毕竟那么困乏,又那么年轻。

他醒来时,天已蒙蒙亮了。他连忙抬起头,朝四周看了看,然后,他想起他曾跟父亲吵了一架,感到心里依然充满痛苦。他从床上爬起来,走到靠近院子的那扇大门边,向外望去。院子里静静的,空无一人,在微弱的晨光中显得有点灰暗。风停了,夜里下的雪也化了。门边,一个守夜人正沉沉酣睡,他蜷缩在一个墙角借以取暖,他那副用来敲击以吓退窃贼的竹筒和敲棒则被搁在砖地上。源望着更夫的睡颜,想到偷懒是多么惹人讨厌,心头又腾起一种不愉快的感觉。更夫的下巴松弛地垂落下来,嘴巴张着,露出了参差残缺的牙齿。这个更夫是个心地非常善良的人,几年前,在源还是孩子时,常常在街头集市上缠着他要买糖果、玩具等等。然而现在,更夫对王源来说只是一个年迈的、惹人讨厌的人,一个对他少东家的痛苦毫不关心的人。是的,源此刻对自己说,在这儿,他整个的生命是空虚的,于是他突然狂躁地试图反抗。这种反抗并不是什么新东西,他现在感知到,这是他与父亲之间常有的那种暗斗的总爆发,他甚至不明白这种争斗究竟是怎样产生的。

在源的童稚时代,他那位去过西洋的老师常常用关于改造国家的革命言论来教育他、训导他、鼓励他,使他幼小的心灵整个被这些伟大、勇敢而美好的言辞点燃。然而,他的老师有时也会压低了声音,极其诚恳地对他说:"你必须利用这支有朝一日会属于你的军队;你必须为了我们的国家利用它,因为我们绝不再需要这些军阀。"这时候,他又常常感到胸中的火焰熄灭了。

王虎对他雇来的人狡猾地教他儿子反对他的事毫无察觉。这个孩子可怜地望着他年轻的老师那双炯炯有神的眼睛,听着老师热情的声音,心里非常感动,但有些话他说不出来,尽管这些话已很清楚地在他心中成形:"可是我的父亲是个军阀呀!"差不多在整个孩提时代,这孩子就这样暗暗地受着折磨,却没有人知晓,于是,源变得严肃、沉默寡言,而且在情绪上显示出一种同他的年龄不相称的压抑感;因为他虽然爱父亲,却不能因为有这样一个父亲而感到自豪。

在这个苍白的黎明,源被他这些年来所有的内心斗争弄得筋疲力尽。他有心逃开它，逃离他所知道的所有的斗争，逃离一切事业。但是，他能往哪儿逃呢？在父亲的爱的围墙内，他是如此受着控制和束缚，他没有朋友，也无处可以逃遁。

这时，他想起一个地方。在所有那些争斗以及有关争斗的谈论中，那是他所见到过的最宁静的处所了。他在孩提时代去过那个地方。那是他祖父王龙一度住过的那间小小的老土屋。王龙住土屋那当儿，别人称他为农夫，后来他富了，造了房子，从田那边搬了出去，于是别人开始叫他王财主。但那间土屋至今还靠在一个村庄边上，另外三面则是寂静的田野。源还记得，离土屋不远的一个高坡上是他祖上的墓地，那儿有王龙的坟，也有其他族人的。源还知道他的两个伯父王地主和王掌柜就住在离土屋很近的城里。

源心想，那间小小的老屋一定是安静的，他可以独个儿在那儿待着。因为源记得，自从那个沉默寡言、脸色阴沉的妇人出家当了尼姑后，父亲便让两个老佃户搬了进去，屋子还很空。有一次，源曾看见那妇人同两个怪模怪样的孩子待在一起，一个是现已死去的、有着一头灰发的傻子，还有一个是驼背，他大伯父的三儿子，后来也当了和尚。源记得，当他遇见那妇人时，就觉得她几乎是个尼姑了，因为她一见他就把头掉开，似乎不愿意瞧任何男人。她穿着一件灰色的对襟长袍，只是尚未削发。可是她那张脸苍白得如同下弦月一般，看上去实在像尼姑。她的肌肤很是柔嫩，紧裹着她那小小的骨骼。若不是走得很近，看到她脸上一些纤如发丝的皱纹的话，你还会以为她很年轻呢。

但是她已经走了。就那两个老佃户住在那儿，土屋里空得很,他可以到那儿去。

于是源又蹓回自己的房间,急切地想马上离开。他知道他要去哪儿了,他渴望着出走。然而他必须首先脱下讨厌的军服,他打开一只猪皮箱子,想找几件他以前惯常穿的长袍。他找到一件羊皮长袍、一双布鞋和几件白内衣,便匆匆地、兴高采烈地穿上了身。然后,他蹑手蹑脚地牵出他的马,悄悄穿过逐渐亮起来的院子,经过一个枕枪而睡的卫兵,出了院子。他没有把门带上,就跳上了马。

王源骑马跑过大街,进了小巷,出巷子后又是一片原野,他看见太阳从远山背后的一抹强光中冉冉升起,然后一下子跃上天空。在隆冬的寒冷空气中,太阳红得那么华丽,那么纯净。看到这样美丽的旭日,源在不知不觉间忘了他的悲哀,不一会儿竟感到肚子饿得发慌,于是他在路边的一家小客店前下了马。暖暖的、诱人的炊烟从小客店那扇低低地开在土墙上的门里飘出来。在店里,源买了一碗热腾腾的米粥、一条咸鱼和一些芝麻面饼,还要了一壶茶。他把东西吃了个精光,喝完茶,漱了口,然后付钱给打着哈欠的店主。店主这一刻正忙着梳头洗脸,那张脸显得比原先干净点了。源付完钱又上了马,这时候,高悬着的明亮的太阳正在那一小片带霜的麦田和农户们铺满茅草的屋顶上空熠熠闪光。

在这样的早晨,一切都是那样生机勃勃,源忽然感到没有谁的生活——即使他自己的——是完全不幸的。他一边策马向前,一边观望着田野,他记起自己以前常说,他愿意住在树木葱茏的原野，四近还有流水可观可听，便暗自想道："也许我现在就可以这么做。既然没有人管我，我自然可以做我喜欢做的事。"不知不觉间，他的心里产生了这一小小的新的希冀，这些言辞在他头脑中缠绵盘旋，化成诗行，他忘却了自己的烦恼。

源发现自己在步入青年时代以后的几年里变得很爱写诗。他把这些雅致的小诗写在扇面上，也写在他所住的任何一间房间的白墙上。他的老师常常取笑这些诗，因为王源写的都是一些软绵绵的东西，比如叶子飘落到秋水之上啦，池塘边的柳树绽出了新绿啦，艳红的桃花开在春天的薄雾中啦，还有什么新犁的田野卷起了肥沃的黑浪啦，等等。尽是这些文绉绉的玩意。他从来不像一个军阀的儿子应该做的那样写战争，写荣耀。他的同志们曾经硬让他写过一首革命之歌，等到写完后一看，诗太缺乏力量，完全不合同志们的心愿。诗写到了死亡，却不写胜利。源见同志们不高兴，自己也很烦恼。他自言自语地咕哝道："诗就是这么写的嘛。"于是他不愿意试着再写。他身上有一股顽强的执拗劲，只是那隐而不露的任性脾气被他表面上的文静和温顺掩盖了。打那以后，他写诗只是为了自我欣赏。

现在，源生平第一次不受任何人摆布地独自行动。对他来说，这是极惬意的事，特别是独个儿骑马驰过他看不厌的原野，他更感到高兴。在不知不觉间，他的忧郁缓解了。青年人的血气又涌上他的心头，他感到自己身体强健，精力充沛，鼻孔里吸进的空气也很美，又凉，又清新。很快地，他忘却了一切，只想着他正酝酿着的一首小诗，但他不急于完成。他朝四周的荒山眺望，只见巉岩高矗，清晰地、轮廓分明地直刺一碧无垠的天空。

他等待着，等待他的诗行也变得如此清晰，就像衬映在纤尘不染的空中的荒山那样美妙。

就这样，美妙而孤独的一天过去了。在这一天里，他的心情平静下来，于是他忘掉了爱，忘掉了恐惧，忘掉了他的同志们和一切战争。当夜晚降临时，他到一家乡村旅店投宿，店主是一个沉默寡言的老头，他那文静的后妻已不很年轻，因此她和这么一个上了年纪的丈夫在一起过日子，倒也不觉得沉闷乏味。那天晚上，店里就只有源一个旅客，所以老两口把他侍候得很好，那妇人给他做喷香的肉包子吃。源吃完饭，喝了茶，爬上为他铺就的床，疲惫不堪但是惬意地躺下了。在进入梦乡前，尽管他有一两次想起了父亲以及他们之间的争吵，但他能够努力克制着不去想这些事。因为，在今天太阳下山以前，他的诗篇就像他梦想的那样，清晰地从脑海里跳了出来，而且非常合他心意。那是精美绝伦的四行诗，字字珠玑。于是，他舒舒服服地睡着了。

就这样，王源过了三天自由自在的日子，而且一天比一天愉快。天天充满了冬天的阳光，谷间干燥得像蒙上了灰尘的镜子。源骑马向祖上的村庄驰去，哀伤已逐渐消隐，他的心里又充满了希望。早晨，他骑着马拐进一条小街，街两边有二十来间茅草顶的土坯房子，他热切地四下里观望着。街上，农民们同他们的老婆孩子或是站在家门口，或是蹲在门槛上吃面饼和米粥当早饭。对源来说，他们似乎都是些善良的人，都是他的朋友，他发觉自己对他们很有一种亲近感。在军校时，他曾反复听见队长呼吁平民主义，而现在平民就在这儿。

然而，这些农民带着极其怀疑和惶恐的神色看着源，因为事实上，尽管源痛恨战争和战争的方式，但他总是不知不觉间显露出士兵的本色。不管他心里怎么想，他父亲已经赋予他高大健壮的体魄，他像一个将军那样笔挺地骑在马上，毫无懈怠之色，他绝不像一个农民。

这些老百姓都怀疑地瞧着源，不知道他是谁，一个像他那样行动的陌生人总是使人害怕的。村里有许多手里捏着一片片面饼的孩子跟在他后面跑，想看看他究竟往哪里去。源来到他认识的那间土屋前时，那些孩子围成一圈，眼睛一眨不眨地盯着他，一边咬面饼，一边互相推推搡搡，看呆了时还不时抽动鼻子。等到看厌了，他们便一个个跑回去告诉家里的大人，说那个高高黑黑的青年在王家宅子前下了高头红马，把马拴在柳树上就进了屋，可是因为他个子太高而门太低，所以他必须弯着腰才进得去。源听见他们在街上尖声尖气地传话，但他对孩子们这些话并不留意。然而，那些大人听孩子们这么说，心里更增添了几分疑惑；他们中没有人走近王家的土屋，唯恐这个高大的黑皮肤青年会给他们带来什么灾祸，他们毕竟都不认识他。

王源就这样进了他当农民的祖先住过的房子。他走进堂屋，站在那儿四下环顾。那两个老佃户听见他进门的声音，便走出灶间，见了源，发觉并不认识，两人似有点害怕。见他们这样害怕，源笑了笑，说："你们不用怕我。我是王虎司令的儿子，他是以前住在这儿的家祖王龙的第三个儿子。"

他这么说，是想请两个老人放心，并说明他有权上这儿来。但他们的疑虑并没有就此消除，两人惶恐不安地面面相觑，他们已塞进嘴中准备下咽的面饼发干了，像石块一样卡在喉咙口。老妇人把手里的面饼放在桌子上，用手背抹了抹嘴，老头也不敢咀嚼，他跑上前去，突然低下蓬乱的头，鞠了一躬，在发出颤声的同时试图咽下那口干面饼："少东家，我们能替你做什么，你要我们干什么呢？"

于是，源在一条长凳上坐下，笑了笑，又摇了摇头，随便地同他们搭话。他记得他曾听说这些人如何如何好，所以他用不着害怕他们。"我什么也不想要，只想在这间祖上的房子里躲避一下——也许就住在这儿——除了对田野、树木和附近的流水常常有一种不可思议的渴求外，我什么都不知道，尽管我对这种乡居生活也不怎么清楚。然而我碰巧有了事，必须躲避一下，我就想躲在这儿。"

他说这些，是为了使他们安心，但他们还是不怎么放心，依然面面相觑。这会儿，老头也放下了手里的面饼，诚惶诚恐地开了腔，他布满皱纹的脸上流露出焦急的神色，下巴上那几根稀稀拉拉的白胡须随着话声不住地颤动："少爷，说起躲藏，这儿实在是糟透了。你们的家世、你们的名声，这儿的人都很清楚——噢，少爷，原谅我是个粗人，不知道该怎么对像你这样的人说话——但这儿的人不怎么喜欢令尊大人，因为他是军阀，他们也不喜欢你那两个伯父。"老头停了一下，朝四下看了看，然后几乎贴着王源的耳朵低声说道："少爷，这儿的老百姓恨透了你的大伯父，他和他的太太心里害怕，就带上孩子，跑到一个有外国军队保护的海滨城市去住了；你的二伯父上这儿来收租时，也带上了从城里雇来的一队士兵！世道不好，种田人家吃尽了打仗和纳税的苦头,已经走投无路了。少爷,我们已经预付了十年的赋税。这儿不是你藏身的好地方,少将军。"

老妇人把一双开裂的、瘦骨嶙峋的手插在她那条已经千补百衲过的蓝布围裙里,也尖声附和道:"少爷,这儿确实不是藏身的好地方!"

于是,老两口惶惑地站在那儿,一心希望源不要留下来。

但是源不怎么相信他们。他很高兴自己有了自由,因此,他对看到的一切都感到兴奋,而灿烂的艳阳天更是使他兴高采烈。不管怎么说,他要留下来。他快活地微笑着,任性地喊道:"我还是想住下来!不必麻烦你们,你们吃什么,我也吃什么,我至少要在这儿待一段时间。"

他坐在一间陋室里,环顾四周。墙边靠着一副犁耙,墙上则挂着一串串红辣椒,还有一两只风干了的鸡和穿在一起的洋葱头,他很喜欢这儿的一切,因为对他来说,它们都是那样地新奇。

忽然间,他感到肚子饿了起来。刚才老两口吃的裹着蒜的面饼似乎不错,于是他说:"我饿了。老母亲,弄点什么给我吃吃吧。"

老妇人叫了起来:"可是,少爷,我有啥东西配给像你这样的先生吃呀?我得去把我们养的四只鸡杀掉一只——我只有这种粗面饼,它们还不是麦粉做的呢!"

"我爱吃,我爱吃!"源诚心诚意地说,"我喜欢这儿的一切。"

尽管老妇人还有点犯疑,但最后还是给了王源一卷新鲜的、裹着蒜的面饼。这以后,她似乎依然有点过意不去,于是又去找了一块秋天腌制、贮存至今的咸鱼蒸了给源吃,算是好的菜。源把这些东西吃了个精光。对他来说，这是一顿美餐，比他以前吃的任何食物都更可口，因为他从来没有吃得这样自由。

吃完之后，他突然感到很困倦，刚才却丝毫没有这样的感觉。他站起身来，问道："床在哪儿？我很想睡一会儿。"

老头回答说："这儿有一间我们不常用的房间，那是你祖父住过的。后来，你祖父的小姨太也在那儿住过。我们都很喜欢那个太太，她真是大慈大悲，最后出家当了尼姑。那间房里有一张床，你可以在那儿休息。"

源推开边上的一扇木门，看到一间又暗又旧的小房间，房间的窗户是一个用白纸糊着的小小的方洞。这是个安静的、家具不多的房间。他进了房间，关上门，在他备受拘束的人生中，他将第一次确确实实地独自过夜，而孤独对他来说是有益的。

然而，当他站在这间光线暗淡、土墙围绕的房间里时，一时间突然产生了一种古怪的感觉，仿佛一些古老而顽强的生命依然在这儿生存着。他惊奇地四下张望。这是他有生以来所见到过的最简陋的住房：一张挂着夏布帐子的床、一张没有刷漆的桌子和一条板凳，床前和门边的泥地已被数不清的脚步踩出了凹坑。屋里除了他没有别人，但他还是感到身旁有幽灵存在，一个他所不熟悉的、朴实而强壮的幽灵……不一会儿，幽灵消失了。蓦然间，他不再感到其他生命的存在，又成为孤零零的一个人了。他笑了笑，觉得自己必须睡了，因为他是那么倦，眼皮已不由自主奔拉下来。他走向那张宽宽大大的乡下床铺，拨开帐子，躺了下去，他发现靠里墙的床边卷着一条陈旧的蓝花被子，就拉过来裹在身上。在那间老房子的深深的寂静之中，他几乎立刻就睡着了。

源醒来已是晚间了。他在黑暗中坐起来，迅速地拨开床帐，朝房间里张望。墙上原先那一小方微弱的光线已经消失，周围是一片柔和、岑寂的黑暗。于是，他又躺了下来。有生以来，他还从来没有过这样的小憩呢。因为这会儿他是独自醒来，没有仆人站在近旁，等他醒来后侍候他，这对他来说反而好。此刻，除了四周这一片使人愉快的寂静，他什么也不会想起。这儿没有一点声音，没有粗鲁的卫兵沉沉酣睡的呼噜声，没有马蹄在庭前砖地上踩出的嘚嘚声，没有刀子从鞘里突然拔出时的尖啸声，什么声音都没有，只有一片妙不可言的沉寂。

可是突然间传来一阵声响。源在寂静中听到了响声，那是有人在堂屋里走动和低语的声音。他在床上翻了一个身，透过床帐向那扇安装得很蹩脚的没有刷漆的木门望去。门慢慢地开了，先是一点，后来开得大了些。他看见了一道烛光，烛光里是一个脑袋，接着这个脑袋缩了回去，另一个脑袋又伸进来，这脑袋下面还有许多脑袋。源在床上动了一下，床吱吱嘎嘎地发出响声，门立刻被轻轻地、迅速地关拢，是有人把它带上了。于是，房间里又是一片漆黑。

但他再也不能入睡。他神志清醒地躺着，觉得事情有点蹊跷，莫非是父亲猜到了他隐藏的地方，派人前来找他？想到这儿，他发誓决不爬起来。然而他再也睡不安稳，满脑子都是使他心神不定的疑虑。他突然想起那匹马，想起他把它拴在打谷场的一棵柳树下，也没有吩咐老头喂它或照看一下，也许现在它还拴在那儿呢。他一骨碌从床上爬起来。在这类事情上，他的心肠比大多数人更软。房间里眼下很冷,他把羊皮大衣紧紧地裹在身上,找到那双鞋,套上脚,然后沿着墙摸到门口,打开门走了出去。

在点着灯火的堂屋中,源看见了二十来个老老少少的农民。他们一见到他便一个接一个地站起来,眼睛一齐盯着他。源惊诧万分地看着他们,发现除了那个老佃农,他一个人也不认识。接着,一个慈眉善目、穿着蓝布衣服的农民走到前面来。在这些人中,他看上去年事最高,一头白发按照乡下的旧式样结成发辫,垂在背后。他朝王源鞠了一个躬,说:"我们是这个村子里的长者,前来向你致意。"

源也微微地弯了弯腰,他吩咐大家都坐下,自己也在空桌旁那张最高的凳子上坐了下来,这个座位是他们特意给他留着的。他等待着,最后,那个老人开了口:"令尊大人什么时候来?"

源简单地回答说:"他不会来。我到这儿来,是想一个人住一段时间。"

听王源这么说,那些人个个面如土色,彼此相视。老人咳嗽了一声,又开始说话,看得出他是所有人的代言人:"少爷,我们是这个村里的穷苦百姓,已经被剥削得够了。少爷,自从你大伯父搬到那个很远的外省海滨城市住以后,开销比以前大了,他强迫我们付的租金已经使我们不胜负担。可我们还得向军阀纳税,向强盗付买路钱,免得他们纠缠不休,这样一来,我们几乎没有什么东西可以用来养家糊口了。不过,告诉我们,你要多少钱,我们会想办法给你,这样你可以到别处去,省得我们为此担惊受怕。"

源惊异地朝众人看了看，很严厉地说："我到我祖父的屋子里来，听到一番这样的话，真是怪事！我并不向你们要钱。"隔了一会儿，他瞧着他们一张张忠厚、疑惑的脸，又开始说："看来最好把事情的真相告诉你们，并相信你们。现在南方闹起了革命，是反对北方军阀的革命。而我——我父亲的儿子——不能拿起武器来反对他，不，我甚至不能够和我的同志们在一起。因此我连日连夜地逃了出来，带着几个卫兵回了家。父亲看见我的军服就来了火，我们吵了一架。我想我需要在这儿躲一段时间，免得我的队长在盛怒之下找到我，把我暗杀掉。就是因为这个，我才上这儿来的。"

源说到这儿停住了，瞧了瞧一张张严肃的脸，又很恳切地说下去，因为他现在渴望能说服他们，而对他们的怀疑又有点生气："然而，我并不光是为了躲避才上这儿来的。我来这儿，还因为我对宁静的田园生活有一种极大的好感。我父亲想把我培养成军阀，但是我恨流血，恨杀戮，恨枪炮发出的气味，恨军队里的一切喧嚣声。当我还是一个小孩时，有一次同父亲一起来到这所房子前，看见一个妇人领着两个怪模怪样的孩子，在那个时候，我就很羡慕他们。因此，我在军校和同志们生活在一起时，常常想起这个地方，并盼望有朝一日能上这儿来。同样，我也羡慕你们，羡慕你们的家就安在这个村子里。"

听了这番话，农民们又开始面面相觑，没有人明白或相信会有谁羡慕他们那样的生活，因为对他们来说，生活太苦了。当这个年轻人坐在那儿，急切而坦率地倾诉心曲时，他们对他愈发怀疑了，他竟然说自己喜欢土屋。他们很清楚他的生活如何奢侈，因为他们完全了解他那些堂兄弟所过的生活,还有他的两个伯父,一个在遥远的都市里,生活得像一个王子,另一个即他们现在的地主王掌柜,利用放高利贷巧取豪夺,发了横财。他们都很痛恨这两个人,可又羡慕他们的家财。他们带着仇视和惧怕的目光看着这个年轻人,从心底里相信他是在撒谎,他们无法相信天底下居然会有这样的人,他在能够得到美宇华屋时,却宁愿要一间土屋。

接着,他们都站立起来,源也站了起来。他几乎不知道自己该不该站起来,因为以前除了面对少数几个上级,他很少这样做。他不知道如何对付这些穿着缀满补丁的上衣和宽大褪色的外套的平民百姓,但是不管怎样,他很想取悦他们,所以还是站了起来。他们朝他鞠了个躬,而他则说了一两句客套话,他们也回复了几句,单纯的脸上依然明显流露出怀疑之色。然后,他们都走了出去。

房间里只剩下老佃户和他的妻子,他们焦虑不安地看着源,最后老头开始恳求他,他说:"少爷,老实告诉我们,你究竟为什么到这儿来,这样我们就可以预先知道有什么灾祸将会降临。告诉我们,你父亲有什么作战计划,才派你出来侦察。救救我们这些穷苦百姓吧,我们是听命于上天、军阀、财主、官吏和一切有势力的恶人的啊!"

这时,源才知道他们为什么这样害怕,于是他回答说:"听着,我绝不是什么密探!我父亲没有派我来——我什么都已经说了,老老实实地说了。"

然而,老两口还是不相信他。老头叹了一口气,转身走了,老妇人可怜巴巴的,一声不吭。源不知道怎么对付他们,他差不多已有点按捺不住了,但是突然间,他想起了那匹马,于是问道:"我的马怎样了?——我竟然忘了。"

"我把它牵进了灶间里,少爷,"老头回答说,"我喂了它一些稻草和干豆,还从池塘里打水给它喝。"当源向他道谢时,他说:"这没什么——你不是我老主人的孙子吗?"说到这儿,他突然扑通一声跪倒在源面前,大声地呻吟着说:"少爷,你的祖父也曾经是一个种田人——一个同我们一样的普通人。和我们一样,他也住在这个村子里。可他的命比我们的好,我们的生活一直是又穷又苦——但是,为了他曾经和我们同样是种田人的缘故,老实告诉我们,你为什么上这儿来?"

源连忙把老头扶起来,但态度已不怎么温和了,因为他对他们所有的疑惑开始感到厌烦。作为一个大人物的儿子,他所说的话人们向来是深信不疑的,于是他喊道:"我全都已经说了,我不想重说!等着瞧吧,看看我会给你们带来什么灾难!"他又对那老妇人说:"弄些吃的给我,好婆婆,我饿了!"

他们一言不发地侍候着他,他开始吃晚饭。可是今晚的食物似乎不如先前那么好吃,他很快就吃饱了,然后他一声不吭地站起来,又走向那张床铺,躺下来准备入睡。但是,他发现自己对这班简单的人心里有点恼火,因此一时睡不着。"一群傻瓜!"他心里暗暗喊道,"虽然他们很忠厚,但也蠢得可以——在这个小地方,啥都不知道——闭塞透顶。"他开始怀疑为这些人奋斗究竟是否值得;他觉得,和这些人相比,自己无疑要高明得多。于是,在自己具有更为杰出的才智的这种想法的慰藉下,他又在黑暗和岑寂中沉沉入睡了。

源的父亲找到他时,他已在这间土屋里住了六天,对他来说,这六天是有生以来最愉快的日子。没有一个人前来过问他任何事;那对老夫妻不声不响地侍候着他,他已忘却了他们对他的怀疑;他既不缅怀过去,也不瞻望将来,只想着眼前的每一天。他没有到镇上去过,甚至也没有到那所大宅子里去看望一下伯父。每晚天一擦黑他就上床睡觉,清晨则在明亮的冬日阳光下早早地起身。吃早饭前,他总要站在门口,眺望一下那片如今已泛出浅绿色的冬麦田。土地在他面前延伸开去,辽远、光滑而平坦,然而,在平坦的地面上,他也可以看到一些小小的蓝点,那是正在田里为即将来临的春播做准备的男男女女,或是正在乡间小路上行走,准备到城里或镇上去的人。每天早晨,他构思着诗篇,回忆起远山的每一处美景,那巉岩高耸、直刺一碧无垠的苍天的雄姿,他第一次发现了家乡的美。

在整个童年时代,他常听他的队长说"我的家乡"或"我们的家乡",有时队长也很诚恳地对源说"你的家乡",可是源听到这样的话毫无感觉。因为他一直随军,和父亲一起生活在一个很小、很闭塞的天地里,甚至士兵们吃饭、睡觉、吵吵闹闹的营地他也不常去。王虎外出打仗时,源则由一队特别的卫兵守护着,这些卫兵都是沉默寡言的中年人,王虎吩咐他们在年幼的主人面前说话须检点,绝不能讲无聊和下流的故事。因此,在源和他所见到的事物之间,总是有那些士兵挡着。

如今,他每天可以看他想看的东西,在他和他见到的所有事物之间，已没有什么遮挡了。他可以一直望到天地相接的远方，可以看到原野上东一个西一个绿树环绕的小村庄；朝西边望去，远远还可以看到乌黑的锯齿似的城墙衬着青瓷一般的天空。就这样，他每天都可以自由自在地或向远处眺望，或去阡陌间散步、骑马。他想，如今他才懂得"家乡"的含义。这一片田野，这泥土，这天空，以及那灰蒙蒙的、可爱的荒山，就是他的家乡。

没几天发生了一件怪事，这使王源不愿再骑着马外出。骑马似乎使他游离了这块土地。源起先骑马是因为已经习惯，他把它和步行看成一回事。可是如今，无论他的马跑到哪里，农民们总是盯着他。不认识的人见了他常常会这样窃窃私语："嘿，这可是匹军马呀，没错，它从来就不会驮好人。"在两三天时间里，他听到关于他的风言风语在传播、扩散。人们说："这是王虎的儿子，他像他家里的那些人一样神气活现，骑着高头大马到处转悠。他来干啥？一定是代他父亲来察看田禾，估摸收成，为打仗而盘算向我们摊派新的税款的。"到后来，王源的马骑到哪儿，哪儿的农民就先是怒气冲冲地瞪着他，然后转过身去，往地上吐口水。

这种以吐口水表示轻蔑的做法起初着实使源感到吃惊和愤怒，因为他从来没有被人这样对待过。除了自己的父亲，源什么人都不怕，而且他惯于让仆人们迅速按他的吩咐去办事。但是，几天以后，源便开始思考这是为什么，思考这些农民是如何受到压迫的，因为在军校里，他曾经学习过这方面的内容。经过这一番思考，他又心平气和了，于是听任农民们以吐口水的方式发泄心中的积怨。

最后，他干脆将那匹马拴在柳树下，开始步行了。刚开始走路固然有点难受，但不消两天就习惯了。他把穿惯了的皮鞋撂在一边，穿上了农民编织的草鞋。经过冬日数月的照耀，乡下大大小小的路面都已十分干燥，源就喜欢脚踏在泥路上体会到的那种坚实感。他喜欢打他人面前经过，见到他人凝视的目光，自己仿佛就只是一个陌生人，而不是受诅咒的和使人害怕的军阀的儿子。

在短短的几天里，源懂得了爱自己的家乡，这对他来说是从未有过的事。他是那样自由，那样寂寞，他的诗篇也已酝酿成熟，只等写下来了。他甚至已用不着再字斟句酌，只需将腹稿诉诸文字即可。土屋里没有书和纸，只有一支旧毛笔，那也许是他祖父以前买来写田契的。但这支笔还能用，于是源用它和找到的一小块干墨，把他的诗写在堂屋的白墙上。老佃户见了，既感到钦佩，又对这些他不认识的龙飞凤舞般的字有点害怕。源这次写的是新的诗，已不单单是什么寂寂的池塘柳丝飘拂啦，什么飘浮的云、银丝般的雨、瓣瓣落花啦之类的玩意。新诗从他的心灵深处涌出来，不再圆润悦耳，因为他写的是家乡以及他对家乡萌生的爱。他的诗一度绮丽而空幻，宛如浮在他心灵表层的可爱的泡沫，如今它们不再那么艳，而更多地充满他为之奋斗的某种意义；而且，也不完全知道为什么，这些诗有着更粗犷的韵律和不稳定的调子。

日子就这样一天天过去，源伴着他那大量滋长着的思想独个儿住着。他不知道他的将来会怎样，他心中没有任何清晰的图景使将来变得足以辨认。如今，能够在这片粗犷、明媚、美好的北方大地上呼吸,他就满足了。在这儿,大地在没有云彩遮挡的太阳的照耀下光彩夺目,当太阳从湛蓝湛蓝的天空中倾泻它的光华时,阳光也仿佛变成蓝色的了。源在这个小村庄的街上听着人们的欢声笑语;他常常混迹于路边客栈前坐着的人群之中听他们闲聊,但自己很少开口。他听人说话的神态,就像一个人正在听一种他虽然不懂却使他感到悦耳的语言。他在宁静中消磨时日,这儿没有人谈到战争,说的都是些乡村闲话——谁家生了孩子,谁卖出或购进了田地,价钱如何,哪个小伙子或姑娘要结婚了,什么种子该下播了等等诸如此类的新鲜话题。

他在这方面的乐趣与日俱增,兴高采烈的时候,他就酝酿一首诗,把它写下来,这样他会心安理得一阵子。可是,他写的诗中有一种很特别的东西,他自己也感到奇怪:在这些天里他自寻快乐,可是他写出的诗却不快乐,带有浓厚的忧郁色彩,仿佛在他的心灵深处,有一股隐秘的悲哀之泉。他不知道这究竟为什么。

然而,他是王虎的独养儿子,怎么能这样住下去呢?乡下的人到处都在传话:"有个又高又黑、怪模怪样的年轻人像傻瓜一样到处闲逛,他说他是王虎的儿子,王掌柜的侄子。可是,像这样的大户人家的子弟,怎么会这样独个儿逛来逛去呢?他住在王龙的那间土屋里,看来一定是疯子。"

这些话甚至传到了镇上王掌柜的耳朵里,那是他听账房里的一个老账房先生讲的。他气冲冲地说:"这肯定不是我兄弟的儿子,因为我已好久没见他,也没听说他的什么消息了;我的兄弟如此放纵他的宝贝独子,这可能吗?明天我要派一个仆人去看看,究竟是谁住在我父亲的房子里。我从来没有代我兄弟答应谁住在那儿的。"他心里暗暗害怕那房客是个乔装的土匪探子。

然而,这个"明天"永远不会来到,因为王虎军营里的人也已听说了这一传闻。那天,王源按他近来的习惯起身,站在门口吃面饼、喝茶,他望着田野,沉浸在遐想之中。突然,他看到远处有人抬着一顶轿子,接着又看到一顶,轿子周围是一队士兵,从身上的制服看,他知道他们是父亲的部下。于是他走进屋子里,再也无心吃喝了。他把吃的东西放在桌子上,站在那儿等待着,同时心里十分痛苦地想道:"准是父亲来了——我们会怎样对话呢?"他很希望自己能像孩子那样穿过田野逃跑,可是他知道,他们总有一天会这样相遇的,他无法永远逃开。于是,他提心吊胆地等着,强行抑制着他童稚时的那种恐惧;他这样等着的时候,东西一点也吃不下了。

可是,当两顶轿子抬近放下时,从轿子里走出来的不是他父亲,也不是别的男人,而是两个妇女:一个是他母亲,另一个是他母亲的女仆。

源这一下当真惊讶了,因为他很少见到母亲,先前也没见过她离开家,于是他慢慢地跑出去迎接,并猜度着她的来意。母亲倚着女仆的臂膀朝他走来。她穿着得体的黑色服装,满头白发;她的牙差不多掉光了,两颊陷了下去。可是她的脸上还泛着红润的光,脸上的表情显得单纯,甚至有点蠢,但看上去很慈祥。她一看见儿子,就像乡下人那样毫不掩饰地喊出声来,她年轻时便是农村姑娘:"儿啊,你的父亲叫我来告诉你,他生了病,快要死了。他说，如果他死之前你能够立即赶回去，他什么都可以满足你。他要我对你说，他并不生你的气，所以你尽管回去好了。"

她把话说得很响，好让大家都听见，事实上，这时村民们都已聚拢来看热闹了。然而，源对这些人视而不见，听了母亲的话，他心里就像一团乱麻。这些天来，他已确立了坚定的信念，决不违心地离开这间房子，可是，父亲若是真的快要死了，他又怎么能拒绝他？然而，这是确实的吗？这时，他想起父亲急切地伸出手试图借酒浇愁时那双手颤颤的样子，便担心这个消息是真的，儿子是绝不应该拒绝父亲的啊。

王源母亲的女仆看出了他的怀疑，觉得有责任帮助女主人，也大声地叫喊起来。她一边喊，眼睛一边朝村民们那边瞟，以显示她的重要性："哦，我的少将军，是真的呀，我们差不多快要急疯了，那些医生也一样！老将军躺在那儿，快要断气了，如果你想在他死去以前见他一面，就必须立刻动身。我敢打赌，他已经拖不了多久了——如果他能够活下去，我就死给你看！"村民们全都聚精会神地听女仆说话，听说王虎快要死了，他们彼此间交换着意味深长的目光。

然而，源对这两个妇人还是抱有怀疑，特别是他感觉到，在她们力图使他回家的热望中藏着一个不可告人的秘密。女仆见他依然怀疑，便匍匐到他面前，将头在夯实了的打谷场的泥地上乱磕乱碰，用装出来的仿佛哭泣的音调大声喊叫："看看你的母亲，少将军——也看看我，尽管我只是个仆人——我们是怎样恳求着你啊——"

她这样叫喊了一两遍后便站起身来，拍掉了灰布棉衣上的泥灰,得意扬扬地朝拥挤在那儿看得目瞪口呆的村民们瞟了一眼。看来责任已经尽到,她便退到了一边。来自豪门望族的尊仆,不消说是在这些平民百姓之上的。

但是源没有注意她,而是转向他的母亲。他明白,虽然他心里愤然,但必须尽自己的责任。他请母亲进里边去坐,母亲照办了。人群也跟在后面,继续看热闹。然而,源的母亲对此并不介意,对那些常常张着嘴巴看热闹的老百姓,她仿佛已经司空见惯。

她惊讶地环视着这间堂屋,说:"我还是第一次上这房子里来呢。还在孩提时代,我就常常听到有关这间屋子的种种神奇的故事:王龙怎样发财,怎样买了一个茶馆里的姑娘,这个姑娘又怎样摆布了他一阵子。是的,这些最最奇妙的故事在周围一带的农村里从这家传到那家,说她长相如何,吃的穿的又如何,虽然当时这些都已是过去的事了。记得王龙那时已老了,而我还是个孩子。我至今记得当时人们还传说,王龙甚至卖了一块地,替她买了一枚红宝石戒指,但后来又把地买了回来。我只见过她一次,在我结婚的那天——我的妈呀!——在她老死以前,她长得多胖、多丑啊!唉——"

她张开无牙的嘴大笑,乐呵呵地看了看四周。她的话既温和又朴实,激起了源了解真相的勇气,于是他直率地问道:"母亲,父亲真的病了吗?"

这一问使她想起了此行的目的,于是她回答源,那声音通过无牙的齿龈咝咝作响,她一开口就不免会这样:"他是病了,我的儿。我不清楚他病得怎样,但他不愿上床,一直坐在那里,一杯接一杯地喝酒，就是不肯吃饭，现在他的脸黄得就像一个瓜。我发誓从来没见过这么黄的脸色。没有人敢上去说一句话，因为他的火气比以前更大，骂起人来也更凶了。如果他不肯吃饭，那肯定是活不了的。"

"是的，是的，那是千真万确的——如果他不吃，就不能活。"女仆附和着说。她站在女主人的椅子边，摇了摇头，从自己的话里体会到一种抑郁的欢愉。接着两个妇人一起叹了一口气，神色庄重地偷偷瞧着源。

源这时已思考了一会儿，于是急不可待地开了口。他明白，如果父亲真的病成那样，他是必须回去的。但他总还是有点怀疑，而且心里在想，父亲说过的那句"女人都是蠢货"确实有道理。"我会回去的。但是，母亲，在回家之前，你在这儿歇一两天吧，我想你一定累了。"

在确保已使母亲放心，并送她进了如今似乎已成为他自己的那间安静的房间后，源郁郁寡欢地退了出来。母亲吃罢饭，他便把关于那几个愉快、可爱的日子的回忆抛到一边，又一次翻身上了马；他把脸转向北方——父亲的方向，并重新怀疑起这两个妇人来，因为他发现，她们在得知他决定回去时显得那么高兴，而要是一家之主当真病危的话，她们是不应当如此高兴的。

走在他身后的是二十来个他父亲手下的士兵。一次，他听见他们为一些粗话而哄然大笑，便再也忍耐不住，愤然转过身去，对这帮紧跟在身后叽叽呱呱地谈笑的士兵怒目而视。但当他凶声凶气地问他们为啥跟得那么紧时，他们毫不退缩地回答："少爷，你父亲的心腹盼咐我们随时侍候在你的左右，以防仇人趁机抓走你以勒索钱财，或是把你杀了。乡野地方到处都是土匪，而你却是你父亲唯一的宝贝儿子呀。"

源无言以对。他呻吟了一下，坚毅地将脸转向北方。他居然想自由，这岂不是开玩笑吗？他是父亲的独生子，是最没有希望的、他的父亲的独生子啊。

那些看见源走过的村民和乡下老百姓，没有一个不为见到他离开而感到高兴的，因为他们不了解他，根本不相信他。源看得出，他们因为他必须归去而大为满意，这使那几天自由自在的日子带给他的欢愉笼上了阴影。

源很不情愿地骑马向前，在卫兵们的簇拥下来到父亲家门口。一路上，这些卫兵寸步不离。他很快就觉察到，与其说他们在防土匪，倒不如说是在防他自己，防备他在什么地方逃跑。他好多次想冲着他们喊道："你们不用担心我——我不会从自己父亲那儿逃走——我是自愿回到他身边去的！"

可是他什么也没有说。他轻蔑而无言地望着他们，不愿同他们讲话，只是把马骑得尽可能快。他的快马是那么轻松地跑在卫兵们的普通马匹前头；看着他们拼命催赶那些可怜的畜生，他感到一种带着轻蔑的快感。然而，他明白，自己虽然还能行走，但已经成为一个囚犯。如今，他再也写不出什么诗歌，因为他已看不到那片可爱的土地了。

在这样骑着马急匆匆赶路的第二天傍晚，源来到了父亲的住房门口。他跳下马，蓦然间感到筋疲力尽；他向父亲通常睡觉的那间房间慢慢走去，对士兵和仆人们的偷偷注视毫不理会，也不回应他们的问候。

虽然眼下已是夜晚,父亲却不在床上,一个懒洋洋的卫兵回答源的询问时说:"将军在大厅里呢。"

这时,源感到有点生气,他心想,父亲果然病得不怎么重,这纯粹只是一个骗他回家的诡计罢了。他痛恨这种诡计,因此不再害怕见到父亲,想起在乡下度过的那些快活而孤独的日子,他对父亲更是感到怒不可遏。然而,当他走进大厅见到王虎时,他的怒气缓解了,因为眼前的情景告诉他,并没有什么诡计。父亲坐在他那把旧座椅上,雕花的椅背上披着一张虎皮,在他面前,则是一个炭火熊熊的铜盆。他裹在一件蓬松松的羊皮袍中,头戴高高的皮帽,但看上去还是仿佛冷得要死。他的皮肤像陈旧的皮革那样黄,一双眼睛被火熏得枯干,黑沉沉地凹陷下去,脸上的毛发不曾修过,又灰又粗。儿子进屋时,他抬头看了一下,随即又低下头去,望着炭火,连招呼也不打。

于是源走上前去,朝父亲鞠了一个躬,说:"父亲,他们告诉我你病了,所以我来了。"

王虎却低声咕哝道:"我没病。那是女人们嚼舌。"他甚至没向儿子看一眼。

于是源问他:"你不是因为生病而派人来找我的吗?"王虎依然咕哝道:"我没有派人去找你。他们问我你在哪里,我说:'让他待在他待着的地方吧。'"他两眼直直地望着下面的炭盆,把手伸在炭火掀起的热浪之上。

这些话谁听了都会生气,何况是处于这么一个不敬父母的时代中的一个青年,源很可能会就此强硬起态度来,重新出走,抱着他那新的任性的态度做他所爱做的事，可是他看到了父亲伸出的那两只手，如同老人的手那样苍白、干枯，正颤抖着寻找取暖的地方，他就一句气话也说不出口了。于是他想到——正像心肠软的子女总会想到的那样——在孤寂中度日的父亲又重新变成了小孩。他需要别人像对待孩子那样地对待他，不管他发多大的火，都和和气气地应对他，不能粗暴。想到父亲的这一弱点，源的愤怒一下子消失了，他感到眼眶里贮满了不寻常的热泪，要不是某种奇特而自然的羞愧感制住了他，他几乎会大着胆子伸手去摸他的父亲。于是，他只在父亲身旁的一把椅子上坐下，凝视着父亲，默默地等待着，甚至耐心地等待着他再说什么话。

但此时此刻给了他这样的自由：他知道，自己对父亲的惧怕已经一去不返了。他再也不会害怕这个老头的怒吼、横眉竖眼以及一切他常常用以吓唬源的诡计。源已看出实情，这些诡计不过是父亲使用的武器；他不知不觉间将它们当作盾，或是像一个人举刀挥舞，却永不打算让它落在血肉之躯上一样。王虎的心是被那些诡计掩盖住了，实际上他的心从来就不够硬，不够残忍，不够快乐，所以他成不了真正的大军阀。此刻，一切都已明了，源抬头望着父亲，开始不带任何畏惧之心地爱他。

可是王虎对儿子心中情感的变化全然不知，依然坐在那儿沉思默想，仿佛忘记了儿子就在边上。他长时间地坐着，一动也不动。源发现父亲气色很坏，最近这些天人也瘦得厉害，颧骨像岩石一般高高凸起，于是他温和地说："父亲，你睡到床上去不是更好吗？"

又一次听到儿子的声音，王虎就像病人那样缓缓地抬起头来，一双枯眼盯着儿子呆呆地看了一阵子，又过了一会儿，他用嘶哑的嗓子很慢很慢、一字一顿地说："为了你，有一次我没有杀死该杀的一百七十三个人！"他抬起右手，打算像以往惯常做的那样把它举到嘴前，但这只手因自身的重量跌落下去了，于是他就让它垂在那儿，他依然呆呆地看着儿子，又对源说道："是真的，为了你，我才没有杀他们。"

"父亲，我很高兴。"源说，并没有因这些人活着而感动万分，虽然他很高兴知道他们还活着，以一种孩子所特有的感觉，他知道父亲是在取悦他。"父亲，我讨厌看见杀人。"他说。

"是啊，我知道，你总有点神经过敏。"王虎有气无力地说，然后又陷入沉默，瞧着炭火发呆。

源再一次思考该怎样劝父亲上床，因为他无法忍受父亲的病容，他那张脸和干枯下垂的嘴都表明他病得不轻。他站起来，走向蹲在门边打盹的那个忠心耿耿的豁嘴老人，悄悄地对他说："你能不能劝说我父亲上床睡觉？"

老人一下子被惊醒，摇摇摆摆地站起来，粗声粗气地回答道："我的少将军，难道我从来没有试过吗？甚至在晚上，我都没法劝他上床。他若躺下，过不了一小时又会起身，回到这把椅子上坐下，而我也只好坐在这儿，我困极了，睡得就像死了一般，但他坐在那儿，始终醒着！"

源走到父亲身边，像哄孩子那样地对他说："父亲，我也倦了，我们走吧，到床上睡觉去，因为我实在太累了。我和你一起睡，你知道我在身边，有事就可以叫我。"

这时候，王虎稍微动了一下，仿佛就要站起来；但他仍然坐了下去,摇摇头,不打算起来。他说:"不,我要讲的话还没有讲完。那是一些其他的事——我一下子记不起来了——两件我一直盘算着要讲的事。你去找个地方坐下,让我好好想想。"

眼下,王虎说起话来还像以前一样激动,源感到他孩提时代那种找个地方去坐坐的习惯又抬头了,然而,对父亲,他如今已不怎么害怕,因此,一个拒绝承担这个义务的声音在他心中高喊道:"他算什么,不过是个使人讨厌的老顽固罢了。我竟然得坐在这儿,恭候他的脾气!"他的眼睛里流露出任性的神色,几乎就要把这些话说出来。那个忠心耿耿的老人看出这一情势,赶忙跑上前来,劝源说:"让他去吧,少将军,既然他已病成这个样子,不管他说什么,我们都得忍耐着点。"源于是只得克制住自己的冲动,他害怕这时候反抗父亲会使他的情况变得更糟,因为父亲从来就不知道什么是反抗。他走开了,在一把椅子上坐下,已不怎么有耐心了。这时,王虎又突然开了口:"我想起来了。第一件事是我必须把你藏在什么地方,因为我还记得昨天你回家来时对我讲的话。我必须把你藏起来,不让我的仇敌看见。"

听父亲这么说,源禁不住叫喊起来:"可是父亲,这并不是昨天——"

王虎向儿子投出愤怒的目光,并用两只干枯的手击了一下掌,喊道:"我清楚自己说什么!你回家来不是昨天的事吗?你是昨天回到家里的!"

于是,那个忠心耿耿的老人又站到王虎和他儿子之间,近乎恳求似的叫喊:"算了——算了——是昨天!"源紧绷着脸,因为必须沉默而变得垂头丧气。这真是一件怪事,他先前对父亲的怜

033

悯就像一阵轻柔的微风，从他心头一掠而过，父亲向他投来的愤怒的目光比起这种怜悯来，在他的心里激起一种更深沉的情感。他心里产生了一种怨恨，他对自己说，他再也不会害怕了，为了避免害怕，他必须坚定不移。

王虎固执的老脾气也发作了，他僵持了好久才重新开口。他想，自己之所以不接着讲下去而停顿下来，是因为不喜欢儿子在他讲话时插嘴；实际上的情况却是，王虎有一些他不怎么喜欢说的事要谈，于是他等待着。在那相持的时刻里，源对父亲的怒气一下子达到了前所未有的程度。他想起了被这个人吓得不敢吭声的种种情况，想起了消磨在自己所憎恨的武器上的所有时光，想起了这次所过的自由自在的日子又一次被剥夺，他蓦然间感到再也不能忍受这只老虎了，不，他的血肉已从这个老头的身上分离出来。他对父亲突然产生了一种厌恶感，因为他不洗澡，不修面，让酒饭滴落在衣服上。至少此时此刻，父亲身上没有一样东西是他所钟爱的。

王虎做梦也没有想到，儿子心里所有这些强烈的憎恨正在不断滋长，最后竟对他想说的话感到切齿地痛恨。他说的话是："可是，你是我唯一的宝贝儿子。除了寄希望于你，我还能指望什么？你母亲有一次说过很有见识的话。她跑来对我说：'如果他不结婚，我们的孙子从哪儿来？'于是，我对她说：'到某个地方去找一个身体健壮的好姑娘，别的什么都不要紧，只要她精力充沛，能早生孩子就行了，因为女人都差不多，哪个也不见得比其他人好。把这个姑娘带回来，嫁给他，这样他就可以出去躲在哪一个国家，等战争打完了再回来。那时候我们已有了第三代。'"

这番话王虎说得非常小心谨慎，每个词都预先考虑过。在让儿子重新离开之前，他强打起精神，说出这些措辞巧妙的话，以尽到为父的责任。这不过是每个好父亲应该做而每个儿子论理也必然指望着的事，因为儿子为了父母，都应该接受如此选择的妻子，娶了她，生了孩子，然后就可以按照自己的心愿，自由自在地到其他地方去寻找他的爱。可是源不是这样的儿子，他已经中了新时代的毒，内心充满他自己也不甚清楚的隐秘而顽固的自由思想，也充满他父亲对女人的那种憎恨感。这种憎恨，加上他的固执，使他感到怒火在胸中熊熊燃烧。是的，此时此刻，他的愤怒就好比受到拦截的洪水，他全部的生命已系于这一发之间了。

起先，源似乎还不敢相信父亲当真说了这番话，因为从小时候到现在，他一直听父亲说女人是蠢货，即使不是蠢货，也是变节者，是绝对不能信任的。然而，父亲确确实实说了这番话，他正坐在那儿，和先前一样看着炭火发愣。这时，源一下子明白了母亲和她的女仆何以如此暗暗地热切地要把他弄回来，在得知他准备回家后，又何以会如此高兴，因为这样的女人什么都不想，只知道配对、结婚。

不过，他绝不会向他们屈服！他一跃而起，忘却了他对父亲的恐惧或爱，大声喊道："我一直等着这一天——是的，当我的同志们告诉我，他们是如何被迫结婚的时，我就等着了——他们中的许多人就是因为这个离开了家。我常常想，我自己不知是否会有自己的幸福，可是你像其他人一样，像所有想把我们永远缚住的老年人一样——把我们的整个身体缚住——强迫我们同你们选择的女人结婚,强迫我们生孩子。不过,我可不愿意受束缚,不愿自己的身体听任你们拨弄,让自己的命运同你们的拴在一起。我恨你——我一直恨你——我知道自己恨你……"

源倾泻了胸中这股怨恨的洪流后,便猛烈地呜咽起来。那忠心耿耿的老人看到源这样发脾气,心里害怕,便奔过来抱住他的腰,想说话却又开不了口,因为他那裂开的嘴唇全都扭歪了。源往下一看,只见老人靠在他身旁。他抬起手,一掌打下去,正巧打在那张又老又丑的脸上,于是豁嘴老人跌倒在地上。

王虎摇摇晃晃地站起来,他并不是要走到儿子身边——不,他迷茫地朝源看了一眼,似乎弄不清儿子的这些话究竟有什么含义,因此,他的目光显得迷乱、呆滞。他看见老仆人倒在地上,就走过去把他扶起来。

可是源转过身子逃走了。他不再等着看看会发生什么,就从院子里奔出去,找到他那匹拴在树上的马,穿过大门,经过站在那儿凝视着他的士兵,翻身上马,策马离开了那个地方。这时,他心里暗暗地喊道:永别了。

源在狂怒中奔出了父亲的宅邸,但这种愤怒必须冷却下来,否则他便没命了。事实上,源也确实冷静了下来。他开始考虑,像他这么一个孤独的年轻人,在割断与同志们和父亲的联系后,究竟能做些什么。那天的天气也在帮助他冷静下来,源在土屋里生活的那几天里仿佛始终存在的冬日的阳光,现在已经不见了,天色灰蒙蒙的,风从东面吹来,寒冷刺骨。源的马经过这几天的旅行,变得疲乏不堪,慢吞吞地在土地上走着。大地也变得灰暗了，源感到自己已被这灰暗的大地所吞噬，浑身冰凉。大地上的人们也有着这种类似的暗色，因为他们在这块土地上生存和劳作，和它是那么相像，他们的容颜随着它的变化而变化，他们的言语和一切动作都变得十分平静。在阳光下，他们的脸显得活泼，常常充满欢乐，可是现在，在灰暗的天空下，他们目光呆滞，嘴唇上没有一丝笑意，他们的衣服是暗褐色的，行动也很迟缓。太阳通常所挑选并赋予勃勃生气的色彩的东西——比如田地和山坡上那一块块小小的艳色、蓝布衣裳、孩子们的红外衣和姑娘们绯红色的裤子——现在都已不怎么鲜艳了。源骑着马经过这块灰蒙蒙的土地，对自己曾经那样爱过它感到惊奇。他也许会回到他的老队长那儿，继续追求他的事业，可是，他想起了那些村民，想起他们如何不喜欢他，而今天他经过的那些老百姓又是那样抑郁，于是他痛苦地向自己发问："难道我要去为他们浪费生命吗？"是的，在他看来，甚至大地在今天也失去了笑颜。然而，这一切仿佛还不够似的，他那匹马也开始一跛一跛地行走。源在他经过的某个小城附近下了马，这时，他才发现马的腿已被石头碰伤了，跛了，再也不能派上用场。

正当源停下来低头察看马蹄的时候，只听得一声巨大的轰鸣，他抬头一看，原来一列火车正从他身边开过。火车猛烈地喷射着烟雾，速度极快。车速虽快，但因为源跪在马的旁边，离火车很近，所以看得见车厢里的许多乘客。他们坐在那儿，那么暖和，那么安全，又以这样的速度向前，源真羡慕他们，因为自己的马速度太慢，如今又残废了。突然间，一个绝妙的主意迅速跳入他的脑际，他心中暗暗喊道："我要到城里去，把这头畜生卖掉,然后搭上火车去远方——越远越好。"

那天晚上,源睡在那个小城里的一家客栈里。客栈里脏得很,虱子在他身上爬来爬去,使他无法入睡。他神志清醒地躺在那儿,思考着下一步该怎么办。他身上还有一点钱,因为父亲怕他有时银钱短缺,常常让他束着一条装钱的腰带,再说,他那匹马也可以卖些钱。可是,在很长一段时间里,他想不出自己该上哪儿去,应该做什么。

源并不是普通的未受教育的小伙子。他熟悉本国的古书,也了解西方的新书,关于这些,他的家庭教师都曾教过他。他还向老师学了一口流利的外国语。因此,他并非像一个军人的儿子那样无能和无知。他在客栈的硬板床上辗转反侧,自问该用那笔钱和他的知识干些什么,他在心中翻来覆去地问着自己,是不是最好回到队长那儿去。他可以回去,跟队长说:"我已经悔悟了,让我归队吧。"而且,只要他告诉队长,他丢下了父亲,打倒了那个忠心耿耿的老人,这就足够了,因为在革命者的队伍里,反抗父母就是获得队伍允准的途径,这往往是忠诚的凭证,所以某些青年男女甚至把父母杀掉,以显示他们的忠诚。

然而,尽管源知道自己会受到他们的欢迎,但不知怎么的,他并不想回到那个事业上去。

一想到这灰暗的一天,源就郁郁寡欢。他想起满身尘土的普通百姓,觉得自己已经不再爱他们。他自言自语地说:"我这一辈子从来没有快活过,其他年轻人所有的一切小小的欢乐我都没有。我的生命先是被对父亲的责任所占,后来又被这个我无法追求的事业所占。"突然间,他想到自己也许会喜欢上从未见过的某种生活,一种更愉快的、充满笑声的生活。源一下子觉得他的一辈子过于严肃,连个游戏的伙伴都没有,然而,他相信,一定存在着那么一个既充满欢乐又有工作可做的地方。

想到玩耍,他便回忆起自己的幼年时代,回忆起他曾经很熟悉的那个妹妹——她如何爱笑,如何用一双小脚东跳西跳,而他同她在一起时也如何爱笑。对了,他为什么不再去找找她呢?她是他的妹妹,他们血脉相连。这许多年来,他被牢牢地束缚在父亲的生命中,忘记了自己还有其他的亲属。

他的脑海里一下子涌现出所有的亲戚——有二十来个。他可以上他的伯父王掌柜那儿去。有一刻,他想到重回那间房子也许会很愉快,他的脑中呈现出一张亲切愉快的脸,那是他伯母的脸,他想起他的伯母和几个堂兄弟。可是接着他又固执地想到,不,他决不能离父亲那么近,伯父一定会去告诉父亲,因为他们离得实在太近了……他想去乘火车,跑得远远的。他的妹妹离这儿很远,在遥远的一个海滨城市里。他很想到那座城市里去住一阵子,看望他的妹妹,在可爱的景色中寻找乐趣,并瞧瞧所有那些他早已耳闻却从未目睹的外国玩意。

他心里有点着急,没等天亮就跳下床来,唤客栈的伙计打热水来洗身。他将衣服脱下来,狠命地抖了几下,想把虱子抖掉。伙计跑来后,他对客栈的肮脏咒骂了一通,一心只想离开。

伙计见源这么不耐烦,就知道他是富人的儿子,因为穷人是不敢随便骂人的,他忙说好话,赶紧侍候,因此,天才蒙蒙亮,源已经吃完早饭出门,牵着那匹红马去卖了。他以很低的价钱把马卖给了一家肉店。源心里难过了一阵子,确实,一想到自己的马将变成供人食用的肉,他就不由得一阵战栗。后来,他硬了硬心肠,克服了自己的软弱。如今,他已经不需要马了。他不再是一个将军的儿子。他就是他自己,王源,一个爱上哪儿就上哪儿、爱干什么就干什么的自由自在的青年。就在那一天,他登上了驶向那座海滨大都市的火车。

对源来说,这也算是一件幸事,因为他时常替父亲读他那位博学的妻子的来信。信是从她移居的海滨城市寄来的。王虎年纪越大,越是懒得看什么东西;他年轻时虽然很能看书,上年纪后却把许多字都忘了,无法流畅地阅读。这位妇人每年写两封信给她丈夫,这些信里往往有许多学问,不好懂,源就替父亲读信,并为他解释。现在回忆起来,他还记得她在信里告知的地址是在那座大城市中的哪个区、哪条街。于是,源一路上过了一条江,绕过一两个湖,穿过重山,经过一块块春麦青青的良田,一天一夜的旅程过去了,下车之后,他知道该往哪里走。路程不很近,所以他雇了一辆人力车去那儿。就这样,他一个人从灯光明亮的街道上经过,开始了他的冒险。他坐在车上,因为没有人认识他,所以他尽可以像一个乡下人那样自由自在地观看街景。

他从来没有到过这样的都市。大街两边的房屋是那么高,因此,尽管街灯亮得耀眼,源还是看不到这些高高耸入夜空的房子的屋顶。然而,在这些高楼的底部,光线是充足的,人们像在白昼一样行走。在这儿,他看见了世界上的各种人,他们的种族、类型、肤色都不相同。他看到来自印度的人,印度妇女身裹黄布和纯白的薄纱,穿着绯红色的罩袍,以衬托她们的黑肤之美。他还看到行色匆匆的白人男女，他们衣着往往很相似，鼻子又都很高，以至源望着他们，惊异于这些白人女性怎么能从许多人中认出她们的丈夫。在他看来，除了有人有大肚皮、秃顶或其他类似缺陷，他们看上去都是差不多的。

但大多数还是和他一样的人种，源看见形形色色的同胞在街上走。富人们乘着豪华的汽车来到某些游乐场所门口，喇叭发出刺耳的尖啸声，拉着源的人力车夫必须让到一边，先让他们通过，就像古时候给皇帝让道一样。富人一到某个地方，穷人就会靠上来，乞丐、残疾人、病人，他们摆出各种各样的苦恼相，以乞得一点钱。然而他们很少要到钱，因为那些富人走起路来往往鼻子朝天，目不下视，从他们的钱包里漏出来的银钱真是少得可怜。源此时虽在热切地寻求快乐，一瞬间却恨起这些目中无人的富人来，他心里想，他们理应给那些乞丐一些钱。

源坐着低贱的人力车经过这川流不息的一切，毫不引人注目，最后，车夫气喘吁吁地在一排长墙中的某个大门口停了下来，同一边还有二十来个类似的大门。这就是源要找的地方。于是，他跳下人力车，摸出一把硬币，按说定的价钱付给车夫。刚才，源看到那些富人和他们的太太对乞丐的呼号如何视若无睹，又如何把伸到他们面前的骨瘦如柴的手推开，心中不免有点愤然，可是，当这个跑得浑身是汗的车夫低声下气地颤声恳求"先生，发发善心，加一点吧"时，源却认为这全然不是一回事。车夫看到他身穿绸衣，脸上又显示出营养充足的气色，因此想多要点钱，可是源不认为自己是富人，况且这些人力车夫的贪心不足是出了名的。于是他毫不让步地喊道："价钱不是讲好的吗？"车夫叹了口气,说:"哦,是的,钱是讲好的——但我想你若是发发慈悲……"

然而源已经忘掉了人力车夫。他转过身去,瞧见门铃,便按了一下。车夫见自己已遭人遗忘,又叹了一口气,用挂在脖子上的一块脏布擦了擦发热的脸,便慢悠悠地向街上走去,凄厉的晚风吹来,使他打了个寒噤,把他皮肤上的汗水吹得冰凉。

一个男仆出来开门,他像看一个陌生人那样瞧着源,一时还不让他进去,因为在这座城里,常有一些穿得很好的陌生人去按人家的门铃,声称他们是住在这儿的某某人的朋友或亲戚,可他们进了门就拔出洋枪抢劫、杀人,为所欲为,他们的同伙有时也会进来帮忙,劫走孩子或男人以勒索赎金。于是,这个仆人很快又把门闩上,也不管源这时候已报出了自己的名字。源必须在门口等一会儿。等到门又一次打开时,他看见一个妇人站在那儿。这个妇女气质娴雅,面容庄重,身材高大,满头银丝,她的衣服是用某种紫红色缎子做成的。他们彼此相视,源发现她的脸很和善,那是一张饱满而苍白的脸,脸上皱纹不多,但嘴和鼻子都太大,两眼之间又过于扁平,所以她绝对算不上漂亮。这位妇人的眼睛也很温和,而且很解人意,这使源鼓起了勇气,他羞怯地微微笑了笑,说:"太太,我这样冒昧前来,要请求您的原谅。我叫王源,是王虎的儿子,我是离开父亲而来的。我孤身一人,对您并没有什么要求,只是来看看您和妹妹。"

源说话的时候,这位妇人一直很仔细地看着他。她很和气地说:"当仆人说是你的时候,我还不敢相信,因为我上次见你还是很久很久以前的事,现在已认不出你了,但是你和你父亲长得那么像。是啊,谁都可以看出你是王虎的儿子。好吧,进来吧,不必拘束。"

尽管那仆人似乎还有点放心不下,但妇人还是让王源进了门。她是那么温和,那么娴静,仿佛丝毫不感到惊奇,或者不妨说,眼下世界上没有什么事会使她感到惊奇。她领他进了一间狭小的门厅,然后吩咐仆人准备一间房间,搬一张床进去。她询问源有没有吃过饭,并打开客厅的门,请他在那儿随便坐一会儿,接着就去为那间仆人已替源准备好的房间张罗些物品,好让源住得舒适些。所有这些事,她都做得那样从容不迫,而且抱有一种至诚的欢迎态度,这使源感到高兴而温暖,他终于觉得自己是个受欢迎的客人。这种感觉使他的心里甜滋滋的,因为他和父亲之间发生的那些事已把他弄得灰心丧气了。

他坐在客厅的一把安乐椅上等待着,对这种从未见过的房间感到惊奇,然而,和以往一样,他严肃的脸上没有露出惊讶和兴奋的表情。他裹在黑色的丝绸长袍里静静地坐着,偶尔环顾一下房间。他不敢多看,因为这时如果有谁进屋来,见到他探头探脑的样子一定会感到奇怪,再说他也天生讨厌那种到一个新地方就感到陌生或不自在的人。这是一间小小的四四方方的房间,房间里十分洁净,地上甚至铺着织花的羊毛地毯,上面没有一点污迹。地毯正中摆着一张方桌,桌上铺有红色的丝绒毯,中间是一只插着玫红色纸花的花瓶,花看上去十分逼真,只是叶片不是绿的,而是银色的。像他坐着的这种椅子,房间里有六把,这种椅子椅座柔软,还套着红缎子。房间的每个窗口都挂有用上好的白布制成的窗帘，墙上的一个玻璃镜框里则是一幅外国画。画上的那些高山很蓝很蓝，湖也同样碧波粼粼，山上有一些他未曾见过的洋房。整幅画的画面十分明朗，使人赏心悦目。

突然间，不知哪里响起了铃声，源回头向门口看去。他听见一阵匆匆的脚步声，然后是一个女孩子尖尖的嬉笑声。他留神地听着。她显然是在同谁讲话，尽管他听不见答话的声音。她用的许多词语源无法听懂，因为她时不时在话里夹上一些外国语。

"啊，是你吗？不，我不忙。哦，我今天累坏了，昨夜跳舞跳得太晚了。你在开我的玩笑，她比我漂亮得多。你在取笑我，她跳舞也远远比我跳得好——甚至白种人也想同她跳呢。是的，这是真的，我没有同那个美国青年跳舞。啊，他跳得多好！我不想告诉你他说了点什么！不告诉，不告诉，不告诉！那么今晚我跟你去——十点钟！我得先吃饭——"

一串娇美的笑声传了过来，突然，客厅的门打开了，他看见一个姑娘站在门口，便站起来点了点头。他目光谦恭有礼地下视，避免和她的目光接触，但她很快地走上前来，就像疾飞的燕子那样优雅敏捷，并伸出她的手。"你就是源哥啊！"她以娇柔的嗓音欢快地喊道，她的声音很高，仿佛飘浮在空气上面，"妈妈说你出人意料地来了——"她抓住他的手，嘻嘻地笑着："你怎么这样老式，还穿这种长袍！要像这样握手——现在大家都兴握手了！"

他感到她滑软的小手握住了他的手，慌忙把手抽开，因为他觉得握着她的手怪难为情的——他一边把手抽出来，一边凝视着她。她又一次笑起来，朝一把椅子的扶手上一坐，把脸转向源。

这是一张极其漂亮的、像小猫的三角脸那样娇小的脸,圆圆的脸蛋上面是卷曲的光滑的黑发。但最吸引源的是她的眼睛。她那双眼睛很亮,很黑,带着光彩和笑意的目光射向他人,使人心醉。再下面是她红红的小嘴,嘴唇丰满、鲜红,但又小巧而柔美。

"坐下。"她喊道,俨然是一个傲气十足的小皇后。

于是他坐下,小心翼翼地坐在椅子的边上,以免离她太近。她又笑了起来。

"我是爱兰,"她用轻柔的声音继续说下去,"你还记得我吗?我完全记得你,只是你长得比以前好了——你以前一直是个丑孩子——脸太长。但是你应该有几件新衣服——我那些堂兄弟眼下穿的全是西装——你穿西装一定很好看——个子那么高!你会跳舞吗?我很爱跳舞。你认识我的堂兄弟吗?我那个大嫂跳起舞来就像仙女一般!你应该见见我的老伯父!他也想跳舞,但是他年纪大了,人又出奇地胖,所以伯母不让他去。你真该见见他因为老盯着漂亮姑娘而挨伯母臭骂的那副样子!"说着她又发出一串轻轻的笑声。

源偷偷地看了她一眼。他从未见过这样苗条的姑娘,身材纤小得就像孩子;她那件绿色的绸旗袍非常合体地裹在她身上,犹如花萼包着蓓蕾一般;旗袍的领子高高的,紧紧贴住她那纤细的脖子;她的耳垂上则挂着小小的镶金珠环。源把目光移开,用手掩着嘴咳了几下。

"我上这儿来,是为了问候母亲,并向你致意。"他说。

听了这话,她微微一笑,笑他的严肃劲,这一笑使她的脸光彩熠熠。她站起来,向门口走去,她的步子是那样轻捷,就像闪过一道光线。

"哥哥,我这就去找她。"她故意用一种一本正经的口气说话,以嘲弄他的严肃劲。然后,她又笑了,用她那小猫般的黑眼睛向源抛了一个取笑的眼神。

她走了以后,房间里显得异常静谧,就像房间里有一小股忙碌的风突然停了下来一样。源惊奇地坐在那儿,无法理解这个姑娘。在整个士兵生涯中,他还没有见到过这样的人。他竭力回忆他们小时候在一起时她是怎么个样子,当时父亲还没有带他离开他母亲的庭院呢。他想起来了,那时她也是这样敏捷,这样天真地说话,也这样用漆黑的大眼睛瞧人。他还想起刚和她分手时,他感到生活是多么沉闷,他父亲的兵营又是多么缺乏生气啊。想到这儿,他甚至感到现在的这间屋子也太安静、太寂寞了,他希望她能回到这儿来,他渴望着再见见她,他需要听到她那样的笑声。他忽然又想起,他的一生老是被这样那样的义务所占据,缺少的正是笑声;他从未有过像街头那些穷孩子一样嬉戏逗乐的体验,也从未有过像一群劳动者在正午的阳光下歇一会儿,一块儿吃些东西时那样的快乐。他的心跳快了起来。这个都市将带给他什么?是所有的青年人都喜爱的笑声和欢乐吗?是灿烂的新生活吗?

因此,当开门声又响起时,他热切地向门口望去,但这次来的不是爱兰,而是太太。她悄悄地走进来,仿佛已把房子里的一切准备得舒舒齐齐了。跟着她进来的是那个男仆,他手里端着一个盘子,盘子上是几只热气腾腾的菜碗和饭碗。她说:"把吃的放在这儿吧。好啦,源,如果你要使我高兴的话,就应该多吃一点,我知道火车上的伙食和这个不一样。吃吧,我的儿——源,既然我没有别的儿子,你就是我的儿。你能够找到我,我很高兴。我想听你谈谈所有的事情,谈谈你是如何到这里来的。"

这位有教养的太太非常和气地同源说话。源瞧着她的脸,从她的神色和话语的含意中知道她是真诚的。她替他在方桌边放了一把椅子,听着她悦耳的嗓音,看到她那双细细的温柔的眼睛里流露出的殷切的目光,源发觉傻乎乎的眼泪从他的眼角流了下来。他动情地想,自己从来没有在哪个地方受到过如此彬彬有礼的欢迎——不,没有一个人曾如此友好地对待过他。霎时间,这幢温暖的房子,房间里令人愉快的色泽,对爱兰的笑声的回忆,以及这位太太的慰藉都一股脑涌上来,充溢他的心头。他急切地吃着,因为肚子已很饿,而且那些菜肴烧得很考究,不像买来的菜那样缺少油水和作料。这时候,源忘记了他曾经热切地吃过乡下的饭菜,只觉得现在的菜是他从未享用过的最好的、最使人满意的美味,所以他吃了个饱。然而,由于这些菜味道很浓,油水太重,他很快也就餍足了。虽然这位太太竭力劝他再吃些,但他已无法多吃。

源在吃饭的时候,那位太太一直待候着他。他一吃好,她就让他重新坐到安乐椅上。源吃饱了,感到又暖和又舒服,于是他同她谈了所有的事,甚至那些他自己也不甚清楚的事。这时,他看见太太的眼睛凝视着他,这是一种意味深长、充满期待的凝视,于是,他的羞怯感一下子消失了,开始向她倾诉所有他想说的话——他如何憎恨战争,如何渴望到乡下去生活。他说,他去乡下并不是像那些农民一样过愚昧无知的生活,而是作为一个有智慧、有学识的农民,去引导他们过一种更好的生活。他还告诉她,他如何因为父亲偷偷地从队长那儿逃走。此刻,太太那双充满智慧的眼睛注视着他,使他对自己有了某种新的了解,他窘困地说:"以前我曾想,我之所以逃走,是因为自己不愿意去反对父亲,可是现在,太太,我发现了自己逃走的另一个原因,那就是,虽然我的同志们献身于正义的事业,但他们总有一天要杀人,可我痛恨这种杀戮。我不敢杀人——我知道,我并不勇敢。事实上,我无法使自己憎恨到能够杀人的地步。我知道,父亲对此也是这么想的。"

他谦恭地望着太太,对亮出自己的弱点感到惭愧。然而她平静地说:"确实,并不是每个人都敢杀人的,否则我们全都会死去,我的儿。"隔了一会儿,她又用一种更温和的语气说道:"源,我很高兴你不敢杀人。我想,救人性命总比杀人好,虽然我不信佛。"

等到源迟疑不决、羞愧参半地谈到王虎如何一定要他同随便哪个姑娘结婚的时候,太太完全被感动了。她慈祥地、充满理解地听他叙述,并在他停顿片刻的当儿不时轻轻地发出赞同声。源低着头说道:"我知道,他有这样做的权力,也知道法律和习俗——但是我无法忍受。我不能,我不能,我要掌握自己的命运,要自由。"这时,对父亲的憎恨的记忆以及试图表白这一点的愿望困扰着他,他继续说下去,因为他想把一切都倾吐出来:"我能够理解最近这些年月里儿子们为何会杀死他们的父亲——我自己做不到这一点,但是我完全理解那些出手比我快的人的想法。"

他注视着这位太太,想看看这些话是否过于严酷,使她承受不了，但实际上情况并非如此。她显露出一种之前所未有过的威严，用比先前更确定的口气说："你是对的，源。是的，现在我常常对那些青年人的父母、爱兰朋友的父母，甚至你的伯父和他那位不住地抱怨青年人的太太讲，至少在这个问题上，青年人是对的。噢，我知道你完全没有错，我决不会强迫爱兰结婚——而且，如果必要的话，在这个问题上我也会帮助你反对你的父亲，因为我确信，你是完全正确的。"

她黯然地说了这番话，却带着某种源于自己生平的隐秘的激情。源惊奇地发现她细细的温和的眼睛变了样，正闪耀着某种光彩，她整个平静的脸也起了变化。但是他毕竟太年轻，除了考虑自己外，还不可能为别人想得很多。她言语的慰藉同这座房子的安静、舒适糅合在一起，占据了他的思想，他迫切地说："我是否能在这儿住一段时间？等到我看清了该怎么去做——"

"那当然可以，"她热情地说，"你爱在这儿住多久就住多久。我一直想有一个自己的儿子，现在你就是我的儿子了。"

事实上，这位太太一下子喜欢上了这个黑黑的高个子青年。虽然按通常的标准，源还不能算漂亮，因为他的颧骨过高，嘴也太大，但是，他比大多数的男青年更魁伟。她喜欢他脸上那种诚挚朴实的神态，喜欢他慢条斯理地行动的样子，还喜欢他说话时表现出来的某种羞怯和优雅。他仿佛是那种即使下了决心，也还是会对自己的能力有所怀疑的人。但源的优雅仅仅表现在他的言谈中，他的嗓音则低沉、动听，完全是男子汉的声音。

源看出了她对自己的好感，更是感到安慰，这儿已是他的家了。他们又交谈了一会儿后，她便带他去一间小房间，即他将要

049

住进去的、属于他的房间。到那间房间要走一段楼梯，再上一小段盘旋式阶梯。房间在屋顶下面，十分洁净，他需用的东西应有尽有。等她走出房间，房里只剩下他一个人的时候，他走到窗边，举目望去，好多街道已亮起了灯光，整个都市一片辉煌。在高高的夜空中，源仿佛已看到了一个新的天堂。

如今，源确实开始了一种新的生活，一种他自己从未梦想过的崭新的生活。第二天早晨，他起床后洗漱穿衣，然后就下了楼，太太正带着与之前同样的喜悦的目光在楼梯口等着他，这使他再次放松下来。她将源带进一间房间，那儿的餐桌上已备好了早餐。在餐桌上，她很快就开始同他谈她为他制订的一些计划，她谈得很具体，很细致，以免什么设想违背了他的意愿。她对他说，首先，她得为他买一些服装，因为他除了身上的衣服外，什么都没有带；然后，得送他进市里一所专为青年人开办的学校学习。她说："我的儿子，你没有必要急于找工作。在这段时间里，你最好先用一些新的知识充实自己，否则你只能赚很少的钱。我把你当亲生儿子一样看待，我要让你实行我曾经为爱兰制订的那些计划，无论她是否已照此做过。你要进这所学校学习，直至学到的东西足以确保你的地位为止。学习结束以后，你就可以找工作，甚至可以到国外去待一阵子。如今的青年男女都十分醉心于出国留学，依我看，他们出洋也是一桩好事。对了，尽管你的伯父高喊这是一种浪费，说他们回国后个个自恃有本事，有能耐，无法再同长辈们一起生活，但我仍然认为，让他们出去尽自己所能学些东西，然后回来报效自己的国家，这总是好的。我只是希望爱兰——"她说到这儿顿住了,一时间显出忧心忡忡的样子,仿佛由于自己内心的某种烦恼而忘却了自己在说些什么。但是,她很快又一展愁颜,很果断地说:"唉,我不该试图塑造爱兰的生活。假若她不愿意,我就不应该这样做——也不要让我塑造你的生活,儿啊!我只是说,假如你这样做——要是你愿意的话——那么,我可以想出一个这样做的办法来。"

源对她谈到的所有这些新鲜事感到茫然,似乎一下子接受不了,他高兴得有点结巴地说:"当然,我只有感谢你,太太,你说的这些话使我十分高兴……"他坐了下来。因为年轻人一夜过后的饥饿,因为平静的心中充溢着欢乐,又因为是在一个成了自己家的地方用饭,他早餐吃了很多东西。这位太太笑了,很高兴地说:"我敢发誓,你的到来使我很愉快。源,即使不为别的,单是看你吃饭就使人惬意。爱兰是那么怕吃饭,唯恐骨骼上多长肉,她几乎一点东西都不敢吃,比一只小猫吃得还要少;早晨,她躺在床上不肯起来,生怕见了东西会想吃。我那个孩子,她只知道追求漂亮,其他什么事都不管,可是我喜欢能吃的年轻人!"

她一边说,一边用自己的筷子将鱼身上的好肉、鸡和调味品往源的碗里搛,她对源的那种健康人的饥饿大为高兴,甚至比自己吃还高兴。

源就这样开始了新的生活。最初,这位太太去一些出售丝绸和外国毛料织物的大商店买来衣料,然后把裁缝请到家里来,替源量体裁衣,照城里的式样做了几件衣服。太太对裁缝们催得很紧,因为源的身上至今还穿着那几件旧衣服,那些衣服做得过于宽大,又是乡下式样,她决不愿让他穿着这样的衣服去见他的伯父和堂兄弟。他们已经听说源来了,这一定是爱兰告诉他们的;他们请他去参加一个为他洗尘的宴会,但太太将宴会的日期挪后了一天,那时他最好的衣服就可以做好了。这是一件有本色织花的孔雀蓝缎子长袍,外加一件玄色缎马褂。源对太太的这些安排十分满意,他穿上了新衣服,一个城里请来的理发师给他理了发,并为他修去了脸上的柔毛。他穿上太太为他买的新皮鞋,套上玄色缎马褂,又戴上眼下每个男青年都戴的那种外国毡帽。当他对着自己房间墙上的那面镜子看时,他也知道,自己看上去是一个非常漂亮的青年人,同这座城市里的任何青年人并没有什么两样。他对这种情况感到高兴,这是人的一种天性。

对这一心理的洞悉使源有点害臊,他十分难为情地走下楼梯,进了那间房间,太太正在那儿等着他,爱兰也在。爱兰一见源就拍着手嚷道:"啊,现在你是非常漂亮的年轻人了,源!"她笑着,笑声里含着浓重的戏弄意味,源感到自己的血往上冲,脸和颈项都红了,她目睹这一情景又大笑一番。然而太太温和地制止了爱兰,她让源转过身子,看看他的衣服的前后身是否都做得很好。当发现一切都很合身时,她对源就更满意了,因为他的身材相当挺拔、健壮。望着源美好的形象,她感到自己这一阵子的辛苦得到了很好的回报。

宴请在第二天举行,和源同去他伯父家的有爱兰,还有那位太太——源已经叫她"母亲"了,不知怎么的,他这样叫起她来比叫自己的母亲还顺口些。他们坐的车不用马拉,而是有一架机器在车里,由仆人驾驶,源从未坐过这样的玩意,但他很喜欢它,因为它开起来那么平稳,就像是在冰上滑行似的。

在去伯父家的路上，源了解到许多关于他的伯父、伯母和堂兄弟的情况，因为爱兰一直在说这说那，喋喋不休地告诉他。她一面讲一面笑，露出淘气的神色，她那小小圆圆的红唇不住地动着，仿佛在为每一个字加标点。根据她的叙述，源的眼前浮现出他们这门亲戚的清晰的画面。虽然他很守礼，但还是止不住笑了出来，因为爱兰是那么诙谐，那么顽皮。他从她的描绘中形象地了解了伯父，她说："源，他真是像一座山那样，前面挺出那么大一个肚子，我敢打赌，他实在需要生出另一只脚来撑住它，他的下颌垂在肩膀上，头秃得像个和尚！可是他比和尚差得远呢。源，他只愁自己太胖，不能像儿子们那样跳舞——实际上，他多么想抱住一个姑娘，把她搂得紧紧的——"讲到这儿，姑娘发出一阵大笑，这时，她母亲温和地打断了她，同时向她眨了眨眼睛："爱兰，讲话要有分寸，我的孩子。他是你的伯父呢。"

"他是我伯父，可我爱怎么说就怎么说。"她淘气地说，"源，我那伯母，也就是他的原配，讨厌住在城里，一直想回乡下去。但是，她又怕离开他，唯恐有些姑娘图他的钱勾引他，然后出于不愿当小老婆的现代观念，要做他的正妻，这样，她就会被撇到一边了。他的两位太太在这个问题上至少是结盟的，也就是说，她们绝不会让他娶第三个女人——这是近年来的一种妇女联盟呢，源。至于我的三个堂兄弟——对了，你知道的，大堂兄已经结了婚，大堂嫂就是这里的人，管他管得好凶，于是我那可怜的堂兄只能偷偷摸摸地寻欢作乐。可是，她十分精明，能够从他身上闻出陌生的香水味，在他衣服上发现脂粉的痕迹，或是从他的衣袋里搜出信来，我这位大堂兄在这方面活脱脱像他父亲。我们

053

的二堂兄盛——他是诗人,一个漂亮的诗人,他替杂志写诗,还写殉情的故事。他可以算是一个叛逆者,一个温和、漂亮、微笑着的叛逆者,他时时刻刻在寻求并变换着爱的对象。然而,我们的三堂弟才是真正的叛逆者。他是个革命家——我知道他是的!"

爱兰说到这儿,她的母亲恳切地喊道:"爱兰,你在说些什么!要知道,他是我们的至亲,在最近这个时期,这种称呼在城里是很忌讳的。"

"他自己这么对我说的。"爱兰说,但把声音压低些,同时朝开车人的后背瞥了一眼。

她在车上说了好多好多话,等到王源进了伯父的家,每个人他差不多都认识了,因为他妹妹已将他们逐个介绍了一番。

这座房子同王龙在古老的北方乡镇买下并传给儿子们的大房子完全不同。王龙的那座房子古老、庞大,一间间房间或是又深又暗,或是既小且暗,此外就是一个个院子,但没有楼,房间一间接一间地延伸开去,空间甚为开阔;房子的屋顶高高的,下面架着梁,看上去陈旧不堪,一个个窗格子里都嵌着来自南方的贝壳。

源的伯父的新房子却矗立在这个外省新城的一条街上,边上挤挤挨挨的也是和它相似的一些房子。这些房子都是外国式的,非常高,但很狭窄;没有任何院子或花园,房间紧紧地靠在一起,虽小,但因为有许多无格的玻璃窗,所以倒很亮堂。阳光射进房间,亮得耀眼。光线照在墙上,照在铺着绣花缎子的桌椅上,照在妇女们鲜艳的丝绸服装和她们涂成朱红色的嘴唇上,呈现出种种斑驳的色彩,因此,当源一进到他那些亲戚全在场的这间屋子时,顿觉光彩夺目,但他感到这儿绚丽得有点过分,并不美。

他的伯父站起身来,双手捧住他的下垂至膝的大肚子,他那件锦缎袍子则像帘幕一般从肚子上垂落下来。他气喘吁吁地向他的客人打着招呼:"哟,弟妹,侄子,还有爱兰!嘿,源也是个魁伟的黑小子,像他父亲一样——不,不像,我敢打赌,比老虎要文雅一些,也许——"

他气喘吁吁地哈哈大笑了几声,便重新坐回到椅子上。他的太太站了起来,从侧面看过去,她是一个整洁、脸色苍白的妇人,穿着一身黑色的缎子衣裙,显得十分简朴和得体。她两手交叉地塞在衣袖里,一双缠过的小脚使她有点站立不稳。她也向他们打招呼说:"我盼望着见你们都好,弟妹,侄子。爱兰,你越来越瘦了——太瘦了。如今的女孩子宁可挨饿,也要穿那种裁得笔挺、同男子服装一样大胆的衣服。请坐呀,弟妹——"

她的边上还站着一位源不认识的妇人。这位妇人的脸粗陋而红润,皮肤用肥皂洗过,擦得发光,头发按乡下的式样,在额前留了一排刘海,她的眼睛很亮,但眼中没有智慧的光芒。没有人提起这位妇人的名字,因此源也不知道她是不是仆人,直到爱兰的母亲同她寒暄了几句,他才得知她是他伯父的姨太太。于是,他朝她微微点了点头,这位妇人涨红了脸,按乡下妇女的礼法,两手交叉地插入袖筒,鞠了个躬,但没有开口。

大家寒暄一阵之后,源的堂兄弟叫他到另一间房间去,同他们一起喝茶。他和爱兰觉得离开长辈们更自由些,便很高兴地去了。源默默地坐在那儿,听他们闲谈。他们彼此间都很熟识,只有他一个人是生客,尽管他是他们的堂兄弟。

他仔细地观察着在场的每个人。他的大堂兄已不太年轻,身材也不高,但肚子已长得同他父亲的一样。他穿着一身黑呢西服,显得有点洋气。他那张白白的脸依然很漂亮,一双柔软的手有着光润的肌肤。他的游移不定的目光常常过久地停留在他堂妹身上,这时,他那嗓子尖尖的、漂亮的妻子就会流露出一种轻蔑的表情,然后谈起其他一些事情,以把丈夫的注意力引开。源的二堂兄——诗人王盛也在座,他披在脸两侧的头发又直又长,手指细长、苍白、娇嫩,他那笑眯眯的、沉思的神色给人一种很有学问的感觉。只有小堂弟在容貌和举止方面都不大吸引人。他是个十六岁左右的少年,穿着普通的灰色学生装,衣扣一直扣到颈部,他的脸一点也不漂亮,长得很粗,上面还有许多小疙瘩。他的一双手瘦削、松弛,从衣袖里露出长长一大截。在别人谈天说地的当儿,他一言不发,只是坐在那儿,从近旁的一只碟子里抓花生吃,他的吃相很贪婪,脸上却显出一种青年人的忧郁神情,使得别人还以为他在违心地吃花生呢。

房间里有一些小孩在他们身边跑来跑去,其中有一两个近十岁的男孩,两个女孩和一个用布带绑住身子,由女仆拉着,吱吱哇哇尖声叫着的两岁的孩子,另外还有一个婴儿正被抱在奶妈怀里吃奶。这些是他伯父的小老婆和他的堂兄弟的孩子,源对孩子向来有些害怕,所以也没理睬他们。

一开始,他们都在闲谈。源不声不响地坐着,他们让他随便吃些糖果和蜜饯,这些甜食就放在源身边一张小桌上的碟子里。堂嫂让女仆给他沏茶,然后似乎就把他给忘了,忽视了待客必须殷勤热情的礼仪,而源在这方面曾经是受过训导的。于是,他轻轻地剥着花生,一边喝茶一边听他们闲谈,并不时将剥出来的花生果仁给孩子们吃,孩子们拿了就往嘴里一送,也不说一个谢字。

然而,堂兄妹之间的谈话很快就沉寂下来。大堂兄确曾问过源一两件事,如他想上哪儿去念书等等。他听说源也许会出洋时,便羡慕地说:"我也想出去一趟,可父亲绝不会为我花这笔钱。"然后,他打了个哈欠,把手指按在鼻梁上,陷入郁郁的沉思之中。末了,他把他最小的孩子抱在膝上,给他吃糖,逗了他一会儿,见孩子发脾气就乐,孩子用小小的拳头拼命打他时,他更乐得大笑。爱兰正同她的堂嫂低声谈话,堂嫂讲话的口气有点愤然,尽管压低了声音,源还是听得出她是在讲她婆婆,说如今再没有哪个妇人会像她婆婆那样爱对别人指手画脚了。

"满满一屋子都是仆人,可她偏要我替她倒茶。爱兰——如果这个月的米比上个月吃得多,她也要怪我!我发誓绝对不再忍气吞声。如今很少有女人愿意和公公婆婆住在一起,我也不干啦!"她说的无非都是这类妇道人家的话。

在所有这些人中,源怀着最大的好奇心注视着的是他的二堂兄,即被爱兰称为诗人的王盛,这部分是因为源自己也爱诗,部分则是因为他喜欢这个青年的优雅,一种纤弱的优雅。盛身穿一套黑色西式便服,这使他显得更为敏捷和引人注目。他长得很漂亮,源很爱美,因此他的目光差不多一直盯着盛那张金色的椭圆形的脸,盯着他那双又黑、又温柔、又带着梦幻色彩、像姑娘眼睛那样的杏眼。源的这位堂兄具有某种情调,还有某种内在的领悟力，这些都吸引着源，使他渴望同盛讲话。然而，无论是盛还是孟都一言不发，盛不一会儿便看起书来，而孟在花生吃完后就跑掉了。

在这间人挤得满满的房间里，谈话也并非易事。孩子们动不动就哭，仆人们进进出出，不停地倒茶送点心，把门弄得轧轧作响。源的堂嫂还在悄悄地讲话，爱兰不时笑着，听到有趣的地方，还做出嘲弄的神态来。

一个漫长的黄昏就这样消磨过去了。晚宴的菜肴十分丰盛，伯父和大堂兄的胃口之好令人瞠目。如果有哪道菜烧得不太好，他俩便一起抱怨，吃到美味则大声叫好；他们还对肉类和点心的烹调进行比较，让厨师出来听他们的评论。厨师出来了，他的围裙因为干活而弄得又黑又脏。他提心吊胆地听着，听到称赞的话，他那张满是油腻的脸上就堆满微笑，受到责怪则低头连连称是。

至于源的伯母，她为了自己，正拼命察看哪个菜里有肉有蛋，或哪个菜是用猪油烧的，因为现在她年纪大了，信佛，不再吃荤菜。她有自己的厨师，他能把蔬菜巧妙地制成各种各样的肉食品的模样。人们打赌说，这一碗是鸽蛋汤，其实里面一颗鸽蛋都没有；一盘鱼端出来，有眼有鳞，活脱脱一条鱼，等到人们将它划开，发现其中既没有鱼肉也没有骨头，才知道这不是真的鱼。这位太太让她丈夫的姨太太忙这忙那，自己还不无炫耀地说："太太，这些活本该是媳妇替我干的，但是如今这时世，媳妇也不像媳妇了。我根本算没有媳妇，这倒也好。"

她的儿媳妇笔直地坐在那儿，很漂亮，但神色十分冷峻，装作什么也没有听见。可是那位姨太太的脾气倒很随和,她能够把各种关系始终处理得十分妥善。这时候,她和蔼地说:"我倒无所谓的,太太。我喜欢忙忙碌碌。"

于是,她就这样为许许多多的小事情忙忙碌碌,给大家带来安宁。这位脸色红润的普通妇女身体强健,脸上常常带着笑容,她最大的乐趣是得一点空,替自己的或孩子们的鞋绣花。她身边常常带着一些零星的缎子,以及剪得很巧妙的花鸟树叶的纸样,颈上也常常挂有各种颜色的丝线;她的中指上始终戴着一枚铜顶针,戴惯了,以至于好多次睡觉时也忘了脱下来,于是她就拼命寻找,疑惑不定,最后,她发现顶针依然戴在自己的手指上,便发出一阵愉快的孩子般的大笑,大家听了也感到好笑。

满屋子都是谈话声和喧闹声,还有孩子们哭哭啼啼的声音和杯盘交错的叮当声,只有那位有学问的太太保持着她的文静和端庄。她有问才答,优雅地进餐,不过分留意吃的东西,她甚至对孩子也讲究礼貌。爱兰的嘴太快,那双善于捕捉笑料的眼老是在闪闪发光,但她只要一瞧见母亲那双温和而严肃的眼睛,瞧见母亲眼中流露的沉思和庄重,就不敢再放肆了。不知怎么的,这位慈祥和蔼的太太坐在这群人中,所有在座的人都变得更为亲切和彬彬有礼了。源看出了这一点,对她更加尊敬,对自己能够称她为母亲也更感自豪。

源无忧无虑地住了一段日子,他从未梦想过这样的生活。他事事都相信这位太太,服从她,就像他是她的亲生孩子一样。他愉快而又热切地服从她,因为她从不向他发号施令,而往往是问他是否十分愿意做她为他安排的某些事,她的话说得那样温和,以至于源常常觉得，要是一开始就让他自己考虑的话，他也会做出这样的选择的。

一天清晨，在她和源两人单独吃早饭——爱兰是从来不吃早饭的——的时候，她说："我的儿子，不让你父亲知道你在哪儿是不好的。如果你愿意，我就亲自写封信给他，告诉他，你很平安地同我住在一起，绝不会受到他的仇敌的伤害，而且，因为这儿是外国政府保护下的海滨城市，他们不会允许战争在这儿发生。我会求他替你解除那种婚约，让你有朝一日也像当今的青年一样自行选择。我还要告诉他，你现在一切都好，并将进这儿的学校念书，我会照顾好你的，因为你是我自己的儿子啊。"

源对父亲并没有完全放下心来。白天，当他在马路上东游西逛地观赏街景，在陌生的市民中挤来挤去时，当他在这幢洁净而安静的房子里忙着读他为进新学校而买来的书时，他会想起自己的任性，甚至想这样喊出声来：像这样自由自在地生活是他的权利，父亲绝不能强迫他回家。然而，在无数个夜里，在他因不习惯清早从街上传来的嘈杂声而醒来时的熹微晨光中，他又感到，对他来说，自由是不可能的。每当此时，他孩提时代的那种恐惧感又会向他袭来，他在心里默默地呼喊道："我怀疑我是否还能在这儿待下去，假如父亲率领士兵前来把我带回去怎么办？"

在这些时候，源忘记了父亲的种种慈爱，忘记了父亲的年岁和病痛，只记得他怎样常常发怒，怎样只注重自己的意旨，然后，源会感到他幼时的那种忧虑和恐惧重新攫住了他。他已经多次设想过如何给父亲写信，如何在信中为自己的出走辩护，设想过若是父亲前来，他该如何躲避他。

因此，当太太对他说了上述话后，他也觉得这样做似乎是最容易、最可靠的办法了，于是他十分感激地喊道："这倒是帮助我的最好的办法，母亲。"他在吃饭的当儿思考了一会儿，心头略感轻松，又敢于有一点小小的任性了，于是他说："只是你的信要写得尽量简单些，因为父亲的眼睛不是很好。然而，你要确实向他说明，我不会按他的意旨回家结婚。如果存在逼我就范的可能性，我就永远不再回去，甚至永远不见他。"

见源那种激愤的样子，太太慈祥地笑了，她温和地说："当然，我一定这么写，但会写得更客气一点。"她显得那样平静、自信，这使源的最后一点恐惧也消失了，他信任她，就像他是她的亲骨肉一样。他不再害怕，只感到生活在这儿既安全又可靠，对这种生活的各个方面，他都不禁热切地倾心向往。

源的生活一向是十分简单的。在父亲的军营里，他翻来覆去做的就那么一点事。在他所知道的唯一的其他地方——军校中，生活也同样简单：小伙子们读书，研究战争，有时也为某些事情发生争执，尽管他们十分友好；小伙子们不能随心所欲地外出和老百姓接触，因此，经过短时间的相处，他们彼此很快就熟识了。为了他们的事业，为了将要为这一事业而进行的战争，他们受到了最严格的约束。

然而，在这个巨大、嘈杂、快节奏的城市中，源发现生活就像一本他必须一下子读完的书。面对丰富多彩的生活，他是那样热切，那样激动，他绝不愿意有哪一种生活从他身边滑走。

就在这座房子里，源过着他所渴望着的那种愉快的生活。源从未有过同其他孩子在一起嬉戏打闹的经验，也从未忘记过他的责任,可如今同妹妹爱兰在一起,他重新发现了他那姗姗来迟的童年。他俩会有不动肝火的争吵,会玩属于他们自己的这样那样的游戏,弄得彼此大笑,使源在笑声中忘却了其他一切。一开始,源和爱兰在一起时还感到羞怯,不怎么敢放声大笑,只是微微地笑,他的心受着束缚,不能自由地表达情感。长期以来,源所受的教育就是凡事须有节制,行动要庄重、徐缓,表情要严肃、端庄,回答问话要考虑再三,因此,如今他对这个爱戏弄人的姑娘不知怎么办才好。爱兰老是嘲笑他,艳媚的小脸上惟妙惟肖地扮出他常有的那种严肃模样,惹得太太也情不自禁地笑起来。最初源也不清楚自己是否喜欢如此被人嘲弄,以前还没有人这样做过,但他也不得不笑出来,因为爱兰不愿意源老是一本正经,不等到源搭理她的打趣话,她是不会罢休的。如果源也说了有趣的话,她就喝彩称赞。

一天,她喊道:"妈,我宣布,我们的这位老夫子又变得年轻起来了!我们要使他重新变成孩子。我知道我们该怎么做——我们该替他买些洋装,我要教会他跳舞,这样他有时就可以和我一起去跳舞了!"

然而,对源新发现的乐趣来说,这玩意未免太离谱了。他知道,爱兰常常外出寻求这种被称为跳舞的外国乐事,有时,在夜间,他经过某幢金碧辉煌的华屋时,也看见人们在跳舞,但他往往把头掉开,他总觉得这样干未免过于大胆:一个男子居然把一个不是他妻子的女人搂得那么紧。即使是夫妻,他们似乎也不能公开这么干。爱兰发现源突然这么严肃,也变得异常任性,非坚持要他学跳舞不可。源羞涩地辩解道:"我的腿太长了,绝对不能跳舞。"爱兰说:"有些外国男子的腿比你的还长,可他们照样跳。有一晚,我在林露茜家同一个白人男子跳舞,我发誓我的头发刚够到他的背心扣子那儿,可他跳舞跳得就像风中的大树一般。算了,再想些什么别的理由出来吧,源!"

正当他羞于说出真正的理由时,她笑了起来,用纤细的食指在他脸上刮了刮,说:"我知道这是为什么——你以为所有的姑娘都会爱上你,而你是害怕爱的!"

这时,太太柔声柔气地开了口:"爱兰——爱兰——不要太无礼了,我的孩子。"源不怎么自在地笑了笑,事情就这么过去了。

可是爱兰不让这件事就此过去,她天天对源喊道:"你别想躲开我,源——我还是要教你跳舞!"爱兰的光阴差不多全打发在对快乐的追求上,她刚从学校回来就丢下书本,换上色彩艳丽的衣服,出外去看戏,或去看某种酷似生活的、人们在其中既会动又能说话的画片。即使在她每天只遇见源一两回的这些日子里,她也会和源打趣说,她明后天就准备那么做了,他必须壮壮胆子,去思考思考爱。

他和爱兰将来会怎么样,源是吃不准的,因为对那些和爱兰来往的漂亮而饶舌的姑娘,他心里还有点害怕,而且,尽管爱兰已将她们的名字告诉了他,并也曾向她们介绍说"这是我的哥哥王源",但他还是认不出她们。她们看上去是那么相像,又都那么漂亮。他害怕这些漂亮的姑娘,但更害怕他内心深处的某种东西——某种神秘的力量,害怕它那漫不经心的小手会搅得他心神不宁。

但是有一天，发生了一件事，给了爱兰调皮捣蛋的机会。那是一天傍晚，源从他的房间里出来准备吃晚饭，他发现被他称作母亲的那位太太正独个儿在桌边等他。爱兰不在，屋子里显得很静，源对此并不奇怪，因为爱兰同她那些朋友外出找乐子时，他们俩常常是单独用餐的。但今晚源刚坐定，太太就用平静的语调开了口："源，我有件事一直想求你，可我知道你很忙，正热心读你的书，起得很早，需要充足的睡眠，所以我没有麻烦你。然而，我在某一件事上已经无能为力了，必须求得帮助。既然在事实上我已把你当作儿子看待，那么，我无法请别人帮忙的事也可以请你做。"

源这一下大大吃了一惊，因为这位太太一直是那样自信，那样从容不迫，那样怡然自得、通晓事理，无法想象她会向任何人请求什么帮助。他从端着的饭碗上面望了她一眼，惊讶地说："放心吧，母亲，我什么事都会为你去做。我来这儿后，你无微不至地关心我，待我比亲生母亲还要好。"

源说话的语气、神态真诚朴实，把这位太太心里正郑重思考着的事引了出来。她紧抿着的嘴唇颤抖着，说："是关于你妹妹的事。我将自己的生命交给了我的这个女儿。因为她不是男孩，当初我就经受过痛苦。我和你母亲差不多同时怀的孕，然后你父亲就出去打仗了，等他回来，我们的孩子都已出世。你无法设想，当时我是多么想要你，源，我希望你是我的亲生儿子。你父亲从来不——从来不来看一看我。我老觉得他有某种情感的力量——有一颗古怪的、玄秘莫测的心。我知道，除你之外，谁也没有获得过他的心。我不知道他为什么那么恨女人，但知道他多么盼望有一个儿子。在他出门的那几个月里，我心里常常想，要是怀个男孩就好了——我并不蠢，源，不像大多数女人那样——我父亲把他所有的学问都传授给了我。我常常寻思，要是你父亲能了解我究竟是怎样一个人，明白我的心，他就会因为我有那么一点知识而感到慰藉。但是，不，在他的心目中，我只是个能替他生儿子的妇人——我没有生儿子，只生了爱兰。源，他打了胜仗回来，立刻就去看你乡下母亲怀里抱着的你。我给爱兰穿红戴银，把她打扮得像男孩一样神气，况且，她也是个极漂亮的孩子，可是你父亲从来不朝她看一眼。因为爱兰这孩子极其聪明，又比同龄儿童懂事得多，所以我一次次地借故把她送到你父亲跟前，或是自己带她去他那儿，我认为他一定会好好地看看她。但是，他对所有的女性似乎都怀有一种不可思议的戒心。在他眼中，她不过是个女孩。我心中孤苦得很，源，最后我终于下决心离开他——我并没有把事情挑明，只是用女儿要上学作为借口。我下定决心，一定要让爱兰得到一个男孩所能得到的一切，尽我所能去冲破一个女人与生俱来所受的束缚。你父亲是慷慨的，源——他寄钱给我们——我们什么也不缺，只是我和女儿是死是活，他是毫不关心的……我帮助你，并不是为了他，而是为了你自己，我的儿子。"

说到这儿，她富有深意地瞥了源一眼，源注意到了她的这道目光，心中不免有点慌乱，因为转眼之间，他就了解到了这位太太的生平和她的种种思想。她是他的长辈，如此知情使他感到不好意思，所以他一句话也说不出来。她继续往下说道："就这样，我为爱兰献出了自己的一切。她是个可爱又快乐的孩子。我过去常常想，有朝一日，她必定会成为伟人，也许是个大画家，或是大诗人，最好像我父亲那样，成为一个医生，因为如今已有女医生了。至少，她也会成为我国新时代献身妇女事业的某种领袖。在我看来，我生的这个孩子必然会成为伟人，她博学多才、智力超群，就像我原本可以做到的那样。可惜我从来没有获得自己曾渴望得到的西洋学识。现在我翻翻她扔在一边的学校课本，为书中有那么多我永远弄不懂的东西感到悲伤……但是，我现在也已经明白，爱兰将永远不能成为伟人，她唯一的才能存在于她的笑谑、嘲弄和她漂亮的脸蛋之中，存在于她所有的那些赢得人心的争胜之道中。她什么事都不会尽心竭力去干，除了尽情地寻求欢乐以外，她什么都不爱。她是友好的，但友好中缺乏深情；她之所以待人友好，是因为友好比不友好更使她的生活愉快。哦，我知道我的孩子的分量，源——我知道我自己造就的东西，我不会盲目相信别人的恭维。我的梦已经做完了。现在我所求的只是她能在某处明智地解决婚姻问题。她一定得出嫁，因为她属于那种必须有男子照顾的人。她在这样自由的环境中长大，在婚姻上绝不会服从我的选择。她是任性的，我一直在提心吊胆，就怕她随随便便地委身于某个小伙子，或年龄比她大得多的蠢男人。她甚至有些异想天开，有那么两次居然想找一个白人男子，她觉得和这种人在一起，让人们瞧着是一种荣耀。现在我对这个倒不怕了，她已经转变了方向，我怕的是经常跟她在一起的那个人。我不能够老是跟在她身后，我信不过她那些堂兄，也信不过那个堂嫂。源，为了使我放心，请你晚上有时候能跟她一起出去，看看她是否平安无事。"

正当她母亲娓娓而谈时,爱兰穿着一身准备晚上外出作乐的衣服,进了这间房间。她身穿一件镶银边的深玫瑰红的长旗袍,脚上是一双进口的银色高跟鞋。那件旗袍是无领的,这是眼下最时髦的式样,这样她那孩子一般纤柔光润的颈项就全部露了出来;旗袍还是无袖的,这使她两条美丽的手臂也都裸露在外面。她的手和臂膀虽纤细,却不见骨头,能见到的只是最柔软最滑嫩的肌肤。她手腕细得像孩子,却像任何妇女的手腕那样浑圆,手腕上还套着一个雕花的银手镯。在她两手的中指上,都戴着银镶玉嵌的戒指。一头卷曲的、像墨玉般乌黑光亮的头发飘拂在她那张可爱的、化了妆的脸上。她肩披一件用最软最白的毛皮制成的斗篷,进门就一仰身卸了下来。她微笑地顾盼着,先是看着源,然后看她的母亲,她很清楚自己有多美,并天真地为此感到骄傲。

源和她母亲都目不转睛地注视着她,爱兰觉察出了这一点,轻轻地发出一阵纯洁而喜悦的笑声。笑声使她母亲从凝视中回过神来,她平静地问:"我的孩子,今晚你跟谁一起出去?"

"跟盛的一个朋友,"她兴高采烈地说,"一个作家,妈——他写的小说也很出名——伍力扬!"

这个名字源曾听说过几次——他用西洋手法写的小说确实颇负盛名,这些小说很大胆,很豁得开,描写的都是男女之间的情事,故事往往以死亡告终。虽然源曾偷偷地读过他的小说,并为此感到害臊,但他还是很想见见这个人。

"有时候你可以带源一起去,"母亲温和地说道,"我同他说,他学习太辛苦了,有时也应该同他妹妹及几个堂兄弟一起,去寻找一点小小的乐趣。"

"你是该这样，源，我已经等了好久了，"爱兰笑着喊道，一双又大又黑的眼睛看着源，"但是你必须添置必要的衣服。妈，让他买些西服和皮鞋——他脱掉长袍后，跳起舞来腿脚可以更灵便些。哦，我喜欢看男子穿西装——让我们明天出门，替他把什么都买来！源，你自己也知道，你并不难看，如果穿上西装，你会像别的男人一样漂亮。我会教你跳舞，源，从明天就开始！"

源的脸红了起来，他摇摇头，但拒绝并不是他的本意，他回忆起太太对他说的话，不由自主地想起她对他的关心，他知道，这样做正是报答她的一种办法。这时，爱兰又嚷了起来："如果不跳舞，那你干什么呢？你只能一个人孤零零地在桌子边上坐着——我们都跳舞，因为我们是年轻人！"

"跳舞确实是眼下的时尚，源，"母亲像叹息似的说，"一种非常奇怪、非常可疑的时尚。我知道，这是从西方传来的，我不喜欢。我无法认为这是明智的，或是好的，但它就是这么回事。"

"妈，你是最最古怪、最最守旧的人，但我还是喜欢你。"爱兰笑着说。

源还没来得及开口，门开了，穿着黑白相间的西服的盛走了进来。他身边还有个男子，源知道这就是那个小说家。同他们一起来的还有一个漂亮的姑娘，她的穿着和爱兰一样，只是旗袍的颜色是绿色夹金的。然而，在源看来，这个时代的姑娘差不多都是一样的，她们都那么漂亮，都像孩子那样纤小，都涂脂抹粉，声音都像铃铛一样清脆，在快乐或痛苦时又都会发出小小的呼喊。因此，他没朝那姑娘看，却注视着那个颇负盛名的青年男子。他长得高大魁伟,一张宽大的脸又白又光洁,他的红唇薄薄的,眼不大但乌黑有神,还配上两条细而笔直的黑眉。然而,这个人最惹人注目之处是他的两只手,即使在不讲话的时候,他那双手也在一刻不停地动着。他的手虽然很大,样子却像女人的手,指端很尖,往下则厚实柔软,肌肤光滑滋润,并发出一股香气——这是一双妖娆的手。源同他握手致意时,他的手仿佛在源的手中融化了,暖暖地流淌在源的指间,源蓦然间恨起这种接触来。

但爱兰同这个男子的对视却显出亲密无间的样子,他的目光大胆地告诉了她,他对她的美貌有怎么样的反应。看到这一幕,爱兰母亲的脸上显露出担忧的神色。

然后,像突然刮过了一阵香风,这四个人一起走了。静静的房间里又只剩下源同那位母亲相对而坐。她直直地望着源。

"你看,源,我为什么求你呀?"她平静地说,"我知道,那个男子已经结了婚。我要盛告诉我,起先他不肯,最后又觉得无所谓。他说,照现在的看法,如果这个人的妻子很守旧,而且婚姻又是由他的父母包办的,那么,他同其他姑娘在一起走走并不能认为是一桩丢脸的事。但是,源,我希望那个其他姑娘并不是我的女儿!"

"我会去的。"源说。如今,这件事对他来说是不是合适,他已经置之度外了,因为他是为了这位太太而去做的。

为源购买西服的事被提上了议事日程。爱兰和她母亲同源一起来到一家外国人开的店里。裁缝为源量了一下尺码,并对他的身材打量了一番，为他选了一块上好的黑色料子做西装，又选了一块深褐色的粗料给他做白天穿的套装。她们还给他买了皮鞋、帽子、手套以及外国男子穿戴的一些小东西。在量体和购物的整个过程中，爱兰一直叽叽喳喳地说个不停，一边说一边笑，还时不时用那双闲不住的漂亮的小手拉拉这儿，扯扯那儿，她侧着头看源，琢磨着怎样才能把他打扮得更漂亮，弄得源也羞惭地笑起来，同时又感到从未有过的愉快。店里的伙计也被爱兰的那些话逗笑了，偷偷地望着这个那么放肆又那么漂亮的姑娘。爱兰笑着乐着的时候，只有她母亲在叹气，因为这姑娘从来不注意自己在说些什么，做些什么，只希望人们望着她笑。当别人望着她时，她会不知不觉地去观察他的眼光，如果发现那人正欣羡她的美貌（男人们通常如此），那她就愈发兴高采烈了。

　　于是，源就这样打扮起来，事实上，他一直习惯于光着双腿，习惯于腿部在摆动的长袍下产生的那种感觉，但是，他也很喜欢西服。穿着西服，他觉得走路更自在一些；他还喜欢西服上的许多口袋，那可以用来放日常需要的许多小物件。他穿上新装的头一天确实很高兴，因为爱兰一见到他，就拍着手喊道："源，你真漂亮！妈，你瞧源！看这套衣服他穿着合身不？我早知道那条红领带和他的黑皮肤很相配，果然如此吧——源，我为你感到骄傲！——好了，我们到了——程小姐，这是我的哥哥源，我希望你们成为朋友。李小姐，这是我哥哥！"

　　爱兰就这样给源介绍了一大群漂亮的姑娘，羞得源不知如何才好，只是站在那儿尴尬地笑着，他的脸涨红得已和那条新的红领带的颜色接近了。然而，源的心头也有那么点甜滋滋的感觉，因为爱兰随即打开她的唱机,让乐曲声传遍了整间房间,她拉住他,将他的手搭在自己身上,然后握住他的手,轻柔地迫使他做动作。他听任她的摆布,心头虽有点慌乱,却觉得这样很快活。他发现自己有一种天生的节奏感,因为要不了多久,他的两条腿已经能够按照音乐的节拍移动了,爱兰见他这么快就学会了跟着音乐的节奏移步,心里也很高兴。

就这样,源开始了这种新的娱乐。他发觉这确实是一种乐趣。有时,他为自己血液里产生的一种欲望感到羞惭,当这种欲望袭来的时候,他必须克制自己,因为他很想把怀中的姑娘搂得紧紧的,不管这个姑娘是谁,他一心只希望让自己和她一起沉湎于这一欲望中。在这之前,源还没有接触过姑娘的手,而且也不曾和姐妹、堂表姐妹以外的任何姑娘说过话,如今,在温暖的、灯光粲然的房间里,跟着奇妙、缠绵的外国乐曲的节拍,怀里拥着一个姑娘前后移步,这对他来说的确不是一桩易事。开始那第一夜,他是那么害怕,唯恐两条腿不听使唤,走错步子,当时他除了控制好自己的脚步外,无法想任何其他事。

然而,他的两条腿很快就同其他人一样自如而轻快了,乐曲就是两腿的指挥,于是源不必再老想着它们。在聚集到这座城市的娱乐场所来的各个种族各个国家的人中,源是绝无仅有的一个,只有他在不认识的陌生人中感到不知所措。他是孤独的,他感觉到了自己的孤独,尽管他的身体正贴着一个姑娘的身体,他的手正握着她的手。在开头的几天里,他觉得姑娘们全差不多,她们都漂漂亮亮,都是爱兰的朋友,都兴致勃勃,而且都待他很好，他唯一的希望就是搂着一个姑娘，让自己的心在一种缓慢而甜蜜的文火中燃烧着，而不敢让那火一下子烧得太猛。

在大白天，在使人清醒的课堂里，源一想到这些便感到害羞，但他不必对自己说这件事是危险的，应该避免，因为他是在为那位太太尽责，他完全可以说他正在帮她的忙。

事实上，他确实非常认真地注意着他的那个妹妹。在每晚的娱乐将近结束时，他总是等着同爱兰一起回家，而从来不邀请另一个姑娘一起走，唯恐因为须送她回去而离开了爱兰。他之所以这样认真，主要是为了向自己证明，他如此消磨几个小时是完全正当的，而他的这般热心，更是因为那个姓伍的男子和爱兰的会面十分频繁。每当动人心魄的乐曲响起时，源搂着的姑娘和他紧紧贴着的时候，一种甜蜜的忧愁就会袭上他的心头，然而，只要他一看到爱兰同那个姓伍的人踅入另一间房间，或是她想去哪个阳台上凉快一下时，他就会把他的忧愁抛诸脑后。这时候，他不等舞跳完就会跟出去，找到爱兰，然后待在她身边。

当然，爱兰不会一直容忍他这样做。她常常显出不高兴的样子，有几次甚至生气地叫起来："源，我希望你不要这样死缠着我！你完全可以独立行动，自己找姑娘做伴了。你不再需要我，你的舞跳得又不比别人坏。我希望你不要管我！"

在这种情况下，源常常是无话可说的。他不能把太太同他讲的话说出来，爱兰也不会把事情挑明，哪怕是在生气的时候，仿佛她害怕说出她不愿意说的事。等到气消了，她就忘记了这事，又像往常一样和源成为快活的伙伴。

后来，她渐渐变得狡猾起来，不再对源发火了。相反，她常常是笑嘻嘻的,任源跟着她,仿佛她需要他的这份友情。爱兰每去一个地方,那个小说家就必定在那里。小说家仿佛知道姑娘的母亲不喜欢他,因此久已不上她家去了。然而,在其他场合,无论是在公共场所还是朋友家,他总是在爱兰身边,好像他知道她在哪儿似的。源对爱兰和这个小说家在一起跳舞开始注意起来,他见爱兰的小脸在这个时候总是严肃的。这种严肃的神情表现在爱兰身上,是那么不可思议,源常常为之困惑,有一两回,他甚至打算把这件事告诉太太,但是,并没有多少确切的东西可说,因为同爱兰跳舞的男子有好多。有一天晚上,他们一块儿回家的时候,源问爱兰,为什么她和那个男子在一起时显得那么严肃,她笑了笑,淡淡地说:"也许我不喜欢和他一起跳舞。"说着她撇了撇嘴,嘟起她那小小的、涂了红色唇膏的嘴唇,像是在开玩笑。

"那你为什么还同他跳呢?"源不假思索地插嘴问道。爱兰听了这话,笑个不停,两只眼睛里含着某种调皮的神色,最后她说:"不能够失礼,源。"源虽然还有怀疑,但把这件事从头脑中撇开了,不过这事使他的欢乐笼上了阴影。

影响他兴致的还有其他事,虽然这是小事、平常事,但它确确实实存在着。源每次半夜从那些堆满鲜花的、温暖明亮的、美酒佳肴多得超出人们的需要的房子里出来时,就仿佛步入了另一个他希望忘却的世界。在黑夜里,在灰暗的黎明,乞丐和无以为生的穷人瑟缩着站在门口,有的昏昏欲睡,有的则像街头的野狗一般,等客人散尽后溜进那些娱乐场所,钻到桌子底下捡拾人们吃剩的和扔掉的食物。但不一会儿,那儿的仆役就会朝他们大声吼叫，用脚踢他们，拉住他们的腿把他们拖出去，然后把大门关上。爱兰和她的伙伴们从来没有见到过这些可怜的人，即使见了，她们也漠不关心，只把他们看作迷途的家畜。她们笑嘻嘻地在各自的车子里彼此打着招呼，然后快快活活地回到家里，上床睡觉。

尽管源不愿意，他还是看到了这一切。后来，甚至是在夜晚的欢愉中，在乐曲声和舞步中，他也会怀着极大的恐惧想到，他必须走过灰暗的街道，瞧见那些瑟缩着的穷人和他们饥渴的脸。有时，这些人中的一个会向那些熟视无睹的、快乐的富人绝望地伸出手去，扯住一个太太的缎子旗袍。

这时，就会有一个傲慢的男子的声音高叫道："把手拿开！你怎么能把这么脏的手放在我太太的缎袍上，把袍子弄脏呢？"站在附近的警察听见了就会冲过来，把抓住旗袍的脏手打开。

源见到这一情景就缩着身子，低下头，匆匆地走过去。他的心肠很软，警察的那根木棍仿佛打在他的皮肉上，而那只被打得赶紧缩回去的、受了伤的、饥饿的手也仿佛就是他自己的手。在人生的这一时期，源追求欢乐，他不愿意看见那些穷人，但是，尽管他不希望见他们，他却始终注意着他们的一切，源就是这么个人。

不过，在源如今的生活中，不只有这样的夜晚，还有他和同学们在一起读书的白天。在学校里，源对被爱兰称为诗人和革命家的盛和孟有了进一步的了解。在这儿，他们显露了真正的自我。在课堂里，在把大球抛来抛去的操场上，这三个堂兄弟全都忘却了自身。他们会文质彬彬地坐在课桌边听讲,也会跳跳蹦蹦,对同学大声叫嚷,或是因某种粗野的玩笑哄笑。就这样,源渐渐地了解了他的两个堂兄弟,而这在家中是没法办到的。

年轻人在家里同长辈们在一起,永远不会显露出真正的自我,盛和孟兄弟俩也一样。在家中,盛总是沉默寡言,无论对谁都十分客气,且暗暗地写他的诗;孟则始终绷着脸,把身子伏在摆满小玩具和茶碗的小桌子上并敲打桌面。这时,他母亲就常常朝他喊道:"我发誓,我家里没有一个儿子像小野牛一样,为什么你不能像盛那样轻手轻脚地走路呢?"然而,当盛很晚才从娱乐场所回家,第二天清晨不能按时起来上学时,她又会对盛叫道:"我一直说,我是世界上最苦恼的母亲,没有一个儿子是中用的。你为什么不能像孟那样,晚上规规矩矩地待在家里?我从来没见孟在晚上打扮得像个洋鬼子,偷偷地溜到鬼才知道的什么地方去。是你大哥把你带坏的,就像你父亲带坏了你大哥一样。说到底,这全是你父亲的不是,我向来是这么说的。"

事实上,盛从来不上他大哥去的那种娱乐场所,因为他追求的是更优雅的娱乐。源见他常去爱兰去的娱乐场,有时他也同源以及爱兰一起去,但更经常的是和当时他喜欢的某个姑娘一起去。整个晚上,他就和那个姑娘在一起默默地跳着舞,沉浸在极度的欢乐中。

就这样,这几兄弟以各自的方式,在这个人口众多的大城市中过着某种隐秘的生活。盛和孟是两种不同类型的人,他们之间发生争吵的可能性要比他们中的任何一个同大哥发生争吵的可能性大得多。在大哥和他们中间,原来还有两个兄弟,一个年轻时上吊死了，另一个给了王虎[1]，所以大哥的年龄要比他们大许多。但是，盛和孟之间却不会发生争吵，这是因为盛确确实实是个温和的乐呵呵的年轻人，他认为争吵不值得，往往听任孟爱怎么样就怎么样，另一个原因是他俩彼此都知道对方的秘密。孟知道盛常上哪些地方去，盛也知道孟是一个地下革命者，有自己的秘密集会的地点，这是一种迥然不同的事业，也更危险。因此，兄弟俩彼此为对方保守秘密，没有一个人会在母亲面前为了替自己辩护而出卖对方。随着时间的流逝，他俩也逐渐对源有了进一步的了解，并且更喜欢他了，因为他俩中的任何一个告诉源的事，源都绝不会讲给另一个人听。

如今，源在学校里找到了生活中最大的乐趣，因为他确实酷爱学习。他买了一大堆新书，将它们叠起来夹在腋下，又买了不少铅笔，最后还兴高采烈地买了一支其他学生都有的外国钢笔，并把它别在外衣的边上。至于那支旧毛笔，除了每个月用它给父亲写封信外，源已经弃置不用了。

对源来说，所有的书籍都是那样妙不可言。他热切地翻阅着那些干净的、充满未知的书页，渴望把书中的每一个字都印在脑海里。他酷爱知识，因此一遍又一遍地学着。拂晓，他醒后即起身读书，把不懂的那些章节或段落记牢，就这样，他把整本书都

---

1. 根据第二部《儿子们》，王大和王二分别往王虎的军队里送了一个儿子，其中，王大送的是他的二儿子，但二儿子性格软弱，最终在家上吊自杀，而王大的三儿子是个驼背，最终被王大夫妇送入庙里当和尚，此处或为作者笔误。

记在了脑子里。现在,源常常是一个人用早餐,因为爱兰同她母亲都不会起得像他那么早。吃完早饭,他就赶紧出门,穿过安静的行人寥寥的街道,差不多总是第一个进教室。如果哪个教师来得也较早,源就把这看作求教的机会,他会克服自己的羞怯,尽量提出一些问题。碰到有某个教师不能来校上课的日子,他也不像一般同学那样乐得享受一小时的清闲。不,他把这看成一种他无法欣然接受的损失,于是,他会把这一课时全部花在老师本该讲授的知识上。

因此,对源来说,学习是最愉快的娱乐。他如饥似渴地学习着世界历史、外国小说和诗歌,以及兽类肌肉研究等课程。他最喜欢研究植物的叶子、种子和根的内部构造,了解雨水和阳光如何对土壤产生影响,学习各种不同的作物该什么时候下种,怎样挑选种子以及怎样增加收成。源获得了许多这方面的知识。他很讨厌把时间花费在吃饭和睡觉上,可是他年轻,长得五大三粗,老是感到饥饿,所以又不得不吃饭和睡觉。太太留意到了这一点,虽然她不声不响,但始终注视着他的一举一动,源对此却全然不知。因此,她总是能使源吃到一些他爱吃的菜。

源经常见到他的两个堂兄弟,他们已经成为他日常生活的一部分。盛和源同班,他时常在课堂里诵读他写的诗文,并受到大家的称赞。每当此时,源总是艳羡地望着他,希望自己写的诗也能有这样和谐悦耳的韵律,而盛却十分谦虚地低下头去,似乎他并不看重这种称赞。要不是他那漂亮的嘴角常常显露出一丝骄矜的微笑,不知不觉地泄露了他的心思,人们还当真会这么想。在这段时间里,源很少写诗,因为他实在太忙,顾不上空想,即使写了，用词也不够精练，不像以往那样能把词语搭配得很好。他觉得，他现在的思绪似乎过于庞杂，而且没有成形，他不容易抓住它们，使它们化为词语的形式。甚至在他一遍又一遍地修改、推敲，最后写成之后，他那位颇有学者风度的老先生常常说："这诗使我很感兴趣，也写得相当不错，可是我总吃不准你究竟想表达些什么。"

　　一天，源写了一首关于种子的诗，他自己也无法确切地讲出这首诗的含义，只是嗫嚅地说道："我的意思是……我想……我的意思是说……在种子里，在种子的最后的原子里，在它种到地里后，在一瞬间，也许是在一个地方，种子变成了一种非物质的东西，变成了一种精神，一种能量，一种生活方式，一种介于精神和物质之间的要素。假若我们在种子开始生长时能抓住这变化的瞬间，理解这一变化——"

　　"嗯，不错。"先生含含糊糊地说。他是个慈祥的长者，一副眼镜低低地架在鼻梁上，他正透过镜片凝视着源。他教了那么多年书，完全知道他希望看到的是怎样的诗，什么样的诗是好诗。他把源写的那些诗放在桌上，推了一下眼镜，又拿起边上的一张纸，略带沉思地说："你自己心里恐怕还不十分明确……哦，这里有一首好诗，题目是《夏日漫步》，写得极妙，我来读一读。"这是盛那天写成的诗。

　　源一声不吭，把想法闷在自己肚里，听先生念诗。他很羡慕盛的优美、灵动的思想和纯净的韵律，然而，这绝不是使人烦恼的嫉妒，而是谦恭夹杂着钦佩的艳羡，这种情感就如源暗暗地喜欢他堂兄清秀的容貌一样，因为盛确实比他漂亮得多。

可是源永远不能了解真正的盛，人们只知道盛总是笑容可掬，且有一种似乎有点谦恭的坦率，但没有人能真正地了解他。无论在何种场合，他都说一些温文尔雅到了极点的客气话，虽然他说这类话十分顺口，甚至习以为常，但这从来不是他的真心话。有时他来找源，对他说："今天放学后我们去看场电影吧——大世界戏院正在放一部很不错的外国片。"尽管源很喜欢同他的这位堂兄在一起，但等他们到了戏院，在里面坐上三小时，又重新出来之后，源居然回忆不起盛说了些什么，他记得的只是在暗淡的戏院里盛的那张笑脸和他那双发亮的、奇特的椭圆形眼睛。只有一次，盛谈起了孟和他的事业："我不是他们中的一员——我永远也不会成为革命党人。我非常热爱自己的生命，而且我只追求美。我的一切行动都是为了美。我绝不愿意为任何事业而死。我总有一天要出洋，如果那儿比这儿更美，也许我再也不回来了——谁说得准呢？我不愿意为平民百姓吃苦，他们肮脏不堪，身上一股大蒜臭。让他们去死吧，谁会牵挂他们？"

盛以十分轻松安宁的神态说了这番话。他们坐在金碧辉煌的戏院里，望着周围那些盛装的男男女女，他们吃着糕饼和坚果，抽着外国香烟，盛仿佛是所有那些人的代言人。尽管源很喜欢这位堂兄，但因为他居然如此平静地说出"让他们去死吧"这样的话，源不禁感到他有点冷酷。源憎恨死亡，虽然这些日子里他和穷人不怎么接近，但他毕竟不希望他们死。

盛那天说的这些话促使源进一步打听有关孟的情况。孟和源不常在一起说话，但是在同一个球队里踢球，源很欣赏孟在球场上冲刺和腾跃的勇猛劲。在球队成员中，孟的身体要算是最结实的了。大多数年轻人苍白而柔弱，他们的衣服穿得太多，从不轻易脱掉，因此他们奔跑起来就像孩子一般，老是要丢球，要不就像姑娘那样把球掷歪了，或是有气无力地朝球踢上一脚，使球在地上没滚几下就停住了。但是孟扑向球就像球是他的仇敌一样，他用硬邦邦的皮球鞋踢球，球高高地飞向空中，以巨大的冲力落下来，然后又反弹起来。孟通过这项运动练就了一副强健的体魄，源喜欢他的体魄，就像喜欢盛的美貌一般。

有一天，源问盛："你怎么知道孟是革命党人？"盛回答道："孟自己告诉我的。他常常将他的所作所为告诉我，我想，也许我是他愿意透露情况的唯一的人。有时，我也为他担惊受怕，我不敢把他干的事告诉父母，甚至不敢告诉大哥，我知道他们一定会骂他。他的天性是那么凶狠粗暴，于是他会逃走，永远不再回来。他现在很信任我，告诉了我许多事情，因此我了解他现在在干些什么。当然，我知道他还有一些秘密不会告诉我，因为他曾狂热地起过爱国之誓，他割破膀子，用血写下了他的誓词，这我是知道的。"

"在我们的同学当中，这样的革命党人多吗？"源有点困惑地问。他原先以为，他在这儿是相当安全的，可是现在看来，他并不安全，因为这类事同他在军事学校里的同志们所做的事没有什么两样，至今他仍然不想加入。

"这样的人很多，"盛回答说，"其中还有姑娘呢。"

源这一下当真呆住了。他们学校里也有女生，这是这个进步的海滨新城的习惯做法。许多男子学校的校规上说明，女青年也可以入学。尽管许多姑娘不敢去学校读书，而且愿意让女儿上学的父亲也不多，但在这所学校里读书的女生已有二三十个之多，源在许多教室里常能见到她们，然而，他不曾注意过她们，也从未把她们视为他学校生活的一个组成部分，因为这些姑娘都不怎么漂亮，而且老是埋头于书本。

但是，那天他的情绪被盛的话激发起来后，他就开始以一种更为好奇的目光去注视她们。每次，当他经过一个腋下夹着书本、目光低垂的姑娘时，就禁不住会想，不知这样娴静的人是否也属于那些秘密计划的一部分。源特别注意到一位姑娘，她与源、盛同班，但有点与众不同。她身材修长，骨瘦如柴，就像一只饥饿的小鸟；她的脸娇嫩而瘦削，颧骨高耸，薄薄的嘴唇没有血色，却很精巧，鼻梁骨倒是笔挺的。她在课堂上从来不讲话，别人也无从知道她在想些什么；她写的作文不算好也不是太差，因此老师从来不加以评论。然而她老是坐在那儿，静静地听着源说的每一句话，只有从她细细的、带着忧郁色彩的眼睛里有时闪耀着的光芒中，你才知道她正怀着兴趣在倾听。

源好奇地注视着她，直至有一天，这个姑娘感觉到了他的凝视，也开始回看他。从此以后，每当源注意她时，总发现她正以神秘而镇静的目光凝视着他，于是他不再看她了。因为她不爱与他人交往，源就向盛打听她的情况，盛笑笑回答说："那个人！她就是他们中的一员。她是孟的朋友——她和孟常常进行秘密谈话、秘密策划——瞧瞧她那张冷冰冰的脸！那些冷冰冰的人往往是最坚定的革命党人。孟是过于热烈了。他可以今天热烈得要命，明天就悲观失望。但是这个姑娘始终像冰那样冷，像冰那样单调，像冰那样坚硬。我讨厌如此单调、如此冷冰冰的姑娘。然而当孟热烈起来，过早地泄露他们的计划时，她可以使他冷静下来；当孟悲观失望时，她又使他重新振作起来。她来自内陆的省份，那儿早已革过命了。"

"他们计划些什么呢？"源压低了声音，好奇地问。

"噢，等军队打来时，他们准备欢迎他们的胜利。"盛耸了耸肩，回答说，他装作懒洋洋地走开，以免有人听见他们的谈话，"他们主要在这儿的工厂里开展工作。工人们整天干活，却拿不到几文钱。他们告诉那些人力车夫，他们是怎样受着蹂躏，那些外国巡捕又是怎样残忍地欺侮他们，以及诸如此类的话。因此，当胜利的一天来到时，这些下层的老百姓就可以翻身，获得他们希望得到的东西。你等着吧，源——他们会来试探一下能否把你争取过去。孟总有一天会来找你。他昨天还问过我，你是怎样一个人，从本质上来说是不是一个革命者。"

终于有一天，源感到孟有意找他。他把一只手搭在源的身上，抓住源的衣服，以他惯有的忧郁神态说道："你我是堂兄弟，但仍像陌路人一般，从来没有单独在一起好好谈过。我们一起到校门口的那家茶馆里去吃点东西吧。"

源不太好拒绝他，因为这已是那天的最后一节课，大家都放了学，于是他跟孟去了。他们默默地相对坐了一会儿，孟似乎并不打算和源说什么，因为他只是坐在那儿，望着外面的街道和来往的行人，即使开口，也是对他所见到的事物开一些辛辣的玩笑。他说："瞧那个坐在汽车里的胖老爷！看他是怎样在吃，怎样懒啊！他是一个吸血鬼——一个高利贷者，一个银行家，要不就是一个工厂主。我一下子就能认出他们来！嘿，他还不知道自己正坐在即将燃烧的柴堆上呢!"

源明白他的堂弟指的是什么,没有吭声,但他心里却暗自想到,孟自己的父亲比这个人还要胖呢。

不一会儿,孟又说:"瞧那个正费劲拉人力车的人——他连饭也没有吃饱——看,他违反了某项小小的交通规则。他一定刚从乡下出来,不知道警察打出这样的手势便不能穿过马路。怎么样,我说过的吧!你看,那个警察正在打他——警察强迫车子停下来,把垫子没收了!这个可怜的人这一下失去了车子,自然无法赚钱了。可是,今晚他依然得付钱给租车的车行!"

孟目睹这一情景,看到人力车夫垂头丧气地走开时,他讲话的声音也发抖了。源望着他,惊奇地发现这个古怪的小伙子居然气得哭了起来,但又拼命想止住自己的眼泪。孟见源如此同情地看着他,便哽咽着说:"我们到可以讲讲话的地方去吧。如果再不说话,我肯定会受不住。我发誓,一定要杀死那些逆来顺受的蠢家伙。"

于是源安慰着他,把他带回自己的房间,关上门,好让这个小伙子畅所欲言。

与孟的这次谈话深深地触动了源的道德心,而这是眼下他希望忘却的。源是那么喜欢最近这些悠闲的日子。在这些日子里,他快乐、激动,不承担任何责任,只做自己爱做的事情。这座房子里的两个妇女——那位太太和他的妹妹,毫不吝惜她们的赞扬和柔情,使源生活在温暖和友爱之中。他真希望能忘掉世界上还有那么一些衣不蔽体、食不果腹的人。他是那么幸福,不希望思量那些使人悲伤的事。如今,在黎明前的黑暗中,他有时想起父亲对他依然有着影响,就尽力把这件事从头脑里撇开,因为他相信,那位太太的智慧和关怀足以帮助他。这一回,孟谈到的那些穷人又在他的心头笼罩了一层阴影,但他再一次从阴影中挣脱出来了。

然而,通过这样的谈话,源学会了观察自己的国家,在这以前他是不会的。在他住在土屋的那段日子里,他把他的国家看成一片辽阔、可爱的大地。他看到了她美丽的躯体,但没有深刻地了解她的人民。但是,在这儿,在都市的街道上,孟教会了他如何观察国家的灵魂。这个小伙子愤怒地注意到了加于下层民众和劳动者身上的最细微的轻蔑,因此,源也学会了如此细致地加以观察。有富人的地方就会有穷人,当源在街上走来走去时,这类事就见到很多。街上大多数都是穷人——饥肠辘辘的穷孩子,他们有的双目失明,有的因患病而发出恶臭,却从不洗脸洗澡。他们站立在街道两旁,面对着出售各种各样物品的大商店。有些商店的绸旗在人们的头顶上呼啦啦地飘动,雇来的乐队在商店的阳台上吹打奏乐,借以吸引顾客;即使在这样的商店门口,依然有肮脏不堪的乞丐发出悲号和哀叹,他们的面容是那样苍白、瘦削。街上还有不少妓女,她们等不到天黑就出了门,饿着肚子干她们的买卖。

源看到了这一切,最后,这种观察渗透到他的心灵深处,已超过了在孟心中可能有的深度。因为孟是一个必须献身某种事业的人,他所做的一切,都是为了服务于这一事业。孟只要看到一个挨饿的人,看到聚集在生产出口鸡蛋的蛋厂门口的穷人,花一枚铜板买一大碗用厂里扔掉的臭蛋做成的汤喝着,看到有人扛着连牛马也担负不起的重担,或是看到无所事事的富人,遍身罗绮、浓妆艳抹的妇人对着向他们乞讨的穷人嬉笑取乐时,他的愤怒就会抑制不住地爆发出来。孟对他所感受到的一切,常常呼喊出这样的解决办法:"我们的事业一天不实现,这种状况就一天不会改变。我们一定要进行革命!我们要打倒所有的富人,把欺压我们的外国人赶出去,让穷人重新站起来。革命,只有革命才能做到这一切。源,你什么时候能看清这一前景,参加我们的事业?我们需要你——我们的国家需要我们大家!"

孟将他熊熊燃烧着的怒目转向源,仿佛他要一直盯着源,直到他答应了才肯罢休。

然而源无法答应他,因为他害怕这项事业。说到底,这正是他已经逃脱了的事业。

再说,不知怎么的,源不相信任何治疗这些弊病的事业,也不像孟那样对富人恨之入骨。富人的圆滚滚的躯体、他手指上戴的戒指、他大衣的毛皮、他太太的镶宝石的耳环,以及她脸上的胭脂和香粉,这一切都会促使孟狂热地投身到他的事业中去。然而,如果一个富人的脸上露出和蔼的表情,源一定会瞧上一眼,尽管这样做有违他的心愿;即使一个穿着缎子旗袍、傅粉施朱的女人塞一枚银角给乞丐时,源也能在她的眼中看出怜悯的神色来。他喜欢笑声,不管是富人的笑声还是穷人的笑声;尽管源知道某人是坏人,但只要那人爱笑,源就会喜欢他。事实就是这样,孟往往判定一个人是白的或是黑的,于是爱他或恨他,但源无论如何不会这么说:"这个人富有而可恶,那个人贫穷而善良。"源对干任何事业都已经感到厌倦，无论这一事业有多么伟大。

源也无法像孟那样痛恨混杂在都市人群中的外国人。这座城市和世界各地有着大量的贸易往来，所以城里有许多肤色不同、语言各异的外国人。源在街上常常能见到他们。有的外国人很和气，有的则酗酒打闹，使人讨厌。外国人中有穷人也有富人，如果说，孟憎恨富人，那他最恨的莫过于富有的外国人了。他可以忍受任何更加刻毒的事情，但是，当他看见喝得烂醉的外国水手用脚踢人力车夫，看见白人妇女向小贩买东西，试图付比说定的价钱少的钱，或是看见任何其他在各国人种杂处的海滨城市中都可见到的普遍景象时，他无法容忍。

孟憎恨那些神气十足的外国人。如果他从一个外国人身边走过，他绝不会让一步路。相反，他那张愠怒的孩子的脸会变得更加阴沉，同时撑起肩膀。要是他能撞开那个外国人，哪怕是一个妇人，自然就更好。这时，他会充满敌意地自言自语道："他们在我们国家并没有什么公干，只不过是前来掠夺我们。他们利用宗教骗取我们的心和灵魂，利用贸易劫掠我们的货物和金钱。"

一天，源和孟一起从学校回家。他们在街上看到一个身材颀长的男子，此人皮肤白皙，鼻梁高耸，与白人男子无异，但不同的是，他的眼珠和头发却是乌黑的。孟狠狠地瞪了那人一眼，大声地对源说："要问我在这座城里最恨什么，那就是这类不纯粹的人。这类人血缘混杂，不值得信任，甚至他们的心也是一分为二的！我一直弄不明白，我们的某些男女同胞怎么会数典忘祖，把自己的血和外国人的血混合起来。我要把他们当作叛徒全都杀掉,要杀掉刚才走过去的那种家伙。"

源却回忆起那个人彬彬有礼的神态,他脸色虽然苍白,但显得异常坚毅,于是他说:"他看上去相当和善,我不能仅仅因为他是白皮肤的混血儿就认定他是邪恶的。对他父母亲的事,他自己是无能为力的。"

但孟却喊道:"你应该恨他,源!难道你没有听说,白种人对我们国家都干了些什么,他们怎样用残酷的、不平等的条约紧紧地缚住我们,使我们变得同因犯一般?我们甚至不可以有自己的法律——嘿,要是一个白人杀害了我们的一个同胞,他几乎可以不受惩罚——他甚至用不着走上法庭——"

孟像呼喊般地说了这番话,源静静地听他讲,并且略带歉意似的笑着,因为在他人激奋的当儿,他总是那样温和,再说他也觉得,为了国家,自己也许确实应该憎恨那些白人,但事实上他做不到。

因此,源仍然无法加入孟他们的事业。孟恳求他参加的时候,他一声不吭,只是羞涩地笑着,他不能说不愿意参加,只能推说自己太忙——甚至为这样的事业,他都匀不出时间。最后孟只好由他去,但不再和他交谈,见到他时也只是冷冷地点点头。遇到假日或是爱国纪念日,所有的学生扛着旗唱着歌前去游行,源唯恐被别人称作叛徒,也会和大家一起去,但他不参加秘密集会,也不参与密谋策划。有时,他从一些秘密策划者那儿得到消息,说某某人家里私藏着准备刺杀某个大人物的炸弹,却被人发现了,又说一群密谋者把一个教师打了一顿,因为他们对他同外国人过从甚密非常气愤。听了这类传闻,源更是一头扎进书本堆里，不想再顾及任何其他事情。

事实上，对这一段时间的源来说，生活的弦绷得太紧了，使他无法对任何事物的本质进行深入了解。在他还没有琢磨出富人和穷人之道，没有弄懂孟的事业的意义，甚至在他还没有快乐够时，某些其他的事又占据了他的心。那是他在学校里认识的所有的事物，许许多多学过和做过的事——他学过的一些奇妙的课程，学校实验室向他展示的种种科学魔术。他讨厌化学课，因为实验时发出的气味使他的鼻腔感到十分难受，然而，即使在这种课上，他也会被自己制作出来的溶液的色泽迷住，并惊异于两种平静、稳定的液体混合在一起，竟会一下子产生那么多泡沫，而且变成有着新的生命、新的颜色和新的气味的另一种物质。在这段时间里，这个纷繁复杂的大城市向源的心中注入了各种各样的思想和观念，但无论是白天还是夜晚，源都没有时间去探究它们的根本。他无法只致力于某个单项的知识，因为有那么多学问需要他弄懂。有时，源也很羡慕他的堂兄弟和妹妹，因为盛生活在他的梦幻和爱情之中，孟生活在他的事业之中，而爱兰生活在她的美丽和欢乐之中，在源看来，这样的生活都极为安逸，而他却过着一种全然不同的生活。

城里的那些穷人也真是穷得讨人嫌，源并不觉得他们十足可怜。他同情他们，希望他们能有吃有穿，他手头有零钱时，如果一个乞丐伸出手来抓住他的手臂，他总是会给他一枚铜板的。然而，他自忖他给铜板并不全然是出于怜悯，部分原因也是为了得到自由，使他能脱离紧紧抓住自己手臂的肮脏的手，以及车边的哀诉声:"行行好吧,少爷——行行好,少爷,别让我和我的孩子挨饿!"在城里,比乞丐更可怕的是他们那些可怜的孩子,这些孩子的张张小脸已生就一副乞丐的哀号相;最悲惨的则是那些饥饿的婴儿,他们差不多赤身露体地伏在妇女们裸露着的皮包骨头的胸前,徒然地想吮吸乳汁。源一见到这种景象,就会战栗着退缩。他把铜圆丢给他们,掉开目光,赶紧跑开。这时,他会暗自想道:"要是这些穷人不是那么可怕,我也许会参加孟他们的事业的!"

然而,有件事使他避免了同自己的人民完全隔离,那就是他对土地、原野和树木的始终不渝的爱。在都市的冬天,这种爱淡化了,源常常会忘却。但现在春天又来临了,源觉得一种烦躁的感觉又袭上了心头。天气越来越暖和,在都市的小小的花园里,树木开始发芽、长叶。小贩们挑着担子上街,扁担两头的篮里装着开花的李树盆景,或扎成圆圆一大束的紫罗兰和百合花。在和煦的春风中,源开始有点坐立不安。春风使他回想起那间土屋所在的小村庄,他的双足渴望能站到某个地方的泥土上,而不是站在城里的这些人行道上。于是,他报名参加了学校里办的春季班,听老师讲耕作、栽培的课程。和耕作班的其他同学一样,他分到了城外的一小块土地,以便在土地上试验书本上学到的知识。在这一小块土地上,源的任务是下种、除草以及另一些诸如此类的力气活。

源分得的那块地恰巧在全部试验田的尽头,紧靠着一家农户的地。源第一次独个儿去察看那块试验田时,那个农夫正站在那儿张望,脸上堆满了微笑。他朝源喊道:"你们学生上这儿来干什么？我想，学生们是只应该从书本上学东西的！"

听农夫这么说，源便回答道："这几天我们从书本上学了怎样播种和收获，我们知道了如何为播种做准备，今天我要干的就是这件事。"

农夫大声地笑起来，很不以为然地说："我从来没有听说有这么一种学问！嘿，农民告诉他的儿子，他的儿子又告诉自己的儿子——人们只要看看邻人，并且照邻人的做法去做就行了！"

"那么，如果邻人的做法错了怎么办？"源笑了笑，说。

"那就看做得较好的另一家邻人得了。"农夫说，又一次笑起来，并开始锄地。过一会儿，他停下来用手搔了搔头，抖动着身子，高声地笑着说："不，我这辈子从来没有听说过这样的事！嘿，幸好我没将自己的儿子送进哪一所学校浪费钱财，让他学什么种田！我敢打赌，我教给他的东西比他能学到的更多！"

源活到这么大，双手还没有握过锄头，当他提起这把长柄的笨家伙时，觉得它很有分量，似乎难以挥动。他把锄头举得高高的，使劲向下砸去，想翻动坚实的土地，可锄头老是打歪。他出了一身汗，泥地却纹丝不动。虽然是春寒料峭的天气，风也凉飕飕的，但源已如炎夏一般大汗淋漓。

最后，源失去了信心，他偷偷地朝农夫那边望去，想看看他怎样锄地。农夫的锄头稳稳当当地一起一落，每锄一下，泥地上就留下了翻动的痕迹。因为农夫刚才有那么一点得意，所以源不希望他发现自己在偷看。但源很快就看出，农夫正瞧着他，而且自始至终注意着他，为他胡乱挥动锄头的那副样子暗暗好笑。农夫看到源在偷看自己，便发出一阵爽朗的笑声，他大步跨过田垄,走到源的身边,大声说道:"千万别告诉我你正在观察隔壁的农夫怎么干,你不是已经从书本里学到所有的东西了嘛!"他一边大笑,一边继续大声说:"你们的书里没有告诉你该怎样使用锄头吗?"

源有点生气了,但他尽力克制住了自己。他惊奇地发现,自己居然难以接受这个平民百姓的嘲笑。同时,他也沮丧地发现,自己连这么一块地也锄不动,怎么还能够指望播种呢?正是因为想到了这一点,他才克服了自己的羞愧,丢下锄头笑了起来。他忍受住农夫的嘲笑,擦了擦汗水涔涔的脸,羞怯地说:"你说得对,朋友。书里确实找不到关于怎样锄地的内容。如果你愿意的话,我要拜你为师。"

源这几句短短的话,使得农夫大大高兴起来。他开始喜欢源,于是不再笑他。事实上,他心里有点暗暗得意,因为作为一个卑微的农民,他竟然有东西可以教教这个青年,况且是个读书的青年,从青年的言谈举止上,谁都可以看出他是一个学生。于是,农夫变得郑重其事起来,他有点自负地看了青年一眼,一本正经地说:"首先,看着我,也看着你自己,看谁能轻松地挥动锄头,而不出那么多汗。"

源望着农夫。他是个有着古铜色皮肤的强壮结实的汉子。他衣服撩到腰际,膝盖以下赤裸着,脚上穿着一双草鞋。他的脸因风吹日晒而呈棕红色,整个神态显得淳朴而自在。源一句话也没有说,只是笑嘻嘻的,先脱下厚厚的外面的大衣,又脱去里面的大衣,然后把袖子卷到肘弯上,站在那儿等待着。农夫注意地看着源,突然间高声叫起来:"你的皮肤多么像女人的啊!"他把自己的手臂伸到源的手臂旁边，摊开手掌，说："把你的手心摊开来！——看，你的手上都是泡！你锄头抓得太松，我要是这样抓，手掌上也要起泡的。"

然后他提起锄头给源示范，教他用两手抓住锄头，一只手紧紧地捏住锄头柄，另一只手放得稍前些，专管挥动它。源照农夫教的办法做，并不感到难为情。他一遍一遍地试着，最后，锄头的锄板稳稳当当、扎扎实实地落下去，每锄一下就挖起一块泥巴。这时，农夫才称赞了源，源心里乐滋滋的，就像他写的诗受到了老师表扬一般。可是，他对自己的心情也有点觉得奇怪，因为这个农夫毕竟只是一个普通的老百姓。

源日复一日地来到他的这块地里干活。他特别喜欢趁他那些同学都不在的时候来，因为大家都来时，那个农夫便不会走近他，而是只顾在自己的田里忙；要是源一个人来的话，农夫便会走过来，同源说话，教他如何播种，等秧苗生长时，又如何把多余的秧苗拔去，还教他注意观察虫害，因为那些昆虫随时随地觊觎着新生的禾苗。

但也有轮到源施教的时候，譬如，当秧苗生虫时，源从书上学到有种进口毒剂可以除虫，于是拿来使用。他第一次使用灭虫剂时，农夫嘲笑他，大声说："你得记住你怎样观察我，不管怎么说，你的书本不中用，它们既不能告诉你豆该种多深，也不能告诉你什么时候除草最适宜！"

然而，当他看到虫子在下药后萎缩起来，死在豆梗上的时候，便渐渐地严肃起来。他惊讶地低声说道："我发誓，我简直无法相信。看来，这些害虫并不是神的旨意，而是人可以灭除的玩意。书里毕竟还有点东西——不错，也许可以说东西还不少，因为，害虫若是把庄稼吃了，播种栽培也就全白搭了。"

于是他向源索要一些除虫剂，准备用在自己田里，源自然很乐意给他。这以后，他俩就俨然成了朋友。源的那块试验田种得最好，为此他十分感激农夫；农夫也感谢源，因为他的豆子长得很茁壮，而不像他邻人的地那样遭受虫害。

有这么一个朋友，有这么一块地可以干干活，源感到十分满足。春季，当他在田里俯身干活时，一种充实感常常会在他的心头腾起，这是一种他以前从未有过的感觉。他学着在干活前换衣服，穿上一件像农民衣服一样的普通外衣，甚至把鞋也脱了，穿一双草鞋。农夫家中没有未出嫁的女儿，他的老婆如今也又老又丑，因此农夫让源在他家里随便进出，源将自己干活时穿的一套衣服也放在他家。于是，每天源一到农夫家，就把自己打扮成农民的模样。他爱那块土地，爱得比他原先想的更深。观察种子怎样发芽真是一件美妙的事，这里面有一种诗意，一种他几乎无法言传的东西，尽管他曾试着写过一首诗，想把这种感觉表达出来。他爱在田里耕作，在自己那块地里忙完了，他常常跑到农夫的田里帮着干活。有时，应农夫的邀请，他也会在农夫家的打谷场上吃顿饭，因为这时天气已渐渐转暖，农夫的妻子往往就把饭桌摆在打谷场上。就这样，源的身体越来越结实了，脸也晒得又红又黑，有一天，爱兰看着他嚷起来："源，你越来越黑了，这究竟是怎么一回事？黑得就跟农民一样！"

源笑了起来，回答说："我就是一个农民，爱兰，不过我这么说，你是绝对不会相信的！"

当源埋头于书本,或在夜晚的欢愉中远离他那块土地的时候,他也常常会突然想起它来。他读着,玩着,心里却不由得盘算起该种哪些新的种子了,他种着的那种蔬菜在夏天之前收割行不行,或是为他的作物梢头上开始出现萎黄感到担心。

有时,源会暗自想:"要是所有的穷人都能像这个农夫一样,那么,我也许愿意参加孟他们的事业,并会将它作为自己的事业。"

在这块小小的土地上,源获得了一种切实而秘密的满足,这使他十分高兴。这是一个秘密,因为他不能对任何人说他喜欢在田里干活。作为一个年轻人,他甚至也为自己的这种爱好感到难为情;城里的青年通常看不起乡下人,嘲笑他们为粗人、大笨蛋等等。源注意到他的一些同学也说过这样的话。因此,他甚至不敢把自己的感受讲给盛听,虽然他和盛在一起有好多话可以说,如两人在哪个地方见到了美的色彩和美的造型,少不得会交谈一番;当然,他更不能同爱兰谈论他在试验田里感受到的那种奇妙、深沉和切实的欢愉。如果需要的话,他会把他的感受告诉自己称为母亲的那个人,因为尽管他们之间心里话谈得不多,但两人在屋里单独吃饭时,这位太太常常会以一种十分严肃的态度,谈及她喜欢做的一些事情。

这位太太的时间全花在做一些不怎么惹人注意的好事上。她不像城里的许多太太那样倾心于游戏、宴饮以及看赛马、赛狗等活动。这些事并不使她感到快活。爱兰邀她去时,她也去,但只是坐在那儿看看,显得优雅而超然,仿佛她认为这仅仅是一种应酬,事情本身并没有多大意思。她真正的快活寄托在为孩子们服务的一项慈善事业上。有些穷人不想哺养新生下来的女婴,就将她们遗弃,她发现后就抱回来。她为她们准备了一个屋子,雇了两个妇女当奶妈,她自己也每天上那儿去,教育那些孩子,并照看生病的和过于消瘦的婴孩。那间屋里已收留了近二十个弃儿。有时,她也同源讲到她的这项工作,谈起她打算怎样把这些女孩培养成善良、诚实的人,使她们能够自立,然后同可靠的男人,如农民、商人、织布工或其他需要找吃苦耐劳的女子为妻的那些人结婚。

有一次,源同她一起到那间屋里去。源惊奇地发现,一到那儿,太太那张庄重、严肃的脸就起了变化。这是一个简陋、普通的地方,因为她拿不出太多的钱来,也不能为了这儿剥夺爱兰的娱乐。然而,她一进门,孩子们就纷纷扑向她,叫她"妈妈";她们扯她的衣角,拉她的手,热切地显出她们对她的爱。太太笑了起来,有点羞怯地望着源。源站在那儿呆呆地看着,因为他还没有见她这样大笑过。

"爱兰知道这事吗?"他问。

听源这么问,太太突然又变得严肃起来,她点点头,只是说:"她现在正忙于自己的个人生活呢。"

然后,她带着源在这间陋室里里外外转了一圈,尽管这儿的陈设相当简单,但从院子到厨房都很干净。她对源说:"我不必为她们花费太多的钱,因为她们将来都是工人的妻子。"接着,她又说:"在这些女孩中,如果我发现一个能够适合我为爱兰所制订的计划的人,哪怕只有一个……我就把她领到自己家里去,亲自抚养她。我想其中有这么一个吧——不过还不怎么确定……"她喊了一声,一个女孩从另一间房间里来到她身边。这个孩子比其他孩子稍稍大一点,虽然年龄也就十二三岁,但眉宇间已有某种认真严肃的神态。她很自信地走上前来,把手放在那位太太的手中,望着她,用脆生生的声音说:"我来了,妈妈。"

"这个孩子,"太太说,她十分热切地看着女孩那张仰起的脸,"有某种灵气,但我还摸不透。她是我自己发现的,当时她刚生下来,被丢弃在门口,于是我把她抱了进来。她是这儿年龄最大的孩子,也是我发现的第一个弃婴。她悟性极强,学习认真,诚实可靠,如果她能够这样保持下去,在一两年里我就要把她领到家里去……好吧,梅琳,你可以去了。"

女孩朝她笑了笑,那是活泼、轻快的微笑;她还向源投以深沉的一瞥,虽然她只是个孩子,但源忘不了那一瞥,那是清澈、直率并带有某种疑问的一瞥,而她无论对谁似乎都会这样瞧上一眼的。就这样,她又走出了这间房间。

对这样一位太太,源似乎可以说些什么,但他终究又觉得没有说的必要。他只知道,自己爱在田地上打发时光。在田里的时候,他觉得他和作物的根系有着某种联系,这样,他就不会同许多其他的城里人一样,像无根的浮萍,漂浮在都市生活的表层了。

每逢心神不宁的时候,源就到他的那块地里去。在阳光下,他汗流浃背;在寒雨中,他浑身湿透。他不声不响地干活,或是同那个农夫悠闲地拉家常。这种工作和交谈看来似乎无足轻重,但是当夜晚来临、源收工回家的时候,他胸中的烦躁就会荡涤而尽，于是，他又可以读他的书，愉快地沉思默想，或是心情舒畅地同爱兰及她那些朋友在喧闹、灯光和舞曲中消磨时光了，因为他这时候已从田地里获得了内心的安宁。

源确实需要土地给予他安宁、镇静和根基。因为在这个春天里，他的生活将发生一个他未曾想见的、根本性的转折。在一件事情上，源同盛、爱兰差得太远，甚至同孟也差得太远。这三个人在源从未有过的温暖的氛围中生活，在这个大城市中消磨着青春，城市的全部热力融入了他们的血液。对青年们来说，城市的热力比比皆是：墙壁上绘满了爱和美的图画，娱乐场所放映着关于异国男女爱情故事的影片，在跳舞厅里，只要花少许钱就可以同一个女人消磨一个晚上。这些，都是最原始的热力。

多少高雅一点的是关于爱情的故事书和诗集，许多小店里都有卖。以前，人们往往把这类书看作不良读物，认为它们是点燃男女情焰的火把，没有人敢公开阅读，可如今，那些外国的劳什子打着艺术、思潮之类的幌子潜入中国，于是，到处可以见到青年在阅读和研究这类书籍。但是，不管名目如何动听，火把终究是火把，再古老的火种也会被点燃。

男青年的胆子渐渐大起来，姑娘也一样，传统的道德观念已被他们撇开。他们公然挽起手来，这种做法已不像以往那样被视为不轨行为。一个青年男子可以亲自要求一个姑娘嫁给他，姑娘的父亲也不能像以往那样向法院控告男青年的父亲，而在外国恶习尚未侵蚀的内陆城镇，因这类事而发生控告则是常见的。在青年男女公开订婚以后，他们就像原始人那样自由地来往。有时——这是必然会发生的——他们的血液流得太热太快，肉体和肉体的接触过于频繁,但他们不会像他们的父母年轻时那样,因为名誉而被处死,不,他们只消把婚期提前就得了。于是,他们才结婚就生了孩子,而年轻的夫妇却若无其事,仿佛两人还十分光彩似的。他们的父母亲若是感到难堪,也只能够默然相对,暗暗伤心,尽力克制着自己,因为现在已经是新时代了。尽管如此,还是有许多父亲为了他们的儿子,许多母亲为了她们的女儿而诅咒这个新的时代。但新时代终究是新时代,谁也没有办法使它逆转。

盛在这样的时代里生活,孟和爱兰也在这样的时代里生活,他们只知道自己是时代中的一员,而不管其他事。源却不然。王虎用种种旧的道德观念以及他对一切女性的憎恨哺育了源,因此源从未梦想过女人,偶尔在睡梦中见到,醒来也会羞愧万分,这时,他便离床拼命念书,或是去街上溜达一会儿,以此来荡涤心中的污秽。他知道,自己有朝一日也会像所有的男人那样体面地娶妻生子,但眼下他有那么多东西要学,还没到考虑这种问题的时候。现在,他如饥似渴地想要学习。他曾经明确无误地向父亲这样表白过,而且至今未曾改变。

然而,今年春天,他夜里常常被梦惊扰,并深深为这些梦境而苦恼。这真是不可思议的事,因为在白天,他从未让自己的思路滑到爱或女人这方面去,但是一睡着,他的脑海里就充斥着那么多色情的意象,以至于他梦醒后每每因为羞愧而浑身冒汗。只有当他大步走向那块土地,并在那儿拼命干活的时候,他的心才能清静下来。他白天在田里干活的时间越多,夜里的梦就越少,觉也睡得越香甜,于是,他去田里干活的兴致更高了。

源自己并不明白,和其他的青年一样,他那颗心已经熊熊燃烧起来。他的心比盛的热得多,因为盛用情不专,心思分散;同样,他的心比孟的也热,因为孟的心正为他的事业而燃烧。源离开了他孩提时代的冷清清的院落,来到了这个热气腾腾的都市。此前,他从未触摸过姑娘的手,因此,当他搂住一个姑娘轻盈的腰肢,把姑娘的手握在自己手中时,总有一种自责之感;当他和着音乐的节拍,和姑娘轻移舞步,他脸颊上感受到姑娘那温热的鼻息时,他心里总会滋生一种他既喜欢又畏惧的甜蜜的忧愁。源是循规蹈矩的,他从来不抚摸他握着的姑娘的手,也不像许多恬不知耻的男人那样拼命地想朝姑娘的身上靠。爱兰一直嘲笑源的这种君子风度,到后来,爱兰的嘲笑使源的思想起了变化——源不敢也不愿有的变化。

爱兰有时噘起她漂亮的樱唇嚷道:"源,你未免太守旧了!像你那样把姑娘推到一边去,舞怎么跳得好呢?瞧,这才是搂住姑娘的姿势!"

难得有几个爱兰不出门的晚上,她、她母亲、源和其他人都聚集在家里,这时,她就启动唱机,将源拉过来紧紧贴住自己,前后左右地迈开舞步。她也会当着其他姑娘的面嘲弄源,嬉笑着对一个姑娘说:"如果你要同我的源哥跳舞,就一定得逼着他抱住你。他最喜欢做的事莫过于把你往哪个壁角一扔,然后独个儿跳舞!"或者,她会说:"源,我们都知道你很漂亮,但也没到漂亮得让所有的姑娘害怕的地步!其实,我们中好多人都早已有了恋人!"

这种当众的笑谑使爱兰的女友们兴奋异常,于是,这些大胆的姑娘胆子更大了，跳起舞来肆无忌惮地紧紧贴在他身上，源想制止她们的孟浪，又害怕遭受爱兰进一步的嘲谑，所以只得竭力忍受。甚至那些胆怯的姑娘和源跳起舞来也是笑逐颜开，变得比同鲁莽的男子一起跳舞时更为大胆，她们笑着，抛着眼风，紧紧握住源的手，还时时让大腿和大腿相擦，使尽了女人们天生擅长的种种把戏。

后来，源被他的梦境以及因爱兰而造成的姑娘们的放肆折磨得难受，决心不再同爱兰一起出去了。然而，爱兰的母亲还是常常对他说："源，知道你和爱兰在一起，我就不会担心。即使有另一个男人带她走，但我知道你也在那儿，心里就踏实得多。"

爱兰也十分愿意源常在她的左右，因为源是一个高大健壮的青年，她以能有这样的男子相伴而骄傲，再说，源也深受她那些女伴的欢迎。就这样，在违反源自己意愿的情况下，柴火已经备齐，只是他还没有用火把将它点着。

然而，源没有料到，事实上也没有任何人料到，火把已经置于干柴之中了。

事情正是这样。有一天放学之后，源留在教室里抄老师写在黑板上、布置同学们自学的一首外国诗。同学们陆陆续续走了，源以为教室里只剩下他一个人。正巧，这是源和盛一起上课的教室，也就是和那个被盛称为革命党人的、脸色苍白的姑娘一起的教室。源抄完诗，合上书本，把笔放进袋里，正准备站起来，忽然听到有人叫他名字："王先生，你既然在这儿，能不能为我解释一下这几行诗的含义？你比我聪明多了。如果你愿意，那就太感谢你了。"

说话的是个姑娘，嗓音十分悦耳，但不像爱兰以及她那些朋友装腔作势的莺声燕语。对一个姑娘来说，这嗓音似乎显得过于深沉，但极为清脆响亮，并具有一种使人激动的力量，因此，这个姑娘说的任何一句话都仿佛有着丰富的内涵。源很惊奇，匆匆抬头一看，见是那个姑娘，即盛所说的那个革命党人，正站在他身边，她的脸色比他记忆中的她更苍白。眼下，她站得离他很近，他发现她细细黑黑的眼睛里丝毫也没有冷漠的神色，相反却充满着热情和情感，在她苍白的脸蛋上，那双眼睛仿佛在燃烧一般，这与她整个冷冰冰的脸面很不协调。她两眼紧紧地盯着他，一声不吭地挨近他，等待着他答话。她显得十分冷静，就像平时对任何一个男子说话一般。

不知怎么的，他回答了她，但话说得有点结结巴巴："噢，是的，那当然……只是我也有点吃不大准。我觉得这首诗的意思是——外国诗往往不太好懂——这是一首颂诗……一种……"尽管如此结结巴巴，但他还是说了不少话。在说话的时候，源不时注意到姑娘那深邃的目光，她一会儿凝视着他的脸，一会儿又似乎在为他所说的话而沉思。最后，她站起身来，向源表示感谢。她说的依然是些极简单的话，但语调里却仿佛饱含一种巨大的感激之情，源甚至想，没有任何帮助该受到这样的感谢。他们离开了教室，走向楼下的大厅，彼此很自然地靠近。这时已近傍晚，学生们已陆续走光，大厅里显得冷清清的。他们一起向大门走去，姑娘似乎乐于保持沉默，但源出于礼貌，问了她一两句话。

源问她："请教芳名？"他用的是以前学过的那种老式的、彬彬有礼的方式，然而她并没有以礼回报，答话干脆、简单，甚至有点草率，只是她说话的声调总赋予她的话以某种含义。

终于，他们走到了大门口，源深深地鞠了一躬，但姑娘却匆匆地点了点头走开了。源望着她远去，发觉她的个子在女子中算是较高的。姑娘敏捷地从人群中穿过，最后在源的视线中消失了。源神思恍惚地跳上一辆人力车回家，他对姑娘究竟是怎样一个人感到纳闷，同时惊奇她的眼神和声调同她的面容和话语何以如此不同。

经过初步的接触，他们建立了友谊。迄今为止，源还没有同女孩交过朋友，事实上，他也没有多少朋友，他并不像有些人那样，在一个特殊的小团体中自然地占有一席之地。他的堂兄弟都有自己的朋友。盛的朋友都是像他一样的年轻人，他们自命为新时代的诗人、作家和青年画家，积极地追随着自己的领袖，如那个姓伍的，源在和爱兰跳舞时总斜眼瞧他。孟有他们革命党人的秘密小圈子。可源哪个也不属于，虽然他会同路上遇见的许多男青年打招呼，或是同爱兰的这个或那个女友轻松地交谈片刻，但他并没有知心的朋友。在不知不觉间，这个姑娘成了他的朋友。

事情就是这样开始的。起初，她强烈地渴望发展这段友谊。像一些富于心计的姑娘惯常做的那样，她时不时地跑来向他请教一些问题，而他则也像许多男人一般，对这种简单的手法竟然毫无察觉。不管怎么说，他毕竟是个男人，且又年轻，能够帮助一位姑娘总是一件乐事。于是，他便常常辅导她作文，最终两人慢慢地达成了默契：他们总是以这样或那样的借口天天碰头，虽然并不公开这么做。倘若有人问源对这位姑娘有什么样的情感，他总是说，仅仅是友谊而已。她确实和那些他认为漂亮或算得上有点漂亮的任何姑娘不同，因为在他的生活中，还尚未有哪位姑娘使他真正动心过。对他来说，假如有哪位值得他考虑的话，那也无疑是像爱兰那样如花似玉的少女，有着纤细娇小的双手、可爱的容貌以及娴静文雅的举止。他在爱兰的女伴们身上看到的就是这些特征。但是，他尚未看中任何一位——他只是默默地想过，他爱上的少女必须像玫瑰一样美丽，像含苞待放的梅花一样动人，或者像其他什么虽无实际价值但精巧雅致的事物一样。因而，他有时悄悄地写些诗句给这样的姑娘，一行或是两行，但从未写过完整的一首诗，因为他对她们的感情浅薄、朦胧，还没有哪位少女在他的心目中能压倒群芳，使他能专心一致地为之吟诗作文。他心中业已萌生的爱的情感，就如同黎明前那淡淡的一缕晨曦。

他当然更未想过去爱这样一位姑娘——严肃、诚挚，总是穿着直统统的深蓝色或深灰色的旗袍，脚上穿着皮鞋，心思全集中在书本和事业上。事实上，他现在也并不爱她。

但是，她却爱他。他无法确切知道自己是在什么时候发觉这一点的。他只是心中明白。一天，他们见面后沿着河边的一条街道散步。那时正是黄昏，街上行人极少，他们彼此隔着一段距离。就在他们转身往回走的时候，他突然觉察到她正凝视着他。他的目光同她的对上了。这目光与往常不同，饱含着一种深沉、强烈的依恋之情。她那动听的声音也和平时完全不同。她说："源，有件事我很想说清楚。"

尽管他还未想到过要去爱她，但是当他结结巴巴地问是什么事时,他的心突然剧烈地跳动起来。她继续说:"我希望你和我们一起奋斗,源,你就像是我的亲哥哥——但同时我也想把你称作'同志'。我们需要你——我们需要你的智慧,你的力量。你的能量足足抵得上两个孟。"

源猛地觉得自己明白了她为什么要同自己建立友谊,他气愤地以为,她同孟是事先策划好的,因而高涨的热情一下熄灭了。

但是,她此时又说了起来,那声音在月光下听起来既温和又深沉:"源,除此以外,还有一个原因。"

源现在不敢问她这个原因是什么。他感到一阵头晕目眩,几乎透不过气来,只觉得自己的身体在颤抖,于是他转过身来轻声地说:"我该回去了——我答应过爱兰。"

两人于是默默地往回走去。但是,当他们分手的时候,他们的手紧紧地握在一起。这在以前是从未发生过的,他们自己几乎一点也没有意识到,更谈不上事先曾想过要这么做。这种手的接触使源的内心发生了某些变化。他心里清楚,他们已不再是朋友——从现在起就不再是朋友,尽管他还不明白他们之间现在是一种什么关系。

那天晚上,当他和爱兰在一起的时候,当他同这个姑娘聊天、跟那个姑娘跳舞的时候,他以一种陌生的眼光打量她们,心里纳闷世界上的姑娘为何有如此大的差别。那晚,他第一次为了一位少女而辗转反侧,久不能眠。他现在久久地思念着的就是这位少女。他想着她的眼睛,那双缺乏生气的眼睛在苍白的脸色的衬托下像玛瑙石似的,显得很冷漠。但是他现在发现,他们在一起说话时,她的那双眼睛就显得光彩照人。他接着又想起她那甜柔的声音,那声音的圆润同她的娴静和冷漠完全像是两码事。但那确实是她自己的声音。他就这么苦思冥想,多么希望当时能有勇气问她另一个原因是什么,而同时又多么希望他所猜想的答案能由她那动人的声音表述出来。

但是,他不爱她。他自己很清楚地了解这一点。

他最后回想起他们的手握在一起时的情景:两人站在没有路灯的街道的暗处,手掌对着手掌,整个身体如同被钉在地上一般,一动也不动。路过的黄包车只得拐过他们朝前拉,要不是车夫骂出声来,他们竟一点也没有注意到。尽管如此,他们却毫不介意。那时一片黑暗,他看不清她的眼睛。她默默无言,他也一声不吭。大家的思想全集中在紧紧握着的手上。当他想到这里时,他心中的火把就点着了。尽管这种手的接触已不再使他困惑——他明白他并不爱她,但他的内心却像有什么东西燃烧起来了。

假如是盛触摸了这个少女的手,他要是高兴的话就会微笑,但随后便会把此事忘得一干二净,因为他曾多情地抚摸过许多姑娘的手。要是他发觉哪个姑娘爱上他,他更会随心所欲地抚摸这个姑娘的手,直到他对此感到厌倦为止。随后,他便会为此写个故事或是写上一首诗,接着便轻易地把这个姑娘忘掉。孟也不会为这样的事长久地受折腾,因为在他的事业圈子里有的是年轻姑娘,并且这些青年男女都把不拘礼教和自由往来作为自己追求的目标。他们互相称呼为"同志"。孟听过不少有关男女平等以及自由恋爱的讲演,自己也讲过一些。

这些青年男女尽管对人生持如此的自由观点,但实际上他们并没有多少相应的行动,就像孟那样,他们是被事业而不是被欲念激励着。事业使他们变得纯洁。孟则是他们中间最纯洁的一个。孟在自己的成长过程中,目睹了父亲那无节制的欲望和兄长恍惚的神态。他把这一切都斥为和女人鬼混的结果。在他看来,他们浪费了精力,损耗了身体,而这些本应该是用来为事业而奋斗的。鉴于这些原因,孟还从未碰过一位少女。他可以就任何有关摒弃婚姻法则的自由恋爱和爱的权利等问题高谈阔论,但却从未尝试过其中的任何一点。

同他们相比,源既没有使人纯洁、激动人心的事业,也不会像盛那样与姑娘调情取乐,终日无所事事。因此,当这个姑娘的手碰到他那从未被女性触摸过的手时,他便对此难以忘怀。当源回想起她的手时,有一点使他感到很奇怪——她的手心火热并有点湿润。他难以想象她的手会给人那样的感觉。想起她那张苍白的脸,想起她那说话时微微翕动的没有血色且显得冰冷的嘴唇,他会认为——如果以前他想过这件事的话——她的手干燥、冰凉,而且手指松弛得难以拿住东西。但是,他想错了。她的手紧握着他的手,显得既热烈又依恋。她的手、声音以及眼睛,所有这些都泄露了她内心的热切。当源开始想她的心——这个奇怪的、既勇敢冷静又腼腆害臊的姑娘的心会是什么样的时候,他在床上翻来覆去,渴望着能再一次握一下她的手。

尽管如此,当他最终进入梦乡继而又在这透着凉意的春晓醒来时,他依然觉得自己并不爱她。在这凉爽的早晨,他会回想她的手是那么火热,而同时他又会暗自思量,即使如此,他也不爱她。那天,他极其害羞,在学校里一眼也不敢看她,也不敢在校园里的任何地方逗留,一过中午便去到他的那块地里拼命地劳作,他心里想:"触摸土地胜过抚摸任何姑娘的手。"他回想昨天晚上他是如何躺在床上静思默想的,他为此感到害羞,并为父亲不知道而暗自高兴。

不一会儿,农夫来了。他对源锄去萝卜周围杂草的方法夸奖了一番,笑着说:"还记得你头一天锄草的情形吗?假如你今天还是像以前那么干,萝卜都会同野草一起被你锄掉了。"他微笑着,然后安慰源说:"你会像个农夫的。看看你手臂上的肌肉以及宽阔的后背就知道了。其他那些学生——我从来没有看见过那么弱不禁风的人——戴着眼镜,摇晃着细弱的手臂,嘴里镶着金牙,骨瘦如柴的双腿插在洋裤子里。假如我像他们那样,我敢赌咒我会用毯子把自己裹起来的。"农夫说着笑出声来,接着又大声说:"来,吸袋烟,到我门前来歇会儿!"

源照着做了。他微笑着听农夫拉着粗大的嗓门叙述他对城里人的轻蔑,特别是对年轻人和革命者的憎恨。每当源婉言为他们辩解几句时,农夫便打断源的话,粗声粗气地说:"那么,他们对我有什么好处?我有自己的一小块地,有自己的房子,有自己的牛,我不想要更多的地,我够吃了。假如当官的征税别这么重,那就更好不过。不过话说回来,像我这样的人什么时候都得缴税。他们为什么跑来说要为我办好事?究竟有谁听说过陌生人会给你好处?除了自己的亲属,谁又会帮你的忙?全是没有的事,我想大概是他们自己想要得到什么好处——也许是要我的牛,要不就是想我的地。"

他接着咒骂了一通,咒骂那些生了这种儿子的母亲,接着又取笑那些不如他自己健壮的人。他慢慢地变得高兴起来，赞扬源地里的活干得好，随后他大笑，源也跟着大笑。他们是朋友。

离开这个粗壮的人以及这块圣洁的土地以后，源便回家上床睡觉。那天晚上，他哪儿也不去，什么消遣也不想。他头脑里丝毫没有对任何姑娘的杂念，也全无接触任何姑娘的欲望，他只是想干他的活，读他的书。那天晚上，他很快就睡着了。就这样，田地给了他片刻的安宁。

但是，他内心的情火已经点燃。过了两天，他的心境不由自主地起了变化，他变得心神不定。一天，他偷偷地转过头去看那姑娘是不是在教室里。她在那儿，他们俩的目光在其他人的头缝间碰在了一起。她的目光是那么热切，那么依恋。他迅速地把头转了回来，但却无法把她忘记。又过了一两天，他在穿过门时情不自禁地说："今天出去散步好吗？"她点点头，那双深沉的眼睛盯着地上。

那天，她没有握他的手。他感觉得到，散步时她同他保持着较以往更大的距离，话也比以往更少，使得谈话变得相当困难。而源却不同，他自己都为之感到吃惊。照理说，他本应为她不握他的手而感到高兴，本应希望她不要离他太近。但是，在他们走了一会儿之后，他便渴望她能触摸他的手。本来，即便是在分手的时候，他也不伸出手的。但此时他却注视着，渴望她能伸出手来，而他好把它握住。但是，她并未伸手。他于是像受了欺骗似的往回走去，而心里越是这么想便越是感到气愤。同时，他感到羞耻，发誓以后再不同任何姑娘散步，因为他并不是无所事事的人。那天，他写了篇关于男人应如何洁身自好、如何为学业而奋斗以及如何不与女性往来的文章。这篇苦涩的文章着实使一位温和的老先生吃了一惊。那天晚上,他千百次地自语,庆幸自己并不爱这位姑娘。此后一段时间,他坚持每天去地里,免得自己回忆起曾想触摸她手的这回事。

有一天,大约是此事发生以后的第三天,他收到了一封信,信是用他不熟悉的小的方体字写的。他的信不多,只有有时收到一位朋友的来信,他在军事学校时曾经很喜欢这位朋友,而且这位朋友直到现在仍很喜欢源。但是,这封信的笔迹并不像他朋友的那种潦草。他打开信,发现这封信是他并不爱的那位姑娘写来的——仅仅一张纸,短短的几行,上面清楚地写着:"我做了什么使你不高兴的事了吗?我是一个革命者,一个现代女性。我没有必要像其他女性那样躲躲闪闪。我爱你,你会爱我吗?我并不要求也不在乎结不结婚。婚姻是一种陈旧的绷带。但是你若因此而需要我的爱的话,只要你愿意,你就可以得到它。"最后,她把名字写得又小又隐蔽,紧紧地挤在一起。

于是,爱第一次呈现在源的面前。他独自坐在房里,手里拿着这封信。他现在必须思考爱,必须考虑这个爱可能意味着的一切。一个姑娘就这样在等着他,只要他愿意,他就可以得到她。他的情感一次又一次地呼唤着,他应该得到她。就在这几个小时里,他那青年的童稚开始消失。在他那剧烈的心跳以及炽烈的情感里,他开始变得成熟。他那身心已不再是少年的身心了……

几天之后,激情使他成熟,他已是一个成人,一个具有七情六欲的男人。但是,他并没有给这个姑娘回信,并且在校园里处处避开她的影子。有两个晚上,他坐下想写信,有两次他的笔下要冒出这样的字来:"我不爱你。"但是他并没有这样写,因为他那奇怪的身体迫使他尊重身心的欲望。所以,在这种情感和心灵困惑的混沌状态里,他没有写回信,他在等待着自己拿定主意。

他因此夜不能眠,比以前更气闷烦恼并且焦躁不安,以至于他那位母亲时而心事重重地注视着他。源也感受到了母亲那种疑虑的神态。但是他什么也没说。他怎么能对他的母亲说,他之所以气闷烦恼,是因为他不想得到一位他并不爱的姑娘;是因为他既想得到这位姑娘奉献给他的东西,却又不可能爱她?他于是听凭这种斗争在心中自生自灭,但心情却因此郁郁寡欢,就像有战事时他父亲的情绪那样。

源这种混沌的生活——既非无所事事但也无法集中精力——被王虎突然专横地做的一个决定打破。王虎根本不知道自己做了什么。自太太首次给他写信以后,王虎好几个月都不回信。他在遥远的异乡生着儿子的闷气,但却并不因此寄上片言只语。太太一再瞒着源给王虎写信,要是源有时问父亲为什么不给她写信,她便安慰地说:"随他去,既然不写信,就说明一切平安。"事实上,源非常乐意"随他去",他的头脑被日常生活挤得满满的,最后几乎无暇思及父亲可畏的地方,或是以为自己已摆脱了父亲的管束,像是在自由自在地生活。

但是,春末的一天,王虎又对他的儿子行使起了管束的权力。他打破沉默,给他的儿子而不是给他的太太写了封信。这封信他并没有吩咐写信的人代笔。王虎自己提起他那支久未使用的毛笔,给儿子寥寥写了几句。信中语气严厉、直率,但意思却十分明了。信中曰："我的主意未变。望回家完婚。日期定于本月三十日。"

这封信是一天晚上源从外面娱乐回来，在自己的房间里发现的。他虽然疲乏但精神很好，身体几乎是在和着音乐晃动。那晚，他已决定接受那位姑娘奉献给他的爱情。他为产生这样的想法而激动不已：明天，或许是后天，他会和她一起去她喜欢去的地方，做她喜欢做的事情——他至少也是在玩味这样的想法，他或许会这样做。然后，他的目光落到了桌上，上面正放着王虎的来信。他十分熟悉信封上的字迹，一眼便知是谁。他拿起信，撕开结实的老式信封，从中抽出信笺。他看着信，耳边似乎清晰地响着老虎的吼叫。一点不假，这些话就像是冲着源发出的吼叫。在他看完信之后，房间里好像经过了一阵巨大声响的喧闹，又突然静寂下来。他重折好信，把它装回信封里，然后默默地坐下，连呼吸都感到困难。

他该怎么办？该如何回答父亲对他的吩咐？三十日完婚，剩下的时间已不到二十天了。于是，往昔孩提时的恐惧又在他的头脑里浮起。沮丧攫住了他的心。难道他能反抗他的父亲？他什么时候有过如此的行为？凭借使人恐惧、爱或是其他诸如此类的力量，他的父亲最终还是得逞了。小辈摆脱不掉长辈的管束。源模模糊糊地想到，在这件事的处理上，自己赶回家去并屈从父命也许是明智的。他可以回家完婚，住上一两个晚上以尽小辈的责任，然后出走，从此再也不踏进家门。以后他可以依据法律按自己的意愿办事，这些事就不会算他的什么罪孽。他在遵从父命之后就可以同自己喜欢的人结婚。他思前想后了好一阵，然后上床躺下了，但是怎么也睡不着。当他想到要使自己的身心屈从于父命，屈从于父亲选定的、现正等着他的女性时，他感到不寒而栗，就好像要他和一头借来的野兽繁殖一样。

由于受这种沮丧情绪的影响，他彻夜未眠，第二天一早便又起了床。他跑去找他母亲，拍打她的房门把她叫醒。在她把房门打开以后，他一声不响地把信递给她，等在一边，看着她读信。她看着信，脸色起了变化，然后温和地说："你累了，吃早饭去吧。一定要吃一点，孩子，吃了你会舒服的。我知道你现在什么也不想吃，但是一定要吃点，我很快就来。"

源听从了母亲的劝告。他坐到桌边，女仆拿来了热腾腾的米粥、调味品以及太太喜欢吃的洋面包。他强迫自己用餐。热的早餐很快在他体内产生了热量，他的情绪开始好转，不再像昨晚那样消沉。所以当太太来的时候，他看着她，说："我真想不去。"太太也坐了下来，拿起一小片面包慢慢地嚼着。她边吃边想，然后说："假如你真的这么想的话，源，我会站在你这一边。我不会去强迫你做什么决定，因为这是你自己的事。但是，他是你的父亲。要是你觉得对他尽儿子的责任重于尽你对自己的责任，那么就回到他的身边去。我不会责备你。但是假如你不回去，那就在这儿住下去，我会在各个方面帮你忙。我不怕。"

源听了这些话，感到浑身有了勇气，有了一种越来越大的勇气。这种勇气几乎足以使他敢于违抗自己的父亲。但是，他的勇气仍然需要爱兰的无所顾忌来加以稳固。那天中午，当他回到家时，爱兰正在客厅里逗着一只像玩具似的狮子狗，这只黑鼻子的小动物是那位姓伍的先生送给她的，她非常喜欢。她抬头见到源时，一下喊了起来："源，母亲今天跟我谈了一些事情，并且吩咐我同你谈谈，因为我也是年轻人。她认为，现在你十分需要了解一下一位姑娘对这种问题会怎么想。嘿，源，如果你听那个老头子的话，你就是一个傻瓜！他是我们的父亲又怎么样？我们有什么办法？嘿，源，不仅是我，而且我的朋友里没有一个不这么认为，只有傻瓜才会去和一个从未见过面的人结婚！就说你不同意，他又能怎么样？他不可能带着部队到这里来把你抓回去。在这座城市里，你是安全的——你不是一个小孩——你主宰着自己的生活——将来你会按自己的意愿来举行婚礼。对你来说，让一个连自己的名字都不会写的无知的女子做你的妻子真是太可惜了——她甚至很可能还裹着小脚！可别忘记在现在这个时代，我们新女性是不愿意做小老婆的。假如你和父亲选择的女人结婚，就意味着你和她定了终身，她就是你的妻子。拿我来说，我可是不甘愿做人家偏房的。假如我选择了一位已婚男子，那他就必须把他的头一个老婆打发走，不再同她一起生活，我必须是他唯一的伴侣。我就是这么立下誓言的。源，我们有个妇女会，我们这些新女性都曾立下这样的誓言——与其结婚当小老婆，不如干脆不结婚。最好现在别听从父亲的安排，不然的话，结局绝不会是轻松的。"

爱兰的话对他所起的作用是他本身所无法做到的。他听着她那因温柔和任性而显得十分诚挚的言语，想着城里有许多像她这样的姑娘。她那非凡的透着矜持的美丽容貌似有一种神奇的力量，他慢慢地想道："确实不错，我并不是属于父亲那个时代的人。现在，他也确实无权那样支配我。不错，不错……"

在这种新的力量的启示下,他径直走回房里。他在觉得自己心底尚存勇气之时,迅速地写道:"父亲,我是不会回家办这样一件事的。现在是新的时代,我有自己生存的权利。"随后,他坐着想了一会儿,感到这样写也许太鲁莽无礼,同时又觉得要是加上一些温和一点的话读起来兴许要更好一点,于是他又补上:"此外,学期快要结束,对我来说,现在回家很不是时候。我要是回家的话,就会错过考试,数月的努力也就付之东流。所以,宽恕我吧,父亲,虽然就实际情况而言,是我并不想结婚。"就这样,虽然源在信的首尾按格式写上了礼貌的词语,并又加上了这些温和婉转的话,但是他终究把自己的意思表达清楚了。他不放心把信交给仆人去寄,于是他贴上邮票,亲自跑到满是阳光的街道上,把信扔进了邮筒里。

信寄出以后,他感到充实和安宁。他不想回忆信的内容。回家的路上,他心旷神怡。走在来来往往的现代人中间,他变得更加坚定,更加充满信心。毫无疑问,在现在这种时代,父亲向他提出这样的要求简直是荒唐可笑的。要是他将此事告诉大街上的人们,任谁都会嘲笑这种古板、僵死的处事方式,并且会把他叫作傻瓜,因为他居然会感到害怕。源这样走在他们中间,心里陡地滋生了一种安全感。这就是他的世界——一个新的世界——这个世界的男男女女都是自由人,各自以自己的方式自由地生活。这时,他感到内心浮起了一种模糊的感觉,突然决定暂不回去学习。他想玩乐一会儿。在他旁边的街道一侧,有个装饰华丽的娱乐场,在用几种语言文字书就的广告中,有一条写着"今天献映本年度最伟大的影片——《爱的方式》"。源转过身,随着人流朝大敞着的门里走去。

但是，王虎并不是这么容易就能对付得了的。不到七天，他就写了回信，而且这次他写了三封：一封给源，一封给太太，第三封则写给他的兄长。三封信以不同的方式谈着同样的事情，信不是他自己写的，因而文字较前来得流畅。但恰恰就是这种流畅，使信的内容显得更加冷漠，词句间流露着王虎的愤怒。王虎的信是这样写的：鉴于日期是风水先生择定的黄道吉日，他的儿子源将于原定的当月的三十日完婚。源因为考试在即，那天不能返回，双亲因而决定由他的堂兄，即王掌柜的长子，作为他的代理举行婚礼，代替他履行各种仪式。但是从那天起，源就算是正式结了婚，就像他亲自举行了婚礼一样。

源在信里读到的就是这些话。看来王虎的意见难以更改，而源也知道，他的父亲若不是出于愤怒绝不会这么冷酷。源感觉到了这种愤怒，又害怕起来。

对源来说，这件事确实太棘手了。因为根据当时的法律，王虎完全有权这么做，而且这种做法同其他一些父亲的做法相比，一点也没有过分的地方。源对此非常清楚，所以那天当他收到这封信的时候——他一进门仆人就把信递给了他，他独自站在门厅里拆阅，他感到自己所有的勇气都消失了。他算什么，一个势单力薄的青年，能够抵抗得了千百年来形成的习惯的势力吗？他慢慢转过身，走进客厅。爱兰的小狗跑了进来，用身体擦着他，鼻子一个劲地嗅闻。源对它毫无反应，小狗尖声地吠了一两声。源仍显得毫无兴趣，而若是平常，他会瞧着这只凶猛的小狮子狗发笑。他坐了下来，双手托着头，任小狗一个劲地叫。

但是，吠声惊动了太太。她跑来想看看出了什么事，是不是来了陌生人。当她看到是源时，心里便明白了大半，因为她在此之前也收到了信，于是她劝慰道："别屈服，孩子。此事现在已不仅是你个人的事了。我要把你在这里的伯父、伯母以及堂兄找来，大家碰头商讨一下看看究竟怎么办。你父亲并不是这个家庭里唯一说话算数的人，他也不是年纪最大的一个。如果你伯父强硬一点，通过劝说，我们也许能改变你父亲的主意。"

但是，当源想起他的伯父——那个年老体胖、沉湎于享乐的老爷时，他一下叫出声来："我那伯父什么时候强硬过！不可能，我敢发誓，在这个国家里，仅有那些有军队、有枪炮的人才是强硬的——他们强迫别人屈从于他们的意志。对这一点，又有谁比我更清楚？我看到过父亲利用死亡的威胁来强迫推行他的意志，我看到过千百次——甚至上万次。大家都怕他，因为他有枪炮——我现在发现他是对的——只有像这样的力量才能最终统治社会——"

源感到孤弱无援，抽泣起来。离家出走或是固执己见，现在都无济于事了。

但是过了一阵，他听从了太太的鼓励和安慰。就在那天晚上，她摆了家宴，吩咐所有的人都参加。大家都来了。宴会结束之时，她把这件事亮了出来，大家都等着听下文。

盛、孟和爱兰也参加了，他们坐在下首，因为他们辈分小，此次太太是按旧的风俗给大家排座位的，再说这次家庭聚会是为了议事。但是所有的年轻人都一声不吭，只是干坐着，就像按规矩他们应该做的那样。甚至连爱兰也默默无言，但是她那明亮的眼睛流露出嘲讽的神色，表明她的内心在嘲笑这种庄重严肃，并且以后会把此引为笑柄。盛坐在那儿，像是在想着其他什么更令人高兴的事情。其中，孟是最沉默的一个，一动也不动地坐着。他的脸绷得紧紧的，因为气愤涨得通红，他的思想全集中在源的这件事情上，但因不能说话而感到非常难受……

率先发言自然是王大的责任，但是很明显，他并不希望第一个发言。源看着他，对他会说一些帮助他的话不抱任何希望。王大之所以不愿首先发言是因为怕着两个人。他怕他的兄弟王虎，他记得王虎年轻时非常蛮横。而同时他也不会忘记，他自己的二儿子正在一个很大的内陆城市里过着极舒适的生活，他是以王虎的名义管辖那座城市的。每当王大需要钱用的时候，他的二儿子随时都会寄钱给他。[1] 现今他住在这个处处需要花钱的外国人管辖的城市里就更需要钱了。所以，王大是不可能去得罪王虎的。除此以外，他怕自己的老婆——他的一群儿子的母亲，她已明确地告诉他应该说些什么了。在他们离家之前，她把他叫到房里，说："你不能站在他儿子那一边。首先，我们这些做长辈的应该一条心，其次，如果现在谈得不少的这种'革命'有点什么的话，将来我们也许还得需要你兄弟的帮助。我们在北方还有地，我们可不能不为自己考虑。再说，法律在你兄弟这一边，他儿子应该服从。"

---

1. 根据第二部《儿子们》，王大的二儿子已经上吊自杀，在另一座城市以王虎名义收税的是王二的大儿子，即麻子，此处或为作者笔误。

她的这些话说得相当明确,以至于这位老人现在遇到她那紧盯着他的目光就要冒汗。他在开口之前,揩了揩他那光头,随后呷茶、咳嗽、吐一两口唾沫,尽一切可能推迟发表意见,但是大家仍在等着。他发言了,吞吞吐吐,气喘得很急。肥胖使他的体内增加了压力,这些天来,他的嗓子一直沙哑。他说:"我的兄弟给了我一封信,他说准备给源完婚。但是,我被告知源不希望结婚。同时我被告知……我被告知……"

他扯离正题,因为这时他遇到了他太太的目光。他把视线移开,头上又冒起汗来。他又揩了揩头。源此刻对他恨得无以复加。他气愤地想,他的生活竟要由像王大这样的人来评议表态!突然,他的目光不由自主地落在孟的身上,孟正紧盯着他,眼睛里流露出轻蔑的神色,像在说:"我不是已经告诉过你,我们不能对这些老家伙寄托希望吗?"

此时,王大在他太太阴冷目光的逼视下,不得已很快地说:"不过,我觉得……我觉得……做小辈的应该听话……国法规定……但是不管怎么说——"说到这里,这位老人突然微笑起来,好像自己有什么事要说:"不管怎么说,源,我的孩子,女人之间实际上无甚差别,结婚以后你就不会挑剔那么多,最多是一两天的事情。我给你们校长写封信,请他准你假不参加考试,最好不要让你父亲生气,他可是个脾气凶暴的人。再说,总有一天我们需要——"

说到这里,他又把目光落到他太太的身上,而她那凶狠的眼色则在默默地吩咐他不要再说了。于是他有气无力地突然收住话头:"我就是这么想的。"他转向他的长子,很轻松地说:"该你了，说两句吧，孩子。"

王大的长子随后便开口了。他说得头头是道，但是不偏不倚，因为他不想得罪任何人。他温和地说："我理解源向往自由的愿望。年轻时我也是这样的，我那时为婚姻折腾了好一阵，想同我喜欢的女子结婚。"他淡淡一笑，此时说话胆子比平常大些，因为他那厉害、漂亮的妻子不在场。她快要生了，这是她怀的第五胎，她因此恼怒不已，发誓说以后要学外国人避孕的方法。因为她不在场，他看看他父亲，笑了笑说："实际上，我现在常常想那个时候我为什么要为此大吵大闹，因为最终证明我父亲说的话是对的，女人完全都是一码事，婚姻也是如此，结果都一样，肯定会一样。所以结婚的时候还是感情淡漠一点好，因为最终这种事总会叫人扫兴的。同样的道理，爱情也是不会持久的。"

两人所说的就是这些，再没有其他人发言。有学问的太太没有吭声，在这两个人面前说了又有什么用？她把要为源说的话都藏在心里。年轻的几个更是一言不发，因为对他们来说，谈了也是毫无用处的。他们在一个一个溜到另一间房里以后，便以各自不同的方式对源说开了。盛认为这整件事情都非常可笑，他如此对源说。他大笑着，用那白嫩的手把他的头发向下捋。接着，他又笑着说："源，假如我是你的话，即使法院出传票我也置之不理。我确实同情你，但同时也庆幸我的父母亲不会如此对待我。因为不管他们会如何抱怨新的生活方式，他们已习惯了在这座城市里的生活，他们不会真的强迫我们去做什么事，他们仅是在口头上行使他们的权威而已。别去理睬他们——按你自己的意愿生活。也别说气话，你高兴怎么做就怎么做。你没有必要回去。"

爱兰激动地叫了起来："盛说得对，源！别再去想这件事，和我们一直在这儿生活，我们都是属于新世界的，其他事你就不要放在心上。这里的一切足以使我们大家感到愉快，给我们的整个生活带来无限乐趣。我发誓，哪儿我也不想去！"

孟一直默不作声。待到大家静下来以后，他才慢慢地说，语气很沉重："你们说得轻松，像孩子似的。根据法律，源必须在他父亲指定的那天结婚。根据这个国家的法律，他不再自由。他不再自由——不管他怎么想、怎么说，也不管他怎么自得其乐——他失去了自由……源，你现在愿意参加革命了吗？你现在明白我们为什么一定要战斗了吗？"

源看着孟，感受到了孟愤怒的目光以及绝望的灵魂。他停了一会儿，然后在他自己的绝望的驱使下轻声地说："我愿意！"

就这样，王虎把自己的儿子赶入了他敌人的营垒。

现在，源自认为他可以把整个身心投入到拯救祖国的事业中去了。在这之前，当他听到有人疾呼"我们必须拯救我们的祖国"时，尽管也感到激动，尽管也感到应该做点什么事，但他还是克制住了，因为他还不完全明白为什么一定要拯救祖国，倘若如此做的话，又应当把祖国从何处拯救出来，甚至他还不明白"祖国"这个词究竟意味着什么。早在他的童年时代，在他父亲的房子里，当家庭老师如此教育他的时候，他感到了要这么做的冲动，但也感到了迷惑——他愿意做一些事，但却又不知道要做些什么。在军事学校时，他耳闻了许多外国列强在中国犯下的罪行，但是他父亲也成了敌人，因而他仍然不能清楚地认识问题。

在这所学校读书，情况依然如此。他常常听到孟谈起同样的事情——如何去拯救这个国家，因为孟除了谈自己的事业外，什么也不说。这些日子以来，孟很少看书，忙着参加各种秘密会议。他和他的同志们一直在策划反对学校或城市当局的示威。他们举着旗帜沿街游行，他们高呼口号，反对外国敌人，反对不平等条约，反对市里和学校里的规章制度，反对不符合他们自己愿望的任何东西。他们强行要求许多人参加他们的游行，尽管有些人有时也是不情愿的。孟会强迫他的伙伴们参加，他的脸色像军阀一样难看，他会对着不愿去的同志大声吼叫："你不是爱国者！你是外国人的走狗——我们的国家受到敌人蹂躏的时候，你却跳舞、玩乐！"

一天，当源因为忙而请求不参加游行时，孟甚至对他也吼叫起来。但是，如果孟言辞激烈地对待盛，盛会以一种轻松的态度一笑了之。因为孟虽是年轻革命者的领袖，但首先是他的亲弟弟，而源同孟只是堂兄弟，所以他尽可能地躲避孟。对源来说，此时最好的躲避的地方就是他的那块地，因为孟和他的伙伴是没有时间到地里干沉重的活的，源在那里很安全，足以躲开他们。

但此时源明白了拯救他的祖国意味着什么，也清楚了为什么王虎也是敌人。因为从眼前看，拯救他的祖国就意味着拯救他自己，同时他也认识到他的父亲如何成了他的敌人，并且他心里明白，如不自助，没有人能够拯救他。

他投身到了这项事业里。他用不着表白自己的忠诚，因为他是孟的堂兄弟，孟可以为他担保。孟完全可以为他起誓，因为他知道源愤怒的原因，也知道对一项事业的纯朴的激情正存在于像源目前感受到的这种个人仇恨里。源会恨老家伙,因为老家伙是他特定的敌人。他会为国家赢得自由而战斗,因为只有这样,他自己才能获得自由。所以,那天晚上,他同孟一起去参加一个秘密会议,会议的地点在一条街道尽头的一幢老式房子里。那条街道弯弯曲曲。

这条街道叫作妓女街,居住在这里的全是穷人。在这里进出的人们衣着都很随便、马虎,其中有许多是年轻工人,但是没有人注意他们,因为谁都知道这是个什么地方。孟领着源往街道的深处走。他对这地方的喊声和喧闹毫不留意。他对这里非常熟悉,对那些从门里跑出来拉生意的女人甚至看都不看一眼。假如哪个女人拉他的袖子拉得时间太长,他会甩开她的手,就像甩开一个令人讨厌的没有知觉的昆虫。只有当一个女的抓住源不放的时候,孟才大声喝道:"放开他!我们已经定了一个地方。"他继续大步走去,源走在他的旁边,为摆脱了纠缠而感到高兴,因为这个女人粗俗不堪,眼里流露出兽欲,而她的自作多情更使她令人恶心。

随后他们来到一幢房子面前,一位妇女放他们进了门。孟走上楼梯,然后走进一间房间,有五十多位青年男女等在那里。当他们看见源跟着他们的领袖走进来时,大家停止了低声谈话,用一种怀疑的目光看着源。但是孟说:"不用怕,他是我的堂兄弟。我已经跟你们说过,我非常希望他参加我们的事业,因为他能帮我们很大忙。他的父亲有一支军队,将来也许能对我们有用处。但是他以前一直不肯参加。他对我们的事业一直认识模糊,直到今天,他才知道我对他说的是千真万确的,才认识到他自己的父亲就是他的敌人——就像我们的父亲是我们的敌人一样。现在，他准备这么做了——他的仇恨已足以使他打算这么做。"

源默默地听着这些话，环视着一张张激情洋溢的脸。没有哪一张脸不神采奕奕，尽管有的脸色苍白，有的也并不漂亮，同时所有的眼睛看上去也都是那么炯炯有神。听着孟说的这些话，看着周围的这些眼睛，源的心猛地一沉……他真的恨自己的父亲吗？突然间，恨自己的父亲变得艰难起来。他犹豫不决，头脑里在结结巴巴地说着"恨"这个词——他恨他父亲的作为——他确确实实恨他父亲的许多作为。就在他犹豫不决的当儿，一个人从光线暗淡的角落里站起身朝他走来，并向他伸出一只手。他认得出这只手，于是转过身正视那张他熟悉的脸。他面前站着的就是那位姑娘，她用一种奇怪但又动听的声调说："我知道总有一天你会参加我们的组织的，我知道总有一件事会使你和我们走到一起来的。"

看着眼前的景象，和这姑娘握着手，听着她那动人的声音，源感到那样温暖、那样亲切，以至他清晰地回想起他父亲的作为。是的，假如他的父亲做那种令人憎恨的事情，比如要他同自己从未见过面的姑娘结婚，那么他一定会憎恨他的父亲。他把姑娘的手紧紧地握在手里。她爱他，这使他如痴如醉。因为她就在他的面前，并且握着他的手，他顿时感到自己就是他们中的一员。他迅速地扫视了一下房间。嘿，在这里大家都自由，自由而且年轻！孟仍在讲着话。他们两人站着，一男一女，手握着手——没有人对此感到奇怪，因为在这里所有的人都是自由的。孟此时结束了他的话："我做他的担保人。如果他叛变，我就为之而死。我为他担保。"

当孟说完时，这位姑娘领源朝前走了几步，仍然紧紧地握着源的手，说："我也为他担保！"

她于是把他同她、同她的伙伴们紧紧地束缚在了一起。源十分乐意地宣了誓。当着众人的面，在大家的凝神屏息之中，孟用小刀在源的手指上划了个口子，让血从刀口里流了出来。孟用一支毛笔蘸了蘸血，然后源用这支毛笔在他的宣誓底下签了名。随后，大家一起站了起来，同意源为新成员，并又一起宣誓，然后给源一块标记以证明他们的兄弟关系，源最终便成了他们的兄弟。

现在，源发现了许多他所不知道的事情。他了解到这个兄弟会同其他地方的所有数十个兄弟会保持着联系，而这一网络遍布国内的许多省份、许多城市，并尤其向南方延伸。军事学校所在的那个南方大城市就是所有兄弟会的中心。这个中心通过秘密电讯传达指示。孟知道如何接受这些电讯并且阅读它们，然后孟叫他的助手把这伙人召集到一起，告诉他们应该做什么，应该如何组织罢课，如何撰写宣言。就在他如此做的同时，在其他几十座城市里也进行着同样的活动。在全国各地，许多年轻人就是这样秘密地结合起来的。

这些兄弟会每举行一次会议，都是为实现将来的宏伟计划而向前迈进的一步。实际上，这个计划对源来说并不新鲜，因为在他的生活中，诸如此类的事情他已听得不少。从他孩提时代起，父亲就常常说："我要夺取政权，使国家强大起来。我要建立一个新的王朝。"因为王虎在年轻的时候，也有过同样的幻想。后来，源的家庭教师又悄悄地教育他:"总有一天，我们一定会夺取政权，建设一个新国家……"在军事学校，他听到过这样的说法，现在，他又听到了这样的说法。但是对许多人来说，这是一种新的呼唤——对商人的儿子、教师的儿子、安分守己的人的儿子来说，他们对单调乏味的生活感到厌倦，这可是从未有过的最强有力的呼唤。说起建立一个国家，说起使国家变得强盛，说起有力地发动反对外国人的战争，使得他们中每个普通的年轻人都狂热地幻想起来，幻想自己成了统治者、政治家，要不就是一位将军。

但是对这种呼唤，源并不那么陌生，他不像其他人那样动辄大声疾呼。有时，他不断地提问题，弄得他们感到厌烦。"我们如何来做这件事?"或者他会说，"如果我们不上课，只是把时间花在示威游行上，那又如何去拯救我们的国家?"

过不久，他便学会了保持沉默，因为其他人忍受不了他的这种言论。他不像其他人一样行动，使孟和那位姑娘感到很棘手。孟于是私下对源说:"你没有权力对来自上级的命令提出质问。我们必须服从，只有这样我们才能为美好的明天做好准备。我不允许你这样提出问题，其他人不会这么提问，不然的话他们会说我包庇我的堂兄弟。"

源因此又得将此时从内心冒起的一个问题压下去，即如果他必须服从自己尚未搞懂的命令，那又何谈有什么自由呢? 他有点疑虑地想，也许以后会有自由。同时他又自语，没有其他路可以走，因为同他父亲在一起，他肯定没有自由，再说，他已把自己的命运同这里其他人的连接在一起了。

所以，在那些日子里，凡指派给源的任务，他都尽力办好。他为游行做旗帜，抄写因这个或那个原因呈交给老师的请愿书，因为他字迹工整，且书法也比其他人好。当老师不同意他们的要求，他们罢课时，他便离开自己的班级，为了避免缺课他会偷偷地学习。他还会去工人的家里，向他们散发传单。这些传单上写着工人在劳动中如何受到凌辱，他们的工资是如何少，而老板又是如何剥削他们而变得富裕等等大家熟悉的事情。这些男男女女都不识字，源便念给他们听。他们高兴地听着，当听到他们受到的剥削比想象的还要重时，他们面面相觑，显得不理解。有的人大声说起来："哎，千真万确，我们的肚子从来没有填饱过。""我们日夜干活，而孩子却饿肚子。""我们这些人没有指望了，今天这个样，明天还是这个样，永远都这个样，做一天吃一天。"当他们了解到自己是如何被残酷地利用时，他们绝望了，气愤地互相看着。

源注视着他们，听着他们谈话，情不自禁地为他们感到难过。他们说得一点不假，他们被残酷地压榨，他们的孩子没有东西吃，饿得面黄肌瘦。这些孩子每天得在织机旁、在外国人的机器旁干许多小时，常常因此死去，却无人过问。甚至连他们的父母亲也不怎么关心，因为生孩子是件极容易的事。对穷人的家庭来说，孩子总是过剩的。

虽然源同情他们，但是当他能离开时他还是感到高兴，因为这些穷人身上散发着一种臭气，而他的嗅觉又特别灵敏。甚至在他回家梳洗以后，在他远离了他们以后，他觉得身上好像还残留着这种气味。当他在自己安静的房间里独自看书时，他一抬头就闻到这种臭气。虽然换了外衣,他还是闻到这种气味。即使去娱乐场,他仍无法消除这种气味。在他搂着跳舞的女性身上所散发出的淡雅幽香中,在干净的精心烹制的食品所散发出的诱人香味中,他还会闻到那些穷人身上的恶臭。这种臭味像是渗透了一切,他感到讨厌。源的这种因厌恶动辄退避的旧习,使他在任何地方都不能全力以赴,因为任何东西都会有些细小的地方刺激他的感官,使他扫兴。尽管他为自己的过分挑剔而感到惭愧,但为了使肉体能回避这种臭味,他对这项事业的态度并不那么热情。

除此之外,还有一个麻烦因素,也常常使这项事业黯淡失色,并在他同其他人的关系上投下阴影。那就是这位姑娘。自从源投身这份事业,这姑娘就把他视为她的,因而她就不可能不打扰他。在这些青年里,有些情侣公开同居,看起来像是可以这么做,其他人对此毫无议论。他们互称同志,而且这种关系两人喜欢维持多久就维持多久。因此,这位姑娘也希望源和她同居。

但是奇怪的是,如果源没有参加这项事业,还像以前那样无忧无虑地生活,很少同这位姑娘碰头,如果他只是在校园里见到她,偶尔同她一起散散步,那么因为陌生和关系淡薄,她那大方的举止、动听的声音、坦诚的目光以及温暖的双手反而是一种诱惑,会把他从他熟悉的姑娘那里、从经常见到的爱兰的朋友那里吸引过去。源同姑娘们在一起很腼腆,因而她的洒脱大方便成了一种引诱。

现在,他时时处处都能见到这位姑娘。她用行动表明源是属于她的。每次下课,她总是等他一起离去。大家都知道这一点,源的许多同学取笑他,冲着他大声嚷嚷:"她在等你——她在等你——你跑不了了——"他的耳朵里总是响着这样的玩笑。

起先，源对此佯作没听见，当不可回避时便苦涩地一笑。之后，他变得害羞起来，试图迟迟不作反应，或是以某种让人意想不到的方式跑掉。尽管如此，他仍没有勇气当她的面对她说："我不喜欢你总是等我。"他不敢这么做，只是假装同她招呼。每当他参加秘密会议，她总是在身边替他保留一个位子，而其他人也认为他们确实是结合起来的一对。

但是，实际上他们并不是如此，因为源无法爱这个姑娘。他见她的次数越多，她越是触摸他的手，把他的手久久地握住而不掩饰内心的渴求，这样，他就越是不会爱她。但是，他必须重视她，因为他知道她对他非常忠诚并且真挚地爱他。他感到惭愧，因为有时他确实是从她对他的忠诚里得到了好处。当他被指令做一项他不喜欢的工作时，她很快就会观察到他的不乐意，而且只要她能够做，她就会大声说她自己正想要做这样的工作。她总会想办法让他做他喜欢做的事，比如抄抄写写，要不就去农村和农民交谈而不去散发臭味的城市贫民那里做工作。所以，源不想得罪她，因为他看重她为他所做的一切。源常常感到惭愧，作为男人，他既让她为他效劳而又仍然不爱她。

他越是拒绝她的爱——尽管好长时间都没有用话表明——这位姑娘的爱就越是热烈。有一天，像所有此类事情一样，这种感情到了必须用话挑明的地步。那天，他受命去一个指定的农村，他想独自去，回家时顺路去看看他的那块地，因为他一直忙于这项事业给他的额外工作，没有时间像以前那样经常去他的地里了。那是晚春的一天，天气晴和，他打算步行去农村，到那里同乡亲们聊聊天，悄悄地散发一下小册子，然后朝东绕回到他的那块地里。他喜欢同农民聊天，常常向他们讲道理，而不是强迫他们去做什么事。在同农民谈话的时候，他也倾听他们的意见。他们会说："谁又听说过这样的事，没收富人的地，然后把地分给我们？我们怀疑能这样做吗？少爷，我们倒情愿别这样做，要不然谁知道我们以后会受到什么处罚。像现在这样就不错了，至少我们了解自己的难处，这些都是老问题，我们心里明白。"在他们中间，只有那些连一寸土地也没有的人才渴望新时代的到来。

这天，当他正计划独自愉快地过上几小时的时候，这位姑娘找到了他，用一种肯定的口气说："我和你一起去，我想去找农妇谈谈。"

有许多原因促使源不希望她一起去。在她面前激烈地宣传他们的事业，源会感到别扭，他不喜欢激烈的方式。同时，她同他单独在一起的时候，他害怕她触摸他。再说，他也不能去自己的地里了，除非那个心地善良的农夫不在那里。他还没有把他参加这项事业的事告诉农夫，他不想农夫为此东猜西想，所以他不希望这位姑娘和他一起去。还有，他不想让姑娘知道，他是多么关心自己种的庄稼的生长情况。他不想让她了解自己对这类事物的奇特而又深切的爱，免得她为此感到惊愕。他不担心她会笑话他，因为她不是那种见着某事就会取笑的人，但是怕她惊奇，怕她不理解，怕她那种对她不懂的事物所持的轻蔑态度。

他无法摆脱她，因为她会设法表明是孟命令她这样做的，她非去不可。他们于是一起出发了。源默默地走在路的一边，如果她走到他的这边来，不一会儿他便想出个借口，说路面不平而跑到另一边去。踏上乡村小道时,他感到高兴,此间路面狭得不能并排走,只能一前一后。源走在前面,这样他可以观察周围的情况,而不会看到她走在自己前面。

没过多久,这位姑娘肯定领会了源的心情。她首先开口,但声音很轻,像是不屑理会源简短的答话,随后便沉默起来。最后,两人都一言不发,只是默默地朝前走着。源始终能感受到她感情的波动,他畏惧她,但只是固执地朝前走着。他们来到路的拐弯处,这里有许多早些年栽种的杨柳树。这些高大的杨柳因为经常剪枝,树杈生得很稠密,互相交叉,在路上投下了浓郁的绿荫。在他们穿过这个寂静的地方时,源感到双肩被人从背后抱住,接着这位姑娘把源的身体扭过去,一下扑到他的怀里,伤心地抽泣起来。她哭着说:"我知道你为什么不爱我——我知道晚上你到哪些地方去——一天晚上,我跟在你后面,看见你和你妹妹在一起。你们走进了那家大旅馆,那里还有另外几个女人。我同她们相比,你更喜欢她们——我看到了同你跳舞的那一个——那个女的穿着桃红色的旗袍——我看到了她搂着你的那种下流的样子……"

这是真的,他有时仍同爱兰一起出去,他还没有跟他妹妹和那位太太说过有关他参加了孟的事业的事。尽管他常常编些借口,说他很忙,不能像爱兰那样经常去娱乐场,但有时他也得去,不然会引起爱兰的怀疑。再说太太也希望他去,这样她才放心。当这位姑娘哭泣着说出这些话时,源想起来了。那是一两天之前,他曾同爱兰一起去参加她最好的一位朋友的生日晚会。晚会是在一家外国旅馆里举行的,他曾同那个朋友跳过舞。大厅里有一面极大的对着街道的玻璃窗。毫无疑问,这位姑娘搜寻的目光透过玻璃,一下就能把他从人群里辨认出来。

源此时感到很气愤,全身绷得紧紧的。他不满地说:"我是同我妹妹一起去的,我是客人,而且——"

但是这位姑娘感觉到了,他已在她的激情之下变得冷漠。她猛地抽出身来,显得比他还要愤怒,大声地说:"没错,我看见你了——你搂着她,并不怕碰到她,但是你却避开我,好像我是一条蛇!你想过没有,假使我告诉其他人,你同我们憎恨的人、同我们反对的人在一起消磨时光,会对你有什么后果?你的命运掌握在我的手里!"

源心里清楚,她说的话是确实的。他只是轻声地回答,声音里满含着蔑视:"你觉得像这样对我说话就能使我爱你?"

她重扑到他怀里,显得疲乏不堪,对着他柔声柔气地抽泣。她把他的手臂提起来围在自己腰间。他们就这样站着。源很快便情不自禁地被她的抽泣打动,开始同情起她来。"你赢了我。如果这不是你的愿望的话,那也不是我的愿望。"她最后说,"因为我不希望败在任何男人面前——但是,我心里明白,我可以离开这项事业但不能离开你——我太任性,我太软弱。"源感到自己对她的同情在迅速增强,于是,虽然心里并不太愿意,他并没有从她腰间抽回自己的手臂。

过了一会儿,她安静了下来,从他怀里走开了,擦着眼泪。他们又上路了,她默默无言,神情沮丧。他们完成了去农村的任务,但是那天她再也没有说话。

源和她都清楚问题的症结在哪儿。在源这里,是他的固执自负,直到现在为止,他对爱兰的任何一个朋友都未多看两眼。对他来说,她们看起来都差不多。全是大家闺秀,有着清脆悦耳的嗓音和铜铃似的笑声,穿着各种漂亮的时装,耳朵上戴着珠宝,皮肤光滑柔嫩,手指上搽着指甲油,几乎都是一个模式。他爱音乐的韵律,而姑娘们增强了这种韵律。但他现在不会像当初那样被少女弄得心神不定了。

但是那位姑娘的接连不断的妒忌,使他以一种新奇的目光去看待那些被她指责的姑娘。她们的欢笑使他感到亲切,因为那位姑娘从来不很愉快。他从她们欢乐的神采中发现了某种乐趣,同时也感到她们缺乏一种事业心,只会寻欢作乐。他从她们中挑出了他喜欢的两三个。一个是一位王爷的女儿。这位上了年纪的王爷自清王朝被推翻以后,就一直在这座城市里避难。他的女儿是源见到过的最娇小妩媚的姑娘,美得无可挑剔,使源时时想见到她。还有一位姑娘年纪稍大,她喜欢源的年少英俊。她一面起誓不结婚,要终生从事她的事业——经营一家专售妇女服装的商店,而一面又喜欢同别人打情骂俏。源很得她的欢心,他了解这一点,而她的绝顶漂亮、婀娜多姿以及一头富有光泽的乌发也使他迷恋不已。

他思念这两位姑娘,也许还有一两位。这短暂的想法使他感到内疚。那位姑娘会像往常一样跑来指责他,她有时激动,甚至气愤地恳求,而过了一天又会变得冷淡、充满憎恨。一种奇怪的同志关系把源同她联系在一起,他感到厌倦,他不爱她。

他父亲选定的为他举行婚礼的日子逐渐临近。一天,他正考虑着这件事。他独自忧郁地站在自己房间的窗前,凝视着窗外的街道，不胜厌烦地想，今天他必须见见那位姑娘。但是，他随后又想："我呐喊着反对我的父亲，因为他束缚我，而现在我却让她来束缚我，我真蠢！"他感到异常吃惊，这样的问题自己以前竟没有考虑过，甚至连自己的自由也白白地送掉了。他于是坐了下来，迅速地盘算所能做的补偿以及如何用某种手段能使自己从这种新的束缚中解脱出来。这种束缚有它自己的特点，同来自他父亲的束缚一样，叫人感到窒息，因为它非常隐蔽，同时又与源的关系非常密切。

但是，突然间他自由了。因为前段时间，革命事业一直在南方积聚力量，现在已到了决定生死存亡的时刻。革命军从南方的关键城市出发，迅速北上。顷刻间，就像南海刮来的一股强劲的台风，席卷了沿海的城镇乡村。这些军队强调人性、坚持真理，几乎有着一种超常的神力，因而在全国所有的城市里，到处都在传说他们的威力，传说他们所向无敌。这些军队的士兵全是年轻人，其中也有不少姑娘。他们浑身充满一种无形的力量，所以他们的战斗力远非那些为了钱而打仗的士兵所能比的。他们为了一项被他们视为生命的事业而战斗，因而是不可战胜的。他们所到之处，统治者的雇佣兵就像劲风里的落叶似的溃不成军。早在他们抵达一处之前，那处便会沉沉地笼罩着对他们的威力以及无畏精神的恐惧，大量地流传着他们不怕死因而不会死的种种传说。

源所在城市的当局对此十分恐慌害怕，为了防止城里的革命者同城外的革命军里应外合，他们便开始搜捕所有的革命者。像孟、源以及那位姑娘那样的人在其他学校里也有不少。这一切发生在不到三天的时间里。当局派出凶神恶煞的士兵对凡是有学生生活过的地方都进行搜查。要是发现点滴证据，哪怕是一本书、一张传单、一面旗帜或是任何象征革命的东西，不论男女，一律格杀勿论。三天的时间里，这座城市里有数以百计的青年男女因此惨遭杀害。没有人敢对此有异议，要不就会被认为是革命者的朋友，也要遭到杀害。在遭难的人中间，有许多是无辜的。因为有些卑劣的小人与某人有仇，此时便趁机到当局处告密，提供一些某人是革命者的假证据。就这样，一些口说无凭的证词竟也夺去了许多人的生命。统治者对城里革命者的惧怕——惧怕他们采取行动呼应城外革命军的进攻——已到了无以复加的程度。

一天，在没有任何先兆的情况下，这种事情发生了。早晨，源坐在教室里，克制着不转过头去，因为他知道那位姑娘正看着他。就在他感到很不自在，欲转过脸去的时候，一伙士兵蓦地跑了进来，领头的冲着学生大声嚷道："站起来，我们要搜查！"所有的学生茫然地站了起来，既惊讶又害怕。士兵开始对他们逐个搜身，检查他们的书籍，其中一个士兵记下他们的住址。这一切在死一般的寂静中进行。老师也默默地站着，毫无办法。整个教室里，唯一可以听到的便是士兵的刺刀和他们的靴跟相碰的声响，以及他们的厚底皮靴踏在木头地板上发出的笃笃声。

在一片寂静可怖的气氛中，三个学生被挑了出来。因为在他们身上搜出了证据。其中两个是男学生，而另一个就是那位姑娘，她的口袋里装着一张被视作罪证的报纸。这三个人被拉到士兵面前，当他们转身要走的时候，士兵用上了刺刀的枪推搡他们，要他们加快脚步。源目瞪口呆地注视着，眼睁睁地看着姑娘就这样走了。姑娘走到门口时转过头来，久久地、恳求似的默默看了他一眼。士兵用对着她的枪狠狠地推了她一下,她走了出去。源意识到他再也见不到她了。

他最先的想法是"我自由了!",接着便为自己情不自禁的高兴感到羞耻,同时也不由得想起她临别时投向他的极端凄楚的目光。他为那目光感到内疚,因为尽管她真心真意地爱他,而他却不爱她。他为自己辩护,默默地自语:"我没有办法——我不想得到她,这有什么办法?"而与此同时,另一个微弱的声音却在说:"这是没有办法,但是我知道她就要死了,我就不能给她一点安慰?"

他的发问很快就结束了,因为那天的课没上多久,老师解散了他们。所有的学生很快便离开了课室。源在匆匆离去时,感到有人抓住了他的手臂,定睛一看,原来是盛。盛悄悄地把他领到没人能够听到他们谈话的地方,脸上显出慌乱的神色,轻声问:"孟在哪儿?——今天的袭击他不知道,如果他被搜查的话——要是孟被杀害,我的父亲就活不成了。"

"我不知道,"源注视着他说,"这两天我一直没有见到他。"

盛走了。此时,惊慌的学生们一声不吭地从各个课堂里拥了出来。盛的身影灵巧地在人群里穿进穿出。

源从僻静的小路回到家中。他见到太太后,把学校里发生的一切都告诉了她,最后使她宽心地说:"当然,我没有什么值得害怕的。"

但是,太太比源想得更深,她急急地说:"想一想——大家看见过你同孟在一起——你是他的堂兄弟——他来过这里。他在你房里有没有留下过书、报纸或是其他一些不起眼的东西?他们一定会到这里来搜查。哦,源,回房里看看,我也想想能替你做点什么。你父亲喜欢你,如果你有什么不测,那就是我的过错了,因为我没有按照你父亲吩咐的那样把你送回去!"源从来没有见过她像今天这样害怕。

她和源一起来到他的房里检查他的东西。在她查看每一本书、每一个抽屉以及每一层书架时,源想起了他仍保存着的、那位姑娘写给他的那封情书。他把它夹在一本诗集里。他这么做并不是觉得这封信有价值,只是它起初对他来说是珍贵的,因为它毕竟谈到了爱——他在生活中头一次碰到爱,有一段时间因为爱本身,这封信曾产生过神奇的魅力,但过后他就把它遗忘了。当太太转过身去的时候,他把信取了出来,放在手里捏成一团,然后找了个借口走了出去。他走进另一间房间,找来火柴,把信付之一炬。当信在他的手指间燃烧的时候,他想起了那个可怜的姑娘,想起了她看着他时的那副模样,那神色就像野兔即刻就要被野狗吞食掉似的。他想着她,心里充满了巨大的悲哀,心情奇怪地越来越沉重,因为即使现在,他也不爱她,他永远不会爱她,他甚至对她的死也不感到难过,尽管他为自己有如此的想法而深感内疚。信就这样在他的手里燃成了灰烬,然后变成了尘土。

再说,即使源感到难过,时间也不允许他这么做了。几乎是信刚刚烧完,他就听到了大厅里发出的吵闹声。随后,门被打开,他的伯父、伯母、大堂兄以及盛一起走了进来,全都在嚷着询问,有没有人看见过孟。太太从源的房间里走了出来,大家的脸上都流露着害怕的神色,互相询问着。伯父脸上的肉因惊恐而颤抖着,他哭丧着脸说:"我是为了躲避凶狠野蛮的佃户才到这里来的,原以为这里很安全,外国兵会保护我们。我不知道他们对这种事竟会任其自然。而现在孟又失踪了,盛说他是革命者。我发誓,这种事我一点也不知道。为什么不早点告诉我?我早该注意此事了!"

"但是,父亲,"盛低声答道,显得很忧虑,"你要是早知道,一定会嘴快,把此事张扬出去。"

"唉,这倒不假,"盛的母亲不高兴地说,"家里就数我嘴紧了,但是我那宝贝儿子孟竟连我也不告诉,真叫人不好受!"

盛的哥哥面色如死灰一般,他焦虑不安地说:"为了这个蠢家伙,我们全家都面临危险,这些大兵肯定会来询问我们,他们肯定会怀疑我们。"

此时,太太——源的母亲轻声轻语地说:"处在这样的危险之中,我们大家都要好好考虑考虑,下一步该怎么办。源在我的监护下,我必须为他着想。我想这么办,既然他早晚都得去外国读书,我现在就送他出国。手续一办好就尽快送他走,到了国外他就安全了。"

"那我们大家都去,"源的伯父迫不及待地大声说,"到了国外,我们大家就都安全了!"

"父亲,你是无法去的,"盛耐心地说,"外国人是不会让我们这样的人种在他们的国土上生活的,除非是去学习或是干诸如此类的特殊工作。"

老人听了这些话后,摆出一副了不起的样子,那对小眼睛睁得大大的,说:"那他们不是在我们这儿生活?"

为了使大家平静下来,太太说:"现在谈论我们自己毫无用处。我们这些上了年纪的人够安全了。他们不会因为我们支持革命者而把我们这些古板的老家伙杀掉,同时也不会杀你,大侄子,因为你有妻室、儿女,再说已不再年轻。但是,孟是出了名的。因为他的关系,盛目前危险,源的情况也是如此。所以我们无论如何都得把他们弄到外国去。"

他们于是计划如何来办这件事,太太想到了爱兰认得的一位外国朋友,想到应如何通过他去办许多需要尽快签字承保的有关流程。太太站了起来,想敲门把仆人唤来,让仆人去接回爱兰。爱兰一早就去她一个朋友家玩了。在这令人不安的日子里,她不愿再去读书,因为读书使她悲哀,而她恰恰忍受不了悲哀。

就在太太把手放在门上的时候,底下的房间传来了响声,一个粗俗的嗓门在大声吼着:"有个叫王源的人是住在这儿的吗?"

这一声叫得大家面面相觑,年老的伯父脸色一下苍白得如同新鲜牛肉上的肥膘,他四处张望,想找地方躲起来。而太太很快首先想到的是源,接着便是盛。

"你们两个,"她气吁吁地说,"赶快——躲到屋顶下的小房间里去。"

这个小房间没有楼梯,所谓房门充其量也只是天花板上开着的一个小方洞。太太一边说着一边把一张桌子拉到洞的下面,同时还拖了一把椅子。盛反应比源快,突然朝前跑去,源跟在他的后面。

实际上两个人都不够快。就在他们慌忙行动时,门像是被一阵大风猛地刮开了,八九个士兵站在门口,带队的先是看着盛,厉声问道:"你是王源?"

盛的脸色也苍白起来。他停了一会儿,没有马上回答,好像说些什么要经过考虑似的。随后,他轻声地说:"不,我不是。"

领队随即吼了起来:"那么,那一个是王源了。哦,我想起来了,那姑娘说过,王源是高个子,皮肤非常黑,两道浓眉,但是他的嘴唇很柔和,红红的——肯定是这一个。"

源没有说一句为自己辩护的话就束手就缚,他的双手被反绑在背后。没有人能够制止这件事。一切都无济于事,尽管源上了年纪的伯父哭泣着、颤抖着,尽管太太走上前去恳求,难过但又肯定地说:"你们搞错了——这个年轻人不是革命者。我可以替他担保——他是个读书用功、行为谨慎的人——我的儿子,他从来没有参加过任何这种组织——"

但是,这些士兵只是粗声粗气地大笑,一个大圆脸士兵嚷道:"哦,太太,做母亲的根本不了解她们的儿子!要了解一个人只需问姑娘——而不能问母亲——那个姑娘说出了你儿子的名字、这里的门牌号,并且准确地谈了他的模样。哎,她对他的模样十分熟悉,不是吗?我敢打赌,她对他的模样了如指掌!她说源是他们中间最富有反叛精神的一个。她起初很胆大,很气愤,接着沉默了一会儿,随后便自愿地说出了他的名字,一点也没有用刑!"

源注意到,太太听了这些话后神情变得木然,好像是听了什么她根本就不懂的事。他无话可说,只是保持沉默,但在心里却阴郁地想:"这么说,她的爱变成了恨!她无法用爱来束缚我,而她的恨却一下子就把我捆绑了起来!"因此,他只得由他们带走了。

那时,他心里充满了恐惧,他一定得死了。在最近这些日子里,虽然结果没有公布,但他知道所有参加他们组织的人都被杀害了。他很清楚,没有什么证据能比那位姑娘说出了他的名字这件事来得更有力。但是,尽管他这么想,死对他来说仍像是不可能的。当他被扔进满是像他这样的青年的监牢时,他蹒跚着跨过门槛,门卫冲着他说:"嘿,打起点精神来,但是明天你就不用为此操心了,别人会抬着你——"直到这时,他都尚未领悟"死"这个字的真正含义。卫兵的话就像枪膛里那些等待着明天的子弹,刺透了他的心,但他仍想透过暗淡的光线看看挤满人的牢房。他感到安慰,因为牢房里全是男人,没有一个女人。他心想:"我忍受得了死,但忍受不了在这里看到她并且让她知道我要死了,知道她到底还是得到了我。"对他来说,她不在这里是一种安慰。

所有这一切以如此快的速度发生,使源情不自禁地想,他可能会得救。起先,他觉得自己随时会得到释放。他对他母亲有相当的信心。他越想越放心——他的母亲会设法营救他。这种想法越来越强烈,因为环顾周围的其他人时,他感到自己远比他们优越,他们看上去很贫穷,也不如他聪明。他们的家庭不像他的家庭那样有钱有势。

过了一会儿,暗色渐渐成了漆黑一团。大家在黑暗和寂静中坐在泥巴地上,有的则躺着。没有人说话,生怕说了什么证实了自己的罪行。被关着的人都互相惧怕。在能依稀地辨出脸庞时,有些身体移动的声音以及其他此类不是来自说话的声响,除此之外,一片寂静。

当夜晚来临,互相连脸面也无法辨认时,黑暗像是把大家关进了单人牢房里。此时,轻轻地响起了一个声音:"哦,妈妈——哦,妈妈——"随后,这个声音变成了绝望的哭泣。

哭泣声叫人难以忍受,大家都觉得好像是自己在哭泣。这时响起一个比刚才大的声音,既响又粗鲁:"安静点!哭着要妈妈,这不像个小孩?我是一个忠诚的成员——我杀死了我的妈妈,而我的哥哥杀死了爸爸。我们不认双亲,只认事业——是吧,哥哥?"

黑暗中,另一个声音在回答,听上去同刚才的声音很像:"是的,没错!"第一个声音说:"我们难过吗?"第二个声音轻蔑地哼了一下,又答道:"就算我有一群爸爸,我也会去杀死他们。"另一个又帮腔说:"唉,这些老家伙,他们养育我们仅仅是为了在他们衰老之时有人像仆人似的照料他们。"但是最轻的那个声音仍在一个劲地呜咽:"哦,妈妈——妈妈——"他好像一点也没有听到两人刚才的对话。

夜渐深,哭声静了下来。当别人说话时,源始终一声不吭。但是,在他们安静下来以后,夜越来越深,周围充塞着死一般的寂静之时,他便感到无法忍受。所有的希望开始慢慢地消失。他希望牢门能在什么时候打开,然后有人喊道:"让王源出来——他被释放了!"

但是,他听不到这样的声音。

最后,源觉得非得要搞出点什么声音来,因为他忍受不了这种寂静。他沉浸在苦思冥想之中。同他的意志相反,他回想起他的一生——他这短暂的一生。他想:"假如当初听父亲的话,如今也不会到这里来了。"但是,他不会说"我希望当初听父亲的话",源想到这一点时,固执会使他毫不含糊地说:"我确实认为,他要我做那件事是他错了。"他继而又想:"假如我迁就一点,并且顺从那位姑娘……"他内心因此又充满了厌恶,自语道:"我还是不喜欢。"最后,除了考虑可能发生的情况之外,再没有什么可想的了,因为过去已成定局,已经过去,现在必须想想死的问题了。

他现在渴望着能在黑暗中听到某种声音,甚至渴望听到那个年轻人呼唤母亲的声音。但是,牢房里安静得如同无人囚禁在其中一般。而黑夜却没有睡着,它像是一个有生命的东西,在警觉地等待着,牢房内外充满了恐怖和寂静。源起初并不害怕,但更深夜半之时,他害怕了。一直显得很虚幻的死亡,现在变得真实了。他突然感到窒息,猜测自己是会被砍头还是被枪决。他曾经在报上读到这样的消息:这些日子里,在许多内陆城市的城门上悬挂着遇害的年轻革命志士的头颅,因为革命军尚未来得及打到那里,在决战之前他们便被统治者抓获了。他像是看到了自己的头——随后一个想法使他感到了安慰:"在这个深受外国影响的城市里,他们无疑会实行枪决。"他想想自己,苦笑了一下,这就意味着他在死后可以保留全尸了。

他在极度的痛苦中,蜷缩着熬过了这几个小时,他的背靠在两堵墙的交叉处,脚缩得靠近身体。他就这样坐在墙角里,整个身子缩成一团。蓦地,门打开了,一缕灰色的晨曦射进了牢房。

囚犯们蜷缩在一起，看上去像是一堆昆虫。这缕光线使他们蠕动起来，但是尚未有人爬起身，就传来一声吼叫："所有的人全都出来！"

士兵走进牢房，他们用枪捣着、戳着，把所有的人叫了起来。那个年轻人醒来后便又开始呜咽："哦，妈妈——妈妈——"甚至当一个士兵用枪托重击他的头部时，他仍不停地哭着喊叫，好像这就是他的呼吸，他无法停止，好像只有这么做，他才得以生存。

所有被关押着的人都默默地——除了那个年轻人之外——步履不稳地朝前走去，每个人都知道即将发生什么事，但每个人的脸上都流露出茫然的神色。与此同时，一个士兵提着盏马灯站在旁边，每过去一个就照一下他的脸。源走在最后，来到那个士兵跟前时，马灯在他眼前晃动了一下。因为在漆黑的牢房里过了一夜，亮光使他突然失去了视觉。就在他什么也看不见的那一刹那，他感到有人狠狠地将他一推，把他推倒在被锤平了的泥巴地上。随即，他听到锁门的声音。就他一个人留下了，他仍然活着。

这样的事发生了三次。那天，牢房里后来又关进许多新抓来的年轻人。那天晚上以及之后的两个夜晚，对源来说，情况都差不多。他们时而沉默，时而咒骂，时而啜泣，时而疯狂地喊叫。三次黎明到来，三次他被推回牢房，被单独锁在里面。他们不给他食品，对他既不训话，也不审问。

第一天，他满怀希望，第二天，希望减少了许多。但是，到了第三天，他因为没有东西吃喝，已变得虚弱不堪，生死问题已变得微不足道了。第三天清晨，他口焦舌烂，简直无法站起身来。但是，士兵仍对着他喊叫，用枪戳他，硬让他站了起来。当源用双手紧抓着门框站着时，灯光在他脸上闪过。但是，这一次他没有被推进牢房。士兵扶着他，而此时其他的囚犯则已踏上了死亡之途。等到脚步声完全消失之后，这个士兵领着源通过另一条小道，来到一个地方，这里有扇上了闩的小门。士兵抽开门闩，一句话也没说就把源推过门去。

源发现自己来到了一条小路上，像是风穿过一座城市深处不为人所知的地段一般。在晨曦中，道路仍模糊不清，周围一个人影也没有。源虽然仍昏昏沉沉，但心里十分清楚，他自由了——由于某种原因，他得救了。

他四处张望，考虑着往哪里逃。此时，从幽暗中走出两个人来，源往回一缩，紧紧地贴在门上。两人中有一个是个子高高的小孩。她朝他直奔过来，跑近以后直盯着他看。他看着她那双眼睛，又大又黑，流露出热切的神情。他听到她用一种热情的声调轻轻地喊了起来："是他——他在这儿——他在这儿——"

这时，另一个人也走近了。源看得清楚，那是他的母亲。但是，他还没有来得及说话——尽管他非常想说话，想对他母亲说"是我"——他就感到整个身体颤抖起来，好像在慢慢地融化，突然他眼前一黑，女孩的眼睛先是变得更大、更黑，随即便消失了。他依稀地听到有个声音来自遥远的地方："噢，我可怜的儿子——"接着，他便摔倒在地，失去了知觉。

当源醒过来时,他感觉自己像是躺在什么摇摆晃动的东西上。他是躺在床上,但床在他身下晃动。他睁开眼,发现自己住在一间陌生的从未来过的小房间里。在固定在墙上的一盏灯下坐着一个人,他正凝视着自己。源费尽气力张望,见是堂兄盛。盛见源在张望,便站了起来,像往常那样微笑着。对源来说,他好像从来都没有见到过如此温和甜蜜的微笑。盛走到一张小桌子旁,拿起一碗热的肉汤,温和地说:"你母亲关照,等你醒来就给你吃这个。她给了我一盏小灯,我已把汤放在上面保温两个小时了。"

他像喂孩子似的喂源,而源也像孩子似的顺从他,只是显得疲乏、木然。源喝了肉汤,因为仍相当虚弱,还是想不起来他是如何来到了这里而这里又是什么场所。他像孩子似的接受了为他所安排的一切。他只觉得这温热的汤十分顶用,使他那又干又肿的舌头感到相当舒服,于是他尽力把汤喝下去。盛一边用汤匙舀汤,一边轻声说道:"我晓得你想知道我们在什么地方以及为何要到这里来。我们是在一条小船上——我们做商人的长辈常用这条小船在附近的岛屿间运输货物。靠着他的势力,我们才乘上船的。我们准备渡过最近的海,在离这儿最近的港口暂住下来,等拿到证件后再去外国。你自由了,源,但这是花了极大代价的。你母亲、我父亲以及我哥哥凑齐了他们所有的钱,除此以外,还向二伯父借了一些。你父亲为此大发雷霆,听说他还一个劲地唠叨自己如何被一个女人出卖了,还说他和他儿子从现在起永远和女人断绝关系。他已经放弃了你的婚姻,为此花了很多钱,并寄来了所有能搞到的钱来赎买你的自由,使我们能搭上这条船逃命。上上下下都是花了钱才打通了关节的——"

当盛说这些话时，源只是听着，他还相当虚弱，难以领悟这些话的含义。他仅能感受到船在起伏波动，感受到食品的热量在饥饿的身体内扩散。盛突然笑起来，说："我真不知道，要是不晓得孟是死是活，我还会不会愉快地出走。啊，他是个聪明人，这个家伙！听我说，我曾为他难过，而我的父母亲则在你和他之间无所适从。他们无法断定，知道你在何处并要被处死，和不知道孟在哪里以及是死是活，这两种情况哪种更糟糕。昨天，当我在你我两家之间的路段上行走时，有个人把一张小纸片塞到我手里。纸片上是孟的字迹，上面写着：'你们不要找我，也不要焦虑不安，父母亲也不必再挂念我。我很安全，并在我想在的地方。'"

盛笑着把空碗放到桌子上。他划了根火柴点燃了一支烟，高兴地对源说："在这三天当中，我一口烟都不曾抽过！行了，我那缺德鬼兄弟安然无恙了。我把此事告诉了父亲，虽然老头子还很生气，并发誓说不再认孟是他的儿子，但到底他放下了心，今天晚上赴宴去了。我的哥哥则去看新戏了，这场戏按时髦做法，女的角色由女人自己演而不是男扮女装。我的母亲对我父亲生了一段时间的气，而现在我们都一切如常了。孟还活着，我和你则逃之夭夭。"他抽了一口烟，然后一反常态，严肃地说："但是，源，我很高兴我们到其他地方去，尽管我们走得这么狼狈。我很少谈论这种事，但以后我不参加任何革命了，我要及时行乐。我对我的国家及发生在这里的战争感到厌倦。你们都以为我是个只知行文作诗的逍遥派，但实际上我常常沮丧、悲观。我现在很高兴可以去看看另外一个国家,并且去了解那里的人民是如何生活的。我感到很激动,心都要跳出来了!"

虽然盛在说着,源却一点也听不进去。甘美的食物、柔软的晃动着的小床以及既成事实的自由,使他沉浸在一种极为舒适的安逸之中。他只能微微一笑,感到眼睛又开始合拢。盛注意到了这一点,极其温和地说:"睡吧——你母亲要我让你睡好——睡吧。你能够睡得比平常好,因为你自由了。"

源听到这句话,又一次睁开眼睛。自由?是的,他终于从这一切事件中解脱出来了……盛为了完整地表达他的思想,接着又说:"假如你像我的话,你会超脱的。"

不可能,源想着便睡着了——他所悲哀难受的事,他全都忘不了……就在他睡着的一刹那,他又想起了那个挤满人的牢房、那些苦恼不安的人影,想起了那些夜晚和那个赴刑前转身看他一眼的姑娘。他驱散思绪,进入了梦乡……随后,在极度的宁静之中,他突然梦见他站在自己的那块田地上,是他种了庄稼的那一小片地。他看到的一切就像照片一样清晰:豌豆正在结荚,长着绿芒的大麦正在灌浆,那位呵呵大笑的老农夫正在邻近的他自己的那块地里劳动。那位姑娘也在地里,但她的手此时冰凉——冰凉。她的手如此冰凉,以至于他醒了一会儿——但他即刻想到自己自由了。盛说过的,他不难过……是的,他唯一真正不想忘却的就是那一小片土地。

在源睡着之前,他的心里又泛起了一阵欣慰:"在我归来之日,那块地还会在那儿——那块地会永远在那儿……"

二

　　王源离开祖国时刚二十岁，在许多方面还是个未成熟的孩子，心中充满幻想、困惑和实行了一半的计划，这些计划他不知如何去完成，也不知自己是否想去完成。在他的一生中，一直有人保护、照料和关怀着他，除了这些爱护之外，他不知世上还有别的东西。虽然他在牢房里被囚禁过三天，但他实际上并不知道什么是真正的愁的滋味。在国外，他一待就是六年。

　　那年夏天准备归国时，他快满二十六岁了。虽然还没有忧愁袭来，在他身上最终形成成熟的男子气概，但在许多方面他已经是个男子汉了。他不知道他需要经历悲伤。如果有什么人问他，他会坚定地说："我是个男子汉。我了解自己的心思，知道自己的志向。我的梦想现在已付诸计划。我已完成了学业，准备好为我的祖国贡献一生了。"确实，对源来说，国外这六年是他过往人生中的另一半。他生命中最初的那十九个年头只是不太重要的较小的部分，而这六年是更有价值的较大的部分，因为这六年的生活使他在许多方面牢固地定了型，虽然他自己没有察觉，但在许多方面他已不知不觉地有了自己的行为准则。

如果有人问他："现在，你准备怎样度过自己的一生呢？"他会老实地回答："我已在一所外国学院取得学位，我的成绩优于我的许多同胞。"他非常自豪地说这些话，但却绝不会告诉别人另外一些令人不愉快的事。在他的外国同学中，有些人会窃窃地反驳他所说的话，说："如果一个人别的什么也不想，只想从分数中得到荣誉，做埋头读书的书呆子，他当然可以取得这样的成绩。但我们在学校里还有别的乐趣。这个家伙——他苦心读书，这就是他的一切——他没有享受真正的生活——如果我们所有的人都像他这样，学校哪还有足球比赛和划船比赛？"

是的，源了解这些精力充沛、成群结队、轻松活泼的外国青年。他们当他的面说这些话，从不苦苦地将这些话闷在心中，而是在大庭广众之下将它们说出来。然而，源总是志得意满。老师的称赞和授奖时的褒扬使他充满自信，他的成绩常常名列榜首，授奖人总会说："虽然他用外文进行学习，但仍然超过了其他人。"因此，虽然源知道，由于这个原因他在同学中不受欢迎，但他依然一直自豪地继续努力学习。他很高兴自己显示出了自己民族的能力，并对自己不像儿童一样将游戏看得很重而感到欣慰。

如果再有人问他："那么，你准备好度过你男子汉的一生了吗？"他会回答："我已读过几百本书，已钻研过在这异国中我能获得的一切。"

这些都是真的，在这六年中，源的生活孤独得就像一只笼中的画眉鸟。每天早晨，他早早起床读书，当他住的地方的铃声响起时,他便下楼吃早饭。他总是一人静静地吃,不想自找麻烦,去与住处的任何一人攀谈,也不与女房东搭讪。他为什么要浪费时间去与他们交谈呢?

中午,他在食堂里与许多学生一起吃中饭。下午,如果他没有在田间劳动或与他的老师在一起,他便做自己最喜爱的事。他到图书馆大厅去,埋头于书丛中。他读书,记下所需保存的资料,并思考许多问题。在这种时候,他不得不承认西方人不是野蛮的种族,不是孟那么辛辣地嘲讽的那种野蛮人。除了一些普通人有些粗鲁,西方人在科学方面知识广博。源多次在这异国听到他的同胞说,在运用关于物质的知识上,西方人胜过别人,但在体现人类精神活动的一些艺术上,西方人则有所欠缺。可现在,看着汗牛充栋的关于哲学、诗歌和艺术的书,源怀疑自己的民族在这些方面是否真的更伟大。当然,在这异国的土地上,如果要他大声说出这种怀疑,他宁愿死。他甚至发现,祖国的历代圣人所说的一些箴言警句都译成了外文,还发现一些谈东方艺术的书,他在这知识的海洋面前惊愕万分。他对拥有这些知识的民族半是忌妒,半是怨恨。他想忘掉这个事实:在他的祖国,一个普通人常常不能读书看报,而且这人的妻子往往还不如他。

自从来到这异国,源一直有两种不同的心境。在那九死一生的三天之后,他的身体在船上逐渐恢复了。他感到又有了力气,庆幸自己能够死里逃生。在旅途中,异国宏伟壮丽的奇异景色不断呈现在他们眼前,盛的快乐也感染着源。就这样,源跨进了一个崭新的世界。他就像个去看电影的孩子一样,充满好奇和渴望,随时准备从每一件新奇事物上获得乐趣。

他发现一切都新鲜有趣，赏心悦目。当他第一次步入这个新国家西海岸的港口大城市时，他感到他所见到的东西比他曾经听说的更生动。摩天大楼高耸入云，街道平平整整，就像屋里的地板一样整洁干净，人坐或躺在上面都不会沾上灰尘。所有的行人看上去都清清爽爽，丰衣足食。他们皮肤洁白，服装整洁，令人赏心悦目。源感到很愉快，因为这儿没有穷人夹杂在富人里，富人在街上十分自由地行走，没有乞丐拉住他们的袖子，高声乞求怜悯，讨一两个小钱。人们可以在这个国家里尽情游乐，因为所有的人都生活得很丰足；人们可以高高兴兴地大吃大喝，因为所有的人都过着这样的生活。

起初几天，源和盛对所见到的一切美好事物赞叹不已。这些异国人住在宫殿里——对这两个初出茅庐的年轻人来说，这些房子仿佛就是宫殿。在这座城市里，出了商业区，便有宽阔的大道伸展出去，道旁绿树成荫。各家各户无须在房屋周围筑起围墙，每一家的草坪都与邻家的草坪连成一片。这对源和盛来说简直不可思议，因为每个人似乎都十分信任自己的邻居，不必时时提防有人盗窃。

这座城市的一切仿佛完美无瑕。方方正正的高楼大厦背后衬着带有金属色泽的天空，轮廓鲜明，宛如宏伟的神庙，只是其中没有神。在摩天大楼之间，奔驰着成千上万的车辆，车上坐满了富裕的男人和他们的夫人，甚至步行的人也似乎是出于想要愉悦自己才选择步行，而不是由于不得已。起初，源对盛说："这座城里一定出了什么事，因为这么多的人以这样快的速度赶路。"他们观察了一段时间之后，发现这些人轻松活泼，常常开怀大笑。他们爽朗地讲话，喋喋不休，谈话中的快乐远远多于忧伤。他们无忧无虑，之所以急速地行走是因为他们喜欢敏捷。这就是他们的速度。

在这样的空气和阳光中，存在着一种奇异的力量。在源的祖国，空气常常使人慵懒怠惰，在夏天人们需要很长的睡眠，在冬天人们则希望蜷缩在一个封闭的地方睡觉或取暖。而在这个国家，风和阳光中充满着一种野性的、进取的勃勃生机，因此源和盛也加快了步伐。在灿烂的阳光中，人们活动着，就像在阳光下浮动的熠熠闪光的尘埃。

在最初的两天中，虽然他们感到一切都新鲜奇妙，赏心悦目，但有一件事却给源的这种快乐笼上了阴影。即使现在六年已经过去，源也不能说自己已完全忘却了那一刻，尽管那不过是一件微不足道的小事。上岸的第二天，他和盛到一个普通的饭店去吃饭。那儿顾客盈门，有些人可能并不怎么富裕，但仍有足够的钱可以随心所欲地点自己想吃的饭菜。当源和盛从街上走进饭店的门时，源感到这些白人男女不知怎么老盯着他们看。源还感到那些人有点稍稍回避他和盛，事实上源很高兴他们这样做，因为他们身上有股奇特的异国的气味，有些像他们爱吃的乳酪的味道，但不如乳酪那么难闻。他们走进这饭店时，一个女服务员站在柜台旁边接过他们的帽子，然后将它们挂在其他人的帽子中间，这儿的习惯就是这样。当他们出来取帽子时，那个服务员同时拿出了许多帽子。源前面有一个人挡住了他，使他不能上前，那人伸出了手一把抓住源的帽子，那帽子是棕色的，跟那人自己的帽子一样。那人将帽子戴在头上就出了店门。源当时就看出出了差错，他立刻从后面赶上去，彬彬有礼地说："先生，您的帽子在这儿。我的帽子没您的那么好，被您错拿了。这是我的不是，我慢了一步。"然后源鞠了一躬，将帽子递了过去。

那人已不再年轻，一张瘦脸上带着焦虑、精明的表情。他不耐烦地听源说话，然后抓住了自己的帽子，并带着极大的厌恶从自己的秃头上摘下了源的帽子。他一刻也没有停留，只说了两个词就走了，而这两个词是用十分鄙夷的语气吐出来的。

源孤零零地站在那儿，拿着自己的帽子，他永远不想再戴这顶帽子，因为他厌恶那人闪闪发亮的白色秃顶，而且他极不喜欢那人嗓音中的呲呲声。盛走上前来问源："你站在这儿干吗？好像遭到了什么打击似的。"

"那个人，"源说，"说了两个我不懂的词，这两个词伤了我的心，我知道这是两个脏词。"

盛听了之后哈哈大笑，但在他的笑声中也有几分辛酸。"可能他叫你洋鬼子。"盛说。

"我知道，那是两个脏词。"源恼怒地说，情绪开始低落。

"我们现在是外国人。"盛说。过了一会儿，他耸耸肩又说："天下所有的国家都一样，堂弟。"

源默不作声。但他不再那么兴高采烈，对所见的一切也不再那么欢欣鼓舞了。他努力使自己振作起来，固执而又带着一种抵触情绪。他——源——是王虎的儿子，王龙的孙子，他将永远保持做他自己，永不会在成千上万的白种异乡人中丧失自我。

那天，他一直对自己受到的侮辱耿耿于怀，盛看出了他的心情，带着一丝忧郁的微笑说："不要忘记，如果在我们的国家，孟会大声奚落那个瘦小的人,骂他是洋鬼子,所以这种伤害也可能有另一种存在的方式。"过了一会儿,他不断地叫源观看各种奇异景象,终于转移了源的注意力。

在后来的日子里,由于这个国家有那么多值得一看和值得赞叹的东西,源本该忘了这件微不足道的小事,但实际上他一直念念不忘。如果源现在偶然想到这件事,它在他脑海里依然像六年前一样清晰,他仍能清楚地看到那人愠怒的面容,仍能感受到当时所受的侮辱,而这种侮辱对他来说是不公正的。

虽然他没有忘记,但这个记忆在大多数时候是被掩盖着的,因为在这异国,在他们最初度过的日子里,源和盛共同看到了许多美景。他们乘坐一列火车,火车载着他们穿过崇山峻岭。虽然山下是和煦的春天,但山顶仍然白雪皑皑,山背后则衬着又高又蓝的天空。群山之中是黑色的峡谷,谷中有深深的、翻腾着泡沫的湍急的河流。源凝望着这片美景,觉得它美得动人心魄,几乎有点超越现实,就像有一些野性十足的画家的作品被挂在火车外面,充满着异国情调,奇谲怪诞,色彩浓烈。这美景完全不是由构成他祖国的那些泥土、岩石和河流构成的。

火车驶出了群山,进入了河谷。那河谷极为宽阔,一块块的农田一望无际,一块就足有几个县大。机器像巨兽一般轧轧轰鸣,耕耘着沃土,以期丰收。源清楚地看到了这一切,这对他来说比群山更神奇。他凝望着那些大机器,想起了那个老农教他怎样握住锄头,怎样挥动它,并使它落在适当的地方。那个老农依旧在耕种他的土地,其他像他一样的人也在耕种。源想起了那个老农一小块一小块阡陌分明的田地,想起了他怎样聚积人的粪尿,将它们施在田里,蔬菜不多,但长得绿油油的,又肥又壮。每一株庄稼都尽其可能地长得茁壮,每一株庄稼和每一寸土地都做到了物尽其用。但在这个国家里,人们绝不会去考虑一两棵植物或一两英尺土地。在这儿,土地以英里来丈量,庄稼多得不可胜数。

在最初的日子里,除了那个人对源说的话之外,源感到这个国家一切都好,都胜于祖国的那些同样的事物。每个村庄都是既清洁又繁荣,虽然他辨认得出乡下人和城里人,但这里即使在乡下也没有衣衫褴褛的人,没有用泥土和稻草建成的房屋,也没家禽家畜到处乱跑。这一切都值得羡慕,源心里不得不佩服。

但从最初的那些日子开始,源就感到这儿的泥土奇异而充满野性,与他祖国的泥土截然不同。随着时光的流逝,源进一步了解了这种泥土的特性。他常常沿着乡村的道路漫步。他在那所外国大学里也种了一小块试验田,就像在他的祖国一样,但他从来也没有忘记过这两个国家的区别。虽然哺育这些白人的泥土与哺育源的民族的泥土一样都是泥土,可是当源在这种泥土上工作时,知道这种泥土不是那种埋着他祖先骸骨的泥土。这种泥土新鲜洁净,没有人类的残骸,也不那么驯服,因为在这个新的民族中,还没有足够的死者用他们的肉体来渗透这片土地。源知道,在他的祖国,人的肉体已渗透了那片土地。这个国家的土地比那些努力要占有它的人更加精壮。由于这儿的土地野性十足,在上面生息的人也变得野蛮起来。虽然他们丰衣足食、知识广博,他们的精神和容貌中却常带着原始的野蛮。

这片土地是不驯的。绵延数千里的森林荒山,百年老树下的朽木烂叶，野兽自由奔驰的草原，四通八达的漫不经心的野径，这一切都显示出这片土地不驯的气概。人们使用他们所需要的一切，获得丰硕的、供过于求的收成。他们将树砍倒，只用那些最好的土地，而让其他一部分空着，即使如此，土地依然多得超过了人们的需要，而且这些土地本身要比利用土地的人更加气势恢宏。

在源的祖国，土地是人的奴隶，人是土地的主人。山上的树木在多年以前就被砍光了，现在，人们甚至割尽山上的野草用来烧火。人们在那些小块的田地里苦心经营，力求获得最好的收成。他们迫使土地竭尽全力地生产，一次次地向土地倾注自己的劳动、汗水、垃圾和尸体，直至泥土完全丧失了纯洁。人们自己造就了这种泥土，没有他们，土地早就会耗尽肥力，成为空虚的不育的子宫。

每当他沉思默想这个新国家和它的奥秘所在时，源就会想到这些。在他自己的那一小片土地上，若想要获得丰收，他必须首先要考虑往田里撒进什么肥料。然而，这块异国的土地由于未经耕耘，依然非常肥沃。只要播下一些种子，这土地便奉献出大量的产品，勃发出旺盛的生命力，旺盛得几乎使人们承受不了。

从什么时候开始，源将憎恨混合进这种羡慕中去了呢？在六年结束的时候，源回溯往事，看到了他憎恨增加的第二步。

源和盛早早地分手了。在火车上的旅程结束时，盛爱上了一个大城市，在那儿他找到了一些和他一样的人。他说他喜爱学习诗歌、音乐和哲学，而那座城市里可以学习这些学科的学校要比别处的好，他不像源，他对土地之类的事毫无兴趣。而源下定了决心，要在异国做他一直希望做的事，去学习怎样育苗、耕地以及所有诸如此类的事。他很快就相信了这个民族之所以有力量，就是因为他们从土地上获得的丰收使得他们富足了起来，这样，他学农的决心更坚定了。于是，源让盛留在那座城市，而自己继续向前，去到了另一座城市，进了一所他能在那里学到他想学的东西的学校。

首先，源必须在这异乡找到一个可以吃饭睡觉、可以称之为家的地方。他到学校去时，受到一个灰发的白人接待，那人十分有礼，给了他一些单子，单子上写着他可以找到食宿的地方。源选了最好的一家。他在那家的门口按响了门铃，第一道门开了。一个高大肥胖的女人站在那里，她青春已逝，粗腰上系着一条围裙，正用围裙擦着她裸露的粗壮的红胳膊。

迄今为止，源还从来没有见过一个这种身材的女人。在最初的一刹那，他几乎不能忍受她的注视，但他还是很有礼貌地问："这座房子的主人在家吗？"

那女人将双手放在大腿上，用又粗又高的嗓门答道："这是我的房子，它不属于任何男人。"听到这话，源转身就走，他宁愿换一个地方试试。他想，在这个国家里，像这个女人一样令人难以忍受的人应该不多，他更愿意住到一所属于一个男人的房子里去。这个女人简直不可想象：她的腰身和胸脯硕大无朋，她的短发的色泽很奇怪，源要不是亲眼所见，就不会相信那头发是从人类的皮肤上长出来的，它本来鲜艳刺目，黄得发红，但由于厨房的油腻和烟尘，它变得暗淡了。奇怪的头发下面就是一张肥胖的圆脸，满面红光，但红得有些发紫，这张脸上安着两只锐利的小眼睛,又亮又蓝,就像新的瓷器一样。源简直受不了再看她一眼,他垂下眼,看到两条铺开来的、肥得没有线条的腿,这也叫他受不了。他急急忙忙地想走,便很有礼貌地与那女人告了别,到别处去找房子了。

可是,在走访另外一两处标明有房屋出租的地方时,他却都被谢绝了。起初他不知是什么原因。一个女人说:"我的房间客满了。"源知道她在撒谎,因为他看到了她做的那些空房的记号。这样的事反复发生。源最后终于悟出了其中的道理。一个男人直截了当地说:"我们这儿不收有色人种居住。"起初源不知这话是什么意思,他既不认为他淡黄色的皮肤与通常的人类皮肤有什么不同,也不认为他的黑色眼睛和头发与常人相异。但在一瞬间他忽然明白了,因为他看到了在这个国家里到处可见的黑人,并注意到白人极不尊重他们。

刹那间他的血往上涌。那个男人见他脸色阴沉、怒气冲冲,便带点歉意说:"我妻子在这困难时期要帮我找出一条生路来。我们有固定的常客,如果我们接纳外国人,他们就不肯住在我们这儿了。有些别的地方接纳外国人。"那个男人说出了一个门牌号码,这正是源看到那个可怕的女人的地方。

这就是源憎恨加深的第二步。

他带着十足的傲气,彬彬有礼地向那男子道了谢,又回头来到第一家。他将目光移往别处,不敢正视那女人可怕的形体。他告诉她他想看看她提供的房间。他非常喜欢那间屋子,那是靠近屋顶的一间小屋,非常清洁,被楼梯占去了一部分。如果他能忘掉那个女人,这个屋子似乎就相当不错了。他可以想象他在其中孤独安静地工作,他喜欢看屋顶向着床、桌子、椅子、箱子斜伸下来的样子。就这样,他决定住在这间屋子里,一住就是六年。在这六年中,这间屋子成了他的家。

事实上,那女人的心肠并不像她的外貌那样可怕,他年复一年地住在她的房子里,每天去上学。那女人渐渐地对他好起来,他也渐渐地了解了她的善良,在她凶神恶煞的外表和粗鲁的举动之下,跳动着一颗善良的心。在他的房间里,源生活得像个教士,清贫整洁,他屈指可数的几件物品总是放置得井井有条。那女人渐渐喜欢源了,她叹了一口粗气说:"王,如果所有的男孩子都像你这样规规矩矩就好了,我也不会像现在这样了。"

几天之后,源发现那个粗壮的女人虽然做事咋咋呼呼,但心地非常善良。虽然源听到她大声嚷嚷的声音会畏缩,看到她那一直裸到肩膀上的粗壮的红胳膊会颤抖,他仍然真心实意地感谢她,因为他发现有人在他的房间里放了几个苹果。他们吃饭时,她高声地在桌子对面向源大声嚷嚷,但源知道她是出于好意。她说:"王先生,我为你做了些米饭!我想,没有你习惯吃的东西,你会觉得吃不下饭的。"她无拘无束地大笑起来,高声说着:"米饭是我能做的最好的东西了——蜗牛、老鼠、狗以及所有那些你吃惯了的东西我供应不了!"

源说实际上他在家中并不吃这些东西,可她好像并不理会源的争辩。过了一段时间,源学会了在她说笑话时默默地微笑。他想起在吃饭的时候,她总是强迫他多吃一点,饭菜多得使他吃不掉。她使他的房间经常保持着温暖和清洁。当她知道源喜欢吃某一种菜时,就不辞劳苦地做给他吃。终于,源学会了不去看她可怕的脸，而只想她的善良。随着时光的流逝，源越来越感到她心地善良。他在城中认识了几个与他处境相同的同胞，发现他们的房东都不如那个女人心肠好，许多女房东的嘴尖酸刻薄，将外国学生的食物撒在桌上，歧视那些与她们种族不同的人。

有一件事使源十分惊讶，这个粗壮的大嗓门女人竟然结过婚。在他的祖国，这种事就不会令人奇怪，因为在新时代到来之前，姑娘或小伙子都不得不与选定的某个人结婚。男人必须接受那个别人为他选择的新娘，即使那是个很丑的女人，他也不得不娶。但在这异国，很久以来一直由男人自己做主选择妻子，竟然有男人出于自愿选择了这个女人，真怪！他娶了她。在他去世之前，她有了一个女儿。现在女儿已经十七岁了，仍然跟她住在一起。

还有一件很奇怪的事——这个姑娘居然很漂亮。源从来也不认为一个白人女性会真正美艳绝伦，但他不得不承认这姑娘确实很美。她十分妩媚，说她漂亮是一点也不过分的。她继承了母亲那种像火焰在燃烧一般的金属丝状的头发，但她青春的魅力使它变成了轻柔无比的铜色鬈发。那头发剪得短短的，弯弯曲曲地沿着她漂亮的头和洁白的脖子的线条，优美地披散下来。她有与母亲一样的眼睛，但更大，更深沉，更温柔。她会化妆，将眉毛和睫毛染成褐色，而不是像她母亲的那样苍白。她的嘴唇丰满柔软，色泽鲜红。她的身体袅袅婷婷，宛如一棵小树。她的手纤细柔长，十分匀称，指甲又红又长。她穿着轻薄质料的衣服，这使她窄窄的臀部、小巧的乳房以及她身上所有动人的线条都清楚地显了出来。源就像一个年轻男人看一个女人一样看着她。她心中十分明白那些年轻男人以及源在看什么。源也知道她明白这一点，他莫名其妙地有些怕她，甚至有些厌恶她，因此他保持着自己的高傲，对她的问候顶多回以一个鞠躬。

他庆幸她的声音并不可爱。他喜欢低沉甜美的声音，但她的声音并非如此。无论她说什么，她的嗓门总是太大，通过鼻腔发出来的那种声音尖锐刺耳。她外表的温柔使他心中不安，但偶尔他俩坐在一起，他的眼光落在她光洁的脖子上时，他暗自庆幸自己不喜欢她的声音……过了一段时间，他又在她身上发现了一些他不喜欢的东西。她不愿帮助她母亲整理家务。吃饭时，如果她母亲请她去取一样忘了带上桌的东西，她总是噘着嘴站起来，还常常说："你准备开饭时总要忘记什么东西。"她也不愿将手放在肮脏油腻的水里，因为她为了保持自己的美貌，非常爱护自己的手。

在这六年中，源庆幸他不喜欢她的生活方式，并不断让自己清楚地意识到这件事。他看到她那漂亮的不安宁的纤手在他旁边，便想起它们是懒散的，除了侍候自己，绝不会去为别人服务。源认为姑娘的手不应该是这样的。虽然他一直很清醒，但有时也不能避免她在自己身边，可他忘不了他在这异国第一次听到的那两个骂人的脏词。对这个姑娘来说，他是个外国人。他忘不了他和这姑娘属于不同的种族，他们彼此都是异乡人。他下定决心继续保持疏远和冷淡，走自己孤寂的路。

不，他自言自语，他受够女人了，他最终是被女人背叛了。如果在这异国有人背叛了他，没有人会前来帮助。他最好对姑娘们还是退避三舍。因此他不愿看那个姑娘，学会了永不用目光去探寻她的胸脯。如果她有时大胆地邀请他到某个舞场去,他会竭力拒绝。

可是源有时仍然夜不能寐。他躺在床上,回忆起那个死去的姑娘。他伤感而激动,惊奇地想知道世上的男男女女之间,究竟是什么样的烈火燃得这般炽热。他的这种探求是毫无结果的,因为他从来也不了解她,而她最终却暴露了她的邪恶。特别在那些月光如水的夜晚,源辗转反侧,不能入眠。即使他睡着了,也会不时醒来。他躺在床上,守着夜的寂静,看婆娑的树影映在室中的白墙上,月光皎洁,室内通明。他心中终于开始骚动不宁。他挡住双眼,心想:"我希望月光不要照耀得如此清澈——这使我渴望某种东西,就像渴望我从来也没有过的家。"

这六年是十分孤寂的。他一天天封闭起自己,躲进更幽深的沉寂中去。表面上他彬彬有礼,与一切跟他说话的人交谈,但他从来不首先与任何人打招呼。他一天天地将自己与这个国家中他厌恶的东西隔绝开来。他的民族自豪感——古老民族的沉默的自豪感——开始在他心中形成,因为他觉得自己民族的文明比西方世界的文明更加源远流长。他学会了默默忍受在街上遇到的愚蠢好奇的目光;他懂得了在市里可以进什么样的店去买生活必需品、刮脸或理发。有一些店主不愿为他服务,一部分人会不客气地拒绝他,一部分人会讨双倍的价钱,还有一部分人装得很客气,说:"我们在这儿求条生路,人们不欢迎我们与外国人做生意。"无论对方是粗鲁还是有礼,源学会了一言不发。

他可以一连数日离群索居,不与任何人交谈,他可能会像一个孤独的异乡人,迷失在快节奏的异国生活中。没有人向他询问关于他祖国的事。那些白人男女生活在自己封闭的世界里，从不关心别人在做什么。如果他们听到某种不同寻常的事，也只是宽容地一笑了之，就像笑那些由于无知而做错了事的人一样。源发现他的同学、替他理发的理发师以及他的女房东都对他的民族有些偏见，例如认为源和他的同胞会吃老鼠、蛇，会抽鸦片，认为在他的祖国所有的女人都裹脚、所有的人都把头发编成辫子等等。

一开始，源非常急切地试图破除这些无知的偏见。他发誓他从来也没有尝过老鼠或蛇，他告诉那些外国人，爱兰和她的朋友能轻盈地翩翩起舞，不比任何其他国家的姑娘逊色。但他的辩解只是白费唇舌，他们很快就忘了他的话，只记得他们原来知道的那些事。源对这种无知的偏见时常感到异常恼火，他深深地恨这些人的无知，终于，他不再觉得他们所说的话中会有公道和真理，而开始相信他的整个祖国都像那个沿海的大城市，而祖国的姑娘都像爱兰。

在上土壤课的时候，源认识了一个同学。他是一个农夫的儿子，一个心肠极好的憨厚的小伙子。他对任何人都很和气。上课时，他在源身旁坐下，源没有跟他说话，他先开口与源交谈起来。后来他有时跟源一起走出校门，有时他们一起在阳光下溜达。他与源攀谈。有一次，他请源与他一起散步，源从来没遇到过这样的善意，他欣然地接受了那个年轻人的邀请。散步时源感到了从未体验过的快乐，因为他一直生活得那样孤独。

很快源开始向他的新朋友讲自己的故事。路旁有棵树，树的枝杈伸向路边。他们坐在树下休息,继续他们的谈话。不久,那个小伙子急躁地喊起来:"哦,叫我吉姆!你叫什么名字?哦,王,源王。我的名字叫巴恩斯,吉姆·巴恩斯。"

他听到这个小伙子把自己的名字念颠倒了,不由得产生了一种奇怪的感觉。他解释说,在他的祖国,姓应放在名的前面。这又将这个小伙子逗乐了,他试着颠倒着念他自己的名字,哈哈大笑起来。

在这样的闲谈中笑声不断,他们的友谊慢慢发展起来。他们开始进一步交谈。吉姆告诉源,他这一生都住在一个农场上,他说:"我父亲的农场有两百英亩[1]土地。"源说:"他一定很富有。"吉姆惊讶地看着他,说:"在这个国家,这只是个小农场。在你的祖国,这算得上大吗?"

源没有直接回答这个问题。他忽然觉得要说出他祖国的农庄是多么地小简直使人不堪忍受。他怕说出来会受到吉姆的嘲笑,只是说:"我祖父有很多土地,人们称他为有钱的人。但我们的田非常肥沃,一个人只需为数不多的土地就能生存。"

谈着谈着,源渐渐讲到了那所在镇上的大房子以及他的父亲王虎,王虎现在被称作司令而不是军阀。源也对吉姆谈到了那座沿海城市,谈到了那位太太、他的妹妹爱兰以及爱兰种种时髦的乐趣。一天又一天,吉姆倾听着,提出他的问题,而源侃侃而谈,几乎不知道自己竟说了那么多。

源发现讲话很快活。在这异国他乡,他一直都非常孤独,实

---

1. 1英亩为4046.86平方米。

际上比他主观感觉到的更孤独。对那些小小的怠慢，如果有人问到他，他会骄傲地说他根本不在乎这些不值一提的事，但实际上他耿耿于怀。他的自尊心一次次地受到伤害，他几乎都不习惯再保持骄傲了。可现在，源坐下来，对那个白人小伙子讲他的民族的光荣，讲他的家庭以及他的祖国，这使他自己感到慰藉。吉姆的眼睛睁得大大的，充满了惊奇，源听到他非常自卑地说："你一定觉得我们看上去很穷——你是个司令的儿子，有那么多仆人——我想请你夏天到我家去玩，但又有些不敢，因为你过去是那么富裕。"

吉姆的表情和话语像是某种药膏，医治着源所有的创伤。

源彬彬有礼地向吉姆表示谢意，很客气地说："我相信你父亲的房子一定很大，对我来说一定很舒适！"源带着快意地啜饮着吉姆的羡慕。

这些谈话在他心中结出了秘密的果实。他在不知不觉中把祖国看成他所描绘的那副样子了。他忘了自己曾经憎恨王虎的一切战争和他那些充满贪欲的士兵，而把他想象成一个伟大崇高、运筹帷幄的将军。他忘了那简陋的小村，王龙曾在那儿生活、挨饿，用劳动和计谋挣扎奋斗。他只记得童年时镇上那所大房子里的许多院子，那是他祖父造的。他甚至忘了狭小破旧的土屋和成千上万像土屋一样的房子。它们都是用土坯垒成的，顶上盖着稻草，庇护着穷苦的人们，有时也庇护着牲畜。他只清楚地记得那座海边的大城市，它拥有巨大的财富和许多游乐场。因此当吉姆问"你们有我们这样的汽车吗"或"你们有我们这样的建筑吗"时，源会很简单地答道："是的，这一切我们都有。"

他觉得自己并没有撒谎。从某一点上看，他说的是局部真实。如果全面地看，他也相信他说出的是完全的真话，因为随着岁月的流逝，遥远的祖国在他眼中已经日臻完美。他忘记了一切丑陋的东西，忘记了到处可见的苦难。在他看来，在祖国，所有的农民都诚实知足，所有的仆人都忠心耿耿，所有的主人都仁慈善良，所有的孩子都孝顺父母，所有的姑娘都贞洁温柔、谦恭有礼。

源渐渐相信他遥远的祖国真是那么美好。终于有一天，他对祖国的信心驱使他在公众面前为他的祖国进行了辩护。事情发生在这座城市的某间教堂里。那天教堂里来了一个人，他曾经在源的祖国生活过一段时间，他告诉人们他要放一些电影给他们看，这些与那个远方的国度有关，并且他告诉人们，他还将谈谈那个国家以及那儿的风俗习惯。源既然不信宗教，当然从来没进过教堂，但那天晚上他去了，他想听听那人的演讲，看看他会放什么样的电影。

源坐在人群中，看了看那旅行家，第一眼就觉得他令人讨厌，因为他发现那人是个传教士。源只听说过传教士但从来没见过，他早年在军校上学时，老师曾教育他们反对教士。传教士到国外利用宗教进行贸易，诱惑贫穷的人参加他的教派，为了某种不可告人的目的，这种目的许多人只能猜测而不能完全了解，人们只知道，一个人如果不为任何目的或不想获得某种私有财产，是不会离开他的祖国的。现在，那个传教士高高地站在讲坛上，嘴角的线条冷酷无情。他饱经风霜的脸上长着两只深深凹陷进去的眼睛。他开始讲起来。他向人们描绘源的祖国的穷人和饥荒,他告诉人们,在那儿,部分地区的女婴一出生就被杀死,人们住在茅棚里,等等。总之,他讲的事都肮脏丑陋,可憎可恶。源听着这一切。然后那人开始放电影,影片上据说是他亲眼所见的事物。源这时看到,乞丐从屏幕上向他拥过来,还有脸部溃烂的麻风病人、饥饿的孩子,孩子们虽然腹中空空,但肚子却膨胀着。电影里还有狭窄拥挤的街道和负着连牲畜也不堪承受的重荷的人。源在他受到庇护的人生中从来也没有见过这样的丑恶。最后,那人一本正经地说:"现在你们明白了,在那块可悲的大陆上,我们的福音书是多么不可缺少。我们需要你们的祈祷,需要你们的捐助。"然后他坐了下去。

源忍无可忍了。在这段时间里,看到他祖国的缺点在这些好奇、无知的外国群众面前暴露无遗,他心中的怒火越燃越旺,其中还夹杂着耻辱和忧伤。这不是他祖国的缺点,源心里这样想,因为他从未亲眼看过那人所说的一切。他觉得这个喜欢窥探的传教士搜集了他所能发现的一切丑恶,并苦心地把这些丑恶展现在西方世界冷漠的眼睛面前。那人在结束时竟向看到了他残酷揭露的这一切的人乞求金钱,这对源来说更是一种奇耻大辱。

源怒火中烧,心都要爆炸了,他跳起来,两手紧紧抓住前面的座位,眼中燃着黑色的火焰。他双颊通红,浑身颤抖。他高声喊:"这人说的话和他放的电影都是谎言!我的祖国绝没有这样的事!我自己就没有亲眼见过这样的景象——我没有见过这些麻风病人,没有见过这样饥饿的孩子,也没有见过这样的房屋!我家里有二十几间房间,我的祖国有许多像我家一样的房子。这个人造谣,骗你们的钱。我——我代表我的祖国在这儿说话!我们不需要这个人,也不需要你们的钱!我们不需要从你们那儿得到任何东西!"

源就这样高喊着,然后他抿紧嘴唇,防止自己哭出来,又坐了下来。人们坐着,鸦雀无声,对刚刚发生的事惊讶万分。

至于那个传教士,他听着,淡淡地笑了笑,然后他站了起来,温和地说:"我看出这个年轻人是个当代青年学生。好了,年轻人,我能说的一切就是我在穷人中间生活过,他们就是那些我在电影里展示出来的人,我在他们中间生活过大半生。当你回到你自己的祖国,到内陆我居住的那个小城市里去的时候,我会将这些东西展示给你看……我们现在一起祈祷,结束今天的一切,好吗?"

但源不愿留下来参加这种假心假意的祈祷。他站起来走出去,踉踉跄跄走过街道,向自己的房间走去。不久,他身后传来了人们往回走的脚步声。这时,源又遭到了那晚的最后一次打击。当时,两个男人从他身边走过去,他们并不清楚他是谁,他听到其中一个人说:"怪事,那个中国的家伙竟然那样站了起来,真怪——不知他们两人到底谁对。"

另一个说:"我想两人都有正确的地方。最好不要全信你从某一个人那儿听到的话。但外国人怎么样关我们什么事呢?这与我们毫不相干!"那人打了个哈欠,另一个漫不经心地说:"有道理——看来明天要下雨,是吗?"他们又继续走他们的路了。

听了他们的话,源不知为什么觉得,如果这些人关心这些事,他还不会这么伤心。他觉得如果那传教士说的是对的,他们应该关心这些事;既然那传教士撒了谎,他们也应该关心,应该搞清事情的真相。他闷闷不乐地上了床,在床上辗转反侧,气得哭了,然后他发誓要干一番事业,让这些人知道他祖国的伟大。

这件事发生之后,源的新朋友平息了他的怒气。从那个纯朴的农村小伙子那儿,他得到了真诚的安慰。源向他倾吐自己对祖国的信心,跟他讲那些圣贤,他们塑造了他祖先的高尚心灵,制定了人们沿用至今的制度。因此,在那遥远、可爱的国度里,绝没有在这个国家中到处可见的奢侈享乐和固执任性。在那儿,男男女女作风正派,循规蹈矩,他们的德行产生了美。他们不需要法律,而在别的国家,到处都是法律,儿童妇女也必须有法律保护。源热切地说,他相信他的祖国不需要法律,在那儿没有人会伤害孩子。这时他忘了太太告诉他的那些弃婴了。他说妇女们总是很安全,并在家中受到尊重。那个白人小伙子问道:"那么女人裹脚不是真的?"源骄傲地回答:"那是陈旧的风俗习惯了,就像你们也有过女人束腰的习俗一样。现在这早已成了过时的事,随便什么地方都看不到这种现象了。"

源昂首挺胸地捍卫着他的祖国,现在这成了他的使命。这使他有时想起孟,现在他能实事求是地来评价孟了。他想:"孟是对的,我们的国家满目疮痍,被别人瞧不起,我们现在应该同心协力使她强大起来。我要告诉孟,无论如何,他看问题比我客观,比我深刻。"他希望能知道孟的地址,这样他就可以写信给他。

他想给父亲写信,也这样做了。源发现自己现在比以往任何时候都写得更加温柔,更加充满真情。新萌发的对祖国的爱使他更爱自己的家庭了。他写道:"我常常渴望回家,对我来说没有一个国家胜过祖国。我们的生活方式是最好的,我们的食物是最好的。一旦我回国,我将十分乐意回家。我在这儿停留只是由于我要学习一些有用的东西,用以为祖国服务。"

在这些话下面,他加上儿子向父亲问候的客套话,然后封上信,贴上邮票,走上街将信扔进邮箱里。这是个周末的傍晚,街上的店铺灯火辉煌,小伙子们正欢闹嬉戏,大声吼着他们会唱的歌,姑娘们与他们一起哗笑喧闹。看到这番野蛮的景象,源撇了撇嘴,冷漠地笑了笑。他让他的思绪追随着那封信,步入了他父亲一个人住的院子,那儿威严、寂静。他父亲左右至少有几百名部下,至少王虎,一个军阀,正按照他的准则受人尊敬地活着。源仿佛又看到了父亲,就像他过去常见的那样:父亲高贵庄严地坐在雕花的太师椅上,老虎皮披在他的身后,燃着木炭的铜火盆在他前面,卫兵们守候在他周围,他是一个真正的国王。这时,听着那些吵吵嚷嚷的下流话,听着粗俗刺耳的音乐从舞场上传来,源比任何时候都更加为自己的民族而感到骄傲。他悄悄地离开了,单独回到自己的房间,十分坚定地专心读起书来。他感到自己比周围的人都更高贵,因为自己来自一个古老而高贵的家族。

这是他憎恨增加的第三步。

第四步接踵而至,是与之前不同的原因,但离源更近,是源的新朋友干的一件事。他们之间的友谊渐渐不如以前深厚了。源的谈话也变得冷淡而疏远,总是谈工作或老师说的某些事情。一切都是由于源现在知道了,吉姆常到他的住所来不是为了看他,而是为了看房东太太的女儿。

这件事是很自然地发生的。一天晚上,源将他的新朋友带回房间。由于天气潮湿,他们不能像习惯的那样一起去散步。当他们走进源的住所时,一阵音乐从前面的一间房间里飘出来,房门半开着。这是房东太太的女儿在弹琴,她肯定知道房门是开着的。走过那间房的门口时,吉姆往里瞧,看见了那姑娘,姑娘也看见了他,并向他送了道秋波,他捕捉住了它,悄悄地对源说:"为什么你不告诉我你这儿有这么个'桃子'[1]?"

源看到吉姆色眯眯的表情简直受不了,他严肃地回答:"我不懂你是什么意思。"虽然他不懂这个词,但懂其他的一切,他觉得心中极不舒服。后来他稍稍平静了下来,心平气和地思索着这件事。他自言自语,说要忘了这事,不让关于一个姑娘的区区小事妨碍他们俩的友谊,因为在这个国家,人们对这种事看得很随便。

但这种事又发生了第二次,这次源感到深受伤害,几乎要哭出来。那天晚上他回来很迟,已在别处吃了晚饭,以便晚上继续用功。当他走进他的住所时,听到吉姆的声音从大家合用的客厅里传出来。这时源很疲倦,长时间地读外国书使他眼睛发痛,读那些从左至右横行排版的外国书对习惯读从上到下竖行排版的中国书的人来说,是相当吃力的。听到朋友的声音时,源非常高兴,他渴望有人陪伴他一小时。因此他推开半开着的门,高兴地喊了起来,神态中有一种一反常态的随便,他喊道:"我回来了,

---

1. 美国俚语,意为"漂亮的女子"。——译者注

吉姆——我们一起上楼去好吗?"

客厅里只有两个人。一个是吉姆,他拿着一盒糖,正在笨拙地抚摸糖的包装纸,脸上挂着傻乎乎的笑容。在他对面,那个姑娘慵懒而优美地躺在一张深深的沙发里。看到源进来,她抬起头来看着他,将卷曲的铜色头发向后抛,开玩笑地说:"他这次是来看我的,王先生……"深色的血渐渐地涌上了源的面颊,他本来开朗热情的脸变得阴沉、平板而沉默。吉姆满脸通红,眼光中带着敌意,好像他做了一件随心所欲的事而被人发现了。那姑娘看到这两个人之间的对视,挥着她漂亮的、指尖红红的手,恼怒地说:"当然,如果他想走……"

两个男人一片死寂,忽然那姑娘爆发出一阵大笑,随后源文雅而平静地说:"为什么他不能做他喜欢做的事呢?"

他不愿再看吉姆一眼。他上了楼,仔细地关好门,在床上坐了一会儿,对他心中由嫉妒而产生的痛苦和愤怒感到奇怪——他心中最难过的是:他不能忘记吉姆单纯而美好的脸上那副傻乎乎的表情,这种表情使他倒胃口。

从此之后,源变得更骄傲了。他对自己说,白人是他所听说过的最散漫、最淫荡的种族,他们极不严肃地交流彼此最隐秘的思想。想到这点,他忽然想起了他们爱去的剧院,剧院门口总张贴着许多广告,这些广告在商业区的大街上十分引人注目,上面画着一些半裸的女人。他痛苦地想到,没有一次他晚上回家时不在黑暗的角落看到罪恶的景象——某个男人贴身搂着个女人,他们的手臂缠着手臂,他们的手以某种邪恶的方式碰着。这样的景象城中比比皆是。源十分厌恶这一切。面对这种到处可见的粗俗，源心中又不由得升起一股自豪感。

此后，他不再像以前那样去接近吉姆了。当他在那所房子里听到吉姆在什么地方说话时，他就默默地独自上楼到自己屋里去，一头钻进书本里。如果吉姆过了一会儿到他这儿来，他与吉姆说起话来就有点拘谨、刻板。而吉姆常来，吉姆觉得那个姑娘不是他与源之间长期友谊的障碍，他不知道源对此无法理解，因此还总是高高兴兴的，好像没有发现源的沉默和疏远。有时候，源确实忘了那个姑娘，又很随便很融洽地与吉姆交谈，甚至温和地开些玩笑。但至少，现在他总是等吉姆先到他这儿来。以前那份出去见吉姆的热情已不复存在。源平静地对自己说："如果他需要我，我在这儿，我对他的态度并没有改变。如果他需要我，让他来找我。"但他已经变了，实际上他并不像他自己所说的那样。他又感到孤独了。

为了减轻这件事给他带来的痛苦，源开始注意这座城市和学校里其他一切他不喜欢的东西，但每一件他厌恶的小事都像尖刀一样刺在他赤裸的心上。他听到街上人群中那喋喋不休的外国话，感到那些声音是那样刺耳，那些音节不像他祖国的语言一样如溪水般流畅。他注意到，有时在老师面前，一些学生学习心不在焉，发言结结巴巴。他变得更加注意自己的行为，处处小心翼翼，总是使自己的发言尽善尽美。即使他身处异国他乡，为了祖国，他觉得应比别人学得更好。

他不知不觉地开始蔑视这个民族，因为他需要蔑视他们，可是他不得不羡慕他们的自由和富有，羡慕他们肥沃的土地和宏伟的建筑，也羡慕他们的发明创造以及他们关于风、水、空气和闪电的学问。可正是他们的智慧和他的羡慕使他更不喜欢这个民族。他们是怎样窃得这样一片有力量的土地的？他们为什么对自己的力量如此自信？为什么他们不知道他是多么恨他们？一天，他坐在图书馆里，钻研一本非常奇妙的书。这本书清楚地指出，在一粒种子种下之前，人就可以预言它好几代的生长情况，因为人们清楚地掌握了它的生长规律。这种知识使源感到惊奇万分，他觉得这远远超出了人们的一般常识，不禁在心里暗暗赞叹。他十分心酸地想："在祖国，我们一直躺在床上睡大觉。我们放下帘子，以为黑夜还没有结束，以为整个世界在与我们一起睡觉。可是天早就亮了，这些外国人已经醒了，开始干活了……我们还能找回这么多年里我们失去的东西吗？"

就这样，六年里，源在国外陷入隐秘的深深的失望之中。这种失望使源想起王虎不屈不挠的斗志。源决心以前所未有的热情投身于祖国的事业。过了一段时间，他进入了一种忘我的境界。他在外国人之间行走谈话，不再将自己仅仅看作王源，而将自己看作祖国的人民，看作一个在异国的土地上代表了整个民族的人。

只有盛能使源感到自己还年轻，感到自己没有背负这种使命。在这六年中，盛一次也不愿离开他选择的那座大城市。他说："为什么我要离开这个地方？这儿的东西我一辈子都学不完。我宁愿透彻地了解这一个地方，而不是肤浅地了解许多地方。如果我了解了这座城市，我就会了解这个民族，因为这座城市是整个民族的象征。"

盛不愿到源那儿去，但又想见源。源经不住盛的来信的诱惑，因为那信中充满了措辞雅致而调皮的恳求。于是他们决定两人一起在盛住的那座城市过暑假。源在盛的小起居室里睡觉。他常坐在那儿，听别人各种各样的讨论。有时他会参与，但更多的时候他保持沉默。盛很快看出源的生活面是多么狭窄，看出他生活得十分孤单，但是他没有将他的想法告诉源。

盛身上透露出一种源以前不知道的锐利，他告诉源应该了解什么、看些什么，他说："在祖国，我们一直都崇拜书。你看看我们现在在什么地方。我们周围这些人比地球上任何民族都更不把书放在眼里。他们只关心生活中的乐趣。他们不崇敬学者——学者只被他们耻笑。他们的笑话里有一半同他们的老师有关。他们付给教师的钱比付给仆人的还要少。你难道只想从那些老人那儿学到这个民族的奥秘吗？仅向一个农夫的儿子学习难道就足够了吗？源，你的眼界太窄了。你将自己拴牢在一件事、一个人、一个地方上，而忽视了其他的一切。我发现这些人在书本上花费的时间比任何人都少。他们从世界各地将书搜集到他们的图书馆里来，像使用粮仓或金库一样使用它们——书只是他们做出计划的材料。源，你可以读上千本书，但丝毫也找不到他们繁荣富强的奥秘。"

盛反复对源说这些。在盛的从容和聪慧面前，源感到非常自卑，最后他问："盛，那么我该怎么办，再多学点吗？"盛说："去走遍天下，见识一切，了解你可能了解的一切人。让那一小块土地休息一会儿，让书也一样歇歇。你学到了些什么，我已经洗耳恭听。现在让我给你看看我学到了些什么。"

盛的言谈举止中透出一种老于世故、信心十足的神气。他将香烟上的灰弹去，用优柔的象牙色的手向下捋了捋乌亮的黑发。那手总使源在他面前局促不安，感到自己就像个乡下佬一样。源觉得盛真的在任何事情上都比自己见多识广。盛过去是个瘦弱、充满梦想的漂亮孩子，而他现在的变化多大啊！他在几年之间迅速而生气勃勃地成长起来，他已充分地意识到了自己的英俊漂亮，并充满了自信。某种热浪催促着他成熟。在这个新的国家，到处都用电，他的慵懒消失了。他像其他人一样说话、行动、开怀大笑。然而，在这种勃勃的生气中，他依然留存着一些属于他自己那个种族的儒雅、从容和内向。源看到盛现在的言谈举止，心想没有人能像他一样风流倜傥、才华横溢。源非常谦卑地问："你还像过去一样写诗和小说吗？"

盛快活地答道："写，比以前写得更多。我有一组诗，可能可以编成一本诗集。我希望我写的一些小说能获得一两个奖。"盛这么说时似乎带着几分谦虚，但显示出了一种充分了解自己的自信。源缄默不语。他觉得自己所取得的成绩确实微乎其微。他还像初来时一样无朋无友，一样笨拙。所有他能用来说明这几个月生活的只是一堆笔记本和一些长在一畦土地中的籽苗。

有一次他问盛："我们回国时你将干些什么？你会永远住在这座城市里吗？"

源问这话是想试探试探，看看盛是否也像自己一样为祖国的贫困而忧国忧民。但盛轻松愉快，他毫不犹豫地答道："当然，永远！我不能住在别处。源，事实上，我们可以在这里说说在外人面前不能说的心里话。除了在这样的城市里，我不能在别处居住。在祖国,找不到一个适合我们这样的人居住的地方。还能在什么别的地方找到适合聪明人享受的娱乐呢?还有什么别的地方清洁舒畅得足以让人居住呢?对我们村庄的任何一个方面的回忆都使我感到厌恶——人们肮肮脏脏,孩子在夏天一丝不挂,狗又野又凶,任何东西上都有层黑压压的苍蝇,你知道那是怎么回事。我不能,也不愿住到别处去。毕竟,西方人在追求舒适享受方面的一些东西值得我们学习。孟恨他们,但我不能忘记,多少世纪以来,我们没有想过使用清洁的自来水、使用电、看电影或任何诸如此类的事情。就我来说,我决心要尽情享受我能获得的一切,我将一辈子住在最好、最舒适的地方,写我的诗。"

"也就是说,自私地活着。"源直率地说。

"可以这么说吧,"盛冷冷地答道,"可是谁不自私呢?所有人都自私。孟在他了不起的事业中也自私。那种事业!看看它的领袖,源,你敢说他们不自私吗?一个曾经做过强盗;一个像顺风旗似的不断改变方向,倒向得胜的一方;还有一个靠为他们的事业征集来的钱过活!我是自私,但我认为说话坦率更光荣。我这样做是为了自己,我享我的福,这样我就自私,但我不贪婪。我爱美,我需要我的住所和环境处在优雅的氛围中。我不愿过穷日子,但我只是要求能处于和平、美好、快乐的氛围之中。"

"你祖国的人民是否生活得和平快乐,你就不管了吗?"源问,他的心中热血沸腾。

"我有什么用?"盛答道,"多少世纪以来,穷人出生,饥荒到来,战争爆发,一向如此。我会这么蠢,认为我的一生能改变这一切吗?我只会在斗争中丧失自己,丧失我最高尚的自我,我——我为什么要为一个民族的命运而战？我大概还能跳进大海使海水干涸变成良田呢——"

对这种滔滔不绝的议论，源无言以对。那晚他临睡之前躺在床上，听着那惊雷在这日新月异的城市上空炸响，在他寝室的墙壁外面轰鸣。

听着听着，源害怕起来。他心灵的眼睛，透过那堵又小又窄的安全之墙看到了许多东西，那墙将他与外部那个奇异、黑暗、喧闹的世界隔开了。他不能忍受他的渺小。他在心里不断琢磨着盛的话中的道理。街灯的光照进室内，他依恋着屋中的那片温暖，依恋那张桌子、那些椅子和其他那些生活中的普通事物。在这充满变化、死亡和不可知的生活的方圆千里之中，居然有这么一小片安全的乐土。真奇怪，盛对安全舒适的毫不犹疑的选择竟使源觉得自己那种伟大的梦想真蠢，只要他靠近盛，不知为什么就失去了主见，既不勇敢坚强，也不疾恶如仇，而只是一个寻求确定性的孩子。

但源不可能总是与盛如此接近并单独与他在一起。盛在这座城里有许多熟人，他经常晚上出去与任何他能遇到的姑娘跳舞，即使源跟盛一起去，源依然是孤独的。起初源只是坐在边上，艳羡盛的英俊倜傥和翩翩风度，以及他与女人交往时的大胆风流。有时源想不知自己是否可以效法盛，但过了一会儿他又觉得无形中有某种东西使他退缩。他发誓绝不与任何女人说话。

原因是，盛以这种方式交的女朋友常常是外国女人。她们是白人或黑人和白人的混血。由于某种奇怪的肉体上的原因，源从来没有接触过一个这样的女人。过去，当他晚上与爱兰一起出去时，他常常看到这样的女人，因为在那座海滨城市中，各种肤色的人自由地混合在一起。但他从来也没有邀请过一个这样的女人一起跳舞。一个原因是他觉得她们的穿着打扮寡廉鲜耻，她们袒胸露臂，和她们一起跳舞的男人必须将手搭在她们裸露的白色皮肉上，可他不能这样做，这会使他心中产生反感。

现在，源不愿这么做又有了一个原因。他注视着盛，看着那些盛走近时便向他频送秋波的女人，觉得只有某种女人在卖弄风情；那些最高雅的、不那么寡廉鲜耻的女人在盛走近时，总将目光投向别处，或避开盛，只与那些与她们属于同一种族的人在一起。源越观察越觉得真是这样，他感到盛好像也知道这一点。盛只找那些笑得真切自如的女人。不知是堂兄的缘故，还是他自己和祖国的缘故，源心中不禁愤然起来。虽然他不完全理解为什么这些女人采取这样的态度，但他羞于启齿，怕伤了盛。他只是在心中嘀咕："但愿盛自重些，压根别去同她们跳舞。如果她们认为他配不上她们之中的佼佼者，我希望他藐视她们每一个人。"

源又伤心又恼怒，因为盛不怎么自重，无论如何要寻欢作乐。但有件事也真怪，孟所有对外国人的愤懑并没有能使源仇视外国人，但现在，当他看到许多高傲的女人见盛走近就将目光转向别处时，源感到他开始恨她们了，而且真正地恨了起来，由于这几个人的缘故，他恨她们整个民族。因此源常常走开，不愿看到盛被人歧视。他常常独自一人过夜，有时读书，有时仰望星空，有时凝望城市中的街道，审视心中的疑问和迷惘。

在暑假期间，源耐心地跟着盛在那座城市里到处逛。盛的朋友很多。每当他走进一个他常去光顾的饭店，总有一个男人或姑娘欣喜地喊起来："喂，约翰尼！"他们都这样叫盛。源第一次听到他们这样叫时，被这种随随便便的做法惊呆了。他低声对盛说："你怎么受得了这么个粗俗的名字呢？"盛哈哈大笑，答道："你应该听听他们是怎样相互称呼的！我很高兴他们用这么个亲切的名字喊我。而且，出于友谊他们才这么做。他们在对最喜爱的人说话时才是最无拘无束的。"

看得出来，盛的确有许多朋友。晚上，他们到他的房里来，有时两三个，有时五六个。他们在盛的床上或地上挤成一团，边抽烟边谈话。这些年轻人一个个争着看谁能想出最出格最有趣的念头，看谁第一个把别人弄糊涂。源从来也没听过这种乱七八糟的谈话。有时他认为他们反对政府，就为盛担起心来。直到一阵新风吹来，这几个小时的谈话便会转向，他们又开始兴高采烈地接受现有的一切，蔑视任何新生事物，谈话便在这种气氛中结束了。然后，这些年轻人身上散发着烟酒的气味，嘻嘻哈哈地笑着，陶醉在自己以及整个世界的欢乐之中，心满意足地高声道别。有时他们大胆地谈女人。源在这个他所知甚少的题目上总是保持缄默，除了碰过一个姑娘的手之外，他还知道些什么呢？他坐着静听，对听到的一切很反感。他们走后，源很严肃地问盛："我们听到的一切都是真的吗？这个国家所有的女人都像他们说的那样邪恶吗？难道这儿没有贞洁的姑娘，没有贤良的妻子，没有不受诱惑的女人？"盛揶揄地笑了，答道："他们很年轻，这些人——只是像你我一样的学生。关于女人你知道些什么，源？"

源自卑地回答:"真的,关于她们,我一无所知。"

后来,源经常注意那些在街上随意可见的女人,她们是这个民族中的一部分,但他看不出什么名堂。她们急急忙忙地赶路,穿着色彩鲜艳的衣服,脸上浓妆艳抹。可当她们妩媚大胆的目光落在源的脸上时,那目光却变得空泛无情。她们扫视他一秒钟就走过去了。对她们来说他不是个男人,只是个异乡的过客,不值得得到男人应有的礼遇,她们的目光说明了这一切。源不完全理解这一切,但他感觉到了她们的冷漠无情,并深深感到羞愧。她们趾高气扬,不可一世,冷漠无情地坚信自我的价值,这使源对她们感到害怕。甚至在擦肩而过时,他总是小心翼翼,不使自己由于疏忽而碰了她们中的任何一个,唯恐这种偶然的事引起不快。她们鲜红的嘴唇有棱有角,她们漂亮的头大胆地左右顾盼,她们走起路来一步三摇,这些都使源望而却步。他感到她们身上缺乏女人的魅力。可她们的确给这座城市增添了一种生气勃勃的魅力。经过许多的日日夜夜,源能明白为什么盛说这些人不在书里了。源仰望着摩天大楼那高耸入云、金碧辉煌的尖顶时,他觉得这样的东西不可能被放进书中去的。

起初源看不出西方建筑的美。他的眼睛习惯了温带地区房屋那种低矮的瓦屋顶和屋顶平缓的坡度。可现在他看出来了——异国情调的美,它是真的,也是美的。自从踏上这片土地,他第一次觉得非写首诗不可。一天晚上在床上,在盛睡着之后,他苦思冥想,试图写一首诗。韵总押不好,他不想用常见的、平和的音韵,不想用那种他曾用来歌咏田野和云彩的音韵。他需要强烈、粗犷、明确、贴切的词汇。他不能用他母语中的词,它们经过长期的琢磨,已变得圆滑而失去了棱角。不,他要在这种年轻的外国语言中找出别的词来。可是这些词对他来说像是新工具,沉重得使他不能得心应手,他还不习惯它们的形式和发音,因此他最终放弃了这种努力。这诗没有成形,它无形地藏在他心中,使他焦躁不安了一两天或更长一点时间。最后他感到,如果他能设法完成它的话,那么他就能对这个民族了如指掌了。可是他不能。他们的灵魂始终回避着他,他只是在他们敏捷的躯体之间走来走去。

盛和源是两个截然不同的人。盛的灵魂像诗韵,从容自如地从他的灵魂中涌流出来。一天,他将他写的诗给源看,这些诗写在烫有金边的厚纸上,他装作无所谓的样子说:"当然,它们没什么了不起——这不是我最好的作品。我以后要写些更好的。这些只是在我脑海中涌现的有关这个国家的随想,我将它们记了下来。我的老师夸奖我写得好。"

源一首首地仔细读那些诗,默默无言但充满崇敬。他觉得那些诗很美,每个词都经过推敲,恰如其分,就像一颗钻石镶嵌在一枚雕金戒指中那么干净利落。盛轻松地说,其中一些诗已由他认识的一个女人谱上了音乐。在提起这女人一两次之后,他便带源到她家去,听她为他的诗谱的曲子。在那儿源又看到了另一种女人,以及盛的生活的另一面。

她是某个音乐厅的歌手,不是个一般的歌手,但也还不是如她自己所想象的那样是个了不起的歌唱家。她独自一人住在一所许多人同住的公寓里,在公寓中,每个人都有自己的房间。她把自己住的房间装扮得昏暗但很安静。虽然室外阳光灿烂，却没有阳光照进她的房间。蜡烛在高高的青铜烛台上燃烧着，线香的香味浓烈地弥漫在混浊的空气中。每把椅子上都有坐垫，坐上去软软的，房间的尽头还有一张长沙发。那女人躺在床上，身材修长，面容姣好，源猜不出她的年龄。看见盛时她喊了起来，挥舞着一只她用来抽烟的烟嘴，她说："盛，亲爱的，我好久不见你了！"

盛很自在地坐在她身旁，好像他以前已在那儿坐过许多次了。她又说起话来，她的声音深沉、奇特，不像女人的声音。"你的可爱的诗——《寺钟》——我已替它谱了曲！我正要打电话给你——"

盛说："这是我堂弟源。"她几乎没有看源一眼。盛说话时，她站起身来，她修长的腿像孩子那样毫无顾忌地裸露着。她口中含着烟嘴，吐出一两个模糊不清的词："哦，你好，源！"她好像根本没看见源。然后她径直走向她的钢琴，将口中的烟放到一边，手指开始轻柔地从一些琴键滑向另一些琴键，深沉缓慢的音符飘了出来，源从来没有领略过这样的音乐。过了一会儿，她开始唱歌，声音低沉得像她奏出来的音乐，微微颤抖，充满激情。

她唱的那首歌很短，是盛在祖国时写的一首小诗，但音乐以某种方式改变了它的情调。因为盛的这首诗写得充满愁思，轻悠、淡远，飘逸得像月光下的竹影在寺墙上摇曳。但这个外国女人唱这些精巧的词时使它们充满了激情，竹影变得浓重坚实，月光变得热情奔放。源感到不舒服，觉得这音乐的形式同这些词创造出来的意境相比，浓烈得有点不相称。这个女人也一样，她的一举一动都充满一种使人不安的因素,她所唱的每一个词和她的每一次顾盼都不单纯。

刹那间,源感到自己不喜欢她。他不喜欢她住的屋子,也不喜欢她的眼睛,它们衬着她的金发,显得颜色太黑。他也不喜欢她看盛的眼神。她老是喊盛"亲爱的"。她演奏完之后在室内徘徊,经过盛时常常碰到他;她将写好的乐谱交给盛,倚在他身上,有一次甚至将脸贴上了他的头发,并漫不经心地低低地说:"你的头发没有染过,是吗,亲爱的?它总是这么光亮……"这一切源都不喜欢。

源十分沉默地坐着,感到这个女人令人反感,这是他的祖父遗传给他的,他的父亲也会很清楚,这个女人的言行举止和外貌都不得体。他盼望盛对她表示厌恶,哪怕只是婉转地表示。但盛没有。他没有去碰她,这倒是真的,也没有以同样的措辞答她的话,或伸出手去握她的手。但他接受了她所做的和所说的。她将手在盛的手上放了片刻,他听任它待在那儿,并没有像源所希望的那样将手抽回来。她频送秋波,他也回眸凝睇,微笑着接受了她的大胆和恭维。源几乎不能忍受他所目睹的一切了,他像一尊高大而沉稳的塑像一般坐着,似乎目无所视,耳无所闻,直到盛站起身来。甚至那时,那女人还用双手紧抓住他的胳膊,哄着盛来参加她的宴会,她说:"亲爱的,我想把你介绍给人们,你知道,你的诗是新颖的,你这人本身也是新颖的。我爱东方——这音乐相当美妙,不是吗?我想让人们都听到它——但也不希望太多,你知道,只是几个诗人和那个俄国舞蹈家。亲爱的,我有个想法,她可以给这音乐配上舞蹈—— 一种有东方色彩的舞蹈——

你的诗配上舞蹈将是非凡的，让我们试试看……"她不断诱劝着，直到盛握了握她的手，答应了她的请求。盛答应得仿佛有些不情愿，但也许是由于源在一旁看着，盛才表现得仿佛不大情愿。

他们终于离开了她的家，又来到了街上，源深深地呼吸了一两口新鲜空气，高兴地看着遍地的阳光。他们缄默不语，源不想先开口，因为他怕说出自己的感想会得罪盛，而盛却沉浸在自己的思想里，脸上挂着一丝微笑。终于，还是源先开口了，他带着几分试探："我从来没有从一个女人嘴里听到过这种话，我几乎从来没听人说过这种话。她真的这么爱你吗？"

盛哈哈大笑，说："这些词没有什么特别的意思。她对任何男人都会用这些词——这是这种女人的方式。那段音乐不差，她把握住了我诗中的情绪和意境。"源看着盛，在他脸上看出一种盛自己察觉不到的神情。这种神情明白地显示出盛喜欢那女人说的甜蜜而无聊的话，他喜欢她对他的称赞，喜欢她的音乐对他的诗的美化。源便没有再说什么。但源在心中说，盛的生活方式不是他的生活方式，盛的人生不是他的人生。他的人生道路对他来说就是最完美的，虽然他几乎还不清楚他的道路是什么，但他知道他不会与盛走同样的道路。

为了使堂兄高兴，源虽然在这座城市和它的旖旎风光中逗留了一段时间，看了地铁和街道，但是源知道，无论盛怎么说，这里并不包含全部的人生。他自己的人生不在这儿。他像只孤雁，这里没有他熟悉或理解的东西。

后来有一天，天气炎热，盛热得懒洋洋的，躺下睡了。源独自漫步街头，随意乘了几辆公共汽车，来到一个他做梦也不会想到在这样的城市里会有的地方。因为他看惯了它的富足。他认为城中的建筑是宫殿,城中的每个人都认为吃得饱、喝得足、穿得暖是理所当然的,他们期望的不是这些,因为这些是他们应得的。除了这些基本需求之外,他们还要求有娱乐和更好的衣食,他们不是要借此生存,而是希望给生活增添情趣。在源看来,这座城市里的每个市民都是这样。

可这一天,他发现自己仿佛置身于另一个世界,置身于一座穷人的城市里。他不知不觉地偶然闯进了这个地方,一下子就身在其中了。他看出这个地方的人是穷人,他了解他们。虽然他们的肤色是白的,还有一些人皮肤黝黑,像野蛮人一样,但源了解他们。他们的眼睛、肮脏的身体、龌龊的手,还有女人的大声尖叫和太多孩子的啼哭,这些都说明他们是穷人。在他的记忆里有另外一些穷人,虽然生活在远隔重洋的另一座城市里,但他们与这儿的穷人何其相似啊!源认出了他们,他喃喃自语:"原来这座宏伟的城市也是建筑在一座穷人之城的基础上的!"爱兰和她的朋友曾经在半夜出去,看到过这样的男人和女人。

源带着某种喜悦想:"这个民族的人也在掩饰他们的贫穷!在这座富足的城市里,这些穷人暗暗地挤在这几条街上。就像别的国家可以见到的景象一样,一切都显得拥挤、肮脏。"

在这里,源确实发现了某种书本上找不到的东西。他茫然地在这些人当中穿行,向狭小阴暗的房屋看去,在街上的垃圾中小心翼翼地走。饥饿的孩子在大热天里半裸着身子。源抬起头,满目凄苦,他想:"他们住在高楼大厦中没什么了不起,他们中也有人住在棚子里——一样的棚子……"

天黑时,他终于回去了。他走进了其他的街道,清冷的灯光照亮了那些黑暗的街。他走进了盛的房间,盛已醒了,又快活起来,正准备与一两个朋友到剧院大街去寻欢作乐。

一看到源,盛就喊了起来:"你到哪儿去了,堂弟?我真害怕你迷了路。"

源慢慢地回答:"我看到了你告诉我的书本上没有的某种生活……这个民族虽有这样的财力,仍不能消灭贫穷。"他说出他去了哪儿,谈了一点他的见闻。盛的一个朋友像个法官一样谨慎地说:"总有一天我们会解决贫穷的问题。"另一个说:"当然,如果这些人能干些,他们就会生活得更好,他们多少有些缺点。飞黄腾达的机会总是有的。"

源飞快地说:"事实是你们掩饰你们的贫穷——你们为他们感到羞愧,就像一个人为某种讨厌的暗疾感到羞愧一样……"

但盛兴高采烈地说:"如果我们让我这堂弟开个头,然后展开一场论战的话,我们就要迟到了!半小时之后戏就要开场了。"

在这六年中,源与三个人比较亲近。在他生活周围的陌生人中,这三个人对他很友好。源有个老教师,他是个白发老人。源一开始就很喜欢看他的脸,因为那张脸非常和蔼可亲,并带着温和的思想和完美的生活方式的印记。随着时光的流逝,这个老人向源披露了他自己,已不仅仅是一位老师。老人心甘情愿地花费大量时间与源进行亲密的交谈。他阅读源计划写的一本书的提纲,帮他修正,并指出一两处错误的地方。无论何时,只要源讲话,他总耐心地倾听。他的蓝眼睛始终微笑着,总是充满理解,最终源十分信任他了,后来也终于向他敞开了自己的心扉。

源告诉老人,他是怎样在许多美好的事物中发现了这座城市里的穷人的。在如此巨大的财富中竟有穷人悲惨绝望地活着,这使他万分惊讶。讲到这些,源又想起一些别的事,他告诉老人那个传教士的话,以及那传教士怎样用那可恶的电影来糟蹋他祖国的人民。这位老人温和沉默地倾听了一切,然后说:"我认为不是每个人看问题都能做到面面俱到,俗话说,我们每人只看见我们寻找的东西。你和我,我们看着土地,想到的是种子和收获;一个建筑师看着同样的土地,想到的是房子;而一个画家想到的是土地的颜色。传教士只把人看作需要救助的人,因此他自然对那些人看得最清楚。"

源思索了一会儿,不大情愿地承认这是事实,平心而论,他不像以前那样对那个传教士深恶痛绝了,也许他仍然希望自己能恨,因为他还是认为那个传教士是错的,源说:"至少他只片面地看到我们国家极小的一部分。"老人总是温和地回答说:"可能是——如果他心胸狭窄的话,就一定是。"

在别人离去之后,在田野里、教室里,源通过这样的谈话,开始喜欢起这个白人老人来。他也爱源,并带着与日俱增的温情关注着他。

一天,他犹豫不决地对源说:"我的孩子,我希望你今晚到我家来。我们是很朴素平常的人,家中只有我妻子、我女儿玛丽和我,一共就三个人。如果你愿意来跟我们一起吃晚饭,我们将会很高兴。我已跟她们谈了许多关于你的事,她们也想认识你。"

这些年来,这是第一次有人向源讲这样的话,他被深深地感动了。对源来说,一个老师请一个学生到自己家去是件暖人肺腑、非同寻常的事。因此他以他母语中的那种谦恭的口气说:"不敢当。"

老人听了瞪大了双眼,然后微笑着说:"你会看到我们的生活是多么简单朴素!当我第一次对我妻子说如果你来我会很高兴时,她说:'我怕他已过惯了那种比我们好得多的生活了。'"

源然后又客气地推辞,但最后终于同意了。就这样,那天晚上,他沿着树荫遮蔽的街道,走进了一个四四方方的庭园,又向前走向一座年代久远的木屋。那木屋隐蔽在树丛后面,四周都有走廊。一位太太在门口迎接他,她使他想起那位被自己称作母亲的太太。这两个女人之间,远隔着千山万水,她们的语言、肤色各不相同,但她们都有同样的外在。柔滑的白发、十足的母性、自然朴素的风度、诚实的眼睛、平静的声音、镌刻在眉宇间和嘴角旁的智慧和耐心,这一切使她们彼此相像。当他们在大客厅里坐下来时,源发觉她们之间的确存在着区别,因为这位太太的神情中有种灵魂上的充实和满足,而他家中的那位太太没有。这一位仿佛已在生活中获得了心中欲求的一切,而那一位没有。但两人殊途同归,正安度恬适平静的晚年,只是一位走的是一条有伴侣的愉快的道路,而另一位走的却是一条孤独而黑暗的道路。

太太的女儿走了进来。她不像爱兰,一点也不像。玛丽是另一种类型的姑娘,她可能比爱兰年长一些,个子高得多,但不如爱兰漂亮。她好像很文静,声音和表情有些拘谨。但当你听她说话时,会发现她说的话都很有意思。她深深的灰黑色的眼睛在沉静时是严肃的,但在她妙语连珠时又闪出熠熠的光芒。在她的父母面前,她显得娴静拘谨,但也并不惧怕他们。源觉察到,她的父母尊重她就像尊重一个平辈的人。

源很快就发现,她的确不是个平凡的姑娘。当那位老人谈起源写的东西时,玛丽也知道。她迅速而贴切地向源提了个问题,使源吃了一惊。源奇怪地问:"你怎么会对中国的历史如此了如指掌,竟问出像晁错这样年代久远的人物呢?"

那个姑娘眼中带着笑意,闪闪发亮,她谦虚地说:"我想,我与你的祖国总是有种亲密的关系,我读过关于你的国家的书。我跟你谈谈我所知道的关于晁错写的文章好吗?然后你就会知道我是个绣花枕头,实际上什么也不懂。他写了一篇关于农业方面的散文,是不是?我读过这篇文章的译文,还记得一些。似乎是这样的:'民贫则奸邪生,贫生于不足,不足生于不农,不农则不地著,不地著则离乡轻家。民如鸟兽,虽有高城深池,严法重刑,犹不能禁也。'[1]"

源熟知的这些词句,现在由这个姑娘用珠圆玉润的声音诵读了出来。显然她很喜欢这句话,因为这时她的脸变得严肃,眼中充满神秘的神色,就像一个人重新发现了某种已知的美。她的父母恭敬地听着,为她感到自豪。她的老父亲转向源,就像一个激动得要在心中呼喊,但依然礼貌地忍住了的人那样,他说:"你看出我的孩子是多么聪明机智了吗?你以前见过像她这样的吗?"

源情不自禁地说出了他的欣喜。此后,每当她说话时,源就倾听着,并觉得自己与她有了某种亲密的关系,因为无论她说什

---

1. 出自汉代晁错的《论贵粟疏》。——译者注

么——即使说的只是些微不足道的小事——都那么恰到好处，正如他若处在她的位置会说的一样。

虽然那晚是他第一次进入这所房子，他觉得自己已非常习惯于这所房子和这些人了，以至于忘了他们属于与自己不同的种族。不过他还是会不时发现某种陌生而奇怪的东西，一种他不能理解的异国风情。后来，他们走进一间小一些的房间，在一张椭圆形的桌子旁坐了下来，晚餐已准备好，正放在桌子上。源拿起汤匙准备吃，但他看见别人似乎都不慌不忙，不一会儿，那位老人低下了头。除源以外的其他人也跟着低下了头，源不懂这种事，他东张西望，看看会发生什么。那位老人好像在对无形的神大声祷告什么，虽然只说了几个词，但却充满感情，好像他是为收到的礼物而感谢某人。之后再没有什么别的仪式了。他们开始吃，源这时没有问任何问题，但他后来在谈话中问起了这事，并得到了回答。

在此之前，源从未见过这种仪式，他感到非常好奇。吃完饭之后，他们在宽阔的阳台上坐了下来，沐浴在幽暗的暮色之中。源向老师问起了刚刚的事，他想知道在那种时刻他应该遵守何种礼节。那位老人沉默了一会儿，抽着烟斗，平静地将目光投向笼罩在阴影中的街道。后来，老人握着他的烟斗，终于开了口："源，好多次我不知该怎样向你讲我们的宗教。你看到的是一种宗教仪式，我们在为那些每天放在我们面前的食物而感谢上帝。仪式本身并不重要，然而它是我们赖以生存的最崇高的事物的象征——我们对上帝的信仰。你还记得你说过我们的繁荣和强大吗？我相信这是我们宗教的果实。我不知道你们的宗教是什么，源,但我知道,如果我让你在这儿生活,让你天天去上课,让你在我家进进出出,而不告诉你我们的信仰,这对你以及我自己都是不诚实的。"

老人这样说时,那两个女人来了,然后她们坐了下来。那位母亲坐在一把摇椅上,她轻轻地前后摇动,好像风在吹动椅子。她坐在那儿听她的丈夫说话,脸上挂着温和而赞同的笑容。老人停了片刻,在他继续讲神和神创造人类的奇迹时,他太太带着一种温柔的激情说:"哦,王先生,当威尔逊博士告诉我你在班上是那么出类拔萃,你写的文章是那么才华横溢时,我还以为你信基督教呢。如果你能信奉基督教,回国去现身说法,那对你的祖国将会多么有益啊!"

源听到这些话惊讶万分,因为他不知道这些话是什么意思。出于礼貌,他只是微微笑了一下,稍稍低下了头。他正要开口,玛丽的声音打破了沉默,这声音像金属一般尖锐、清晰,带着一种源从没有听过的音调。她不是坐在椅子上,而是坐在最高一级台阶上。她父亲说话时,她默默地坐着,手捧着下巴,似乎在听。她的声音在暗淡的光线中响起,激动不安、陌生、奇特,而且有点不耐烦,像一把小刀一样划破了这场谈话:"我们进去好吗,爸爸?椅子更舒服,我喜欢灯光。"

老人听到她的话,茫然不解而又惊讶地说:"怎么?哦,好,玛丽,如果你愿意,就进去吧。但你一向喜欢坐在这儿度过黄昏。每天晚上我们都在这儿坐一会儿的——"

但那个姑娘越发烦躁不安,她固执任性地说:"爸爸,今晚我喜欢灯光。"

"很好，亲爱的。"老人说。他缓缓站起身来，大家一起进屋去了。

在灯光明亮的房间里，老人没有再提起圣餐礼的事。这时他女儿主导了谈话。她将上百个与源的祖国相关的问题一股脑向源提出来，像连珠炮似的，有时问得很深，源只得坦率地承认自己才疏学浅，说不清楚。她说话时，源感到很愉快。源虽知道她算不上是个美人，但她热情、聪颖，皮肤细腻洁白，薄嘴唇透着淡淡的红色，头发光亮柔滑，几乎像他的一样黑，但要比他的漂亮。他看出她的眼睛是美丽的，现在它们带着诚挚的光芒，几乎变成了黑色，当她微笑时，它们又变成一种可爱的闪亮的灰色。她从不纵情大笑，但常常莞尔一笑。她的手也会说话。它们柔软细长，好动不宁。虽然它们并不小巧玲珑，也许还显得过于清瘦，也不够光滑细腻得称得上美丽，但在它们的外表和动作中含有一种力量。

源在这些外在的东西上并不能汲取什么乐趣。因为他将她看成这么一种人，这种人的肉体仿佛并不是一个独立的东西，而只是其心灵的外壳。这对源来说很新鲜，因为他从未见过这样的女人。当他认为在她身上突然发现了那种美丽时，它又在刹那间消失了。在她心灵的光辉的闪现中，在她机智的谈吐中，源完全忘了那种美。在这儿，肉体听从精神的指示，但精神并不费心去考虑肉体。因此这时源几乎不把她看作一个女人，而只是将她看作一个人，一个变幻无穷、光芒四射、热情洋溢的人。她有时有点冷漠，常常会突然沉寂，但并不是由于无话可谈才出现沉默，这种沉默只是出现在她的思想把握了源所说的东西的时候，她细致地将它理出来，追根问底。在这种沉默中，她常忘了自我，忘了她的眼睛依然盯着源的眼睛，而他已讲完了。在这种沉默中，源发现自己不止一次越来越深地向那柔软的、渐渐变黑的明眸中看去。

她一次也没提起圣餐礼的事，那两个老人也没有再提，直到最后源起身告辞时，老人紧握住他的手说："孩子，如果你希望的话，下星期日与我们一起到教堂去，看看你是否喜欢。"

源将这作为进一步的好意接受了，他说他愿意去。他愿意这么说是因为他觉得再见这三人是件乐事。他们待他像待家里的儿子，虽然他们并不属于同一个民族。

回到自己的房间之后，源躺在床上，等待睡意降临。他想着那三人，想得最多的是那两位老人的女儿。他从未见过这样的女人，她与他所知的任何人都不同，比爱兰更光彩照人。爱兰有着快乐而漂亮的小猫眼和妩媚的倩笑，而这个白人女性虽然常常很严肃，却有耀眼的内在光彩，如果你将这与她母亲那种糊涂而温柔的好心肠相比，她的那份光芒有时显得生硬、刚强，但总是清晰明朗。她也绝没有不规矩的举动。她不会像房东太太的女儿一样，为了更清楚地展示她的大腿、腰或脚而做连续而无用的扭动。她的话语和声音都与那个替盛的小诗配上热情奔放的音乐的女人不一样，因为她的言语中绝不夹带任何暧昧的意思。她绝不这样，她说起话来干净利落，清晰明朗，每个词都有自己的分量和意义，而没有什么言外之意，它们是她表达思想的工具，而不是传达模棱两可的暗示的信使。

源想到她时，总想的是她的灵魂，它被包裹在她的肤色和肉体之中,但没有被掩盖。他想起她所说的话,想起她有时说出的那些他从未想到过的东西。有一次,当他们谈到对祖国的爱时,她说:"理想和热情不是一回事。热情可能只是肉体上的,肉体的青春活力使人热情洋溢。但肉体会衰老或垮掉,理想却不依赖肉体而存活,因为理想是包裹在灵魂中的实质。"她的脸色迅速、轻快地变了,她非常温柔地看着她父亲,说:"我想我父亲有真正的理想。"

那老人平静地答道:"我将它叫作信仰,我的孩子。"

源记得当时她什么也没有回答。

想着这三个人,他在这异国第一次心灵充实地睡着了。他似乎感到他们是真实的,也是他可以理解的。

因此,当那天到来时,为了参加老教师所说的宗教仪式,源仔细地穿上他的好衣服,又到那位老人家里去了。他家的门开着,玛丽正站在门口,源开始有点胆怯。玛丽看到他显然很惊奇,因为她的眼神暗了下来,脸上没有一丝笑容。她穿着一件蓝色的长大衣,戴了一顶颜色相同的小帽。她好像要比源记忆中的高一点,显得稳重而朴素。源结结巴巴地说:"你父亲叫我今天来和他一起到教堂去。"

她严肃、忧郁,眼中带着烦恼的神情,注视着源的眼睛,说:"我知道。你愿意进来吗?我们已经准备好了。"

因此源又进了上次那间房间,他记得那儿有美好的友情。但那天早晨,那个地方似乎对他不怎么友好了。壁炉里不像上次那样燃着炉火。秋晨的阳光寒冷而单调,它穿过窗户照进屋来,显出地毯和椅垫的破旧。在幽暗的夜色、火光和灯光中看起来深沉、温馨和习惯了的一切，在无情的阳光下显得过于破旧，似乎需要更新了。

但那老人和他的太太进来时非常客气，依然像往常一样慈祥，他们为了做礼拜穿得很体面。那老人说："你来了我真高兴。我只说了一遍，因为我不想过分影响你。"

但他的太太柔和而又热情地说："可我祈祷过！我祈祷上帝指引你来。我每晚为你祈祷，王先生。如果上帝答应了我的祈祷，我将是多么骄傲。如果通过我们——"

这时，他们女儿清脆的声音响了起来。她的声音像穿透这陈旧房间的一道光线，令人愉快，毫无恶意，音调非常清晰完美，但比以前源所听到的那种声音要冷淡些："我们现在走好吗？剩下的时间刚够到达那儿。"

她在前面走，别的人跟着她。她坐在方向盘前，这车将把他们带到目的地去。两位老人坐在后面，她将源安置在她旁边。然而她转动方向盘时却一言不发。源出于礼貌也没有说话，甚至看也没看她一眼，只是有时转过头去看看沿途的奇景。源虽没有直接看她，但从侧面看到了她的脸，他所看到的景物衬着她的脸。现在她脸上既无笑容，也无光彩，它严肃得近乎悲哀。她笔直的鼻子并不小巧，棱角分明而柔嫩的嘴紧闭着，清爽的圆下巴从黑毛皮领上露出来，灰色的眼睛笔直地望着前方的道路。她敏捷而熟练地转动方向盘，笔直而沉默地坐着，源甚至有点惧怕她。她好像不是那个曾与他无拘无束地谈过话的人。

他们来到一所大房子前。男男女女、老老少少正走进这所房子。他们也走进去坐了下来，源坐在老人和他女儿之间。源这时不禁好奇地四处张望，因为这是他第二次进教堂。他在祖国虽见过许多寺庙，但一生中没有崇拜过任何神，那些寺庙是为普通的、没有受过教育的善男信女而设的。有几次他走进庙去，仰望着巨大的塑像，听着敲钟时大钟里传出的深沉、警世、孤寂的钟声。他带着轻蔑看着那些穿着灰袍的和尚，因为他的家庭教师早就教导过他，这些和尚都是邪恶无知、掠夺人民的人。因此源从没有崇拜过任何神。

现在，他在这外国教堂里坐着观望，这是个令人振奋的地方。穿过狭长的窗户，早秋的阳光像巨大的光柱似的倾泻进来，照在讲坛的花上、妇女们五彩缤纷的服装上和表情各异的人的脸上，但这儿年轻的脸庞不多。音乐从某个隐秘的地方飘出来，起初很柔和，渐渐音量加大，直到整个室内的空气都随着音乐震颤起来。当源转过头去看音乐来自哪儿时，他看到了身边的老人。老人的头垂在胸前，眼睛闭着，脸上挂着甜蜜的微笑，仿佛已心醉神迷。源四处张望，观察到其他人也沉浸在这种不由自主的静默中，出于礼貌，他不知应该做什么。他看到了玛丽，她像在方向盘前一样笔直而高傲地坐着。她的下巴高昂着，双目睁着凝视远方。见她这么坐着，源也就没有为任何他不了解的信仰而低下头去。

源想起那老人曾说过，这些人从宗教中汲取力量，他观察着，想知道这力量是什么，但他未能轻易发现。庄严的音乐一会儿又变得柔和，终于归于沉寂。一位穿着袍子的教士走了出来，诵读着什么经文，所有的人仿佛都很有教养地听着。然而源在观察中发现，也有一些人正在注意别人的服饰、面容等等。但那老人和他的太太专心致志地听着。玛丽的脸似乎仍注视着远处，无论听到什么都不动声色，因此源不知她是否真的在听。音乐一遍又一遍地响着，有人念起了源不理解的词句，那是穿袍子的教士在读一本大书，他在布道。

源倾听着，觉得这好像是由一个友善的、神圣的人传布的有益的劝世箴言，他劝人们应对穷人更仁慈，应克己，服从上帝。他所讲的与任何别的地方的教士讲的一模一样。

那个教士讲完之后，便大声向上帝祈祷，这时他要求大家低下头来。源又一次不知所措，他看到那对老夫妇虔诚地低下了头，可在他旁边的那个姑娘依然高傲地昂着头，因此他又没有低头。他睁大眼睛看那教士是否能唤出神的形象，因为人们都低头准备膜拜神灵，但并没有，到处都看不到上帝的影踪。过了一会儿，他讲完了，这时人们不再等上帝降临，而是动了起来，站起身来回家了。源也回到了自己的住处，他对所见所闻一点也不理解，而他记得最深的就是那个高傲的女人的头的清晰的轮廓，那头从未低下来过。

可是，自从那天以后，源的生活有了新的内容。有一天，他到他播种冬小麦的田里去，想看看哪垄麦子长得最好。他回到自己的住所后，在桌上发现了一封信。在外国，源孤独的生活中很少有信。他知道，每隔三个月他会在桌上找到一封他父亲的信，信中那些用毛笔写的字句几乎每次都是重复同样的内容：王虎很好，但到来年春天，他要重新上阵，而源必须努力学好他所想学的东西，学习一结束就必须回家，因为他是独子。或者他会收到一封爱兰母亲寄来的信,她的信总是恬静美好的,信中谈些她所做的琐事。她认为爱兰应该结婚。到现在为止她已答应过三家人家,都是征得了爱兰同意的,但每次爱兰又会再任性地拒绝。源读到爱兰的任性时笑了笑。那位母亲提到此事时,常加上几句自我安慰:"但梅琳是我的依靠。我已将她带回家与我们一起住了。她学习很好,每件事都做得十分妥帖,她仿佛知道一切该怎么做。她好像就是我应该有的孩子,有时她比爱兰更像我的孩子。"

源能发现的就是这样一些信。爱兰也写过一两次信,信中夹杂着两种语言,充满了任性、玩笑和可爱的威胁。她说,如果源不给她带回些西洋的小玩意她就会怎样,并发誓她期望有一个来自西方的嫂嫂。盛有时也会写信,但很难得,没个定数。源带着几分悲哀地意识到,盛的生活中充满风流倜傥、谈吐机智的年轻人所追求的一切,城市里的那些人骚动不安地到处猎奇求新,盛的异国情调使他在他们的眼中更增了几分风采。

但现在这封信不是来自这些人中的任何一个。它躺在桌上,方方正正,洁白清爽,源的名字是用黑墨水写成的,十分清晰。源把信拆开,它是玛丽·威尔逊寄来的。她的名字写在下面,朴素刚劲,字形中蕴含着一种力量和热情,与房东太太每月账单上的粗俗的字截然不同。在信中,她为了某个特殊的目的,请求源随便哪天有空时就到她那儿去。因为从他们一起到教堂去的那天开始,她一直非常烦恼,心中有话没说出来,因此她很想向源倾吐她的肺腑之言。

源感到十分惊讶。当天晚饭后,他洗完澡,穿上他的黑色礼服就出去了。临出门时,房东太太在他身后大声嚷嚷,说她那天放了一封一位女士寄来的信在他的桌上,她估计他现在是去看那位女士了。旁边的人哗笑起来,那个年轻的姑娘笑得最响。源一言不发,他只感到生气,气这粗俗的笑声竟会与玛丽·威尔逊有关,她太高洁了,这些人不配提起她的姓名。源恨透了他们,发誓绝不让他们知道她的姓名。他希望他到她那儿去时,哪怕是在心里,也绝不要想起这些笑声和面容。

但他摆脱不掉这种记忆,当他站在她家门口时,这种记忆使他感到窘迫,所以当门开了,她站在门口时,源显得冷淡而羞怯。她热情地伸出手来,源却没有去握,而是假装没有看见。他仍然在心中诅咒那些人的粗俗。感觉到了他的冷淡,她的脸色暗淡了下来,她收起了欢迎的笑容,严肃地请他进屋,声音平静而又冷漠。

他进了屋,屋里像他第一次去的那天晚上一样,温暖而亲切,壁炉中跳动的火苗照亮了整间房间。那把陈旧的高靠背椅子仿佛在请他坐下,一种宁静和空虚正接待着他。

源等着瞧她将坐在哪儿,这样他就可以坐得离她远一些。可她看也不看他一眼,就在炉前的一只矮凳上满不在乎地坐下了。然后她向他招手示意,要他坐在附近的一把大椅子上。源坐上去之后,又设法使它往后移一移,这样他虽靠近她,近得能看清她的脸,但如果他或她伸出一只手,这距离又远得使他们的手不能相触。他希望他们能这样坐着,同时心中还想着那件事,认为那些普通人的笑声真是粗鲁、下流。

他们两人坐在那儿,听不见两个老人的声音,也看不见两个老人的身影。那姑娘出其不意地开始说话了,她没有提起她的父母,好像她要说的话很难说出口,但又非说不可。她开门见山地说:"王先生,我今晚请你来,你可能会认为我很唐突,因为我们几乎完全是陌生人。但我读过许多有关你们国家的书——你知道我在图书馆工作——我略微知道一些关于你的人民的事,我非常钦佩他们。我请你来,不仅是由于你自己的缘故,而且也是由于我将你看作一个中国人。我现在对你说话,是一个当代美国人对一个当代中国人说话。"

她停了停,凝视着炉火,从火炉旁的柴堆上抽出一根树枝。她用树枝悠闲地拨弄着埋在燃烧的木柴下面的红色木炭。源等待着,不知说什么好,感到跟她在一起有些拘束,因为他不习惯与一个女人单独在一起。她又继续说了下去。

"事实上,由于我父母努力想使你对他们的宗教感兴趣,这使我很尴尬。关于他们,我不想说什么,只知道他们是我所知的最好的人。你了解我父亲——你知道——人人都知道——他是什么样的人。人们谈论着圣人,他就是一个。我一生中从未见过他发脾气或做出什么不友好的举动。没有一个姑娘或一个女人,有比他们更好的父母了。遗憾的是,我的父亲没有传给我他那份仁慈,但传给了我他的头脑。在我的一生里,我使用这个头脑,但它转而反对宗教,而宗教正是充实我父亲的生命的精神力量,真的,我不信宗教。我不能理解为什么像我父亲这样的人,虽有发达的智力,却并不把它用在宗教上。宗教满足他的情感需要,而他思想上的生活在宗教之外——这两者之间没有通道……我的母亲当然不是个智力很高的人。她更简单些,我们也更容易理解她。如果父亲像她,当他们想使你成为基督徒的时候,我只会感到有趣——我知道他们永远不会成功。"

这时，玛丽的目光直视着源，她的手停止了拨弄，那根树枝悬挂在她的指间。当她注视着源时，她变得更加严肃了。"可是，我害怕父亲会影响你。我知道你崇敬他。你是他的学生，你研究他写的书，他也被你吸引，而他很少被学生吸引。我想他有一种幻想，希望你能回国做一名基督教领袖。他告诉过你他曾经想成为一名传教士吗？他属于那一代人，那一代人中的最诚挚的少男少女都面对着所谓传教的召唤。但当时他与我母亲订婚了，她身体较弱，不能陪他去传教。我想他们俩都曾有过一种感觉——一种失意的感觉……奇怪！一代人与另一代人是多么不同啊！我们，也就是他们和我，在你身上发现了同样的东西。"她深沉可爱的眼睛直视着源的眼睛，落落大方，毫无媚态。她接着说："可是他们和我之间有着怎样的天壤之别啊！他们感到，如果能赢得你加入他们的行列是多么光荣，因为你本无信仰！对我来说，认为你可能被宗教改造得更好，这是多么自以为是啊！你属于你的民族和时代。别人怎能将异国的东西强加在你身上呢？"

她热情洋溢地侃侃而谈，源被她的话打动了，但并不万分激动。因为她仿佛不仅将他看作他本身——一个男人，而且将他看作他民族中的一员，好像她正通过他向成千上万的人说话。在他们之间有道微妙的心灵的墙，一道让他们二人往后退却的民族之墙。他感激地说："我十分理解你的意思。我向你保证，即使我知道他信仰一种我不能接受的东西，我也不会减少对他的钦慕。"

她的目光又转向炉中的火苗。火焰渐弱，变成了炭和灰烬，火光不稳定地照在她的脸上、头发上、手上和深红色的衣服上。

她沉思着说:"谁能不钦慕他呢？我可以告诉你，抛弃对他所教导我的一切东西的幼稚的信仰是很难的。但我对他以诚相见——我能这么做——我们一次次地交谈。我对母亲什么都不能谈，一谈她就哭，真使我不耐烦。但父亲在每一点上都理解我，我们能够交谈，他总是尊重我的怀疑，我总是越来越尊重他的信仰。某种程度上，我们的推断非常相似——当人的理智停止活动时，他就会开始信仰他不理解的东西。但在这个问题上，我们有分歧。他在转瞬间就能做到这一点——在信仰和希望中虔诚地相信上帝。我不能，我们这一代人都不能。"

突然，她生气勃勃地站起身来，捡起一根木头，将它扔进炉里去，许多火星从宽敞漆黑的烟囱里飞升出去，火焰又熊熊地燃烧起来。源又一次看到她在新生的火光中熠熠生辉的样子。她转向他，站在他面前，倚着壁炉架，虽严肃，但嘴角上挂着一丝微笑，她说:"我想这就是我要说的，主要就这些。不要忘记，我没有信仰。当我的父母影响你时，想想他们是哪一代的人。他们不是我们这代人，不属于你我的时代。"

源非常感激她，他也站起身来。他站在她身旁，心里正在考虑要说些什么话，一些词句却已出乎意料地脱口而出，而这些都不是原来他心中想说的话。

"我希望，"他看着她，缓缓地说，"我能用我的祖国的语言对你说话，因为我觉得你们的语言对我来说总有些别扭。你已使我忘记了我们属于不同的民族。不知为什么，自从我踏上你们的国土，我第一次感到有个心灵在毫无隔阂地与我的心灵对话。"

他诚实而简单地说了这些。她像个孩子似的坦诚地看着他，他们的目光相遇了。她平静而亲切地说:"源,我相信我们会成为朋友,是吗?"

源有些胆怯,好像他伸出了脚要跨上未知的彼岸,他不知身在何处,也不知如何落脚,但依然得跨上前去。他答道:"如果这是你的希望……"他依然看着她,又加上一句,很低的声音中带着羞涩:"玛丽。"

她微笑了,笑得迅速、粲然而顽皮。她接受了他所说的话,然后显然在阻止他继续往下说,就好像她说了这样的话:"我们今天已谈够了。"然后他们谈论了一会儿书中或别处的一些无关紧要的小事,直到听到门廊上响起了脚步声,她马上说:"他们来了——我最重要的两个人。他们参加祷告会去了——每星期三晚上他们都去。"

她飞快地走到门口,打开门,迎接两位老人。他们走进屋内,寒冷的秋风吹得他们脸通红。两位老人很快在火炉前坐下了,他们对源比以往任何时候都更亲近,仿佛把他当成家里人。他们请源坐下来,这时玛丽送来了水果和热牛奶,他们睡觉前喜欢喝。源虽然天生对牛奶反感,但还是端了一杯,啜了一小口,这样更像他们之中的一员。直到玛丽觉察到了这一点,她笑着说:"我怎么忘了?"她泡了一杯茶递给源,大家一起乐了。

但后来源想得最多的是这样一件事。在谈话中,当他们偶然停下来时,那位母亲叹息着说:"亲爱的玛丽,我本希望你今晚会来的。这是个很好的会,我认为琼斯博士讲得好极了——你不这么想吗,亨利?他说,有了足够的信念,即使是最大的考验我们也能经受,这一点讲得真好。"然后她慈祥地对源说:"你一定常常感到非常孤单，王先生。我常想，你离你的双亲那么远，一定很难过，他们也一样，让你走这么远对他们来说是多么不容易。如果你愿意，我们很乐意请你每星期三都来与我们一起吃晚饭，然后跟我们一起去教堂。"

源感觉到了她的善意，但只是说："谢谢你。"这样说时，他的目光落在玛丽身上。这时她又坐到了凳子上，她的目光低于他的视线，但离得不远。在她的脸上和眼里，源看出一种可爱、温柔而又快活的表情，那温柔是她对母亲的，但她也十分理解源。于是，这种目光将相互理解的他们俩连在了一起。

从此以后，源开始生活在一种隐秘的充实感之中。这个民族中的人不再完全是他的异己，他们的生活方式也不再完全不可理解。源常忘记了他恨他们，也觉得不像以前那样受到他们那么多蔑视了。他现在有两扇大门可以出入。一扇是他住所的大门，另一扇就是那所房子的大门，他在那里进出自由，永远会受到欢迎。那间破旧的棕色房间在这异国成了他的家。他曾认为孤寂很美，是他最需要的东西，可是现在他进一步地认识到，如果一切存在都是令人厌倦和不必要的，而孤寂能使人从这种存在中解脱出来，这时孤寂对一个人来说才是甜美的。可一旦人发现了他爱的东西，孤寂便不再甜美了。在那间房间里，源发现了这种存在。

这里有少量的旧书不起眼地、默默无闻地存在着。有时源一个人来到这间房间里，独自坐在那儿，这时房间里没有其他人，他拿起一本书，发现自己能同它谈得很投机。书在这儿比在任何别的地方都对他要更亲近，因为这间房间在博学的宁静和友谊中拥抱着他。

这里也常有他尊敬的老师在。在这儿，源比在任何课堂上或田野里都更能发现那位老人的完美。老人一直过着简单、清贫、孩童般的生活。他本是一个农夫的儿子、一个学生，最后成了一名教师。许多年来，他对世事所知甚少，人们会说他好像并没有生活在这个世界上。可是他确实生活在他的理智和精神的两个世界里。源常提出许多问题，探索着这两个世界。他常常坐在那儿，久久地静听，听那位老人谈他的学问和信仰。源感到老人所说的一切中没有狭隘和偏见，只有超越时空的心灵的博大精深，它简单纯洁，广阔无涯。对这样的心灵来说，任何事对人或对神来说都是可能的。这是一个聪颖的儿童的宽广的心灵，对它来说，在真实和神奇之间没有界限。这种单纯中充满了智慧，源不得不爱它，并苦恼于自己理解力的贫弱。有一天，玛丽走进屋来，发现源独自一人在苦恼，他烦恼地对玛丽说："你父亲几乎说服我做一个基督徒了。"

玛丽笑道："难道他不是就这样几乎说服了我们大家吗？你会像我一样发现，关键在于'几乎'这个词。我们的心灵截然不同，源，不那么单纯，不那么笃信，而是更富有探索精神。"

她明确而镇静地说着，源将这些话与她联系起来，感到自己被从某种边缘上拉了回来，而他本是既违背自己的意愿而又自觉自愿地被吸引向那边缘的，因为他爱那位老人。可是她每次都能将他拉回来。

如果这所房子是外层的大门，那么这个姑娘就是深入内部的入口。源通过她学到了许多东西。她讲她的人民的历史给他听。她告诉他她的祖先怎样来到他们后来定居的这片土地的海岸上,他们本是由几乎地球上所有的民族混合的,他们用武力、诡计和各种战争手段从本地人手中争夺这块土地,将它占为己有。源像在童年时听《三国演义》的故事那样津津有味地听着。她又告诉他,她的祖先总是那样勇敢、顽强、不顾一切地向最远的海岸开拓。他们有时在屋里的炉火前谈,有时一起去树林里漫步,边走边谈。深秋的树叶飘落下来,源似乎感觉到这个姑娘外柔内刚,这种刚强隐含在她的血液中。她的眼睛时而明亮,时而果敢,时而冷漠。她的下巴端正地位于笔直的嘴唇下面,说话时她会激动起来,对自己民族的过去感到非常自豪。源有些害怕她。

有件事似乎很奇怪,在他们共同度过的时光中,他感到她身上有种近乎男子的力量,而他自己身上却有种阳刚不足的、需要依附于人的气质,不够有男子气概。好像他们在一起时,可能是一个男人和一个女人在一起,但他们相互融合了,说不清哪个是男人,哪个是女人。她眼中有种表情,似乎他从属于她,好像她觉得自己比他强。这时,他不禁感到有点畏缩,直到她改变目光。他常常注意到她的美丽,她的身体带着青春的活力,挺拔、敏捷而轻盈。他不能不被她果敢的心灵所感动。可他从来感觉不到两人身体上的亲近,也感觉不到她可以作为一个被抚摸、被爱的女人,因为她身上有某种东西使他有点怕她,因此他抑制了渐渐滋长的对她的爱慕。

他对这一点感到高兴。因为他还不想考虑爱情和女人。他对这个女人依依不舍,因为她对他有种吸引力,可他庆幸自己不想去触碰她。如果有人当时问他，他会说："两个属于不同种族的人结婚既不明智也不合适。外部的障碍是两个种族都不喜欢这种结合，而且两个人之间也会有内部的斗争，这两者之间的离心力会像不同血统之间的离心力一样大——在两种不同的血统之间，这种争斗永无休止。"

但有几次，他那种觉得能安全地防御她的信心动摇了，因为有的时候，仿佛她在血统上对他来说也不完全是异国的，她不仅向他展示她自己的人民，而且也向他揭示他的人民。他自己从来也没以这种方式观察过他的人民。关于他的民族，他还有许多事情不知道。他只是以某种方式生活在人民之中，他曾是他父亲生活中的一部分，是军校和那些对事业充满热忱的青年中的一部分，是土屋的一部分，也是那座宏伟的新城中的一部分，但在这各部分之间，没有将它们连为一体的纽带。当任何人问他关于他的祖国或人民的事时，他所说出的东西零碎松散，甚至有时他一边说，一边想起事实上某些事与他所说的话互相矛盾，最后他终于什么也不说，只是由于骄傲而否定那个高个子传教士所展示的一切。

这个西方姑娘从没见过他的人民在上面生息的那片土地，但通过她的眼睛，源看到了理想中的他的祖国。他知道，现在由于他的缘故，玛丽已尽可能地读了有关他的祖国的一切书籍，所有译成英语的中国书——旅行家的游记、故事、传说，还有诗，她都读了。此外，她还钻研图画。所有这些在她心中组成了一种幻化出来的知识，形成了一个关于源的祖国的梦。对她来说，它是个美丽绝伦的地方，在那儿人民安居乐业，生活在一个由圣贤的智慧建立起来的完美的社会里。

　　源倾听着，自己也将祖国看成了这个样子。她说："源，依我看，你的祖国仿佛已经解决了人类的一切问题。父子、朋友，人与人之间的美妙关系——一切都被想到了，并被简单完美地表达了出来。你们的人民痛恨暴力和战争，我真钦佩这一切！"源听着，忘记了自己的童年，只记得他确实痛恨暴力和战争，既然他恨，他就觉得他的人民也都像他一样。他想起那些村民，他们是怎样地恳求他不要打仗的啊！因此，她的话对他来说好像是真的，也只会是真的。

　　有时她凝视着一张画，这画是她找到并留着与他一起欣赏的。画上画的可能是座细长高耸的塔，正从某个峻峭的山顶上刺向天空，可能是乡间的池塘，周围长着倒挂的垂柳，白鹅在树荫下嬉戏。她屏住呼吸轻轻地说："哦，源——美——真美！为什么当我看这些画时，我似乎觉得它们是我曾经住过并十分熟悉的地方呢？我心中对它们有种奇异的向往。我想你的国家一定是世界上最美丽的国家。"

　　源凝望着那些画，通过她的眼睛去欣赏它们，并想起他在乡下的那几天，在那片土地上看到过的美，在那儿他看到过这样的池塘。他简单自然地接受了她所说的一切，很诚实地答道："的确，那是一片美好神奇的土地。"

　　然后，她有点烦恼地看着他，继续说："我们对你来说是多么原始和粗野，我们的生活是多么粗俗，我们多么先进但又是多么落后啊！"源忽然觉得这也是真的。他想起了他的住所，那儿那个大嗓门的女房东常常对她女儿发脾气，吵吵嚷嚷地使整座房子都充满了叫骂声。他也想起了城市里的穷人,但他还是充满善意地说:"至少在这所房子里,我找到了我所习惯的和平和礼貌。"

当她处于这种心境时,源几乎要爱上她了。他自豪地想:"我的祖国对她有种力量,当她想起或梦到它时,她便变得温顺娴静起来,她的刚强也就消失了,她全然成了一个女人。"他不知是否有一天他会不顾自己的意愿而爱上她。有时他想会这样,但随即他又对这个念头做出解释:"她已经将我的祖国当成了自己的祖国,如果她住在我的祖国,她就会永远像这样温柔贤淑、谦恭礼让,具有女人风度,并且爱慕我。她将依赖我来供给她所需的一切。"

在这种时刻,源想如果事情真是这样,一切都会是很甜蜜的,教她怎样讲中文也将是很妙的事。他们将住在她安排布置的家里,那个家就跟他已开始喜欢的玛丽的现在这个家一样,舒适亲切,暖融融的。

但当他被这个念头吸引时,就肯定有一天会发现玛丽又变了。她的刚强常会闪现出来,最突出的就是她处于支配地位的自我常会表现出来。在争论、谴责、评判和探究一个观点时,她能用一两个一针见血的词一下子说中要害,甚至对她的父亲也一样,但她对源比对任何人都温和。这时源又惧怕起她来,他感到她身上有股不驯的野性,他不可能驯服她。就这样,许多次她将他吸引过去,又将他从她身边推开。

就这样,在第五年和第六年里,源继续与这个姑娘若即若离。她不是超越了女人的性情而使他害怕,就是女人味不足而使他没有欲望要得到她，可他从来也不能完全忘记她是个女人。无论怎样，最终的结果是，由于他的性格又内向又褊狭，她是他唯一的朋友。

毫无疑问，他迟早会被她吸引，与她更亲近，否则便是对她更冷淡。但他终于躲避了她，这是由于一件本身并没有什么了不起的事。

源从来也不参加他的同伴们的荒唐的活动。一年前，学校里来了弟兄两个，他们是源的同胞，但来自南方，那儿的人头脑和语言都很轻率，朝三暮四，嘻嘻哈哈。这两个年轻人非常轻松活泼，他们轻易地将自己交付给了周围的下等生活。他们受到了普遍的喜爱，并常常寻找出风头的机会。他们学会了唱那种学生们喜欢的歌，那种歌往往只是一阵狂喊乱叫，它们滑稽可笑，节奏感强。他们唱得不比任何一个小丑逊色。他们来到人群面前，会像小丑一样舞蹈，露出牙齿哈哈大笑，不分好歹地喜欢任何观众的掌声。在源和他们之间有一道深渊，比他与白人之间的深渊还要深。不仅仅是由于他们的方言与他的不一样——南方和北方的语言不同，更是由于源暗暗地为他们感到羞愧。他想，让这些白人愚蠢地到处扭动他们的身体吧，但他的同胞不该在外国人面前出乖露丑。当源听到喧哗的笑声和赞扬的吼声时，他的脸变得静默而冷淡，因为他辨别出，或相信自己辨别出了这种欢乐下的戏谑和嘲讽。

有一天，他尤其不能忍受了。那天晚上，他们要在一个大厅里举行晚会。源也去了，并邀请了玛丽·威尔逊。她现在常常与他一起到公共场所去。他们一起坐在那儿。那两个广东人在轮到他们时上了台，一个扮成老农民，另一个扮成他的妻子。那个农民有根假的长辫拖在背后，那个妻子非常粗俗，像个咋咋呼呼的女人一样大叫大嚷。源不得不坐在那儿看这两个人装傻。他们为了一只家禽争吵咒骂起来，那只家禽是用布和羽毛制成的，他们两人在台上争夺那只家禽，一点一点地将它瓜分完了。他们说的话每人都懂，但不知怎么，又好像说的是他们的家乡话。这种情景的确很可笑，那两人非常聪明机智，所有的人都开心地笑了，甚至尽管源心中不舒服，他有时也稍微笑了笑，玛丽也常常大笑起来。那两人走后，玛丽转向源，她满面笑容，神采飞扬，她说："源，可能这表演直接源于你的祖国！我看到它感到非常高兴。"

听了这些话，源笑不出来了，他生硬地说："这根本不是我的祖国的样子，现在没有农民留辫子了。这不折不扣是你们纽约舞台上喜剧演员演出的闹剧。"

看出不知为什么源被深深地刺伤了，玛丽立即说："哦，我当然看出了这一点。这都是胡说八道。但无论如何，它别有风味，是吗，源？"

可源不愿回答。接下来一晚上，他都闷闷不乐地坐着，直到晚会结束。到了玛丽的家门口时，他向玛丽鞠了一躬。她请他进去时，他拒绝了，虽然最近他热切地渴望进去，想在那温暖的屋子里与她一起坐一会儿。可是他现在拒绝了，玛丽用询问的目光看着他，不知出了什么事。突然她对他有点不耐烦，感到他是外国人，与自己不同而且难于理解，于是她让他走了，只是说：

"那么下次再来吧。"他走了,心中格外委屈,因为她没有劝他一下。他悲伤地想:"那两个人对中国的丑化使她瞧不起我了,因为她看到了我的民族是如此愚昧。"

他走回家去,心中生着闷气,并想着她的冷漠。他走进那两个小丑的住处,敲了敲门,进了他们的房间。他们衣冠不整地站着,正准备上床睡觉,源的出现使他们吃了一惊。他们的桌上正放着那根假辫子和长长的假胡须,还有所有那些他们用来装扮的东西。看到这些,源的口气中不禁又添了几分严厉。源非常冷漠地说:"我到这儿来,是想告诉你们,你们今晚的所作所为是错误的。你们自己大出风头,只为了博得人们一笑,而这些人一向随时准备笑话我们,这不是爱国的行为。"

那弟兄俩愣住了,起初他俩面面相觑,然后其中一个突然爆发出一阵大笑,另一个跟着也笑起来。由于他们和源说的中文不同,那个哥哥用外语说:"大哥,我们让你去维护祖国的荣耀,你去为成千上万别的人维护你十足的尊严吧!"他们又哄然大笑起来。源对他们的阔嘴巴、快活的小眼睛以及矮胖的身体讨厌透顶。他看着他们笑,然后一言不发地走了出去,在身后关上了门。

"这些南方人,"他喃喃自语,"我觉得不属于真正的中国血统——只是些小部落里的人……"

那天晚上,源躺在床上,光秃秃的树枝在银色月光照亮的墙壁上投下了影子,形成了奇异的图案。他庆幸自己没有与他们交往,庆幸自己过去没有待在他们的军校里。他感到,在这异国,他与那些别人以为是他的同胞的人有着天壤之别。他独自屹立着，自豪地认为自己是唯一能真正显示他的民族的本质的人。

源集中了所有的骄傲使自己振奋起来。他那天晚上的感情很脆弱，他知道自己最看重玛丽对他的夸奖，因此他受不了她把他的同胞看得太愚蠢。这对他来说就好像她也是那样看他自己一样，他简直无法忍受。他骄傲而又孤寂地躺在床上，由于那两个人，他甚至觉得所有的祖国同胞都成了异己，这使他格外孤寂。此外，还有一个原因就是她没有恳求他到她的家里去。他辛酸地想："现在她改变了对我的看法，她看着我，仿佛我真的是那两个傻瓜中的一个。"

他决定要表现得毫不在乎。他在心中搜寻有关她的不可爱之处的一切记忆：她有时是多么地强硬；她的声音有时像刀锋一样锐利；有时她那么自信，女人在男人面前不该这样；他还想起她坐在汽车方向盘前面，驾着车好像在驱使一头牲口，强迫它飞奔再飞奔，而她的脸像石头一样毫无表情。他不喜欢这一切。他终于傲慢地结束了回忆，对自己说："我有我自己的事情要干，我要将它做好。等到我完成了我必须做的工作的那一天，我发誓，不会有他人的名字在我之上，这是为我的人民争光。"

他终于睡了。

虽然源孤独寂寞，但他却不能重新回到他过去那种独处的生活中去，因为玛丽不许他这样。她三天之后又给他写信了。看到桌上那封方方正正的信时，他的心不禁激烈地跳动起来。他觉得他的孤独比以前还要沉重。他迅速地拿起信，急切地想知道她在信中说些什么。当他拆开信时，他的心稍稍冷静了下来，因为信中措辞平常，不像她已三日没见一个朋友，而且这个朋友是她已习惯朝夕相处的。信中只有四行字，说她的母亲有一种花，正含苞欲放，她希望源去看看，问他是否愿意第二天去，到那时花就要怒放了……就这些。

这时源觉得自己比以往任何时候都接近于爱上了这个女人，可她的冷漠也刺痛了他，他带着往日那种孩子气的固执，对自己说："好，既然她说要我去看她的母亲，那么我就去看她的母亲！"他有些赌气地计划第二天只对那位母亲表示他的热情。

他真的这么做了。第二天他与那位太太一起站在花旁，欣赏着花冰清玉洁的姿态。玛丽来了，戴上了自己的手套。可是源只是一言不发地稍稍向她点了点头。玛丽不愿接受他的冷漠，虽然她没有停留脚步，只是对母亲谈了几句家常话，她直直地盯着源看了一眼，这一瞥如此镇静并完全充满了友情，竟使源忘记了他的痛苦。她走了之后，源突然发现那花可爱极了，对玛丽的母亲以及她说的话也感起兴趣来，以前他一直认为她很啰唆，她总是唠唠叨叨地说出些夸奖和爱慕的词来，源觉得她无论对谁都会不费力气地重复那些话的。但现在，在这个花园里，他想到她只是她自己。她是一个简单纯朴、善良仁慈的女人，对年轻的生命总是非常温柔亲切。她会抚摸一棵努力向土中扎根的小苗，如同它是一个小孩。如果一棵正在生长的树上的嫩枝被人无意中折断了，或者有人偶尔踩在一株植物上，她几乎会哭出来。她喜欢用双手在藏着根和种子的泥土里摸索。

那天，源分享到了她的这种感情。他在露珠晶莹的花园里帮她拔野草，教她怎样移植小苗，他告诉她只要自信地将苗的小根散开,放进新的泥土中,它就不会枯萎。他许下诺言,说他将从祖国找来些种子,他要看看是否能搞到一种白菜,它的颜色又青又白,味道很好,他保证她会非常喜欢。这些细微的小事又一次使他感到他是这个家中的一员。现在,他奇怪自己以前怎么会认为这位太太说的话里除了热情和母性什么也没有。

然而,即使是那一天,他与那位太太的共同语言也并不多,他们只谈了谈她种的那些花或蔬菜。他很快就发现她的心跟他自己的乡下母亲的心一样简单,一样善良,一样狭窄。她只关心要做什么菜,朋友之间的闲谈,自己的花园和它的收益,以及饭桌上的一盆花什么的。她的爱是对上帝以及家中其他两个人的爱,她生活在这种爱中,十分虔诚、单纯。源有时对这种单纯感到不可思议,因为他发现这位太太能熟练地阅读,随便拿起一本什么书,她都能很好地理解。然而,她却像他自己国家里那些无知的村民一样,心中充满奇怪的信仰。源是通过亲自与她谈话才了解到这一点的。有一次,她提起某个春天的节日时说:"源,我们称这个节日为'复活节',在这一天,我们亲爱的主死而复生,升向天堂。"

但源却没有心思微笑,他清楚地知道,每个国家在民间都有许多这样的传说,他自己在童年时也读过这样的故事。他起初并不认为这位太太相信这些故事,但他听到了她慈祥的声音中的敬畏,看到了她白发下诚实的眼睛中的善良,那眼睛像孩子的眼一样碧蓝而宁静,这时他知道她的确是相信这些故事的。

源消磨在花园里的时光使他忘了玛丽那平静的目光给他带来的那些感觉。当她回来时,源已将他的一切苦恼置之脑后。他对那些苦恼只字不提,而是向她问候,好像他们并没有三天不见。

当只剩下他俩时,她微笑着说:"你这两小时都是在花园里与我母亲一起度过的吗?一旦你在她身旁,她就变得烦人起来!"

她的微笑使源自在起来,他也微笑着说:"她真的相信她所讲的耶稣复活的故事吗?我们也有这样的故事,但我们常常不相信它们,甚至妇女也不信——如果她们受过些教育的话。"

她答道:"她确实相信,源。我要进行斗争,使你不做这种信仰的俘虏,因为对你来说它们是不真实的;同时我要努力使我母亲坚信这种信仰,因为对她来说它们是真实和必要的。你能理解我吗?没有它们,她就会无所适从,因为她借此生存,也必须借此死去。但是你和我——我们必须有自己赖以生存和死亡的信仰!"

那位太太在那天上午显得非常喜欢源,喜欢得常常忘了源的种族。如果源谈起他的家,太太会有些忧伤地说:"源,我承认大多数时间里,我忘了你不是个美国男孩。你在这儿简直如鱼得水。"

玛丽听了马上说:"他永远也不会成为一个真正的美国人,妈妈。"她又用更低沉的声音加上一句:"我为这一点感到高兴,我喜欢他的本色。"

源把这记在了心里,因为玛丽说话时带着一种隐秘的力量。那位母亲一时没有答话,但她望着女儿的眼中显露出一丝忧虑。源心里想,现在她一定不像过去一样对他那么热情了。但后来在他与她又在她的花园里共处了一两次之后,那种小小的不快也就消散了。当时正是早春,有一种甲虫落在玫瑰上,源热心地帮玛丽的母亲灭虫,忘却了她对他的冷淡。但甚至在杀虫这种小事上,源也感到心中一团纷乱。他痛恨那种残酷的小东西,它们在生存的每一刻里都摧毁着花苞和花叶的美丽,他想将它们全部消灭干净。然而他的手指讨厌从树上捉虫这种工作，捉过之后，他手上感到发痒，他一遍遍洗手，总洗不够。但那位太太没有这种感觉，每捉到一个，她就感到非常高兴，她快乐地杀死它们，因为它们带来灾祸。

就这样，源与那位太太又友好起来，同时他也尽量与他的老教师亲近。但事实上没有一个人与这个老人十分接近。他是一个复杂而又简单、有信仰而又有智慧的混合体。源会与他讨论他的著作和思想，即使在关于某种科学定律的学术讨论中，那位老人的思绪也会偷偷溜进一个遥远而朦胧的世界里去，源跟不上他的思路。老人会大声地说出他的冥想："源，可能这些定律只是打开一个封闭花园的大门的钥匙，我们必须满不在乎地将它们扔在一边，凭借想象大胆地走进这座花园。源，这种想象力也可叫作信仰。这座花园是上帝的花园。无处不在、永恒不变的上帝，在他的存在中，包含了智慧、正义、善良和真理。而这些，正是我们可怜的人类的定律试图引导我们去获得的。"

他就这么冥想着，直到有一天，源听着仍感茫然不解，便说："先生，将我留在门口吧，我不能扔掉这些钥匙。"

老人听到他的话悲哀地笑了笑，答道："你就像玛丽。你们这些年轻人就像雏鸟，害怕试试你们的羽翼，飞出你们所知的那个狭小的世界。哦，一直要到你们不再抱住理性不放，而开始相信梦幻和想象，你们之中才会出现伟大的科学家。像你们现在这样，你们之中不会有伟大的诗人、伟大的科学家——这两者往往出现在同一时代。"

在老人所有的话中，源最清楚记得的是"你就像玛丽"。

他的确像玛丽。他们两人的出生地远隔千山万水,他们的血统也毫无联系,但他们之间有着相似之处,这种相似是双重的:一是任何时代的青年的叛逆精神都是相似的;二是无论属于什么时代或血统,少男少女之间的感情相似。

现在阳春临近,树木返青。在玛丽家附近的小树林里,小花从枯萎的冬叶中冒了出来。源从有关血统的想法中解脱,感到一种新的自由。在玛丽家中,没有事情使他畏首畏尾了。在那儿,他已忘了自己是个异乡人。他可以注视着他们三个,而忘了自己与他们之间的区别,因此他觉得那对老夫妇的蓝眼睛更自然了,而玛丽的眼睛也由于变幻无穷而变得可爱,不再陌生、奇怪了。

他觉得她愈来愈可爱。现在她总是很温柔,不再那么泼辣了。她的声音也不像以前那样尖锐;她的脸更加丰满,两颊也不再那么苍白;她的嘴唇更加柔软,不再紧紧地抿在一起;她行动起来更为慵懒,并带着某种以前不曾有过的轻松。

有时源到她家时,她好像非常忙,来来去去,他很少见到她。但当春天到来时,她变了,他们自己并没有感觉到这种变化。他们开始计划每天早晨在花园里见面。她来到他面前,像春天一样新鲜,她深色的头发在耳鬓周围光洁柔软。源觉得她穿蓝色衣服时最可爱,因此,有一天他微笑着对她说:"在我的祖国,人们喜欢穿蓝色。你穿蓝色的衣服很合适。"她微笑着回答:"我很高兴。"

有一天,源很早来到她家,同他们一起吃早饭。当他在花园里等她时,他在三色堇的苗床上弯下腰,仔细地将野草从花的根旁拔掉。这时玛丽来了,她站在那儿看着他。她的脸上神采飞

219

扬，热情洋溢。她伸出手，从他头上拣掉沾在上面的一片叶子或一根草。当她敏捷的手落下来时，碰到了他的脸。他知道她不是有意碰到他的，因为她总是小心翼翼地避免这种接触，即使在一些崎岖不平的道路上，她也常常回避别人给予的帮助。她不像许多别的姑娘一样，为一些小事就伸出手去碰碰男人。除了在问候时冷淡而又小心的接触之外，这的确是第一次他接触她的手。

可是这一次她没有给自己找借口。从她坦率的眼中和她面颊上突然泛起的红晕上，他知道她感觉到了这次接触，同样，她知道他也感觉到了。他们迅速地对视了一下，又将目光移开。她平静地说："我们进去吃早饭好吗？"

他同样平静地回答："我必须立刻洗手。"

这一刻就这样过去了。

后来他又想起这事，同时他的心飞向遥远的地方，想起很久以前的另一次与女人的接触，那个与他接触的姑娘现在早已香消玉殒。真是不可思议，与那一次热情而大胆的接触相比，这次新的、轻柔的接触好像微不足道了，那一次接触依然火一般地燃烧着，似乎更加真实。他喃喃自语："毫无疑问，玛丽不知道她做了这件事，我是个傻瓜。"他决定将它忘却，严格地控制住自己，不再去想这些事情，因为他确实并不喜欢它们。

就这样，在晚春的日子里，源一直过着一种奇特的双重生活。他在心中守着自己特定的地盘，安全地防御着这个女人。在明媚的春光中，在温柔的月夜里，他们会双双徜徉在新叶初生的树下，走在通往乡间的孤寂的路上。或者他们单独坐在宁静的房间里,听音乐一般有节奏的春雨敲打着玻璃窗。即使在这些与她独处的时刻里,他也打不破围着他心中那块地盘的樊篱。源对自己感到不可理解,他不知道为什么,有时他知道自己很激动,但又不想屈服于它。

在某些方面,那个白人姑娘能使他激动,可同时又拒他于千里之外。她身上具有某种品质使他既爱又不爱。他爱美这件事从来也不能回避。他常常看出她的美丽,她深色的头发衬得她的前额和脖子雪白雪白的,但他却不爱这种白。他常看到她神采飞扬的眼睛,它们是灰色的,在深色的眉毛下面,清澈明亮。他钦佩那使这双眼睛闪光的心灵,但却不喜欢灰色的眼睛。她的手漂亮敏捷,会说话,会行动,有棱有角,充满力量,但他不知道为什么不喜欢这样的手。

然而,他一次次地被她身上的某种力量吸引过去。在这繁忙的春季,无论在田间、在他的房间里或在阅览室里,他常常陷入沉思,脑海中会突然浮现她的形象。这时候他会问自己:"如果我离开她,会思念她吗?由于这个女人,我与这个国家紧紧联系在一起了吗?"他玩味着这么个念头:他可能将在美国继续待下去,学习更多的东西。可是他又会很清醒地问自己:"为什么我真的要待下去?如果确是为了这个女人,但我又清楚自己不愿与她的民族中的任何一位结婚,这样能有什么结果呢?"可当他进一步想下去时,心中不禁感到一阵痛楚:"不,我要回家。"然后当他再进一步想下去时,他觉得一旦回家,可能他之后再也不会见到她了,因为他怎么可能再回来呢?想到这一点时,他又感到必须推迟归期。

也许这种内心的斗争原本会拖出一个结果,他会继续留下来,但是,有些来自大洋彼岸的消息像祖国的声音一样在召唤着他。

在源离家的这些年里,他几乎不知道祖国变得怎样了。他知道那儿总有些局部战争,但他一点也不关心这样的新闻,因为那儿一直战事频繁。

在这六年中,王虎写信告诉过他一两次他自己参加的一些战斗,一次是与新来的一小伙土匪的头子打的,另一次是与一个军阀打的,那个军阀未受邀请就擅自经过王虎的地盘。源飞快地浏览这样的消息,部分是因为他从来就不好战,部分是因为这种事情对他似乎一点也不真实,因为他毕竟正生活在这个和平宁静的异国。因此,当某个同学冒冒失失地大喊:"喂,王,在中国新发动的这场战争是怎么回事?我在报纸上看到的。某个叫张的,或唐,或王……"源总是非常羞愧,他会飞快地回答:"没什么了不起的事,只是到处都会有的抢劫而已。"

爱兰的母亲有规律地一个季度写一封信给他,她在信中写道:"革命正迅速发展,但我不知怎么办。现在孟已走了,我们家中没有革命者了。我听说新的革命终于在南方爆发。孟无法回家,他在南方是革命军中的一员,他的来信是这么说的。即使他想回家,他也不敢,因为我们当地的统治者惧怕革命者,依然在到处搜捕像他一样的人。"

但源从来也没有完全将祖国忘得一干二净,如有可能,他总在能找到的消息中追寻着这场革命的踪迹。他热切地在字里行间捕捉新闻中所报道的中国的变化,如"旧式阴历已被改成新式的西式阳历",或者他会读到"禁止再替女人裹脚",或"新法令禁止一夫多妻"。在那些日子里,他读到许多这样的新闻,源欣喜地读着每一条并信以为真。通过这一切,他能看出他的祖国正日新月异地变化着。他心中这么想,也把他的想法写信告诉了盛:"当我们夏天回国时,我们将会认不出那片土地了。在短短的六年里,我们的国家竟发生了这样翻天覆地的变化,这似乎快得不可思议。"

许多天之后,盛在回信中写道:"你今年夏天就回家吗?但是我还没准备好。如果我父亲愿意寄钱给我,我还想在这儿生活一两年。"

读到这些话,源不禁反感地想起那给盛的小诗配上慵懒凝重的音乐的女人,他从心里不愿想到她。但他希望盛能加快速度返回祖国。虽然盛在这儿已超过了学校规定的时间,他仍然还没有获得学位。源忧心忡忡,百思不解为什么盛从来也不愿谈论在祖国出现的那些新生事物。但他又迅速地替盛找到了借口,因为在这片丰衣足食、和平静谧的土地上,去想革命和为了某种事业的战斗确实是困难的,源自己在和平的日子里也常常忘记这一切。

然而,正像他后来知道的那样,当时革命已进入高潮,无疑是沿着老路,从南方开始北上。那时源正一边专心致志地埋头读书,一边诘问自己究竟对那个他既爱又不爱的白人女性的感觉是什么;而穿着灰色军装的革命队伍已越过中原到达长江,孟也在其中。在那儿战斗已打响,而源,远隔着万水千山,正陶然地生活在和平之中。

在这种怡人的和平中他可以永远这样生活下去,因为突然有一天,他和那个姑娘之间的脉脉温情加深了。在那之前,他们一直处在自己的位置上,比朋友关系亲密,比情人关系疏远。每晚，在那两位老人睡觉之后，他们俩要一起散一会儿步或谈一会儿话，源认为这样是理所当然的。在两位老人面前他们什么也不流露。玛丽会坦率诚实地回答他们的任何问题："没什么可说的。我们之间除了友谊之外没别的。"确实，在他们之间，没有一次谈话别人不能听，没有一次谈话会让别人感到奇怪。

但每天晚上他俩总觉得一天还没有完结，除非他们已在一起单独相处一会儿了，虽然他们在一起时只是悠闲懒散地谈些白天发生的事。但在这短短的时间里，他们对彼此精神和心灵的了解要比在其他任何时候都多。

在一个春夜，他们徜徉在玫瑰丛中，这些玫瑰长在一条蜿蜒曲折的小径旁，他们在那儿流连忘返。在幽径的尽头，有六棵榆树围成一圈，这些榆树高大挺拔，树影婆娑。那位老人在树影中放置了一张木凳，因为他喜欢到这儿来，坐在凳子上沉思默想。那天晚上树影浓黑，因为那是个月光如水的春夜，除了榆树生长着的那块地方，整个花园沐浴在清澈的月光中。他们在那圈树影中停住了脚步，那姑娘有些漫不经心地说："你看这树影多么浓重，我们一跨进来就好像迷失了方向。"

他们默默无语地站着，源感到一种不可言喻、局促不安的喜悦。看到月光如此清澈明净，他说："月光如此明亮灿烂，我们都能看出新叶的颜色了。"

"我几乎能感觉到树影的清凉、月光的温暖。"玛丽说。她跨出树影走进月光中。

他们在花园中徘徊，却又一次停了下来，这次是源。他说："你冷吗，玛丽？"现在他很自然地说出了她的名字。

她答道:"不……"有点结结巴巴。不知怎么回事,他们忐忑不安地站在树影之中,然后玛丽迅速地向他靠拢过去,触到了他的手。刹那间,源感到这姑娘已在他怀里,他的胳膊搂住了她,他的脸颊靠在她的秀发上。他感到她在颤抖,他自己也在颤抖,他们像连成一体似的向长凳上倒了下去。她抬起头看着他,伸出双手捧住他的头,托着他的脸,喃喃低语:"吻我!"

源在一些娱乐场里见到过这种事,但自己还从来没有尝试过,他的头低垂了下来。她的唇热乎乎地贴上了他的唇。两人的唇紧紧地贴在一起。她的整个身心在这亲吻中陶醉了。

但在这一刹那,他退缩了。他不知他为何退缩,因为在他的心底有一种欲望想要吻了又吻,吻得更深情,更长久。但有一种他不可理解的厌恶压倒了这种欲望,它是一个肉体对另一个异族的肉体的厌恶。他退缩了。他迅速地站了起来,又狂热又冷漠,又羞愧又迷惘。但那姑娘继续坐着,她迷惑不解,惊诧万分。甚至在树影中他也能看到她雪白的脸正仰视着他,那张脸上是惊奇和诧异,正诘问他为什么要退缩。但为了他的生命,他什么也不能吐露,绝不能!他只知道他必须退缩。终于他喘着气,用与平时异样的声音说:"这儿冷——你必须进屋去,我必须回家。"

她依然纹丝不动。过了一会儿,她说:"如果你非走不可,你就走。我想在这儿再待一会儿……"

源知道自己做得不够好,但又知道他是做了自己非做不可的事。带着一种做作的礼貌,源说:"你必须进屋去,你要受凉了。"

她依然纹丝不动。然后她不紧不慢地故意说:"我已经受凉了。这有什么关系?"

源听出她的话音异常冷漠无情、心灰意懒。他迅速地转过身离开了她。

回家之后,他在床上辗转反侧,久久不能入睡。他只思念她一个人,心中担忧,不知她是否还孤独地坐在树影里。她使他烦躁不安,忧心忡忡,然而他又知道他非这样做不可。像个孩子一样,他喃喃低语,为自己开脱:"我不喜欢这种事,我真的不喜欢这种事。"

源不知道从此以后他们之间的事会怎样发展。无论如何,即使她能理解他的尴尬处境,他的祖国现在也已经在召唤他回国了。

第二天醒来时,他知道他必须去看玛丽,但他忐忑不安,犹豫不决,因为这天早上,事实仍然清楚地展现在他面前:他已在某种程度上使玛丽深感失望,虽然他知道自己除此之外别无他路。

最后他终于到玛丽家去了。他发现他们三个正十分严肃而惊愕地看着一张报纸。当源进屋时,那老人焦虑地问:"源,这难道是真的吗?"

源与他们一起读那张报纸。报纸上用粗大的字报道着新闻:在源的祖国的某座城市里,新生的革命者袭击了白人。他们将白人赶出家门,甚至杀了一些人,包括一两个传教士、一个老教师、一个医生,还有其他一些人。源的心脏停止了跳动,他喊了起来:"这一定是搞错了……"

那位老妇人坐在一边等源说话,她喃喃地说:"哦,源,我知道这一定是搞错了!"

玛丽一言不发。虽然源进来时没有看她,现在也没有注视她，但他发现她缄默不语地坐着。她的下巴搁在交叉的双手上，眼睛凝视着他。但他不愿正眼看她。他迅速地浏览了那张报纸，不断地喊道："这不是真的，这不可能是真的，这种事不可能发生在我的祖国！如果是真的，一定有某种可怕的原因……"

他的眼睛在报纸上寻找着原因。玛丽这时说话了。他现在已十分了解她，并能从她说话的方式中体察她的思想。她的话简洁明朗，条理清楚，似乎有点漫不经心。她的声音显得既生硬又随意："我也找过原因了，源，但报上没有。似乎那些白人都十分无辜而友好，他们与他们的孩子在家中受到袭击时惊恐极了……"

听了这话，源看着她，她也在看他。她的眼睛像冰块似的清澈、灰黑、冰冷。这双眼睛谴责着他，他无声地向她喊："我只做了我不得已才做的事！"但这双眼睛依然固执地谴责着他。

源努力想做到像平常一样镇静，他坐了下来。但他说话时一反常态，他急切地说："我要打电话给我的堂哥盛，他会知道事情的真相是什么，因为他住在大城市里。我了解我祖国的人民，他们不会做这种事。我们是文明的民族，不是野蛮的民族。我们爱和平，恨流血。我知道，这一定是搞错了。"

那位老妇人在一边热诚地重复："我知道这一定是搞错了，源。我知道上帝不会让这种事降临到我们善良的传教士身上的。"

蓦地，源觉得太太这几句简单的话使他停止了呼吸，他几乎喊出声来："如果他们是那样的传教士……"然后他的目光又落在玛丽身上，他欲言又止。因为现在她依然凝视着他，她的目光中包含着巨大、深沉、默默无言的悲哀，他一句话也说不出。他的心渴望得到她的宽恕，然而，也是这颗心退缩了回来，唯恐去寻求这种宽恕，因为虽然他的心愿意向这种宽恕屈服，他的肉体却不愿意。

他没有再说什么。那老人听完了他们的话之后，站起身来对源说："源，你愿告诉我你知道什么消息吗？"这之后没有人再开口了。源也站起身来，他怕那位太太离开，他不想被留下来与玛丽单独在一起。他心事重重地离开了他们的家。他不希望这新闻是真的，他心中充满了一种无名的恐惧。他不能忍受这种耻辱，更多的还因为他感到那个姑娘在暗暗地评判他的退缩，并认为他是个懦夫。因此他尤其想证明在这件事上他的人民是无可指摘的。

他们俩不会再亲近了。时光一天天流逝，源沉浸在一股狂热的激情之中，他竭力要证明他的祖国的清白。他意识到，如果他能做到这一点，他就可以为自己辩护。在学年即将结束的几个星期中，源忙得不可开交。他必须一步步证明这不是他祖国的过错。盛说，这是真的，这样的事真的发生了。那一天他的声音通过电话线传来，镇静得恰如其人。源不耐烦地反问："但是为什么——为什么？"盛的声音漫不经心地传过来，源甚至可以想象到他正耸了耸肩："谁知道？一群乌合之众——为了某种狂热的事业——谁知道到底是怎么回事呢？"

源恼怒了："我不相信，一定有某种原因，那些白人一定做了什么冒犯中国人的事！"

盛平心静气地说："我们永远也搞不清事情的真相。"然后他改变了话题问道："源，我们什么时候再见？我很久不见你了——你什么时候回家？"

源只能说："很快！"他知道他必须回家。如果他不能为祖国澄清,那么他必须在办完了该办的事之后尽快回国。

他没有再到花园里去,也再没有与玛丽单独在一起了。他们表面上依然很友好,但他们之间再也没有共同语言了。源打算不再见她,因为他越来越无法证明他的祖国是无可指摘的,这时他不知怎么转而反对起自己真正的朋友来。

那对老人觉察到了这一点。虽然他们一如既往,依然对他非常温和友好,但他们也稍稍与他疏远了一些。虽然他们并不理解他,但他们丝毫也不责怪他,并敏锐地感到了他的苦恼和忧伤。

但是源觉得他们在责怪他。他背负着整个民族的重荷。他天天读报纸,读到革命军正节节取胜,正穿过一片被征服的土地向前挺进,源感到焦躁不安。有时他想父亲不知怎样了,因为这支军队正稳步向北方平原进发,捷报频传。

但他的父亲仿佛远在天边。附近的、近在眼前的是这些温文尔雅、沉默寡言的异国人。源有时还得再到他们家里去,因为他们欢迎他去。他们从不谈论报上的新闻,在他面前绝不提起可能会使他羞愧、折磨他的事情。尽管他们默不作声,但他们在谴责。他们的沉默本身是在谴责。那个姑娘的严肃和冷漠、那两位老人的祈祷,都使源如坐针毡。有时他们硬留源吃饭,饭前那老人声音低沉、惶惶不安地祈祷,在感谢上帝之后还要加上这样的话:"哦,上帝啊,救救他们吧!他们是在遥远的异国的你的仆人,他们正生活在水深火热之中。"那位太太最后会十分虔诚地加上一句柔和的"阿门"。

对这种祈祷源简直不堪忍受,对这个"阿门"他也受不了。使他越发不能忍受的是,玛丽曾警告过他要抵御那两个老人的信仰，可现在她却低下了头，对他们有了一种新的崇敬。他知道，她并不比过去更加相信他们的宗教，她只是在他们为之愤怒的事上与他们有同感，因此她便与他们联合起来反对他。也许这仅仅是他自己主观的想法。

源又像一只孤雁了，他形单影只地学习到学年结束的最后一刻。他与其他人站在一起等待接受学位。在所有的人当中，他是唯一的中国人，他获得了他的学位证书。源孤独地站在那儿，听到有人提到了他的名字，原来是由于成绩优秀，他受到了学校的表彰。这时有几个人走上前来向他祝贺，但源心中想，他们来不来他都无所谓。

他独自一人整理书籍和衣物。最后，他心中忽然冒出个念头，觉得那对老夫妇看到他走会感到十分高兴，虽然他们的善良仁慈并没有变。源高傲地思忖："我不知他们是否曾坐立不安，生怕我与他们的女儿结婚，现在他们看我走了，可能会很高兴！"

他酸楚地微笑了一下，相信是这么回事。然后他想起了玛丽，他心中想："为了一件事我要感谢她——在我可能会转变为一个基督徒的时候，她救了我。是的，她救过我一次，但还有一次，是我自己救了自己！"

三

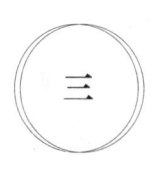

正如他在童年时对父亲又爱又恨，此刻源带着爱恨交织的情感离开了这异国。无论怎样不情愿，他不能不爱它，正如任何人都必定会爱上一件强壮有力、生气勃勃且美丽绝伦的事物一样。他爱美，因此他必然会爱那群山上的绿树，爱那没有死者坟茔的草地，爱那土地上吃饱喝足、健康快乐的野兽，爱那洁净、没有人类垃圾的城市。然而又正是这些东西他不爱，因为如果它们是美的，他就不知祖国的那些荒山秃岭是否有美可言。在那儿，死者躺在生者的沃土中，坟茔点缀着田野，源觉得这是荒谬的。祖国的这些景象涌上了他的心头。在火车上，当他看到火车掠过的那些富饶的乡村时，他暗暗地想："如果这是我的，我会深深地爱它，可是它不是我的。"不知为什么，他不能全心全意地去爱一件美好但不属于他的东西，甚至对那些拥有不属于他的好东西的人，他也不大喜欢。

他又登上了船，返回故乡。他默默沉思，扪心自问在这离去的六年中获得了什么。毫无疑问，他学到了很多。他脑中塞满了有用的知识。他有一个小箱子，里面装满了笔记本以及许多其他种类的书。他还写了一篇长论文，论文的主题是关于某种麦子的遗传特征的。此外，他还有几小袋麦种，那是从他的试验田里精选出来的，他计划将这些种子播进祖国的泥土里，让它们不断繁殖，直到能收获足够的种子分发给他人，这样大家的收成都会增加。他知道这就是他所拥有的。

他不仅有这些。他坚信某些东西。他知道，当他结婚时，新娘一定是他的骨肉同胞。他与盛不同，因为现在对他来说，白色皮肤、淡色眼睛和卷曲的头发并不神奇。不管他的配偶是谁，她一定和他相像，她的眼睛像他的一样是黑色的，她的头发光滑，又黑又直，她的皮肤与他的色泽相同。他一定要有属于他自己的东西。

自从那个榆树下的夜晚之后，那个在某种程度上他十分了解的白人女性对他来说已变得完全陌生。她并没有变，她日复一日，一如既往，总是稳重沉静，彬彬有礼，并能聪颖敏捷地领悟他所说和所感受到的一切，但却像一个陌生人了。他们两人的心灵可能相知，但他们的思想居住在两个不同的住所里。仅仅在离别那一刻，她才又努力向他靠拢。他临走时，她去送他，那对老夫妇也去了。他在火车上向他们道别，伸出手去向他们说再见，她久久地紧握着它。她灰色的眼睛温暖而深邃，她低声说："我们不再通信了吗？"

当时，从不伤感的源，被她眼中的痛苦搅得茫然，他结结巴巴地说："当然……要写信的……为什么不通信呢？"

可是她审视着他的脸，放下了他的手，变了脸色，不再说什么。正好那时老太太很快地插话说:"当然,源会给我们写信的。"

源又一次保证他会写信告诉他们一切,可他心里明白他不会了。火车开动时,他看了看玛丽的脸,看出她也明白,他永不会再给他们写信了。他要回家了,而他们是异国的人,他什么也不能告诉他们。就像抛弃一件永不再穿的袍子一样,他将他整整六年的生活撇到了一边,只留下了他的书籍和脑中的知识……可是现在在船上,当他想起这些岁月时,他感到心中有种不情愿的爱,因为在这异国有如此多他想要的东西;因为他不能恨这三个人,他们的确是好人。可是这种爱是不情愿的,因为他正在回家的路上,他想起了一些他已遗忘的东西。他想起了父亲,想起了肮脏、丑陋、拥挤的小街,也想起了他在监狱中的那三日。

他虽不喜欢这些东西,但仍然在心中为祖国争辩。在这六年中,革命已经爆发,无疑一切都有了变化。难道一切还会如旧吗?当他出国时,孟是个亡命者,可盛告诉他现在孟已是革命军中的一个队长,可以随心所欲地去任何地方。变化还远不只是这些。在这条船上,源不是唯一的中国人,有二十个左右的青年男女正像他一样返回祖国,他们在一起高谈阔论,在同一张桌上一起进餐。他们谈论着祖国正在发生的一切。源听说狭窄的街巷已被拆除,像别的国家里的一样宽广的大道穿过古老的城市,汽车在祖国的大道上奔驰,过去总是徒步或骑驴的农民如今骑上了摩托车。他还听说新生的革命军有多少大炮、轰炸机和武装士兵。他们还谈到,现在已提倡男女平等,谈到新颁布的法令禁止买卖鸦片,以及其他所有这些旧时代的罪恶都已一去不复返了。

他们谈了许多源前所未闻的事，源不禁奇怪自己为什么还有那么多陈旧的记忆，于是他更加迫不及待地想投入祖国的怀抱。他为自己还年轻而感到欢欣。一天，他们一起坐在桌旁。置身于自己的同胞中间，源的心激烈地跳动着，他激动地说："我们生活在今天多么幸运，我们可以用我们的生命自由自在地做我们愿意做的事！"

那些青年男女相互顾盼，兴高采烈地微笑着。一个姑娘伸出她漂亮的脚说："看我！如果我生在我母亲的时代，你想我能用这样健全的脚走路吗？"他们像孩子们在开自己的小玩笑那样开心，纵情地笑了起来。而姑娘们的笑里有比欢乐更深的含义，其中一个说："在我国人民的历史上，我们第一次获得了自由——自从孔夫子以来的第一次。"

这时，一个兴高采烈的年轻人高声呼喊："打倒孔夫子！"于是这些人一起高喊："是啊，打倒孔夫子！"又说："打倒孔夫子，打倒我们痛恨的一切旧事物，让孔夫子和他的礼教永世不得翻身！"

有时他们谈论一些严肃的问题，焦虑不安地考虑并计划着将要为祖国做些什么。源和他的同伴心中都充满了报效祖国的热望。在他们所讲的每句话中，都可以听到"祖国"和"爱国"这样的字眼。他们严肃地掂量着自己的缺点和能力，并把自己与其他人相比较。他们说："西方人在创造力、体力和勇敢无畏的精神等方面胜过我们。"另一个说："我们在哪些方面胜过别人呢？"他们相互看了看，说："我们在耐心、理解力和长期忍耐方面胜过别人。"

那个刚才伸出漂亮的脚的姑娘这时不耐烦地叫起来:"我们忍耐了这么久,这是我们的缺点!就我而言,我决心什么也不忍受,我决不忍受我讨厌的一切。我将教会我国的妇女不再忍辱负重。在外国,我从没见到妇女忍受她们不喜欢的东西,这就是她们能走得这么远的缘故!"

一个爱开玩笑的青年喊了起来:"是啊,在外国是男人忍受,现在好像我们也必须学会忍受了,弟兄们!"他们哄堂大笑起来,无拘无束,生气勃勃。这个多话的青年,带着爱慕悄悄地看着那个大胆、漂亮、没有耐心的姑娘。他想她一定有办法去实现她的理想的。

这些青年男女就这样,在船上一路谈笑风生。源在他们之中度过一天又一天,一直都欢欣鼓舞,兴高采烈,对回国怀着最热切的期望。他们只注意到自己,看不到别人,因为他们对自己的青春和力量充满了信心,对自己的知识感到满足,并热切地想要回国,彼此相信他们会以丰功伟绩和对时代的贡献而崭露头角,出类拔萃。尽管他们乐在其中,但源发现他们使用的词汇是异国的,甚至当他们用汉语说话时,也必定加上一些外国词,来表达在他们的母语中找不到相应的词的那种意义。姑娘的服装半洋化了,男人的全洋化了。如果只看一个人的背影,他也许说不出那人是什么种族。每天晚上他们跳舞,姑娘和小伙子们像外国人那样聚在一起,有时他们毫不羞涩地脸贴着脸、手拉着手,只有源没有跳。当同胞以异国的方式行事时,源甚至感到自己在这些小事上也与他们格格不入。他忘了自己过去也常常跳舞,他喃喃自语:"跳舞是外国的玩意。"可是,他回避跳舞,部分是由于现在他不想去拥抱一个这样的新女性。他惧怕她们,由于她们会无拘无束地伸出手去碰男人,源一向都害怕那种亲密的接触。

日子一天天过去,源愈来愈想知道这么多年之后祖国在他眼中会是什么模样。在到达祖国的那一天,他独自走上船头,观望陆地的出现。它出现之前就已在海中显示了影踪。源俯视着清澄、冰冷、碧绿的海水,看到了泥土的黄色的轨迹,这是河流穿过千万里土地,将卷起的泥土汹涌澎湃地冲入大海的轨迹。那条轨迹与周围的海水鬼斧神工般泾渭分明,每一个浪头都被推了回去。源伫立船头,在海面上看到了自己的倒影。过了一会儿,好像船越过了一道障碍。他俯视着那打着漩儿的黄色波涛,知道自己已经快到家了。

后来他去洗澡,当时正是盛夏的中午,天气酷热。水管里冲出来的水是黄色的,源开始想:"我该在这水中洗吗?"他觉得这水不清洁,但又想:"为什么我不该在这水中洗呢?这水是因为其中有祖国的泥土才变了颜色的。"他洗了澡,浑身感到干净清爽。

船渐渐开进了河口,河的两岸死气沉沉,灰黄低平,毫无美感可言。岸上有同样色泽的低矮小屋,屋上没有任何装饰,好像这片土地对人们认为它美还是不美这一点毫不在意。低低的黄色河堤是筑起来抵挡海水的,它永远就像这样存在着。

即便是源,也必定能看出这一切都不美。他站在甲板上,站在世界各族人民之间。他们都站着在凝望这个新的国家。源听见有人说:"她不美,是吗?""她不如其他国家的景色美。"可他不想回答。他感到自豪,并在心里想:"我的祖国掩饰着她的美丽。她像一个贞洁的女人,在门外的陌生人面前总穿上朴素的衣衫,只有在家里才穿五彩缤纷的衣服,戴上戒指和宝石耳环。"

多年来,源的这种思想第一次形成了一首小诗,他感到有股冲动要写出四行诗来。他从口袋里抽出一本笔记本,立刻写了下来,这飞逝的欢乐时刻又给这天的狂喜增添了一点亮色。

蓦地,平坦阴沉的土地上耸起些塔尖。源出国时没见过这些塔,那天晚上他醒来时跟盛同在一个船舱里。现在他凝视着那些塔,像所有的旅行者一样惊奇。那些塔在灿烂的阳光中熠熠生辉,耸立在那一切低矮的建筑之上。源听到一个白人说:"我做梦也想不到它是一个如此现代化的大城市。"带着隐秘的骄傲,源觉察到了那个人话音中的崇敬,虽然他默不作声,脸也纹丝不动,只是倚在栏杆上全神贯注地看着自己的祖国。

正当这种自豪感在他心中升起时,船靠岸了,顷刻之间一大群苦力跳上船来。他们来自码头或港口,背上背着一个袋子或箱子。他们到处挤来挤去,急切地想寻点小事做,哪怕是很低下的事。码头上,又小又脏的船划进炎热的阳光里,船上有许多乞丐在哀求乞讨,他们在竹竿上挑着篮子,许多人都患着病。那些苦力中的许多人由于天气炎热赤着膊。他们身上大汗淋漓,积满了污垢。因为急切地想找到活干,他们在那些服装精致优雅的白人妇女中粗鲁地挤来挤去。

源看见那些白人妇女退避着,有的是由于害怕男人,但所有的人都是由于害怕肮脏、臭汗和粗俗。源心中感到羞愧,因为这些乞丐和苦力是他的同胞。最奇怪的是,当他痛恨这些退缩的白人妇女时，忽然他也恨起那些乞丐和赤膊的苦力来，他在心中充满激情地叫道："管理者不该让这些人出来，在别人面前出乖露丑，整个世界首先会看到他们。那些外国人什么都还没看到就先看到这些，这太荒谬了……"

他决心采取某种行动以正视听，因为他对这一切不堪忍受。对一些人来说这可能是微不足道的，可对他来说却非同小可。

突然间他又得到了安慰，因为当他从船上走下来时，看见他的那位母亲和爱兰正在迎接他。她们站在人丛中，源一眼看去，发现爱兰鹤立鸡群，源又激动又欣喜。当他问候太太时，她紧握着他的手，他感受到了她紧握着他的手的喜悦，也看到了她目光中和微笑里的诚挚的欢迎。他不由自主地看到所有下船的人都将视线转向了爱兰，他很高兴他们能看到她，她与他属于同一种族，有同一种血液。她可以将贫穷和粗鄙的人们的形象抹去。

因为爱兰十分美丽。最后一次见她时，源还是个孩子，那时他还没能看出她所有的美。现在，当他们一起漫步走上码头时，源看出爱兰确实可以进入世界的美人行列而毫不逊色。

她已失去了少女时代小猫般的媚态，这使她更加和谐自然。现在，虽然她的眼睛明亮灵活，她的声音仍像以前一样轻盈，但她不知怎么已学会一种更温文尔雅、精妙绝顶的端庄，只是她的笑声有时还会从这种端庄中焕发出光彩来。披在她温柔可爱的脸庞两边的短发乌黑，且梳得光滑整齐；她没像别人一样烫发，而是使它保持笔直柔滑，就像乌木似的，在前额上还剪出了一排刘海。这天她穿了一件新式的银色长旗袍，高领、短袖，露出了她漂亮的胳膊。旗袍十分合身，没有任何破碎的线条，肩、腰、腿、踝等部位的曲线都那么柔美、流畅。

源自豪地看着她,她的完美使他感到欣慰。在他自己的国家里就有这样的女人!

太太身后站着一个高高的姑娘。她不再是个孩子,但也不完全是个女人。她不如爱兰漂亮,但她有清亮优雅的目光。如果爱兰不在旁边,她就会显得很美。她虽然身材较高,但一举一动楚楚动人,她的椭圆脸有些苍白,黑色的大眼睛恰到好处地嵌在长长的直眉下面。在欢迎的谈笑中,没有人想到向源介绍她是谁,他正要问这个问题时,突然想起她就是那个叫梅琳的孩子。那天她在监狱门口哭出声来,因为她第一个看到了他。他默默地向她鞠躬,她也以同样的方式回了礼。源后来才渐渐地意识到,她的脸令人难以忘怀。

那儿还有一个人,源记得他就是那个姓伍的小说家,太太当时反对他,并叫源保护自己的妹妹。那人十分自信地站在这些人中间,穿着西服,潇洒有礼,鼻下留着小胡子,头发像打磨过似的光亮漆黑。他的整个外表透露出一种信心,确信他有资格出现在这里。源很快就明白了这一点,在最初相见的寒暄和行礼过后,太太温柔地拉着那个年轻人和源的手说:"源,这就是要与我们爱兰结婚的人,我们将婚礼推迟到你回来,是因为爱兰自己有这样的意思。"

源至今还清楚地记得太太过去是如何感到与那青年格格不入的,但奇怪她为何从没写信提过他与爱兰的婚事。现在源当然只能说这是件好事,所以他拿起那青年光滑的手用新式的方法握了握,笑着说:"我很高兴能参加妹妹的婚礼,我真幸运。"

那人随和地、懒洋洋地笑起来，他像他一贯的那样垂下眼帘，看着源，慢吞吞地用时髦的英语说："我相信，幸运的是我！"他用另一只手在头发上抹了一下，源还记得他这些奇怪而可爱的小动作，现在他又看到了。

源不习惯这种讲话方式，于是他放下了那人的手，犹豫着转过身去。然后他又想起这个人已跟别的女人结了婚，他就更加奇怪了，既然现在他不好说什么，他决定私下问问太太这是怎么回事。几分钟后，他们往大街上走去，汽车正在那儿等他们。源不禁看出那个年轻人和爱兰真是天造地设的一对，他们像他们的同胞，可不知为什么又不像，就好像一些古老粗壮、盘根错节的树干上开出了优美精致的花朵。

太太又拿起源的手说："我们必须回家了，阳光从水面上反射过来，太热了。"源跟着她走上街头，汽车正在那儿等候他们。太太有自己的车，她领源上去，依然紧握着他的手，梅琳在她的身旁。

但是爱兰跨进一辆红色的双人小汽车。她的爱人跟着她。在这辆闪亮的汽车里，由于美貌，他俩简直称得上是男神和女神。车篷被推到后面去了，太阳照着他们闪光的黑发，他们的金色皮肤光洁无瑕，灿灿发光的猩红色的小汽车也不能使他们的美减色，相反更清楚地衬出他们体态的完美和优雅。

源又情不自禁地羡慕起这种美来，他的民族自豪感又一次涌上心头。为什么他在国外从没见过这样的美呢？他不必再害怕回国了。

正当他凝视这种美时，一大群人也在呆看这些富人经过。这时,一个乞丐从人群中跌跌撞撞地挤出来,冲向那辆华贵的猩红色汽车,他将手放在门边上拉住不放,并用那种人们听惯了的声调哀求道:"给个小钱吧,给个小钱!"

车里那个有钱的年轻人严厉地喊:"放开你的脏手!"但那乞丐更加起劲地继续哀求,他的手仍然抓着车门,那个年轻人终于从车中走了出来,他从脚上脱下西式的坚硬的皮鞋,用鞋跟敲那乞丐抓住车门的手。他竭尽全力的打击使乞丐喊出声来:"哦,妈呀!"然后那乞丐退回到人群中,将受伤的手放在嘴上。

那个年轻人用他苍白美丽的手向源挥了挥,在一声巨响中发动了他的车,猩红色的汽车穿过灿烂的阳光向前驶去。

在回国后的最初几天里,源让自己的心闲着,直到他能公正地评判身边的一切。起初,他自我安慰地想:"不管怎样,这里与外国并没有什么不同,我的祖国像世界上所有别的国家一样,为什么我要害怕?"

事实上,在他看来确实是这样。他心里其实也暗暗害怕发现那些街道和房屋是破旧的,那些人是贫穷卑贱的,但发现他们并不如此,他感到欣慰。当他在国外时,太太已从她以前一直住的小房子搬进了一座大洋房。源第一天跟着她走进那座房子时,她说:"我这样做是为了爱兰,她觉得原来的房子太小太破,不适宜接待她的朋友。此外,我已兑现了我的诺言,把梅琳接来和我一起住了。源,她真像我自己的孩子。我告诉过你她将像我父亲一样成为一个内科医生吗?我把父亲教我的都教给她了,现在她在一所外国人办的医学院上学。她还要读两年,然后她必须在他们的医院里工作一年。我对她说,不要忘记是我们中国人最精通人体的经络结构,但不可否认,在手术和缝合等方面外国医生最好。梅琳中西医都要学。此外,我仍然常在街上捡到遭人遗弃的女婴,现在街上这种弃婴很多,梅琳帮助我照料这些孩子。源,革命之后,男人和姑娘竟学得这样自由!"

源惊讶地说:"我想,梅琳还只是个孩子,我记得她是个孩子……"

"她二十岁了,"太太静静地说,"早过了童年了。在思想上她比二十三岁的爱兰更成熟,她是个勇敢沉静的姑娘。有一天,我看她协助医生从一个妇女的脖子上割掉一个东西,她的手像男人的手一样沉稳熟练。医生夸奖了她,因为她毫不颤抖,也不怕血液喷涌。她无所畏惧,是个非常勇敢沉着的姑娘。她与爱兰彼此喜欢,虽然她不会去追求爱兰所喜欢的那些享乐,爱兰也不会对梅琳所做的事有兴趣。"

这时梅琳已经走了,只有源和太太坐在客厅里,周围没有旁人,只有进进出出端送茶水糖果的仆人,源好奇地问:"我记得这个姓伍的以前有个妻子,母亲……"

听到这话,太太叹了口气答道:"我就知道你会奇怪,我与爱兰为这事也闹过别扭!源,他俩谁都离不开谁,没什么好说的,无论如何也没法说服她。这就是我搬进这座大些的房子的原因,因为我想,如果他们要见面,就应该是在这儿。既然他们要见面,我能做的一切就是防备他,直到他与妻子离婚,获得自由。他妻子的确是个旧时代的妇女,源,是他的父母为他选择的,他十六岁时与她结了婚。唉,我真不知谁更值得同情,是那个男人还是可怜的她！我心中仿佛感受到了他们俩的悲哀。我也是这样结的婚，根本没有爱情，所以我觉得自己就像她。但是我暗暗许下诺言，要让我的女儿按她自己的意愿结婚，因为我知道没有爱意味着什么，这就是我所感到的他们俩的不幸所在。现在离婚手续已经办妥了。源，办这种事的手续，现在恐怕也是太容易了。他自由了；可她，可怜的女人，回到她内陆的老家去了。最后我去送她，因为她和他住在一起，她告诉我，实际上他俩早已只是名义上的夫妻。那时她正和两个女仆将衣服装进她结婚时当陪嫁的红皮箱里。她只对我说了一句话：'我知道结果一定是这样，我知道结果一定是这样。'这个女人不美，比他大五岁，也不会像现代的人一样说外语，甚至还裹过脚，虽然她穿大码的西式鞋，竭力想掩饰这一点。对她来说，确实一切都结束了。她现在还有什么呢？我什么也没问。我现在最关心的是爱兰。我们现在在许多事上都无能为力。我们已人老珠黄，只得让新的事物随意地将我们扫地出门……谁能与这种命运抗争呢？不管怎样，现在社会动荡，没有信条可以指引我们——人们没有规矩可循，也不受惩罚。"

她说完时，源只稍稍笑了笑。她坐在那儿，衰老、平静，总有点忧郁，头发已经变白，唠唠叨叨地谈些老年人常谈的话题。

而他感到心中充满勇气和希望。在他刚回来的那天，甚至仅在那几个小时里，这座城市不知为何就给了他勇气。它是如此繁荣昌盛。那天他坐着车快速从城里经过，一路上他看到富丽堂皇的新商店拔地而起，有的卖机器，有的卖来自世界各地的商品。过去那种寒酸的街道已不复存在。以前，街道的两边往往挤满了低矮简陋的家庭小商店，现在这一切都已荡然无存。这座城市现在是世界的中心，新楼林立，楼房越造越高。在他离家的六年里，二十多座高楼大厦已耸入云天。

第一天晚上临睡前，他站在卧室的窗前眺望着这座城市，他想："它看上去就像盛在外国居住的那座城市一样。"周围到处是刺眼的灯光、汽车恼人的噪声、百万人低沉的絮语，以及骚动不宁、生机勃勃、勇敢进取的生命的冲刺和跳动。这是他的祖国。衬着无月的云，那些光芒四射的霓虹灯上闪现着他的祖国的语言，显示的是他的同胞制造的产品。这是他自己的城市，它足以与世界上任何城市媲美。有一刻，他想起被姓伍的男子遗弃而让位给爱兰的那个女人，想着想着他硬起心来，在心中说："那些不能适应新时代的人必须被淘汰，这是对的。爱兰和那个男人是对的。不能否定新事物。"

带着切实而明确的快意，他睡着了。

最初的好几天里，源带着这种欣喜，意气风发地在这座大城市里到处走动。他觉得他的运气好得仿佛超过了他的想象，因为他是从一所监狱里离开这座城的，而现在他又真正地回来了。他觉得仿佛现在所有的狱门都敞开了，不仅他待过的监狱敞开了大门，而且其他所有的束缚都已解除。那时，他父亲曾说，他必须违背自己的意愿结婚；那时的青年男女因追求自由而被捕枪杀。如今，这些都已成为被人遗忘的噩梦。而正因为他们为自由捐躯，现在所有的人才获得了自由。他在街上看见年轻人来来往往，他们精神抖擞，自由大胆，随时准备做自己想做的事，男男女女都一样,任何地方都再没有束缚。一两天后,孟来信说:"我本该来看你,但我在这个新首都脱不开身。我们已使这座城市改变了面貌。堂哥,我们拆除了旧屋,开出新路,新路像一阵清风似的穿过城市,四通八达。我们正计划铺更多的新路。我们要废除无用的庙宇,在那儿建设起新的学校。在新的时代里,人民不再需要寺庙,我们要教他们学科学……至于我,我是军队里的队长,在我们的司令身边工作。源,司令曾在军校,他认识你。他说:'告诉源,这里有个适合他的位置。'堂哥,的确这儿有个空缺,他已与比他高得多的上级谈过了,那个人又在一个有影响力的场合当众说起过此事,在这里的学院里有个位置,你可以来这儿教你想教的课程。你可以住在这儿,帮我们建设这座城市。"

源读着这些雄心勃勃、热情洋溢的字句,狂喜地想:"这是孟写来的,他过去东躲西藏,而现在他将干怎样一番事业!"一阵暖流从源的心中流过,因为祖国已为他准备好了一个位置。他在心中反复思考:他真心想教导青年男女吗?可能这是他报效祖国的最好途径。他将这个想法藏在心里,准备再等几天,直到尽完他眼下应尽的一些义务。

首先,他必须去看他的伯父和他的一家,三天之后要参加爱兰的婚礼,然后还要去看父亲。源在太太家中发现两封来自父亲的信在等着他。当他看到那涂在几张纸上的颤抖的字,那种老年人书写的既大而又歪歪扭扭的字时,一种昔日的柔情在他心头腾起,他被深深地感动了,他忘记了自己曾害怕和仇恨过他的父亲。在这个新的时代里,王虎像一个被遗忘的舞台上的老演员一样被人遗弃了。是的，他必须去看看父亲。

如果说这六年使爱兰愈发美丽，使梅琳从一个孩子变成了成熟的姑娘，那这六年也使王大和他的太太大大地衰老了。爱兰的母亲这些年来似乎仍然保持着她的风韵，她的头发仅花白了一点，聪明的脸上增了几分智慧和耐性，但也稍稍失了些丰满。源发现，这六年来他的伯父伯母真正地老了。他们现在不再住在自己的房子里，而是与长子住在一起。源去看望他们，那是一幢带有漂亮花园的西式房子，是他们的长子所建的。

那个老人正坐在花园里的一棵芭蕉树下，源发现他竟像个老圣人一样平静快乐。现在他已不再寻花问柳，所做的最不体面的事也就是不时买些美人像回家。他有几百张这种像，当他想看时，就喊一个仆人把画像拿来，他一张张地翻，全神贯注地看。当源来时，他正坐在花园里，一个女仆站在他身边，一边用扇子替他赶苍蝇，一边像翻画给小孩看那样替他翻那些美人像。

源几乎认不出那老人就是他的伯父了。那老人由于色欲旺盛，一度推迟了老年的到来，但不知是由于他像很多老人经常做的那样有时吸些鸦片，还是由于其他原因，当他的老年终于到来时，它就像一阵致命的狂风，使他干枯萎缩，瘦骨嶙峋。现在他皮肉松弛地坐在那儿，好像他的皮囊是件裁得过大的袍子。原来他身上那些丰满的肥肉已不再存在，只剩下黄色皮肤的褶皱悬挂着。他没有换掉原来的袍子，这些袍子虽然用富丽的绸缎制成，但因为是按他胖时的身材做的，现在已拖到了他的脚后跟；袖子也挂下来，盖住了他的手；领子往下垂，露出了他又瘦又皱的脖子。

当源站在他面前时,那老人含糊地向他问候,并说:"我一个人坐在这儿看这些画,因为我太太会说它们是邪恶的。"他像以前一样斜着眼笑了笑。不知为什么,在如此憔悴的脸上,这种笑容有些恐怖。他笑的时候看着那女仆,她这时一边虚情假意地笑着讨好他,一边却盯着源看。可源觉得,那个老人的嗓音和笑声好像都比以前微弱了。

过了一会儿,老人看着他的那些画像,又问:"你走了多久了?"源告诉了他,他又问:"我的二儿子[1]怎么样了?"源告诉他时,他咕哝着,好像这是件牵肠挂肚的事,他心里总记挂着盛。他说:"在外国,盛用的钱太多了——我的大儿子说他花了太多的钱了……"他发起愁来,直到源的话又重新振作起他的精神,源说:"盛明年夏天回来,他告诉我的。"那老人盯着画像看,画上的秀竹下有一个美人,他喃喃地说:"哦,是啊,他说他会回来。"然后他想起了什么,突然骄傲地说:"你知道我儿子孟是个队长吗?"源微笑着说他知道。那个老人自豪地说:"是的,他现在是个非常了不起的队长,挣大钱了。有时候遇到麻烦,家里有个军人是件好事。我儿子孟,他现在高高在上了。他来看我,穿着像洋人穿的那种军装。他们告诉我,他皮带上有手枪。他靴跟上有马刺,我看到的。"

源不作声,想到在这些年里,孟由一个亡命之徒变成了革命军中的一个队长,当时他父亲对他大喊大叫,现在他父亲为他感到自豪,源不禁微微地笑了。

---

1. 此处和下文中的"二儿子"均指王盛。

两人谈话期间，那老人总不自在，他不断地注意一些小礼节，就好像对待一个客人而不是一个侄子。他在身边小桌上的茶壶上摸索，好像要倒茶给源，源阻止了他；他又在怀里摸索着找烟斗让源抽烟，源终于觉察到他的伯父的确把他当作一个客人，那老人正用困惑的昏花老眼看着他，最后老人说："不知怎的，你看上去像洋人，你的衣服和举止都让我觉得你像洋人。"

源虽然笑了，但他对老人说的话并不感到非常高兴，他感到压抑，毕竟他无法回答老人这番话。即使他已离家六年，在这一瞬间他明白了，他与这老人无话可说，于是他便离开了。他回头看了一次，可是他的伯父已忘了他。老人已经睡着了，他的下颚动了动，然后就挂了下来，他的眼睛则紧闭着。当源看他时，他已进入了梦乡。一只苍蝇停在他的颧骨上，那女仆却盯着看源的洋人相而忘了扇扇子，苍蝇悠然地爬到他衰老下垂的嘴唇上，那老人一动也不动。

源离开了他去找伯母，他也必须去拜见她。在等候伯母时，他坐在客厅里环视整个客厅。自从回国之后，他发现自己总以新眼光评价所见的每件事物。虽然他自己不察觉，其实他评价事物总是以他在外国的习惯为标准的。他对这间屋子非常满意，他觉得它是他所见过的最精美雅致的房间。屋中地板上有一块大地毯，上面织有色彩绚丽、图案复杂的野兽和花卉，红、黄、蓝三色交织在一起；墙上有几幅西洋画，画面上是阳光照耀下的群山和蓝色的溪流，这些油画都装在金灿灿的画框里；窗上是厚重的红色天鹅绒窗帘；椅子都是一个式样，红色的，坐上去舒适柔软；到处都有小巧精致的黑色雕木小桌；痰盂也非同一般，上面绘有流光溢彩的翠鸟和金色的花。在屋子尽头的窗户之间有四幅卷轴，上面画着四季图：红色的蜡梅是春，白色的百合是夏，金色的菊花是秋，大雪中天竺的红果是冬。

源感到这是他所见过的最舒适雅致、富丽堂皇的房间了，其中充满各种摆设，可供客人摩挲把玩几个小时，每张桌上都有雕像、象牙或银器。他想起那间遥远的破旧的棕色房间，他曾一度认为那间房间温暖而友好，但现在这间房间里值得欣赏的东西要远远超过那间旧屋里的一切。他在屋里踱来踱去，等女仆回来通知他进去见那个老太太。这时，他听到一阵汽车的轰响，然后声音在门口静止下来，他的堂哥带着他的太太回来了。

这两人看起来阔气得胜过源记忆中的一切。那男的人到中年，继承了他父亲的一身肥肉，看上去比他父亲还要胖，由于穿着西装，他的身材更加一览无余，笔挺的西装清楚地显出了他肚子的形状。西装上面是个像熟透的黄金瓜一般光滑的圆脸，为了凉快，他将头发都剃了。他擦着汗走进来，当他递草帽给仆人时，源看到他的脖子是由光头下面的三个肉卷组成的。

而他的夫人是优雅的。她已不年轻，有五个孩子了，但没人知道这一点，因为每次生孩子以后，她就把孩子交给一个贫穷的女人去喂养，而她自己把胸脯和身体束瘦。这是城里许多时髦女人的习惯。现在她看上去依然像处女一样苗条，虽然已有四十岁了，但她的脸是象牙色，还透出一抹粉红，她的头发乌黑光滑，岁月和忧愁从未触动过她的外貌，天气的炎热也无法影响她。她慢慢地走上前来，优雅而又庄重地向源问候。只是在她投向她肥胖而又汗淋淋的丈夫的那短促而厌恶的一瞥中，源能看出她过去

249

的坏脾气。但她对源彬彬有礼，她不再把他看作一个小城市来的初出茅庐的小伙子，而是一个大家庭中的孩子了。他是个男子汉了，去过外国，获得了外国学位。他看得出，他对她的看法对她来说举足轻重。

寒暄之后，他们坐了下来。他堂哥吩咐拿茶来，源问："堂哥，你现在做什么工作？我看你交了好运了。"

堂哥大笑起来，非常得意。他摸着横挂在肚皮上的粗粗的金链子答道："我是新开张的银行的副经理，现在在租界里的银行工作，这是个美差，战争不会影响我们，银行生意很好，到处开张。人们过去常把银钱投资到土地上。我记得我们的老祖父一直不安宁，直到他将所有的一切都换成越来越多的土地，这才安下心来。可土地现在不如以前可靠了，有些地方的佃户起来造反，要抢地主的土地。"

"没有人制止他们吗？"源惊讶地问。

太太泼辣地插话："他们该杀！"

堂哥在紧巴巴的西服中稍稍耸了耸肩，扬起他粗短的手说："谁来制止他们？现在谁有办法去制止什么事情？"源喃喃地说："政府呢？"堂哥重复着："政府！这新军阀和学生的大杂烩，这个我们所谓的政府！他们能制止什么？不，他们什么也制止不了。现在大家都自顾自，所以钱流进我们的银行，我们有外国兵和法律保护，很安全……是的，我有个鸿运高照的好位置，由于我的朋友的照顾，我才获得了这个位置。"

"我的朋友，"他太太飞快地插嘴说，"如果不是我与一个大银行家的妻子交朋友，通过她认识她的丈夫，求他给你一个位置的话——"

"是，是，"她男人急忙说，"我知道这点……"他沉默下来，并有些不自在，仿佛有些难言的苦衷，好像他为他所拥有的一切已付出了一种秘密的代价。然后，源的堂嫂风度优雅地与他攀谈，她这种优雅是冷淡的、矫揉造作的，好像她事先在镜子前已说过和做过这一切，她说："源，你又回来了，都长大成人了，你现在一定什么都懂。"

源以默默的微笑否定他的博学。她笑了笑，将丝巾放在嘴唇上，又说："哦，我相信你知道许多，但你不愿说，因为你不会过了这么多年还只知道原来所知的那么一点。"

对此，源不知道该怎么说才好，他觉得局促不安。他堂嫂好像又虚伪又陌生；她好像被笼罩在虚伪里，他不能看到她的真面目。正在这时，一个仆人走了进来，领着老太太，源起身向他的伯母问好。

老太太倚在仆人身上，走进了这富丽堂皇的房间。她身材瘦长，头发仍然是黑的，但脸上已皱纹纵横，而她的眼睛依然锐利如故，对所见的一切都尖刻、挑剔。进门时，她对儿子和儿媳妇视而不见，但让源向她行礼，并接受了源的问候。然后，她坐了下来，对仆人喊："替我把痰盂拿来！"

仆人将痰盂拿来之后，她开始咳嗽，并非常体面地吐痰。她对源说："我还跟以前一样健康，谢天谢地，只是有时有点咳嗽，特别是上午痰多。"

她儿媳妇非常厌恶地看着她，但她的儿子安慰她说："妈，老年人总是这样的。"

老太太理也不理他。她将源从头到脚审视了一番，问："我二儿子在国外怎样？"听源说盛在国外过得不错，她肯定地说："他回来时我要让他结婚。"

她儿媳妇笑出声来，漫不经心地说："我看盛不会违背自己的意愿结婚，妈妈——就像现在的年轻人一样。"

老太太扫了她儿媳妇一眼，看来这个儿媳妇已多次说出自己的感想来顶撞她，而现在已不起作用了。她继续对源说："我三儿子是个军官。毫无疑问你已经听说了，孟在新军队中是个很大的队长。"

源再次听到这种话，又暗暗地微笑了，因为他想起这个老太太曾经怎样哭着反对孟做的事。他堂哥看到了这隐秘的笑，他正在一小口一小口地啜茶，他大声放下茶碗，说："是这样的。我弟弟带着在南方打了胜仗的军队回来了，他现在在新首都有很高的地位，有许多部下。我们听到许多关于他英勇善战的故事。他可以随时来看我们，现在非常安全，因为旧统治者全被扫除干净，飞到外国逃难去了。只是他很忙，抽不出空来。"

但老太太在自己谈话时不容任何人插嘴。她又开始咳嗽，大声吐痰，然后问道："你想要有个什么样的职位呢，源？你已经出过国，应该挣高工资！"

源温和地说："如您所知，爱兰三天之后结婚，然后我去看望父亲，最后我才看前途如何。"

"这个爱兰，"老太太突然说，并重读了这个名字，"我决不让我的女儿跟这样一个人结婚！我要首先送她进尼姑庵！"

"送爱兰进尼姑庵！"听到老太太的话，她儿媳妇叫了起来，虚伪地苦笑了一下。

"如果她是我女儿,我就会这样做!"老太太一边坚决地说,一边盯着她儿媳妇看,要不是突然被痰噎住,她还要再说。她咳了又咳,直到仆人替她揉肩捶背,让她喘过气来为止。

源终于起身告辞了。他在阳光灿烂的街上走过时,决定在这个风和日丽的日子里步行回家。他想,这一对老人真像行尸走肉。是的,所有的老人都如槁木死灰,他快活地想。可自己年轻,这个时代也年轻。在这明丽的夏日的早晨,他似乎在整座城里遇到的都是年轻人——年轻的、穿着浅色旗袍的欢笑着的姑娘,她们露着漂亮的胳膊,那是外国的新式样,和她们在一起的小伙子们自由自在、喜气洋洋。源觉得城中所有的人都富裕年轻,而他自己则是其中的一员,生活对他来说充满了阳光。

人们很快就开始为爱兰的婚礼操心忙碌,而忘掉了其他一切。爱兰和那个姓伍的男子在这座城里的有钱人当中颇有名气,他们不仅在与他们同一种族的人当中,而且也在其他种族的人当中闻名。一千多个客人被邀请来参加婚礼,几乎同样多的人要参加婚礼之后的宴会。源除了到家的第一天曾同爱兰谈过一会儿外,几乎没有时间单独同她谈话,但即使是那一次,他觉得他也没有真正与她交谈。因为爱兰以前那种嬉笑的样子已荡然无存,源发现现在自己无法透过她的优雅和自信洞悉她的内心世界。她以仿佛与过去一样的坦率态度问他:"源,到家高兴吗?"他回答时看着她的眼睛,她的眼睛也看着他,但却对他视而不见,因为她正沉浸在她自己的思绪里,她的眼睛里泛出的只是可爱的墨色的波光。在所有的时间里,她的眼睛一直是这样,直到源对她的心不在焉感到困惑,不安地脱口说道:"你变了——你好像不快乐,你想结婚吗?"

可他们之间仍有距离。她睁大漂亮的眼睛,发出冷冷的银铃般的声音,清亮地笑了笑,说:"源,我不如以前好看了吗?我大概已经变得衰老、苍白、丑陋了!"源忙说:"不,不,你更漂亮了,可是——"她像以前一样嘲笑他,说:"什么,难道我该大胆地说,我需要结婚,并一定要与这个男人结婚吗?我做过什么我不想做的事吗?哥哥,我不总是很调皮任性吗?至少我听伯母这样说过。妈妈太好了,不会这样说,但我知道她是这样想的——"

虽然她的眼睛淘气地弯成月牙形,眼睛上面美丽的眉毛拧在一起,源依然发现她的眼睛是空洞、茫然的,他没再说什么。从此以后,他再没有单独与她谈话,因为在那三天里,她每天晚上要穿一套新衣服,将自己包裹在绚丽的绫罗绸缎中再出门。虽然源也常被邀请作为客人和她一起去,但他仅仅在远处看着她那美丽可爱、光彩照人的身影。在那些日子里,她对他来说很陌生,她沉浸在自己的世界里,即使看着别人也仿佛她是在梦中。她一反常态地保持沉默,她的笑如今只是微笑,她的眼光柔和而黯淡,她的身体丰满、柔软、优雅,缓缓地行动着,一种冷静的优美风度代替了她以前的轻快跳跃的欢乐。她已抛弃了她那愉快的青春的魅力,而学会了沉默和优雅的新魅力。

白天,爱兰筋疲力尽地睡去。源、母亲和梅琳见面吃饭,然后轻轻地在家中走动,家中几乎鸦雀无声。直到夜晚来临,爱兰才又出来会见她的爱人,然后再与他一起到那些请他们做客的人家里去。如果她起得早,也只是由于她可能要试衣服,许多裁缝为此而来,带来她想要的绸缎礼服,其中有一件淡桃红色的缎子结婚礼服,并配有飘曳的西式银色面纱。

源注意到,婚礼前几天太太十分沉默、忧郁。除了与梅琳说话,她很少与别人交谈,她好像有许多事要依靠梅琳。她说:"你把肉汤送给爱兰了吗?"或说:"爱兰晚上回来时,应该有外国炼乳和汤吃。我想,她脸色不好。"或说:"你知道,爱兰需要两颗珍珠扣住面纱。吩咐那个珠宝商把为她准备的东西送来看看。"

她心中装满了要为爱兰做的琐事,源知道一个母亲总会这样的,他很高兴有这么个年轻姑娘帮助她。有一次当太太不在场时,他们俩碰巧单独在房里等人把饭送来。源不知应说什么,又感到非说点什么不可,他说:"你真帮了太太不少忙。"

这姑娘将她诚恳的目光转向源,说:"她在我是个婴孩的时候救了我。"源答道:"是的,我知道。"他很惊讶,这个姑娘的眼睛里丝毫也没有羞愧,没有那种说她自己是个弃儿时可能会有的自卑。这时,由于她对太太的感情,源感到她就像自己家庭中的一员,他说:"我希望她见到爱兰结婚能更高兴一些。我想,如果女儿结婚,大多数母亲是高兴的。"

梅琳什么也没有回答。她转过头去,恰好仆人端着肉碗进来了,她走上前去将碗接过来放在桌上。源看着她,她非常简单自然地做这件事,一点也不觉得她在做仆人做的事。他出神地看着她,她柔软的身体健康灵活,她的手敏捷、有力,没有一个动作是多余的。源想起太太曾不止一次地问梅琳什么事是否已做好,每一次问的时候,她都已经做好了。

爱兰的婚期很快就到了。这是一场非常盛大的婚礼。中午十一点,客人们被请到城里最大、最时髦的饭店去。既然爱兰的父亲不在场,大伯父又不能长时间地站着,于是她的大堂哥代替了她父亲的位置,爱兰旁边是她的母亲,太太一刻也未曾离开。

婚礼依新式举行,这与爱兰祖父王龙结婚时的简单仪式截然不同,与王虎那一代由长辈规定的古老而正规的婚礼也不一样。现在城里人结婚的方式五花八门,有些旧点,有些新点,但无疑爱兰和她的爱人的婚礼是最新式的。那天他们租了许多西洋乐器,到处摆满了鲜花,仅这些就花了几百银圆。不同种族的客人穿着形形色色的衣服来参加婚礼,爱兰和她的爱人把他们都视为朋友。所有的人聚集在饭店里的大厅里。外面的街上塞满了汽车、穷人和游手好闲的人。他们摩肩接踵,竭力挤着想看热闹,想在这个日子里得到些什么——有人想乞讨到一些东西,有人想把手偷偷地伸进别人的口袋,拿走在那儿能找到的东西。雇来的卫兵把他们推了回去。

源、太太和爱兰乘车穿过人群,司机不断地按喇叭,唯恐轧伤什么人。看到坐着新娘的车,卫兵冲出来高喊:"让路!让路!"

通过这喧嚣的人群时,爱兰骄傲地坐在车里,沉默着。她的头在长面纱下低着,面纱上有两颗珍珠和一圈芬芳的橘色小花。她双手捧着一大束洁白的百合和玫瑰,香气四溢。

世上从来也没有过这样的美人。她的美使源也感到惊叹。她唇边挂着冷静的微笑,虽然她不会真正地笑出来。在低垂的眼睑下,她的眼睛黑白分明地闪烁着,她对自己的美貌了如指掌,并使这种美达到了登峰造极的地步。当她走出汽车时,人群沉寂了,几千双眼睛紧紧地盯住她,为她的美感到陶醉。人群先是沉默,然后是一阵骚动不宁的低语:"啊,看她!""啊!多好看,多好看!""啊,我从来也没见过这样的新娘!"爱兰肯定都听见了,但她平静得就像没听见似的。

就这样,她进了大厅,音乐也奏了起来,这时所有的客人转过身来,同样出现了一片令人惊奇的沉默。源先走到新郎旁边,然后看到爱兰徐徐地从客人中间走过来。两个穿白衣的孩子在她前面走着,为她撒下玫瑰花瓣。穿着色彩绚丽的绸衣的少女们也簇拥着她。源情不自禁地与人们一起惊叹她的美丽。然而,即使在爱兰炫目的美色面前,即使在这所有人向爱兰注目的时刻,源仍然非常清楚地看到了梅琳,她正作为伴娘和爱兰在一起。然而,直到后来源才意识到梅琳也是美的。

宣读婚约之后,整个婚礼便结束了。新郎新娘向双方家庭的代表,向客人们,向应该施礼的所有的人鞠躬。盛宴和祝贺结束之后,新婚夫妇将一起去度假。源在回家的路上想着这一切,他惊奇地发现他想起了梅琳。当时梅琳在爱兰前面单独走着,即使是爱兰的光辉也没能使梅琳黯然失色。他清楚地记得她穿着一件柔软的短袖高领旗袍,袍子是苹果绿的,她的脸衬着这种颜色显得清爽苍白,但果敢坚定。她那种与爱兰迥然不同的风格使她能在爱兰炫目的美面前立于不败之地。梅琳的脸不像爱兰。爱兰由于脸蛋漂亮且灵动、眼睛明亮、笑容妩媚而美丽。而梅琳的最动人之处在于她坚实洁净的肌肤下骨骼的完美线条。源心里想,即使青春逝去,这种线条也仍将会保持它的魅力和高洁。她现在看上去比实际年龄大。但在将来她老了的时候,她笔直的短鼻子、洁净的椭圆脸和下巴、棱角分明的嘴唇、光滑整齐的黑短发,会重新赋予她青春。生活不会使她发生很大的变化。虽然她现在显得庄重,但是在成熟时,她将依然年轻。

源想起了她的庄重。在整个婚礼中,只有两个人是严肃的,那就是太太和梅琳。在宴会上,人们将各种洋酒倒出来,所有客人高喊着自己也感到惊讶的连珠妙语,酒桌上觥筹交错,新娘新郎从客人们中间走过,和他们一起喧笑。甚至在这时,源在他那张桌上看到太太的脸依然是严肃的,梅琳的也一样。她们两人时常在一起低声说着什么,指挥仆人做这做那,或与饭店主人商议着问题。源以为她们这样严肃是因为这些烦心事,于是不再想它,而是转过去看那辉煌的大厅。

这天晚上,在一切都结束之后,爱兰他们走了,屋子里静悄悄的,只有仆人们在走来走去地铺床或整理房间。太太心情沉重地默默坐在椅子上。源觉得他有必要说些什么使她高兴,于是他好心地说:"爱兰真漂亮,她是我见过的最可爱的女子。"

太太有气无力地答道:"是的,她美,这三年来,人们认为她是本城富家小姐中最美的,她的美貌的确闻名遐迩。"她停了一会儿,然后带着一种奇特的痛苦继续说:"我希望,如果不是这样就好了。她长得这样漂亮,这是我和我的孩子生活中的灾难。她什么事也不必做,不必用脑子、手或其他任何东西,她只要让人们看着她，赞扬声就会围绕着她。她只是提出要求，其他人便会为她劳碌，使她如愿以偿。这样的美貌只有具有崇高精神的人才能承受，爱兰不是那种坚强得足以承受它的人。"

梅琳听到太太的话，从手中的针线活上抬起头来，温柔恳切地叫了声："妈妈！"

可是太太还要继续往下说，似乎此时她的痛苦已不堪忍受："我的孩子，我说的都是实话。在我的一生中，我一直都在抵抗这种美，可我失败了……源，你是我的孩子，我可以告诉你实话。你奇怪我为什么同意她与这个男人结婚，你可能心中疑惑，因为我既不喜欢也不信任这个男人，但我不得不这样做——爱兰已经怀了他的孩子。"

太太平淡地说出了这些可怕的字眼。源听着时，觉得脉搏停止了跳动。源已到了感到这种事情可怕的年龄，他的妹妹……他羞愧地瞥了梅琳一眼。她正低着头，看着手上的一块布，一言不发。她的脸不动声色，只是更严肃，更沉静。

太太看到源的目光，意会到了源的想法。她说："你不必介意，梅琳知道这一切。如果没有她，我将忍受不了这种生活。她安排一切，并知道我必须怎样做。源，我没有人可以依靠。梅琳是我可怜、美丽、愚蠢的孩子的姊妹，爱兰也依靠她。梅琳不愿让我把你叫回来。我曾经想，我必须让儿子回来帮助我，因为我不懂这种新的离婚法；我什么也不愿告诉你大堂哥，因为我觉得羞愧。但是梅琳不愿让我浪费你在国外的时光。"

源依然一言不发。他满脸通红，心烦意乱，又羞又气。太太十分理解这种心境，她悲哀地微笑着，又说："我不敢告诉你父

259

亲,源,他最简单的方法就是杀人。即使他不会这样做,我也不能告诉他。我这般苦心培养教育我的孩子,却宠坏了她,这就是我为爱兰所操的心的悲惨结局!是由于进入了新时代吗?在过去,这两个人犯这种罪是该死的!可现在他们不会受到惩罚。他们会回家快乐地一起生活,爱兰的孩子会很快出世。但是,不会有人对这种事感到大惊小怪,因为如今婚后孩子过早出世的大有人在,现在是新时代了。"

太太忧郁地笑了笑,可她眼里充满了眼泪。梅琳卷起她缝的一小块丝绸,把针插在上面,走上前去安慰太太说:"你太累了,不知自己在说什么。你已为爱兰做了一切,她和我们大家都知道。去睡觉吧,我去端汤来给你喝。"

太太听梅琳这么说便站了起来,感激地倚在她肩上出去了,好像她对这样做已习以为常。源目送着她们离开,但依然说不出话来,他被他听到的所有这些事搞得惶惑不安。

爱兰,他的妹妹,竟做了如此大逆不道的事!她如此利用了她的自由,那种他逃脱过两次的污秽粗野的事,竟通过她又进入了他的生活。他慢慢地走回自己的房间,心里十分烦恼,好像又处在以前那种分裂的状态中了,仿佛他不能清楚明了地想起任何事,无论是爱还是痛苦。现在他心中烦恼,一半是为爱兰的轻率感到羞耻,因为这样的事不该发生在他自己的妹妹身上,他只想在她身上找到全然的骄傲;另一半是因为在这种野性的东西中,有一种隐秘的甜蜜,使他自己也想偷尝禁果。这是他在祖国第一次感到困惑。

婚礼结束之后，源知道他不必再为礼节而推迟去看父亲。他急切地想走，因为他发现现在家中有种悲哀的气氛，他越发想早点走了。太太比以前更加沉默寡言，梅琳坚决把时间都花在学校里。在源准备行装的几天里，他很少见到她。他曾经认为她是在有意避开他，便对自己说："都是因为太太说爱兰的那些话，一个羞怯的少女很自然会把它们记在心里的。"他喜欢这种羞怯。当他必须出发，乘火车北上时，他发现他想向梅琳告别，他不想与她不辞而别，一走就是一两个月。因此，源选择了夜里的火车，这样他可以等到梅琳从学校回来，与她和太太一起吃饭，他可以在走之前与她们平静地谈谈话。

见面时，他倾听着梅琳讲话。她的话温柔、明朗，令人愉快。她不像有些少女那样羞涩或者咯咯地笑。她总是在忙着缝什么。有几次仆人进来问关于第二天的菜或诸如此类的问题，源发现她是问梅琳而不是问太太，梅琳告诉那仆人应该怎样做，她好像也已习以为常，说起话来落落大方。这天晚上，太太比平常更加默默无言，源也沉默着，梅琳就滔滔不绝地讲她在学校做的事，讲她早就想当医生了。

"我的养母首先使我想到学医，"她边说边目光灼灼地看着太太，"我如今非常喜欢医科。但是这意味着我要学习很长的时间，并要花很多钱，这就是养母为我做的一切，我将以永远侍候她来作为报答。她在哪儿，我就会在哪儿。我想将来有一天，在一座城市里，我会有我自己的医院——一个妇幼保健院，医院中间要有个花园，环绕着花园的是有许多病床和给病人休息的病房——病房不太大，不能大得超出我力所能及的范围，但一定得清洁、漂亮。"

梅琳出神地谈着她的希望，放下了手中的针线。她眼中闪着光芒，唇上挂着微笑。源指间夹着香烟，注视着她，惊奇地想："哦，这个少女真美。"他看得出神，听不见她在说什么。忽然，他感到自己不很愉快。他审视自己，想找出不愉快的原因。他发现，他不喜欢这个少女的计划，她只为她自己安排一生的生活，并安排得如此圆满，以至她在将来的生活中不再需要别人。源觉得不应认为女人没有结婚的念头是好的。这时，他看到太太的脸，自婚礼以来，她的眼睛第一次兴致勃勃地亮起来，她听着那姑娘所说的一切。她温柔地说："如果到时候我还不太老，我也要在这医院里做点什么。现在的时代胜于我们的时代，这是个好时代，人们不再强迫妇女结婚。"

源听到了她的话。虽然他相信如此，或他嘴上会说他相信如此，但这也使他感到有些疑惑。不知为什么，他认为所有女人都应该结婚，这是毋庸置疑的。当然这不是一个男人能对两个女人谈的话。她们对自由的热情在他心中留下了一丝冷意，所以，当他说再见时，他觉得自己不如事先想象的那样心里充满温暖，因为他的内心深处似乎受到了某种伤害，可他不知伤害从何而来以及它是怎样一种伤害。

在火车狭窄的卧铺上躺了很久，源还在寻思这件事，他想起了祖国的新女性和她们的所作所为。爱兰自由得让母亲伤心，同样是这位母亲，却对梅琳宏大而自由的生活计划感到欢欣鼓舞。源痛苦地想："我怀疑她是否能如此自由。她会发现她的计划是行不通的。总有一天，她会需要一个丈夫和孩子，像所有的女人一样，毫无疑问。"

他想起他认识的那些女人，无论生活在什么地方，她们最终都会秘密地转向一个男人。可是，当他回忆梅琳的脸和言语，在她的表情和声音里搜索时，他不能说他真正地找到了她想结婚的蛛丝马迹。他不知她是否梦见过某一个青年，因为他想起她上学的学校里有许多青年男子。突然，就像平静的夏夜里刮起的一阵风，源一下子嫉妒起那些他不认识的男青年来。他嫉妒得那么强烈，甚至已不会对自己这番行为暗暗感到好笑，也不敢问为什么自己要关心梅琳在梦想什么。但他清醒地计划着他该怎样去暗示太太，要她去警告梅琳，并更好地保护这个少女。他以前对世上任何人都没有像对梅琳这样关心，他一次也不想问这是为什么。

就这样，他在心中盘算着。火车在他身下摇摆着，发出咔嚓咔嚓的响声。他终于忧心忡忡地睡着了。

一路上源遇到了许多事，这些事暂时驱散了源心中的忧虑。自从他从国外回来，他一直住在那座海滨的大城市里。除了宽阔的大街，他一次也没见过别的东西。日日夜夜，大街上各种汽车、摩托和公共电车川流不息，穿着温暖和鲜艳的衣服的人们以各自的方式忙碌着。街上即使有穷人、大汗淋漓的黄包车夫、小贩，但因为现在是夏天，他们看上去并不怎么可怜。冬天的那种乞丐现在还见不到，他们往往由于水灾或饥荒才离乡背井，来到城市的街上求生。这座城市对源来说是十分热闹有趣的地方，与他所见过的其他城市相比，它是出类拔萃的。那儿有他堂哥的新房子里的舒适和珍宝，有婚礼的盛大场面和五光十色的结婚礼物。当他离家时,太太将厚厚一沓包着的东西塞给他,他知道那是钞票,他心安理得地收下了,心想这是父亲寄给她转交的。他几乎忘记了世界上还有穷人,他的家似乎非常富裕安乐。

但当他第二天在火车上醒来,从窗口望出去时,他见到的国家却不是他心中想象的样子。火车在一条大江边停了下来,所有的人都必须下车乘船过江,到对岸之后再继续他们的旅程。源也下了车,与其他人一起,挤在一条无篷、宽底的渡船上,那船似乎不足以容纳所有的人,因此最后上船的源只好站在靠水的船边上。

源记得他以前到南方去时也经过这条江,可那时他没有注意到他现在看到的这番景象,因为现在他的眼睛已长期看惯了其他的一些东西,眼前的一些景象不免使他觉得新鲜。他看到江面上俨然是座小船的城市,许多小船紧紧地挤在一起,有时一阵恶臭飘来,使他感到恶心。这时是八月,虽然刚过黎明,天已燥热起来。太阳没什么光亮,天空阴沉沉布满了乌云,那云压将下来,好像要将水面和大地罩住,一丝风也没有。在昏暗的灯光中,一些人将小船撑开给渡船让路。男人们乱糟糟地挤出小船的舱门,几乎裸着身子,由于夜里热得失眠,他们脸上都是汗,表情阴沉呆滞。女人朝哭闹的孩子尖叫,用手指梳理他们打结的头发。赤条条的孩子号啕着,又饿又脏。那些拥挤的小船尽其所能地塞满了男人、女人和孩子。在他们赖以生活和饮用的水上,他们倒进去的污物散发的恶臭一阵阵飘出来。

源似乎忽然在这个早晨睁开眼睛看到了这一切。这番景象过了一会儿就消失了,因为渡船已离开了岸边的小船,进入了江中心清洁的水面。突然之间,源所凝望的不再是那些湿透了的面孔,而是江中湍急的黄色水流。他正注意到这个变化时,渡船半转了过去,逆流而上,缓慢而吃力地经过一艘巨大的白色轮船。衬着灰色的天空,那艘船洁净得像座雪山,高高地耸立着。源和所有挤在一起的人,都在仰望着在他们之上的这艘外国船的船头以及上面高悬的红蓝相间的外国国旗。当渡船缓缓地绕过去,到了它的另一侧时,人们可以看到船上有洋炮的黑色炮筒。

这时源忘记了穷人的恶臭和他们拥挤不堪的小船。渡船在继续航行,源扫视着江面,在这大江黄色的胸脯上,他数了数,共有七艘这样的外国战舰。这是在他祖国的怀抱里,这使源无法忍受,当他数船时,他忘记了其他的一切。一种对这些船的愤恨在他心里油然而生。甚至在上了岸之后,他仍禁不住带着仇恨回头看着那些船,质疑为什么它们会在那儿。可是它们就在那儿,洁白无瑕,不可战胜。那些黑色的大炮稳稳地瞄准了海岸。那些炮口曾不止一次地向岸上射出火焰和死亡。源忘不了这些事实。注视着这些船,源忘记了一切,只想到这炮可能会伤害他的人民。他辛酸地自言自语:"它们没有权利在这儿,我们应该把它们从我们所有的水域上赶出去!"他一边痛苦地回忆,一边上了另一列火车,又踏上了去看望父亲的旅程。

源在自己心中发现了异样的东西:只要他能保持对那些白色战舰的愤恨,记得它们曾怎样轰击他的人民,只要他能记得外国人压迫中国人的那些罄竹难书的罪行,他便仇恨满腔。他在学校时,曾学到过烧杀掳掠的外国军队逼迫旧王朝的皇帝们签订了一系列不平等条约,在他生活的年代里,这种事甚至还在继续发生。在那座大城市，当他出国的时候，为祖国的事业大声疾呼的青年被白人卫兵枪杀。只要能记住旧时代的所有这些邪恶，源便十分欣慰并怒火满腔。在他的一切行动中，无论他是在吃饭、睡觉，还是在眺望窗外掠过的田野村庄，他都沉思着。他想："我必须为祖国尽一分力量。孟是对的，他胜过我。他这样单纯，因此他更真心实意地恨外国人。我太软弱。我认为外国人好，只是因为一个善良的老教师，或一个伶牙俐齿的女人。我应该像孟，刻骨铭心地恨他们，以我的满腔仇恨来帮助我的人民。现在，只有仇恨才足以帮助我们。"他就这样沉思默想，那些异国的船舰久久地在他的脑海里萦绕。

正当源孕育着自己这一想法时，他又不由自主地觉得自己渐渐地冷了下来，并且这种冷漠微妙地滋长着。一个肥胖的男人坐在他的对面，源离他那么近，没法不看到他肥胖的身体。天气越来越热，炽热的太阳透过无风的云层照在火车的金属顶上，车厢里的空气也火烧火燎。那个男人脱去了除短裤以外的所有的衣服，他坐在那儿，裸露着浑身的肉，他的肚子是厚厚的油光光的黄色肉卷，他下颚上的垂肉拖到肩膀上。好像这还不够恶心，尽管是夏天，他却咳嗽起来，咳了又咳，咳得轰轰作响。他常常随意将痰乱吐，源避也避不开。他讨厌这个男人——他的同胞，这种怒气潜入了他为了祖国而对外国人所产生的义愤，他变得闷闷不乐起来。在摇晃的车厢里，天热得使人不堪忍受。源开始发现那些他不愿见到的东西。旅行的人这时又热又累，除了想挨到旅程的终点之外，别的什么也顾不上了。孩子们号啕着，扯着母亲的乳头。每到一站，苍蝇就飞进开着的窗户，歇在汗淋淋的人的身体上、地板上的痰上、食物上和孩子们的脸上。源小时候从来没有注意过苍蝇,因为苍蝇比比皆是,没什么值得大惊小怪的;可是现在他出过国了,知道它们携带着致命的病菌,因此对它们深恶痛绝。他受不了有一只苍蝇停在他的茶杯上、从小贩那儿买来的一小块面包上或他中午向火车上的服务员买来的那盘饭和鸡蛋上。可是当源看到服务员手上的污垢和他装饭前擦碗的那块油腻肮脏的布时,源不禁问自己如此恨苍蝇又有何用。源痛苦地对他喊:"用这种抹布擦碟子还不如不擦!"

那人听到他的话后盯着他看了看,然后咧开嘴,非常和气地笑了,这时也许他感到热,便拿起那块抹布擦了擦他的汗脸,然后又将它挂在颈上,那是他惯于安放抹布的地方。这时源真的不能忍受再碰他卖的食物了。源放下汤匙,叫喊着斥责那个人,并抱怨那些苍蝇和地上的所有污物。那人对这种不公道的斥责非常生气,他喊老天做证,说:"这儿就我一个人,我只应该做一个人的事,地板和苍蝇不关我的事!谁会浪费他的生命在夏天打苍蝇?我敢打赌,就算全国的人都花上一辈子打苍蝇,也制服不了它们,因为苍蝇是天生的!"那人这样出着气,然后爆发出一阵开心的大笑,因为他即使是在生气的时候也是好性子,他继续咯咯大笑。

所有的旅行者都疲惫不堪,非常乐意到处听听看看。他们听到了事情的全部经过,一起反对源而赞同那个服务员。一些人说:"苍蝇真是没底地多。不知它们从哪儿来的,但毫无疑问,它们也要活!"一个老太太说:"唉,它们有权利活。我连一只苍蝇也不愿意伤害!"另一人轻蔑地说:"他是从国外回来的学生,想把外国观念加在我们身上！"

靠近源的那个大块头胖男人已吃了大量的饭和肉，正在非常严肃地喝茶，一边响亮地打着饱嗝，听到人们说的话，他忽然开了口："原来如此！我已坐在这儿盯着他看了一天了，想知道他是什么人，但实在猜不出来！"他带着一种乐滋滋的惊奇看着源，现在他知道源是什么人了。他边喝边打饱嗝，源后来不忍再见他，只得一动不动地看着窗外平坦的绿色田野。

他高傲得不屑搭理那些人，也咽不下那些食物。他坐在那儿，一连几小时地看着窗外。当火车北上时，在闷热多云的天空下，那些农村变得越来越单调，越来越萧条，那些有荒凉的水域的地方更是毫无生气。每到一站，源觉得人们看上去越来越凄苦。越来越多的人染上了疥子和眼炎。即使到处都有水，他们也不洗。许多女人依然以那种令人讨厌的旧方式裹着脚，他原以为这种事早已不存在了。他看着他们，感到实在受不了。"这些是我的同胞！"他最后在心中辛酸地说。他忘了那些白色的外国战舰。

可是源还得忍受另一种痛苦。在车厢的尽头坐着一个源先前没有见过的白人。那个白人住在一个有泥墙围住的乡间小镇上，当火车到达那儿时，那个白人准备下火车。他经过源时注意到了他和他那张年轻却悲哀的脸，他想起源曾大声抱怨苍蝇。他看到了源的样子，充满善意地用英语说："朋友，不要丧气！我也要与苍蝇进行斗争，并将不断地斗争下去！"

源听到这外国人的声音和他说的话便抬起头来，看到了一个瘦小的白人。他身材单薄，相貌平常，穿着灰棉布衣服，戴着一顶白色的太阳帽,长着一张普普通通的脸,他新近没有刮过胡须,但他淡蓝色的眼睛显得非常善良,源看出他是个外国传教士。源这时无言以对。这是最痛苦、最难忍受的事:一个白人看到了他所看到的事,知道了他这天意识到的事。源转过身去不愿回答。从源的位置上,他看到那个白人下了火车,步履艰难地穿过人群,转向那个有土墙围着的市镇。源想起另一个白人曾说过:"如果你像我一样生活……"

源问自己:"为什么我以前从来没有看到过这些?为什么直到现在我才看到这一切?"

然而,他必定会见到的丑陋才刚刚开始向他展现。他终于站在他父亲王虎面前了,他看到了一个从未认识过的父亲。王虎站在那儿,紧紧抓住客厅的门柱在等待他的儿子。他往日的雄风已荡然无存,甚至他的坏脾气也已销声匿迹。站在那儿的只是个灰色的老人,白色的长须从下巴上稀疏地垂下来,他的眼睛红红的,由于年老和酗酒而蒙上了一层翳,所以直到源走近了他还看不见,但听到源的声音。

源惊讶地发现,他走过的院子杂草丛生,没有几个士兵站在周围,仅有的也都是些衣衫褴褛、游手好闲的家伙。门口的卫兵没有枪,他让源进去,没有问任何问题,也没有以对待司令的儿子的礼节来向源敬礼。源出乎意料地发现,他父亲看上去如此憔悴、瘦弱。老迈的王虎穿着件灰色的旧袍站在那儿,肘部甚至打了补丁,他的骨头将那块地方在椅子的扶手上磨破了;他脚上穿着布拖鞋,鞋后跟也磨破了;如今他手边也没有剑。

源喊出声来："父亲！"老人颤抖地回答："真是你吗，我的儿子？"他们握住彼此的手。他看到父亲衰老的脸，看到他的鼻子、嘴和昏花的眼睛，不知怎么在皱缩了的脸上显得特别大，源感到泪水涌上了眼眶。凝视着这张脸，源似乎觉得这不可能是他的父亲，不可能是他过去惧怕的那个王虎。他蹙额时乌黑的浓眉曾是那样令人心惊胆战，他的剑即使在他睡梦中也总是伸手可及。可是他的确是原来那个王虎，当他知道是源时，他高叫道："拿酒来！"

客厅里响起一阵缓慢的脚步声。那个亲信豁嘴现在也老了，但仍是司令手边的人。他走上前来，向司令的儿子问候，畸形的脸上露出了喜色。他开始斟酒。王虎拉着儿子的手将他领进屋去。

屋里有两个源起先没见到的人。他们是两个瘦小、严肃的有钱人，一个老，一个年轻。年长的是个瘦小干枯的人，整洁地穿着老式的织着图案的黑灰色丝绸长袍，上身穿着带袖的暗黑绸马褂，头戴一顶小圆帽，上面有个白布带做成的结，表示正为某个近亲戴孝。在他的脚踝附近，在黑天鹅绒鞋的上方，他的裤腿也用白棉布带子绑住。从这身阴沉的衣服之上，他那瘦小的老脸正向外窥视着；他脸上光光的，好像还长不出胡须似的，但却布满了皱纹；他的眼光锐利明亮得像黄鼠狼的一样。

那年轻人与他相像，只是他的袍子是暗蓝色的，他穿着儿子为死去的母亲所穿的孝服，他的眼光不锐利，但却充满了渴望，就像猿猴用深陷的小眼睛看着人类时一样。虽说猿猴较近似于人，但也还不够近，它们不理解人类，也不被人类理解。他是那老人的儿子。

当源疑惑地看着他们时,那老人用干瘪的尖声说:"我是你二伯,侄儿,我想,我还是在你是个男孩时见过你。这是我的大儿子,你的堂哥。"

源惊奇地向他们两人问候,但心中并不太愉快。由于他们陈腐的样子和举止,源觉得他们很奇怪,但源仍然很有礼貌,比王虎更有礼貌。王虎对他们置之不理,只是坐在那儿快乐地盯着源看。

王虎由于源的归来而感到一种孩子般的快乐,源被这种快乐深深地感动了。王虎简直一刻也不能把视线从儿子身上移开,他凝视了一阵之后,爆发出了无声的大笑。他从座位上站起来走向源,抚摸他的胳膊和健壮的肩膀,又笑了起来,喃喃地说:"就像我在这个年纪时那么结实。唉,我记得我也有过这样的手臂,我能投八尺的铁矛,挥动巨大的石锁。在南方的老司令手下时,我常在傍晚耍给我的弟兄们看。站直,让我看看你的大腿!"

源顺从地站直,他被父亲逗乐了,很耐心地听他的话。王虎转向他的哥哥,高声笑着,带着往日的虎虎生气,他喊着:"你看到我的儿子了吗?我敢发誓,你的四个儿子中没有一个可以与他相比!"

王掌柜一言不发,只是勉强笑了一下。可是他儿子平心静气、小心翼翼地说:"我想我的两个小弟弟跟他一样魁梧。我大弟弟长得也比我强壮,因为我虽然年纪最大,但个子长得最小。"他边说边眨巴着他哀伤的眼睛。

源听着他们说话,然后好奇地问:"我其他的堂兄弟怎么样?

他们在干什么?"

王掌柜的儿子看了父亲一眼,但因为那老人默默无言地坐在那儿,脸上带着和刚刚同样的微笑,年轻人便大着胆子回答源:"我帮助我父亲收租和经营粮店。有一段时期我们全家一起干,可现在这些行当日子很不好过。佃户们变得神气活现,不再交应交的租子。粮食也减了产。我哥哥是你父亲的,因为我父亲将他过继给了叔叔。我大弟要去闯荡闯荡,他出去了,现在在南方的一家店铺里当会计,因为他打得一手好算盘,好多银钱要经过他的手,所以他很富裕。我二弟在家,与他的小家一起住在家里。最小的弟弟在学校读书,我们的镇上现在有个新式的学校,我们希望他能尽快结婚,但也许还得等一段时间,因为我母亲几个月之前去世了。"

源回忆往事,想起他父亲曾经带他到伯父家里去过,在那里他曾看见一个高大邋遢、活泼乐天的农村妇女,他奇怪她怎么会就此长眠,而她那瘦小、行动缓慢的丈夫——他的伯父——却继续活着,而且几乎毫无变化。源问:"这是怎么回事?"

那个儿子又看了父亲一眼,两人都沉默着,直到王虎开了口。王虎听到源刚才的问话,好像觉得有件什么事与他有关似的,他答道:"怎么回事?噢,我们有个仇人,他是我们家族的仇人,现在他是我们老家附近的山上的一伙流寇的首领。有一次,我以最公平的方式,用公开的计谋从他手中夺取了一座城,但他到现在还在记恨我。我发誓他一定是有意驻扎在我们家的田地附近的,我知道,他注意着我的亲戚。我这个哥哥非常谨慎,发现这个强盗恨我们,他不愿亲自去向佃户收租,而派了他的妻子去。她只是个女人,强盗在她回家的路上抓住了她,抢了她的钱,然后割下了她的头,让它在路边往下滚。我告诉我哥哥,过几个月,等我再召集起我的人马,我发誓要揪出这个强盗——我发誓——我发誓……"王虎的声音在有气无力的愤怒中拖长,他伸出手摸索着。那个站在附近的老亲信按老习惯在他手中放了一个酒碗,昏昏沉沉地说:"镇静,我的司令。不要动气,要不然你会生病的。"他疲劳衰老的脚移动了一下,然后打了一个哈欠,快乐地凝视着源,对他十分钦慕。

在王虎讲这件事的过程中,王掌柜虽然什么也没说,但当源看着他要对他说几句安慰的客套话时,源惊讶地发现他伯父苍老明亮的小眼睛里充满眼泪。但那老人依旧一言不发,他先拿起一只袖头,然后又拿起另一只,小心翼翼地擦眼睛,后来他又悄悄抽出干枯的老手在鼻子上抹了一把。看到这个冷酷的老人流泪,源惊讶得说不出话来。

他儿子也看见他哭了,他用若有所思的眼睛看着父亲,然后悲伤地对源说:"跟她在一起的仆人说,如果她不开口,更听话点,他们还不会那么快就把她杀了。可她说起话来又快又响,一辈子随意说惯了,而且她脾气大、好发火,一开始她就高喊:'我该把钱给你们?你们这些狗娘养的!'当她这样大声喊叫时,那个仆人拼命逃跑,当他回头再看时,她的头已被砍掉了,我们丧失了她带着的全部租金,因为他们把一切都抢走了。"

他儿子就这样小声但絮絮叨叨地一字一句说着,就好像在他形似父亲的身体里,装着母亲喋喋不休的舌头。他是个孝顺儿子,很爱自己的母亲。他的声音忽然中断了,他跑到院子里去,咳着安慰自己，并擦着眼泪，哀悼他的母亲。

源不知所措，他站起来倒了一碗茶给他的伯父，觉得自己在这间房里就像在梦中一样，在他的这些骨肉至亲中，他仿佛只是个陌生人。是的，他要过的是一种他们不能想象的生活，他们的生活对他来说像行尸走肉的生活一样毫无价值。刹那间，虽然不知为什么，他忽然想起了玛丽，他已有好久不想起她了。为什么她现在会在他的心头清晰地浮现？就像一扇门忽然洞开，她站在他面前，好像他穿过海洋，在一个起风的春日里像以往一样看见了她，她漂亮的黑发在脸旁飘荡，她的皮肤白里透红，她的眼睛呈深沉的灰色。这里无地容她，她不可能理解这个地方。她过去常谈的关于他祖国的图画，那些她在自己心中描绘的图画，仅仅是图画而已。源看着他的父亲和其他人，他们这时又沉浸在自我的世界里——现在，这场会面第一个紧张的时刻已经过去。源充满激情地想，哦，幸亏他没有爱她。他环视陈旧的大厅，厅里积满尘土，几个马虎的老仆人很久没有打扫房间了。绿霉在地面上的砖缝中长了出来；砖上有各种污迹——吐出的酒迹、痰迹，还有灰迹和滴落的油腻食物的斑迹；破损的花格窗曾用纸糊了起来，现在糊窗纸一片片地掉了下来；甚至在光天化日之下，也能见到老鼠窜来窜去。王虎喝完了酒，正坐在那儿打盹，他的下巴垂了下来，高大但显老态的身体松弛无力。在他上方的墙上有一枚钉子，上面挂着插在剑鞘里的剑。这时源才第一次看见它，而在一开始见到父亲时他并没有注意到它在附近闪光。剑虽然插在鞘里，但依然很漂亮，剑鞘也很精美，虽然剑鞘上雕刻的花纹上积满了灰尘，丝质的红缨褪了色，垂了下来，被老鼠一点点地啃去。

哦，幸亏他没有爱上那个外国女人，他为此感到庆幸。让她保持着关于他祖国的梦想吧，永远也不能让她知道真相！

源的喉头发出一阵悲切的呜咽……那个旧时代难道真的已从他面前逝去了吗？他想起了王虎和那个形如槁木、身材瘦小、面目可憎的人——他的伯父，还有伯父的儿子。这些人他依然是挣不脱的，他血管里流动着的血将他与他们联系在一起，即使他很想放出身上所有的血液，他也做不到。无论他怎样渴望脱离他们这一族，只要他活着，他们的血就在他身上流动。

源已意识到，他的青少年时期已经过去，现在他必须长大成人，必须自己照料自己了，这是件好事。晚上，源单独睡在他幼年和少年时代住过的那间旧屋里，周围有卫兵守卫着。那次他从军校里逃回家时，也曾孤独地坐在那间屋子里，并哭泣着入睡。他刚刚躺下要睡，那个老亲信就悄悄走了进来。这天晚上，他父亲为他的归来设了个小宴会，请了两个队长来一起吃喝，欢迎源的到来。宴会结束以后，源让父亲倚在自己身上，将他送进他自己的房间，然后源自己才回屋上床。

入睡前，源躺在床上，倾听着他父亲安营扎寨、生活多年的这个小镇的夜晚的声音，倾听着那些他以前从未听过的声音。他想："如果以前有人问我，我一定会说这个小镇的夜间万籁俱寂。"可是街上有狗吠、孩啼、未能入梦的人们的喃喃低语、时时响起的庄严孤寂的寺院钟声，以及比这些声音都清晰但微弱的，是某个女人为她即将死去的孩子招魂而发出的痛苦的哀号。所有的声音都是隐隐的，因为有寂静的庭院隔在源和大门之间，可是不知为什么，源最近对任何事情都很敏感，他感到他在这个曾经熟悉的地方是个陌生人，他听到了每一种各不相干的声音。

突然，他听见木门的门铰吱吱作响。门被打开了，在摇曳的烛光中，父亲那个年迈的亲信走了进来。他弯下腰，小心翼翼地将蜡烛放在地板上，稍稍地喘着气，因为他的背僵直不灵，然后他又站起来，关上门，插上门闩。源等待着，惊讶地想知道他将说些什么。

他老态龙钟地走向源，见源没有拉上窗帘，便说："你还没睡吧，少爷？我有话非告诉你不可。"

看到老人衰老的身体做下跪状，源和蔼地说："那么，你坐着说吧。"但那老人知道他的地位，好一阵不愿坐下来，直到最后才领受源的善意，在床边的脚凳上坐了下来。他开始通过裂唇喑喑地低语。虽然他的眼睛显露出诚实和亲切，但他的面目是如此丑陋，源不忍去看他，无论他是如何善良。

但是他很快就忘记了那老人的外貌，对他所听到的一切感到既惊愕又沮丧。从一个冗长曲折、断断续续的故事里，源的心逐渐清楚地辨出了某些真相。最后，老人将两只衰老的手放在他干枯苍老的膝上，用喑喑的声音使劲地说："小将军，就这样，你父亲向你伯夫借的钱一年比一年多。他最初借大量的钱是为了让你出狱获得自由，小将军。后来，为了保证你在国外过得安稳些，他借得更多。哦，他解散了他的部下，让他们走了。到现在，我发誓他留下来打仗的人已不足一百。他不能再打仗了。他的部下离开他投奔另一个军阀去了。他们是雇佣兵，薪水一停发，雇佣兵还会留下来吗？那一小群留下来的人不是士兵。他们是穿破烂的小偷和军中的饭桶,他们住在这儿,是因为你父亲给他们饭吃。镇上的人恨他们,因为他们挨家挨户要钱,他们带着枪,叫人胆战心惊。他们仅仅是武装了的乞丐。我曾经将他们的所作所为告诉过司令,因为司令一直是这样令人起敬,从来不允许他的部下取得分外的战利品,也从不允许他们在和平时期拿人民的东西。嗯,当时他奔出去,咆哮着,紧锁眉头,在他们面前捋着胡须,可是这又有什么用,少爷?虽然他们假装害怕,但他们看到他老了,一边吼叫一边还在发抖,在他走后,我看到他们大笑起来。于是,他们又径直跑出去继续为所欲为。告诉司令又有什么用呢?也许平静对他更适宜。就这样,他每月要借钱,这我知道,因为你伯父现在常来,如果不是为了钱,他就不会来。你父亲也有方法得到钱,我见他手上有钱。但我知道现在人们税交得不多,他的士兵又强占了一大部分,如果你伯父不给他钱,他就不够用了。"

源一时简直无法相信这一切,他沮丧地说:"但如果我父亲已像你所说的那样解散了部队,他现在只供这些剩下的兵吃饭,他不会需要那么多钱的。因为我知道,祖父还留给他不少地呢。"

老人弯腰靠近源,发出咝咝的尖声说:"我敢打赌,那些土地现在都是你伯父的了,或几乎等于是他的了,不然你父亲怎么偿还他欠下的债呢?小将军,你以为你去国外,你父亲没有付出代价吗?他给你亲生母亲的钱刚够她花用,你的两个妹妹也与这个小镇上的商人结了婚。可是为了你,你父亲每个月把钱送到另一位太太那里。"

这时,源才觉察到多少年来他一直是多么孩子气。年复一年，他始终认为父亲理所当然应该支付他所需要的一切。他不挥霍，不赌博，不要许多漂亮衣服，也不做那些年轻人偶尔做的浪费父母钱财的事。可是年复一年，他的起码的需求也已花费了他父亲大量银圆。眼下，他想起了爱兰的丝绸礼服和她的婚礼，还想起了太太的房子和她的那些弃婴。虽然源知道太太的父亲留给她不少钱，因为她是独生女儿，但源仍然怀疑这些钱是否足够支付她所有的费用。

源感到自己的心正向衰老的父亲靠拢。这么多年来，他从不埋怨，哪怕借债也千方百计地不让儿子因为钱捉襟见肘。源带着新生的男子气概，严肃地说："谢谢你告诉我这一切，明天我要去见见我的伯父和堂兄，搞清楚究竟发生了什么事，他们又是如何控制父亲的。"他似乎突然又想起了一件什么事，又加了一句："还有如何对待我的。"

整整一夜，源始终忘不了这个想法。他一次次地醒来，虽然他安慰着自己，并想到无论如何他们毕竟是一家人，因此债也就不再真正成为债了，然而，每当他一想到那父子两人，他的心就沉甸甸的。是的，他们是他的亲戚，虽然他觉得自己与他们迥然不同，仿佛属于另一个种族。就这样，源在暗夜的孤独中沉思着。他睡在童年睡过的床上，在他父亲的房子里，可是他却忽然感到，自己仿佛是在大洋彼岸，成了一个外国人。这感觉刺伤了他，他感到一阵突如其来的凄凉，他想："我怎么会变得像这样无家可归了？"所有在火车上度过的日子和当时的所见所闻浮现出来，又一次地折磨他，使他畏缩。他突然用低低的声音喊道："我无家可归了！"

但他又急切地想把这一呼喊从心头驱散，因为这对他来说是可怕的，他简直不堪忍受去理解它。

第二天，他反反复复地提醒自己，无论怎么说，他们总是亲戚，他不是真正的外人，他自己的亲戚不会伤害他。他也不愿意责备父亲。他对自己说，他很理解父亲，父亲由于年老和对儿子的爱才被迫欠下了债，除了向自己的兄弟借钱，他又能向谁去借钱呢？那天早晨，源这样安慰着自己。那天风和日丽，初秋的微风凉爽怡人。太阳照在院子里，清风把热气从屋里吹出去，源感到心情舒畅了些。

早上吃完饭之后，王虎便出去视察他的部下。这天，他当着源的面，表现得好像他正忙于他部队的事务。他取下他的那把剑，喊他那个年迈的亲信过来把它擦拭干净，他站在那里咋咋呼呼，因为剑上已积满尘埃。源禁不住笑了，但心中却腾起了淡淡的哀愁，因为他了解了事情的真相。

源见父亲走了，心想这是个好机会，他可以私下去和他的伯父和堂兄谈谈。寒暄过后，源坦率地说："伯父，我知道我父亲欠了你一笔债。他现在老了，我想知道他一共欠了多少，我将尽到我的一份责任。"

源本来做了许多准备，但就是没有准备好承担他即将得知的这些责任。这两个生意人对视了一下，年轻的那个取来了一本账簿，这是店里专门用来记赊账的、软纸封面的大账簿，他把账簿捧到他父亲面前，他父亲接过账簿，把它打开，开始用沙哑的声音读那些王虎向他们借钱的年、月、日。源听着，听到那日期从他南下上学时开始，一直继续到现在，借款数目一次比一次大，并且利滚利。最后，王掌柜读出了钱的总数："总共一万一千五百一十七块银圆。"

源听了这些话，坐了下来，好像被石头击中了一样。王掌柜合起账簿，将它递给他儿子，他儿子将它放在桌上，两个人等待着。源竭力想保持常态，但却用比平常要低的声音问："我父亲拿什么来做抵押？"

王掌柜小心翼翼但不带任何感情地回答源，像平日说话一样，他的嘴唇几乎一点不动："我自然记得他是我的兄弟，我没有向他要我会向外人要的那种抵押品。此外，有一阵你父亲的地位和军队是我们的保障，可现在不再是了。自从我孩子他妈惨死之后，我感到我到乡下去已完全不再安全。我觉得没有人再怕我了，大家都知道你父亲的威势已今非昔比。事实上，没有一个军阀的势力比得上从前了。现在南方正在闹革命，并且他们威胁着要经过这儿北上。这年头世风日下，到处都在造反，在我们的土地上，佃户们也从未像现在这样胆大妄为。然而，我记得你父亲是我的兄弟，就没有拿他的土地来做抵押，事实上，它也抵不上我为你而借给你父亲的钱。"

听到"为你"两个字，源朝他的伯父看了一眼，但仍然一言不发，等他的伯父继续说下去。那老人又说："为了你，我情愿把我的钱拿出来。我要让你成为一个保证人，无论你以什么方式担保都行。你可以为我做许多事，源，也为我的儿子们，他们是你的亲戚。"

他不无仁慈地说着，显得非常理智，就像一个大家庭里的长者对待他的晚辈一样。可是，当源听着这些话和这枯燥尖细的声音，看到他伯父干瘪的脸时，却感到沮丧，他问："我能干什么呢，伯父？我现在还没有固定的工作呢。"

"你必须找到工作。"他伯父答道，"现在大家都知道，每个留洋归国的人都可以拿到很高的工资，就像过去做官的人所能得到的那么多。在借钱给你之前，我已设法打听到了这个情况。我二儿子在南方当会计，他告诉我，如今具有外国学识就像找到一门好的生意一样可以受用不尽。如果你能找到一个经手银钱的职务，这对我们大家来说就再好不过了。因为我儿子说，现在政府为了实行那些新的计划，向人民征的税越来越多。新统治者有宏伟的计划，他们要建造宽阔的公路和高大的洋房，要为他们的英雄建造宏伟的陵墓，等等。如果你能找到一个美差，有银钱进进出出，你就舒服了，而且也帮助了我们大家。"

那老人侃侃而谈，源却无言以对。此刻，他清晰地看到了他的伯父为他设计的未来的生活道路。他一言不发，只是凝视着他的伯父，但他见到的不是那个老人，而是正盘算着这计划的一颗狭窄、庸俗而老朽的心灵。他知道，按旧制度，他伯父可以这样安排、这样索取他的青春年华。源想到这些，便十分痛恨这些旧时代的卑鄙的权力，他的心前所未有地激烈跳动着。这些权力像羁绊着年轻人手脚的绳索，使他们无法迅速前进。可他没有把这些想法呼喊出来。因为想到这些，他就想起了他年迈的父亲，想到王虎是怎样无意之中将儿子束缚住了，并非出于其他的原因，而只是因为他无法从其他地方得到银钱，以满足儿子的愿望。就这样，源茫然地坐着，暗暗地憎恨着他的伯父。

然而，那个老人却没有察觉到这个年轻人的憎恶。他继续用同样单调的尖尖细细的声音说："你还有其他一些可以做的事。我的两个小儿子还未能自食其力。时世不济，我的生意也不像以往那样景气。自从我听说我哥哥的儿子在银行里混得不错，我就想，为什么我的儿子不可以去呢？因此，如果你能找到个美差，而且把我的两个小儿子也带去，到你的手下做事，你就能够偿还一部分债务，我会根据他们的每月所得来考虑这部分金额的大小。"

源再也压抑不住心中的痛苦，他伤心地叫了出来："我被当作抵押品卖了——我的青春都属于你了！"

可那老人睁开眼，不动声色地说："我不知你这是什么意思。尽量帮助自己的亲戚，这难道不是一种义务吗？我无疑已经为了我的两个兄弟而牺牲了自己，其中一个就是你父亲。多年来，我是他们土地的代理人，我管理父亲留下的那幢大房子，交税，为父亲留下的土地尽力操劳。可这是我的义务，我从来也不推卸，在我之后，我的长子也必须这么做。我们的父亲留给我们可观的土地和租金，因此我们也算富有，但这片土地已经今非昔比，我们的孩子并不富。时世艰难，税金高，佃户几乎不交租子并且无法无天。因此，我的两个小儿子必须像我二儿子那样为自己找个职务。现在轮到你来尽你的义务，帮助你的两个堂弟了。自古以来，一家之中最能干的人总是要帮助家里的其他人。"

就这样，这古老的束缚落到了源身上。源缄默不语，可是他知道，有些处在他这种情况下的年轻人会挣脱这种束缚，他们会逃走，住在他们爱住的地方，把对家庭的顾虑统统抛到九霄云外，因为现在已是新时代了，源热切地希望自己也能获得这样的自由。他坐在这间黑暗、破旧、满是尘埃的房间里,看着那两个亲戚,真渴望站起来高喊:"这笔债不是我欠的!除了我自己,我谁的债也不欠!"

但他知道他不能喊出声来。孟为了他的事业可能会大声疾呼;盛可能会哈哈大笑,仿佛他接受了这种束缚,但很快又会把它忘得一干二净,然后随心所欲地去生活。然而,源属于另外一种人。他无法拒绝这种束缚,因为这束缚来自父亲对他的无知的爱;他也不能埋怨他的父亲,因为他沉思再三,也想不出父亲还有什么其他可行的办法。

源凝视着从开着的门里射进来的一线阳光。在寂静中,他听到小鸟在院子里的竹丛间叽叽喳喳。最后,他郁郁地说:"伯父,我真的成了你的投资。你把我当成了使你的儿子和你的老年有所保障的工具。"

那老人听源这么说,思考了一下,向碗中倒了一点茶,慢慢地呷着,然后用干枯的手在嘴上抹了抹,又说:"这是每一代人都要做而且必须做的事,当你有了儿子时,你也会这样做的。"

"不,我决不!"源很快地说。在此之前,他心中还从没有出现过自己的儿子。可老人的这些话仿佛把未来唤进了他的生活。是的,总有一天他会有儿子,他会有一个女人,他们会有儿子。可这些儿子应该是自由的——不受他们父亲的任何计划所束缚!他们不应该被造就成士兵,不应该由他人安排前途,也不应该与家业拴在一起。

突然,他开始憎恨他家族里的所有人——他的伯父和堂兄弟们,甚至他的父亲。正在这时,王虎进来了。他视察好他的部下归来，十分疲劳，急切地想坐下来喝酒，想看着源听源讲话。可是源受不了……他很快地站起身来，一言不发地走开，想一个人独处。

在自己的旧房间里，源躺在床上，像他儿时常做的那样伤心地哭了起来。但他哭的时间并不长，因为他走后，王虎在客厅里停留了一会儿，这恰好够王虎从另外两人的神态上觉察到出了什么问题，于是，他来到了源的房间。他推开门，用他龙钟的步伐尽快地走到了源的床前。可是源不愿将脸转向父亲，他躺在那儿，脸埋在手臂里，王虎坐在他旁边，用手抚摸着他的肩膀，轻轻地拍着，倾吐着热情的承诺和断断续续的恳求，他说："我的儿子，你应该明白，除了你自己喜欢的事外，你什么也不要做。我还没有老。我一直太疏懒了。我要再一次召集我的人马去打仗，使这片地区重新成为我的领地，夺回那个土匪头子从我这里抢走的税钱。我曾经打败过他，我还能够再次战胜他，你会获得一切。你留在这儿，和我在一起，你可以要什么有什么。是的，你可以与你喜欢的人结婚。以前我错了，我现在脑子开化了，源，我知道现在年轻人怎样行事——"

现在王虎确实提起了一件重要的事，这事使源从眼泪和自我怜悯中解脱并变得坚强起来。源转过身去，激烈地喊道："我决不让你再去打仗，父亲，我——"

源几乎要喊出"我决不结婚"这句话。长期以来，他一直对父亲这么说，以至这句话会不假思索地从口中溜出来。可这次，在深深的痛苦中，他停住了。一个突如其来的问题出现在他心里：他真的不希望结婚吗？在不到一小时之前，他还在心中喊，他的儿子们应该是自由的。当然有一天他会结婚。因此这句话在他的舌尖上停住了，他缓缓地对父亲说："是的，总有一天，我会同一个我喜欢的人结婚。"

王虎见源转过脸来，停止了哭泣，他高兴地答道："你会，你会，只是告诉我她是谁，我的儿子，让我派媒婆去办这件事，我要告诉你的母亲。但究竟哪个该死的乡下姑娘配得上我的儿子呢？"

父亲讲话时，源凝视着他，在心里看见一个自己以前未曾发现的东西。"我不需要媒人。"他慢慢地、心不在焉地说，因为这时他的脑海中浮现出一张脸——一张年轻女人的脸，"我可以自己去说。现在我们年轻人都自己去说。"

这回轮到王虎目瞪口呆了，他严肃地说："我的孩子，能这样向她求婚的女人会是正派的吗？你没有忘记我以前曾警告过你，得提防这种女人吧，孩子？你已经选中一个贤淑的女人了吗？"

但源笑了。他忘却了当时的债务、战争和所有的烦恼。刹那间，他分裂的心灵在一条隐秘但清晰的道路上弥合了。有一个人，他可以向其倾吐肺腑之言，而且这个人知道他应该何去何从。这些老人永远不能理解他和他的欲求，他们看不出他已不再是他们之中的一员。不，他们并不比陌路人更了解他。可源知道有一个和他同时代的女人，但她不像他植根于旧时代的土壤中，总是被分裂成两半，因为他没有力量将自己的根拔出来，重新植于他的生命赖以生存的新时代的土壤中。这个女人的脸清晰地在他眼中闪现,在他的整个生命中,没有一张脸能如此清晰,所有其他人的脸都变得黯然失色,甚至在他眼前的父亲的脸也变得暗淡模糊。只有她能把他从自我中解放出来——只有梅琳能给他自由,告诉他应该做什么。她会安排她所遇到的一切,告诉他该做些什么!于是,他心情轻松愉快起来,不禁有些飘飘然了。他必须回到她那儿去。他迅速从床上坐起来,把脚放在地板上。这时,他想起父亲曾经问过他的那个问题,心里充满了新鲜而迷惘的快乐,他答道:"一个贤淑的女人?是的,我已选中了一个贤淑的女人,父亲!"

他忽然体验到一种从未有过的急切心情。没有半点迟疑和畏缩,他决定立刻去找梅琳。

虽然源迫不及待地想立刻就走,但是他发现他还是必须同父亲在一起待上一个月,因为当他考虑怎样才能找到一个借口离开时,王虎就变得失望和沮丧,源禁不住感动了,于是收回了他有事要回那座海滨大城市的暗示。源也知道他不留下来看他的母亲是不合适的,现在,她正住在她老家的乡下。这个女人自从为源住进了土屋,又恢复了孩童时代的那种对乡村生活的热爱。如今她的两个女儿已结了婚。她常常到那个她曾经还是孩子时住的村庄去,后来就在她大哥家中落了脚,她哥哥十分乐意接纳她,因为她付钱给他,有那么一点军阀妻子慷慨大度的派头,她嫂子喜欢这种派头,这使得她在村妇中高出一等。虽然那个老亲信已带信给源的母亲,告诉她源来了,她还是耽搁了几天。

这时源却是更愿意甚至是焦虑不安地想见到母亲,想直截了当地告诉她,他要自己选择妻子,而且他已经选好,只等告诉她了。他伯父父子俩很快回到那座大房子里去了,因此源这个月可以住在这儿,和父亲单独在一起,他觉得更自在了。

想起梅琳,源便十分高兴,这甚至使他对伯父也显得彬彬有礼,他十分欣慰地暗自想道:"她会帮助我找到解决债务的办法的。在我告诉她之前,我不再说气话了。"他这样想着,所以在与伯父分别时他镇静地说:"我保证不会忘记这笔债,但你不要再借钱给我们了,伯父。我现在最先要做的是,在这个月过去后为自己找个好工作。至于你的儿子,我一定尽力而为。"

王虎听着,坚定地说:"兄长,请放心,一切都会归还给你。我靠打仗不能办到的事,我的儿子会依靠政府办到。毫无疑问,以他的学问,他会找到一个好官职的。"

"是的,如果他努力的话,这是毫无疑问的。"王掌柜答道。临走时,他对他儿子说:"把你写的那张账单交给源。"他儿子从袖子里抽出一张折着的纸递给源,啰啰唆唆地说:"这是债款的总账,堂弟,我们,也就是我和父亲想,你也许想把这一切弄清楚。"

即使在这时,源也没有对这两个矮小的人发怒。他认真地收起了这张纸,心中暗暗好笑,在送他们上路时,他表面上尽到了一切礼节。

是的,对源来说,一切都不像以前那样使他迷茫了。他能做到对那两个人彬彬有礼。在他们走后,他又非常有耐心地陪父亲度过了一个个夜晚。晚上,那老人喋喋不休地讲着关于战争和胜利的冗长的故事。为了儿子,王虎又重新追溯起自己的一生和所有的那些战斗。他在讲述时倒挂老眉,捋着残须,眼睛熠熠生辉。对他来说,他对儿子这样讲述,仿佛他度过的是非常光荣的一生。源安静地坐着,听见王虎高喊,看到他皱眉和重做刺杀豹子的动作时,源微微地笑了,心中奇怪为什么他曾如此惧怕父亲。

然而,时间也不是慢得令人难忍,因为关于梅琳的想法如此突然地涌上源的心头,以至于他不时需要独自沉静地思考一下这个问题。有时,他对自己在这儿耽搁感到高兴,在父亲讲故事的时候,他甚至感到欣喜,因为在那时,他可以静静地坐着,对父亲的故事似听非听。他心里暗暗纳闷,对自己隐秘的心思,他竟是如此不敏感。在爱兰结婚的那一天,当他看到结婚仪式和爱兰的美貌时,他已经注意到了梅琳,并且认为她比爱兰更美。实际上在那一刻他就应该明白了。在那以后,当他看见她在屋子里走来走去,看见她的手将一切安排得井井有条,看见她指挥仆人做这做那的时候,他有太多次机会可以明白这一点。可是直到他在孤独寂寞中哭泣时,他才明白过来。

王虎苍老而快活的声音一次次打断源的梦。源耐心地忍着,坐着听他说,要是他心中没这新生的日益增长的对梅琳的爱,他绝不会有这份耐心。他在梦幻中听着父亲叙说这一切,丝毫也辨不出父亲说的是过去的战争还是计划将来进行的战争。父亲继续天真地唠叨着:"我从我二哥给我的那个儿子那里还能得到一些收入,可是他不是个军阀,不是个真正的军阀。我不敢过于信任他,他游手好闲,老爱笑,是个天生的小丑,我敢打赌,他到死都是一个小丑。他说他是我手下的队长,但他几乎不送什么给我,我已有六年不去那儿了。我春天一定要去一次,唉,我一定要在春天重整旗鼓。我很了解我这个侄儿,他会直接投靠任何进犯之敌,甚至转过来攻打我……"

源似听非听,对这个堂兄漠不关心。源几乎不记得他了,只记得他伯母喜欢说:"我儿子在北方是个司令。"

是的,坐在那儿,不时向父亲问一两个问题,想着他知道他爱着的那个少女是令人愉快的。一想到这些,他心里就感到安慰许多。他心里想,他将毫无愧色地让她看一看这些院子,因为她会理解他的羞耻。他们两人是同一类人,无论这个国家怎样丑陋,它毕竟是他们的祖国。他甚至可以这么对她说:"我父亲是个愚蠢的老军阀,他的故事数不胜数,他自己也分不清那些故事是真还是假。他把自己看作一个实际上他从来也不是的伟人。"是的,他可以对梅琳这样说,并知道她会理解。当他想到她的那种单纯和坦率时,他感到虚伪的羞愧从自己身上消逝了。让他回去她身边吧,让他还原真实的自我,不再分裂成两半,就像他那几天在田野里、在祖父的土屋里时一样,那时他既孤独又自由!和她在一起,他也会清静自由、返璞归真。

最后,他只想要在她面前倾吐他的愿望,他坚信她会帮助他。所以当他的母亲终于到来时,他像他应该做的那样表示了欢迎。他看着她,想到她是自己的母亲时并不难受,然而他同她却无话可说。虽然现在她皱缩的脸上现出一种健康的红润,但她却是一个极其平凡的农村老妪。她仰望着他,挂着一根她借以走路的削了皮的拐杖,她昏花的老眼仿佛在惊讶地发问:"我的儿子成了什么样的人啦?"

源,高大魁梧,穿着西服气宇轩昂,俯看着那穿着老式上衣和黑棉布裙的女人,他问自己:"我真的是在这个老态龙钟的女人体内形成的吗?我感觉不到与她有什么血缘关系。"

可是如今,他既不难受也不感到羞愧。如果他爱上了那个白人少女,他在她面前会带着无地自容的羞愧说:"这是我母亲。"但是他可以对梅琳说:"这是我母亲。"梅琳知道,成千上万与他类似的男人都有着这样的母亲,不会认为这事不可思议,因为对她来说,没有一件事是不可思议的。对她,说这么一句话就足够了。在爱兰面前,他甚至也可能会感到羞愧,但在梅琳面前却不会。他可以与她坦诚相见而永不感到羞愧。因此,即使在他烦躁的时候,这种想法也会使他趋于安宁。后来有一天,他直截了当地告诉母亲:"我订婚了,或者说相当于订婚了,那个姑娘我已选好了。"

那个老妇人温和地说:"你父亲告诉我了。哦,我倒是提起过几个姑娘,但你父亲愿意让你做你想做的事。你几乎不是我的儿子,而一直是他的儿子。他一向脾气暴躁,我没有能力反对他。唉,那个有知识的人,她可以逃开他,到别处去生活;可我却留了下来,让他把我当作出气筒。我希望你选择的是个体面的姑娘,能缝衣做饭。我希望有一天能看到她,虽然我明白,这新时代乱了套,年轻人随心所欲,媳妇甚至也不按规矩来看她们的婆婆。"

不过,源觉得她似乎是对此感到欣慰,因为她不必再费精劳神去操心了。她像往常一样坐在那儿,茫然地凝视着什么,然后,她动了动眼睛和下巴,忘却了源,文静地睡了,或似乎是睡了。他们两个人不属于同一世界,他是她的儿子这一事实对他来说毫无意义。事实上,除了要回到梅琳那儿去之外,现在一切对他来说都毫无意义。

向父亲告别时,他强迫自己彬彬有礼地与他们说再见,表现得好像很伤心和依依不舍的样子。他又上了南下的火车,非常奇怪的是,他几乎注意不到火车上的乘客。无论他们行动得体与否,对他来说完全一样,因为他只想到梅琳一个人。他回忆起他所知道的有关她的一切。他想起她有一双狭长的手,这双手手掌狭窄,手指纤细,但坚定有力。他忽发奇想,也许这双手能敏捷严谨地割去人体上病态的赘生物。她的整个身体都有这种纤细的力量,这种力量来自她那纯净苍白的皮肤下连接在一起的优美骨骼。他不断地回忆她如何样样在行:仆人们依赖她;爱兰会喊出声来,定要梅琳说说一件外衣镶上边好不好;只有梅琳能为太太做她想做的事。源安慰自己,自言自语地说:"二十岁的她比三十岁的女人还能干。"

当源回忆起她时,总感到她对他来说有双重的魅力。她有年长妇女的老成稳重和严肃认真,源注意到太太、大伯母以及所有以老式的教育方式培养出来的女人都有这种特点。但梅琳身上还有些新东西,她在男人面前既不羞羞答答,也不沉默寡言。在任何地方她都可以坦率从容地讲话,像爱兰一样,自由自在,不拘一格。在火车的喧嚣和骚动之中,田野和村镇在窗外掠过,源却视而不见,他只是坐着,在心中编织着关于梅琳的梦。他回想起她所有的片言只语和一颦一笑,使他心中那幅珍贵的画像臻于完美。在他竭尽所能地将过去的一切都想到之后,他便开始想象当他再见到她时的那一刻,他将怎样跟她说话,怎样倾诉他对她的爱。好像那一时刻果真完美地呈现在他的眼前,他甚至可以看见她严肃姣好的面容,看见她说话时正视着他的眼睛。接下去,哦,他必须记住她仍然这样年轻,她虽然不是大胆老练、胸有成竹的姑娘,但楚楚动人,沉静庄重。他会拿起她纤细的小手,那冷静却体贴的纤手……

可是,谁能按自己的希望塑造将来的某一时刻呢?或者说,哪个有情人能知道这将来的一刻会如何降临?源的舌头虽然在火车上很灵活地编练着那些词句,当那一刻真的到来时却变得十分笨拙。当他走进太太家的门廊时,那座房子里鸦雀无声,只有一个仆人站在那儿。寂静像一股冷气向他袭来。

"她在哪儿?"他对仆人喊。然后像想起了什么,他平静地问:"太太呢,我的母亲,她在哪儿?"

仆人答道:"她们到弃婴室去看那个刚捡来的婴儿了,那婴儿病了。她们说可能要迟些回来。"

源只得静下心来等。他一边等一边想把思想转移到其他事情上去,可是他的心却由不得他——它无法违背自己的意愿,总是要回到它怀着的那个强烈的希冀上去。黑夜降临,她们俩还没有回来。仆人喊开晚饭时,源不得不到餐厅单独吃饭,饭菜在他口中毫无滋味。他几乎有点恨那个婴儿了,因为那婴儿耽误了他几星期来渴望着的那个时刻。

源吃不下饭,正要站起身来,这时门开了,太太走了进来,她脸色沮丧,一副精疲力竭的样子。梅琳跟在她身后,也是默默无语,垂头丧气,源从来没见过她这样。她看着源,又仿佛没有看见他,她在他面前低声地哭了起来,似乎源一刻也没有离开过,她说:"那个小孩死了,我们尽了一切努力,可她死了。"

太太叹了口气,坐下来悲伤地说:"你回来了,我的孩子。我从来没见过比这更可爱的婴儿,源。三天前,她被放在门槛上。她不是穷人家的孩子,因为她的小衣服是绸子的。起先我们以为孩子是健康的,但是今天早晨她开始抽筋,是那种古已有之的病,使这些新生儿遭了殃,不到十天就把他们带走了。我看过许多漂亮、健全的儿童染上了这种病,就像被一阵邪风卷走一样迅速死去,现在还没有任何办法战胜这种病魔。"

那个姑娘坐着听太太讲话,她也吃不下饭。她紧握着纤细的双手,将它们搁在桌上,愠怒地说:"我知道这是什么病,它不一定会这样!"

源看着她愠怒的脸,比以前看她时更觉感动,他发现她已热泪盈眶。她的愠怒和眼泪像撒在源那颗火热的心上的冰。因为他看出,它们已将这个少女的心包裹起来,远离着他。他心中只有她,可是此刻她却没有想到他。尽管他已经离开几个星期了,但她没有想到他。他坐着,听着,平静地回答着太太向他提出的有关他父亲家里的问题。源看出梅琳甚至没有听到他们的问答。她坐在那儿,出奇地安闲,她的手平静地放在腿上,从这张脸看到那张脸,什么话也没说,只是眼中的泪水越来越多。源看出梅琳的心离他很远,因此那天晚上他什么也不能说。

但是,不把心里话倾吐出来,他又怎么能安宁呢?整个夜里,他断断续续地做着关于爱的古怪的梦,可是爱情却从未清晰地出现过。

清晨,他浑身无力地从梦中惊醒。这是一个阴天,当时正值夏末秋初。源起床后向窗外望去,只见灰蒙蒙一片,平坦静止的灰色苍穹覆盖着平淡灰色的城市和街道,街上的人们懒散地走着,在大地上显得又渺小又暗淡。面对这片萧瑟景象,源的热情渐渐地消退了,他对自己感到惊讶,惊讶他居然梦到了梅琳。

怀着这种心情,他开始无精打采地吃早饭,这天的饭菜对他来说实在是淡而无味。不一会儿,太太进来了。在饭前与源互道早安时,她就发现他有点不大对劲,于是她开始婉转地提些问题,促使他说出真情。可是源感到无法对她讲出他刚刚滋生的爱情,因此,他只是说了父亲向他伯父借了大笔钱款的事。这件事暂时转移了她的注意力,她哭着说:"为什么他不告诉我他经济拮据呢?我本来可以少花点钱。我很高兴我在梅琳身上用的是自己的钱。是的,我为这样做感到自豪。我父亲没有儿子,他给了我足够的钱。他将钱存在一个安全可靠的外国银行里,那些钱多年来一直存在那儿。他非常爱我,甚至为了我卖了许多祖传的土地,将它们变成银钱。如果早知道,我就会——"

源郁郁地说:"为什么你要那样做呢?不,我要找个工作,让我的知识发挥作用,我要尽可能地省下工资,把钱还给我伯父。"

他忽然又想到,如果他这样做,他怎么能有足够的钱结婚、造房子、做所有那些年轻人憧憬的事呢?在旧时代,儿子们与父亲同居一屋,媳妇和孙子在一口锅里吃饭。可是在新时代,源不能忍受这种事。一想到王虎住的院子和他那将成为梅琳婆婆的母亲,他就发誓决不和梅琳住在那儿。他们会在某个地方有他们自己的家，那个家中只有他们两个人，在那里，他已经学会了爱。他们将使它优美如愿，他们的家里座椅舒适，窗明几净，画悬四壁。在太太面前，他沉浸在这种憧憬之中。太太非常和蔼地说："你还没有将一切告诉我。"

源的心忽然激烈地跳动起来，他满脸通红，眼睛灼灼发亮，他感到它们在眼睑下燃烧。他说："我还有话要说，我确实有话要说！我不知怎么意识到了我爱上了她，没有她我就不能活。"

"她？"太太惊讶地问，"什么她？"她寻思着。这时源叫了出来："除了梅琳，还有谁？"

太太惊讶万分，她做梦也没想过这件事，因为在她看来，梅琳还是个孩子，她在一个寒冷的冬天将梅琳捡回自己的屋子。她看着源沉默了一会儿，沉思着说："她还年轻，充满了对未来的憧憬。"然后又说："我们不知道她父母的姓名，如果你父亲知道她是个弃儿，我不知他会怎么样。"

源急切地说："我父亲对此绝无异议。在这个时代，我不能被陈旧的风俗习惯所束缚。我要自行选择。"

太太很有礼貌地忍耐着，现在她已很习惯这种谈话了，因为爱兰经常激昂地说着这些话。从与其他父母的交谈中，她也知道所有的青年男女都以同一种腔调说话，他们的父母不得不尽可能地忍受这一切。因此她只问："你对她说了吗？"

源顷刻之间忘了他的大胆，像个老式的恋爱者一样羞怯地说："没有，我不知道怎么开口。"稍稍思索后，他又说："好像她总是全神贯注地忙着她自己的事情。其他姑娘往往以眉目传情甚至手的接触开始，可她从来不这样。"

"是的,"太太自豪地说,"梅琳从来不会这样做。"

当源正情绪低落地坐着时,一个想法突然跳入他的脑海:他可以请太太为他去说。他在心中飞快地嘀咕,这样到底更妥当些。梅琳会听太太的话,她是这样爱着并尊敬太太,对源来说,这样做也许会有效果。

源忽然觉得,眼下虽然是新时代,但最好还是不要自己去说这种事。这将是一种既新又旧的方式,那个年轻的姑娘可能会更喜欢。源思索着这一切,非常热切地对太太说:"母亲,你愿意为我去说吗?她太年轻了,如果我去跟她说,也许会吓着她。"

太太微笑了一下,温柔地凝视着源,答道:"我的孩子,如果她想与你结婚,而你父亲也同意,那就让这事成吧。但是我不愿强迫她。强迫一个姑娘与一个男人结婚——这种事我永远也不会做。这是新时代给女性带来的唯一的一件伟大的新生事物——没有人再强迫她们结婚了。"

"是,是的。"源大声地说。

可是他并没有想过这姑娘需要人强迫,因为结婚对所有的姑娘来说是自然而然的事。

他们在交谈中吃完了早饭,这时梅琳进来了。她穿着她上学时穿的蓝色绸旗袍,显得清新又干净;她短短的直发往后梳;耳朵上和手上都没有首饰,不像爱兰,爱兰总是戴着珠宝,否则就觉得像是没穿衣服似的。她面容恬静,目光坚定;嘴唇弯弯的,色泽淡雅,不像爱兰的总是那么红;她的脸颊苍白而光滑。虽然梅琳从来也不是红光满面,但她清爽的金色皮肤光滑纯净,总洋溢着青春的活力。她彬彬有礼地问候他们,可以看出,经过一夜的休息，昨日她心中的哀伤已不复存在。她又恢复了宁静，准备迎接新的一天。

源瞧着梅琳，她坐下并拿起碗开始吃饭。这时，太太说话了，她的嘴角挂着一丝笑意，眼睛里也闪着同样的微笑。源突然觉得，要是他能阻止太太或选择另一个时刻就好了。不管怎么说，他希望这一刻晚些到来。一阵羞怯涌上他的心头，他低头垂眼，如坐针毡。太太看到源的窘状，眼中闪着隐秘的微笑，她说："孩子，我有一个问题要问你。这个年轻人，源，虽是个了不起的现代人，并想自己选择妻子，可是他在最后一刻变得胆怯起来，又退而求助于老办法，终于请了个媒婆。我就是这个媒婆，你是这个姑娘，你愿意接受他吗？"

太太直截了当地用枯燥单调的声音说了这一切，源几乎有点恨她了，对他来说，没有比这更糟糕的了，因为这么说足以吓坏任何姑娘。

梅琳吃了一惊，她小心翼翼地将碗放下来，然后放下筷子，惊恐地凝视着太太。然后，她用细微的声音对太太耳语："我必须这样做吗？"

"不，孩子，"太太严肃地说，"如果你不愿意，就可以不同意。"

"那么我不愿意。"这个姑娘快乐地回答，她的脸由于欣慰而显得神采奕奕，然后她又说，"妈妈，我有许多同学不得不结婚，她们哭了又哭，因为她们必须离开学校去结婚。因此我害怕。谢谢你，妈妈。"一向沉静稳重的梅琳这时迅速从座位上站了起来，走上前去，在太太面前跪了下来，并弯腰向太太行了一个老式的答谢礼。太太用一只手臂将她扶起来。

然后太太的眼光落在源身上,他坐在那儿,血色从他脸上飞速退去,只留下一片苍白。他咬着苍白的嘴唇,使它们平静下来,因为他不能轻弹眼泪。太太有点怜悯他,她慈祥地看着那个姑娘,说:"你仍然喜欢源,梅琳,是吗?"

梅琳迅速地回答:"哦,是的,他是我哥哥,我喜欢他,但是不想和他结婚。我不想结婚,妈妈。我想上完学,成为一名医生。我要不断学习。每个女人都会结婚,我不想只是结婚、料理家务和带孩子。我下决心要成为一名医生!"

梅琳说这些话时,太太带着得胜的神气看着源。源也看着这两个女人,他感到她们在串通一气反对他,女人们团结起来反对一个男人,这使他受不了。旧风俗毕竟也有好的一面,依老法,一个女人理所当然地要结婚生孩子。梅琳应该结婚,她不愿结婚是有悖于常情的。他沉思着,怀着一种男子气概,他在心中愤怒地谴责着这些女人:"如果女人都像现在这样,真是不可思议!谁听说过姑娘到了年纪不结婚?一个姑娘不结婚,简直不可思议,这对民族和后代来说都是一件憾事!"他想,甚至最聪明的女人也毕竟是很愚蠢的。他一抬头,遇着了梅琳镇静的目光,这一次,他认为它们是由于冷酷无情才显得如此镇静自信,于是他愠怒地看着她。但太太很有把握地为她解释,说:"她要等到自己希望结婚时才结婚。她将以自己的意愿来安排她的一生,你必须承受这一点,源。"

这两个女人注视着他,在她们的新的自由中甚至带有某种敌意,年轻人挽起了年长者的手臂……是的,他必须承受这一点!

在这阴沉沉的一天,源晚些时候离开了那间他曾躺着的房间,漫无目标地在街上游荡。他又一次心乱如麻。在愁苦中,他哭了又哭,胸中的心剧烈地疼痛,似乎它由于曾经那么炽热,现在又那么冰冷,终于不能正常地跳动了。

源心灰意冷地想,现在该怎么办呢?他在街上到处溜达,挤来撞去,旁若无人。是的,如果说快乐已经消逝,他的责任却依然留存。他欠的债不会消失。他想这样至少他可以独自一人还清债务。他思念起留在家中的老父,他搜肠刮肚,考虑自己能做些什么事,能在哪儿找个工作求生,省下工资还债。他心里暗暗地说,他要承担自己的责任,他感到自己还没有开始大展身手。

时光就这样流逝着,他漫步的足迹遍布全城。对他来说,这座城市变得可憎可恶,街上外国人的脸,甚至他的同胞以及他自己穿的西服都使他感到可恨。至少在这一刻,他觉得旧的风俗习惯更好。他怒不可遏地对他冰冷、受伤的心呼喊:"正是那些外国的生活方式,使我们的女性变得如此冥顽不灵、自由放任,使她们违背自然天性,像尼姑或妓女似的活着!"他格外厌恶地想起房东太太的女儿以及她的淫荡,想起玛丽和她那可以随便让人亲吻的嘴唇,他诅咒她们。后来,他带着一种不可遏止的仇恨看着每一个从他身边经过的外国女人,他喃喃自语道:"我要设法离开这座城市。我要到一个看不到外国风尚和新生事物的地方去,我要在祖国的怀抱里居住和生活。真希望我从来没去过国外!真希望我从来也没离开过那间土屋!"

他忽然想起他以前认识的那位老农夫,那位农夫曾经教他怎样挥动锄头。他要到那儿去看望那个老人,重新体会跟自己的同类在一起的快慰，而不受那些外国人和他们的习俗的腐蚀。

他立刻转到路边，上了一辆公共汽车赶忙上路。车开到了尽头，他又继续步行。那天他走了很远，寻找他曾耕种过的土地、那位农夫以及他的家。可是一直到将近黄昏他才找到，因为街道已大变样了，盖了楼房，街上行人熙熙攘攘。当他最终到了老地方时，他发现那里已没有耕地了。几年之前，这儿还是一片肥沃丰产的土地，那老农夫曾自豪地称，他的家族已在这块土地上生活了一百多年。现在，一家丝织厂在这儿平地而起，这是一座宏伟的新建筑，跟过去的村庄一般大小，厂房的砖头又新又红，窗户在屋顶上闪闪发光，黑烟则从烟囱里缕缕不绝地冒出来。当源正站着观望这座工厂时，一声尖锐的汽笛声鸣响了，铁门突然打开，一大群男人、女人和孩子缓缓从宽阔的大门里拥了出来。他们度过了劳碌的一天，知道明天的生活将同样如此，他们必须这样日复一日地活着。他们的衣服浸透了汗水，身上带着丝茧中死蛹的令人作呕的恶臭。

源站在那儿注视着这些面孔，有点异想天开地想在其中发现老农夫的那张脸，他一定是被这个新的怪物吞没了，就像他的土地一样。但他不在那股人流里。这些毫无血色的城里人，每天早晨从陋屋里爬出来，晚上又爬回去。那个老农夫已到别处去了，他和他的妻子还有老水牛都走了。源想，他们肯定走了，现在一定是在什么地方过他们自己的生活，就像过去一样坚忍不拔。想着他们时，他露出一丝笑意，暂时忘却了自己的痛苦。在回家的路上，他一直沉思着。他也要以某种方式寻找他自己的生活。

四

第二天发生的两件事决定了源的生活道路。太太一大早就对源说:"我的孩子,现在你住在这个家里是不适宜的。设想一下,梅琳已经知道你心中对她的想法,而又天天看到你,这该是多么难堪。"

源带着前一天的余怒答道:"我很清楚,因为我也有同感。我觉得我也想到一个不至于会天天见到她的地方去,那么我就不会每次见到她和听到她的声音都想起她不需要我。"

源起初愤怒而勇敢地说着这些话,可是话还没说完,他的声音就颤抖起来。无论他怎样压抑着怒气,说他要到见不到梅琳的地方去,但他一想到就痛苦地发现,事实上,他还是希望不顾一切地留在一个能看见她和听见她的声音的地方。这天早晨,太太恢复了她温和的天性,因为这时她无须为保卫梅琳或妇女的事业而反对男人,她本来就是慈祥温柔、善解人意的,她清楚地听到了源声音中的颤抖,注意到他忽然中断了谈话,迅速吃起饭来。他们是在饭桌上见面的,梅琳还没有来。太太安慰源说:"这是你的初恋，我的儿，它来得不易。我知道，你的性格很像你父亲。别人告诉我，他像他母亲，她是个严肃沉静的人，总是执着地爱着她所爱的一切。是啊，爱兰就像你祖父，你伯父告诉我，她有你祖父那样的快活的眼睛……好了，我的儿，你太年轻，不能过于死心眼。你离开这儿吧，去找一个你喜欢的地方，找份工作，尽力去还你二伯的债，认识些年轻的男男女女，过一两年——"她停住话看着源，源等待着，看着她，她接着说："一两年以后，梅琳也许会改变主意。谁知道呢？"

但源还是不抱希望，他固执地说："不，她不是个容易改变主意的人，母亲，我能看出她接受不了我。我突然间发现她是我想要的那个人。我不想要外国姑娘，我不喜欢她们。可是梅琳正中我的意，她是我喜欢的那种姑娘，某种程度上，她也是既新又旧的人——"

源又突然停了下来，他吃了满满一口食物，但又咽不下去，因为他的喉头哽着他羞于流出的泪水，为爱情流泪似乎有点孩子气，他希望自己表现得满不在乎。

太太心里非常明白，她让他这样停了一会儿。最后，她温和地说："好了，就这样吧，让我们等待吧。你还年轻，有足够的时间等待，而且事实上你有债务。你必须记住，你要承担做儿子的责任，无论如何，责任总归是责任。"

太太说这些话是为了鼓起源的勇气，她确实收到了效果。源费力地咽了几次，咽下了口中的食物，然后他突然脱口而出，虽然这些都是他前一天曾自言自语说过的话，但他依然感到非说不可："是的，这是他们的老生常谈，可是我发誓我已对它感到厌倦，我总是为我的父亲负责，可他怎样报答我？他会将我与一个无知无识的农村妻子拴在一起，让我永远地受着束缚，并且他永远也不会明白他对我做了什么。现在他又将我与我的伯父捆在一起。我要去做我以前做过的事——我要走，去参加孟的队伍，将我的毕生精力用来反抗那种被老一代人叫作责任的东西——我要再做一次。父亲做的那一切是由于愚昧无知，这不能作为借口，像他那样愚昧无知并且伤害了我的行为是可恨的。"

这时源也清楚自己正在毫无道理地瞎说，因为父亲虽然强迫过他，但仍然设法搞到了他所能搞到的所有钱来救他出狱。源怒气未消，准备等太太提起这一点。可她没有说他预计她会说的话，而是镇定地说："我认为，如果你和孟一起生活在新的首都，这样也很好。"源对她的不争不辩感到惊讶，于是他沉默了。这件事平息了下来，他们没有再说话。

在同一天，源恰巧收到了一封孟的来信。源一打开信，首先就看到他的堂弟责怪他不回信的话。在信中，孟不耐烦地说："我费尽心机为你保留了这个位置等你来，现在每个这样的机会都有上百个人在等待。请你现在就立刻动身，因为三天之后，这所大学校就要开学了，没有时间再像这样来回通信了。"在信的末尾，孟热情洋溢地说："不是每个人都有机会在新首都工作的。现在，这儿有成千上万的人等待着，希望找到工作。整座城市正日新月异地变化着，人们在这儿建起了一个大都市应有的一切。弯弯曲曲的旧街道已被拆除，一切都会焕然一新。来吧，来这儿做出你的贡献！"

源读着这些豪言壮语，觉得心在激烈地跳动，他将信扔在桌上,大声叫起来:"好啊,我真想去!"他立刻开始收拾他的书籍、衣服以及所有的笔记和文章,为他一生中的下一步做好一切准备。

中午,源告诉太太孟写信来了,他说:"我最好还是走,既然一切都是必然的。"太太温和地表示赞同,然后,他们又一次陷入沉默。太太像往常一样温良,但对眼前的事有些冷漠。

晚上,源和她一起像平时一样吃晚饭。太太讲了许多琐事,说爱兰两星期之后将回家来,因为她和她丈夫一起去了北方的古都,计划玩一个月,现在已经过去半个月了。她又说起,一种咳嗽传到了她的弃婴室,到今天为止已有八个孩子染上了。接着她镇定地说:"梅琳整天都在那儿,试用一种新药,外国人将这种药注射进血液以止咳。我已告诉她,你很快就要走了,我叫她今晚回家,我们可以多在一起一个晚上。"

这一整天源都在思索、筹划,他想过好多次,他应否再见一下梅琳。有时他希望他不再见她,可是当他有这种感觉时,他又带着一种压抑不住的热望,想趁她不知道的时候再见她一次,让他的眼睛恋着她的一颦一笑、一举一动,即使他的耳朵听不到她的声音。可是他不能主动提出要见她。如果这事碰巧发生了,便顺其自然;但如果她不来,他见不到她,他也只得认命。

受挫的爱情在他心中掀起了层层波澜。这天他在自己的房间里徘徊,徘徊时脚步停了好多回。有时他扑到床上,沉浸在忧郁的愁思中,怎么也想不通为什么梅琳不愿接受他。他甚至哭了,因为他是一个茕茕孑立的孤独者。有时他走到窗前,凭窗伫立,眺望着这座城市,城市在炽热的阳光的照射下熠熠闪光,就像一个愉快的女人，对他的愁苦漠不关心。想到自己爱别人却不被人爱，他很生气，感到自己受到了最痛苦的利用，直到他突然想起也曾有两个女人爱过他，但他却没有给以回报。想到这儿，他不禁大为惊慌，心里暗暗喊道："难道她永远不会爱我，就像我永远不会爱那两个女人一样吗？她恨我的肉体，就像我恨她们的一样，所以她不得不这样做吗？"他发现这种恐惧可怕得使他无法忍受，于是又很快转念想道："这不能够相提并论。她们从来没有真正地爱过我，就像我爱她那样爱我。没有人像我一样地爱过。"他又一次自豪地想："我以最高尚、最纯洁的感情爱着她。我甚至从来也没想去碰一下她的手。噢，我只是有过转瞬即逝的一闪念，要是她爱我……"他觉得，她必须要理解他对她的爱是多么伟大、崇高。因此，虽然她已拒绝了他，他仍然应该再见她一次，让她知道他是多么坚定不移。

因此，当他听到太太说这些话时，他感到自己的血涌上了脸部，在高度的兴奋中，他有一刻希望梅琳不要来，在走之前，他根本不想见到她。

但他还没来得及想出退避的计划时，梅琳已像平时那样恬静地走了进来。起初，他不敢正视她。他站起身来，直到她坐下之后才又坐下来。他看到她墨绿色的丝绸旗袍，看到她可爱的细细的小手拿起象牙筷子，那筷子的颜色和她的肤色一样。他找不出什么话来说，太太觉察到了，于是像往常一样对梅琳说："所有的事都做完了吗？"

梅琳也以同样的方式说："是的，我对最后一个孩子也进行了治疗。但是我想，这种治疗对有些孩子来说已经太晚了。他们已开始咳嗽,但治疗一下总是会有帮助的。"她十分温柔地笑了一下,说:"你知道那个被他们称作'小鹅'的六岁女孩吗?她看到我带着针走进去时,竟哭出声来,抽泣着说:'哦,阿姨,让我咳,我宁愿咳,你听,我已经咳了!'然后她装着用力咳了一声。"

于是她们笑起这孩子来,源也笑了,他发现自己笑的时候正不知不觉地看着梅琳。他感到羞愧,一旦他看到了她,他的视线就离不开。是的,一刻也离不开,他的眼紧盯着她的眼,虽然他一言不发,呼吸急促,可是他用他的眼睛恳求着她。他看见,她那苍白纯净的面颊上升起了红晕,但她毫不躲闪,大大方方地迎着他的凝视。她上气不接下气地急促地说着话,他似乎从来没见她这样说过话,就像他问了她一个问题似的,虽然他不知道这是个什么样的问题。梅琳说:"源,至少我会写信给你的,你也可以给我写信。"似乎再也受不了源的凝视,她十分羞怯地转向太太。她的脸依然在发热,但是她的头勇敢地昂着,她问:"你说这样行吗,妈妈?"

太太清了清嗓子,像是在谈一件很平常的事似的说:"孩子,怎么不行呢?这只是兄弟姊妹之间的通信,如果这种事都不行,还叫什么新时代呢?"

"是的。"那姑娘欢欣地说,向源粲然一笑。源也对她探求的目光报以微笑。他的心这一天都禁锢在悲哀里,这时好像一下子找到了一扇可以逃脱的小门,这扇小门正向他敞开。他想:"我可以告诉她一切!"这是令人陶醉的狂喜,因为在他的一生中,还从来没有一个他可以敞开心扉、倾吐衷肠的人。他比以前更爱她了。

那天晚上，他在火车上暗自寻思："如果有她那样的朋友能够倾吐肺腑之言，我这辈子即使没有爱情也行。"他躺在狭窄的床上，觉得自己的心中充满了纯洁崇高的思想和坚定不移的勇气。爱净化了他，就像他以前情绪一落千丈一样，她的几句话又一下子使他的情绪高涨起来。

清晨，火车风驰电掣般地穿过曙光下一片绿幽幽的丘陵，在雄伟壮观、回声震荡的古城墙脚下轰隆隆地驶了几里路，然后在一座崭新宏大、具有外国风格的灰色混凝土建筑旁停了下来。源在窗边，清楚地看到这灰色的背景上衬着一个人，并立刻认出那人是孟。孟站在那儿，灿烂的阳光沐浴着他的剑、插在皮带上的手枪、铜扣子、白手套，还有他瘦长的脸。他身后是一队排得整整齐齐的士兵，每人的手都放在手枪的皮套上。

在此之前，源只是个普通的乘客，但当他走下火车，人们看到一个英姿勃勃的军官正在迎接他时，便立即给他让开了一条路。那些衣衫褴褛的普通百姓起先一直在向其他旅客乞讨，恳求旅客让他们来背口袋和篮子，但现在也不再盯住那些旅客了，而是跑过来求源。孟看到他们吵吵嚷嚷，便大声喊叫起来："滚开，狗东西！"他转向他的部下，厉声说："照料好我堂哥的行李！"孟没有再跟他们说话，他拉着源的手，领他穿过人群，像以往一样急躁地说："我以为你不会来了。你为什么不回我的信？没关系，你终于来了！我一直很忙，要不然我会到船上来接你。源，你这次来正赶上了好时候，现在就迫切需要像你这样的人。祖国到处都需要我们。人民像绵羊一样无知——"

这时，他在一个小检查官面前停了下来，高声说："当我的部下带着我堂哥的行李来时，你放他们过去。"

那个小检查官是个卑微而又顾虑重重的人，他刚刚得到这个位置。听了孟的话，他说："先生，上级命令我们打开所有的行李，搜查鸦片、武器和反革命书籍。"

孟开始发火，他可怕地咆哮着，双目圆睁，乌眉倒竖。他吼道："你知道我是谁吗？我的司令在党内的地位是最高的，我是他的第一队长。这是我的堂哥！这种只对普通乘客才生效的小规则，怎么能用来污辱我？"说话时，他将戴着白手套的手放在手枪上，于是那小检查官急忙说："先生，饶了我吧！我确实没看出你是谁。"这时，孟的士兵们到了，那个检查官在源的行李上印上记号，没有检查就放行了。人群也耐心地分开让他们通过，人们目瞪口呆地看着。乞丐默默无言地躲开孟，直到他过去之后才继续乞讨。

孟昂首阔步地穿过人群，领源走向一辆汽车，一个士兵迅速上前打开车门。孟请源上车，然后自己也跟了上去，车门随即关上了。士兵们跳上车，站在车的两边，然后汽车风驰电掣般地开走了。

当时因为是早晨，街上的人群熙熙攘攘。许多农民用扁担挑着筐，筐里装着他们种的菜。一队队的驴子驮着装满谷子的大袋，袋子横在晃动的驴背上。街上还有装满水的独轮车，车上的水取自附近的河，被运进城里出售。街上还有上班去的男男女女、到茶馆去吃早点的男人，以及各式各样各行各业的人。开车的士兵技术娴熟,胆大心细,他不停地按着喇叭,在人群中奋力开出一条路来。人们向街的两边奔跑,就像有一股强劲的风将他们吹开了。他们趔趔趄趄地拉扯着他们的驴子,以免车子碰上这些牲畜。妇女们在路边紧紧地搂着孩子。源感到害怕,他看着孟,看他是否会下令在受惊的人群中开得慢些。

但是孟对这种横冲直撞已经习惯。他坐得笔直,凝望着前方,并兴高采烈、得意扬扬地向源指点着可见的一切。

"源,你看到这条路了吗?一年以前它还不到四尺宽,连一辆汽车都通不过!只有黄包车和轿子!那时即使在最宽的马路上,仅有的交通工具也只是那种一匹马拉的小马车。可现在,你瞧这条路!"

源回答说:"我看到了。"他透过士兵们身体之间的缝隙看出去,看到了宽阔坚实的街道,路两旁是房屋和商店的废墟,人们拆了这些房子为新的街道让路,不过,在这片废墟的边缘,已建起了一些新的商店和房屋。这些单薄的建筑如雨后春笋一般平地升起,它们有着富丽堂皇的外国样式,被漆得五光十色,并安装了大玻璃窗。

但穿过这宽阔的新街之后,一个巨大的黑影蓦然出现在他们眼前,源看出那是高耸的古城墙,他们已到了城门口。墙脚下,特别是在城门洞里,源看到一堆堆用席子搭成的小棚子,其中居住着赤贫的人们。这时还是早晨,他们正忙着自己的营生。女人们在四块砖支起的大锅下点起火,她们在垃圾堆上找到一些菜帮子,正在准备早饭;孩子们赤裸着肮脏的身子跑来跑去;男人们走出来,依然萎靡不振,正准备去拉黄包车或拖板车。

孟注意到了源正看着这些景象,他恼怒地说:"明年我们将不允许这些小棚子存在。到处都有这样的人,这是我们大家的耻辱。国外的大人物必然会到我们的新首都来,甚至还有王子。可是这种景象真丢人!"

源清楚地明白这一点。他和孟有同感,觉得这些棚子不该在那儿。确实,这些男男女女贫穷得不堪入目,必须采取措施使他们从人们的视野中消失。源沉思了一会儿,然后说:"我想,可以让他们工作。"孟突然说:"当然要让他们去工作,或送他们回家种田,这样他们就会——"

这时,孟的脸色变了,仿佛这话勾起了他过去的什么隐痛,他激动地叫道:"哦,就是这些人阻碍了我们国家的进步!我希望我们能把祖国打扫干净,只建设年轻人的国家!我真想将这整个城墙拆了。当我们用大炮而不是弓箭来打仗时,这古老愚昧的城墙就再也没有什么用了!什么墙能防御飞机扔下的炸弹呢?让我们拆了它,用这些砖头来建造工厂、学校和供年轻人学习和工作的地方!可是这些人,他们一无所知,他们不许人拆城墙。他们威胁说——"

听见孟如此说话,源问:"我记得你过去常为穷人悲哀,孟,是吗?我好像记得你常为穷人受压迫而愤慨,当一个穷人被外国人或警官打了时,你总是义愤填膺。"

"我一如既往。"孟飞快地说,转过身去看着源。源看出他的凝视漆黑、深沉,像有一团火在燃烧。孟说:"如果我看到一个外国人碰一碰哪怕是这儿最穷的乞丐,我会像以前一样愤愤不平,甚至比以前更甚,因为我对外国人无所畏惧,我可以拔出手枪对准他。但我的见识要比以前广了。我知道,眼下妨碍我们的,主要就是这些我们为之服务的穷人。他们人数太多。谁能教化他们?他们是没有希望的人。所以我说,愿饥荒、洪水和战争卷走他们。让我们只保留下他们的孩子,然后在革命的过程中塑造他们。"

孟用洪亮的声音和老爷派头说着这些话。源一边听一边慢慢地思考,认为孟说的话确实有道理。他忽然想起那个外国传教士,那个传教士在许多好奇的人面前给他们看那些可厌的景象。是的,甚至在这座宏伟的新城里,在这条宽阔的街道上,在这些华丽的商店和房屋之间,源也看到了一些那传教士向人们展示的东西——有一个乞丐双目失明,他已经被疾病吞噬;小棚子的门前都流着污水,所以早晨的清新空气中已掺杂了一种腐臭。他在那外国传教士面前感到的愤恨和羞愧又在他心中升起,愤怒夹杂着痛楚,搅动了他的五脏六腑,他在心里激动地叫道,就像孟大声说过的那样:"我们一定要把这一切污秽荡涤干净!"源在心中肯定孟是正确的。在这样的新时代,这些庸庸碌碌、浑浑噩噩的穷人有什么用?他心肠一直都太软了,让他也像孟一样硬起心肠来吧,不要让自己为同情这些无用的人而白白消耗。

他们终于到了孟的营房。由于源不是营中的士兵,他不能住在营房内。孟已为他在附近的旅馆中租了一间房间,那间房间又小又暗,而且不干净。当源有些疑惑时,孟抱歉地说:"现在城里住房非常拥挤,无论出多高的价,我也无法随便就租到房子。建造房屋的速度不够快——这座城市的规模在迅速扩大,建设力量跟不上它的发展速度。"孟得意地说,然后他又自豪地说:"堂哥,为了我们崇高的事业,我们能够忍受建设新首都期间的一切艰难困苦!"于是源打起精神,说他很愿意住在这儿,这间房间很好。

这天晚上,源独自一人在他的房间里,坐在窗前的小写字台前,开始写给梅琳的第一封信。他斟酌开头应怎么写,不知是否要说些客套话。但是在这天快要结束的时候,他已有点飘飘然起来。那些废墟中的旧房子,那些崭新兴旺的小店,那条穿过旧城、无情地向前伸展但尚未竣工的宽阔街道,以及孟所有热情、无畏和愤慨的言谈,都使源变得飘飘然。他又思考了一会儿,然后以时髦的外国方式开了头——"亲爱的梅琳"。他写下这粗黑醒目的几个字,在继续写之前坐着沉思。他凝视着这些字,心里充满了柔情。"亲爱的",这话除了对最心爱的人说,还能对谁说呢?梅琳,就是她,她就在那儿。然后他又拿起笔开始疾书,告诉梅琳他那天看到的一切——一座崭新的、年轻的城市正从废墟上升起。

如今这座新城将源卷进了它生活的旋涡。他从未像现在这样繁忙、快乐,也许这只是他的自我感觉。到处都有工作可做,工作中有无限的乐趣,工作的每时每刻都充满了崇高的意义,这就是为大众未来的幸福而努力。在孟领源所见到的所有人身上,源也感受到那种同样的对工作和生活的崇高热望。这座城是这个国家搏动着的年轻的心脏,城里到处是与源相差无几的年轻人。他们绘制着宏伟的蓝图,憧憬着美好的未来,不为自己,而是为了人民。这儿有许多搞城市规划的人,主任是个矮小的风风火火的南方人,说起话来显得有些急躁,他脚步很快,小巧精致的孩子般的手的动作迅速敏捷。他也是孟的朋友,孟向他介绍源说:"这是我堂哥。"这一句话就够了,他开始滔滔不绝地谈他的城市规划,讲他将怎样拆除古老蠢笨的城墙,那些古砖经历了几百年日晒雨淋,依然很好,像石块一样完整,比现在制造出来的砖要强。他的目光炯炯有神,他说,这些砖应该用来建造新政府所在地的大厦,那将是一座不同凡响的新式大厦。一天,他带源进了他的办公室,那是一座东倒西歪的房子,到处灰尘蒙蒙、蛛网飘拂。他说:"这些旧房子不值得我们再去花费人力物力。我们由它们去,等到新房子盖好,我就拆除这些旧房子,腾出地方来建别的新房子。"

积满尘埃的房间里摆满了桌子。桌前有许多年轻人正在画设计图或在纸上测绘,有的正给屋顶和檐口画上鲜艳的颜色。虽然这些房间十分破旧,但由于这些年轻人和他们的宏伟蓝图,房间里充满了勃勃生气。

这时,他们的主任高喊了一声,一个人应声跑了进来,主任以长官的口吻说:"把新政府的建筑设计图拿来!"拿到图纸后,他将它们在源的面前展开。图纸上真的画着十分高大雄伟的建筑,建筑材料是古城墙砖。它们崭新恢宏,排列整齐,每个屋顶上都飘扬着新的革命的旗帜。街道也画在图上,街旁绿树成荫;身穿富丽服装的男男女女一起走在人行道上;街上没有驴队、手推车、黄包车或任何现在可见的低级交通工具,只有色彩鲜艳的红、蓝、绿色的大汽车,车上坐满了富足的人。图上也没有出现乞丐。

看着这些设计图,源不得不承认它们美极了。他心醉神迷地说:"什么时候能竣工?"

那个年轻的主任很有把握地说:"五年之内!现在一切都在突飞猛进地发展。"

五年!这算不了什么。源又在自己黑暗肮脏的屋子里沉思默想。他看着周围的街道,现在那儿还没有他在图上看到的那些建筑。那儿没有树木,也没有富裕的人群,穷人依然在喧闹争斗。但源认为,五年的时间只是一瞬。就好像一切都已经实现了似的,那天晚上源给梅琳写信,告诉她人们已计划好了什么。当他将一切都写下来,详细地告诉她这座新城未来的前景时,这一切更是似乎已经实现了,因为所有的设计图都画得清清楚楚:屋顶的颜色是鲜蓝的,由琉璃瓦盖成,树上挂满了叶子。源记得,在一座革命英雄的塑像前甚至还有一个喷泉。他不知不觉地将这一切都写下来告诉梅琳,好像一切都已完成。他写道:"这儿有个宏伟的大厅,有一道巨大的门,宽阔的街道旁绿树成荫……"

其他方面的情况也一样。年轻的医生学习西医的治疗方法,为病人开刀解除痛苦,他们蔑视父辈的医道,设计出了大医院。有的年轻人计划办大型的学校,在那里,农村里的孩子都可以接受教育,这样整个国家就没有不会读书写字的人了。有的人着手制定管理其他人的新法律,这些法律制定得十分周详,监狱也为那些违抗法律的人准备好了。还有一些人计划用不拘一格的新颖的写作方法写书,书中写的都是男女之间的自由恋爱。

在所有的计划之中,还有一个由司令制订的战斗计划。他筹划着新部队、新战舰和新的战争方式。他计划有一天发动一场大规模的新式战争,向全世界证明他的祖国像其他任何国家一样强大。这个司令就是源以前的家庭教师,他后来成了源的队长,现在是孟的顶头上司。在源被人出卖并送进监狱后,孟秘密地投奔了他的部队。

现在,源知道孟的司令原来是这个人时心里颇有点不自在,他希望司令不是他,因为他不知道这个司令是否对他还有几分怨恨。可是当司令命令孟将堂兄带到他跟前时,源也不敢拒绝。

因此,在一个指定的日子里,源和孟一起去看他。虽然源表面上装作不动声色,沉着冷静,但心里却有些疑惑,忐忑不安。

他走过一道有卫兵守候的大门。卫兵们军服整齐,英姿勃勃。他们个个长枪在手,枪筒寒光闪闪。源穿过干净整齐的院子,走进一间房间,司令正坐在桌旁,这时,他才感到害怕是没有必要的。顷刻之间,源已看出了他的老家庭教师并不会抱怨他。他比源上次见到时更加衰老,现在已是个闻名遐迩的军队司令了。虽然他不苟言笑、严酷无情,可他的脸色并非气势汹汹。当源进来时,他没有起身,只是对着一个座位点了点头。源侧坐在凳子上,他曾是这个司令的学生,他看到记忆中的那双锐利的眼睛正从西式眼镜后面凝视着他;他那沙哑的、多少使人感到有点亲切的声音源也还记得。司令突然问道:"那么,你现在到底还是加入我们的行列了?"

源点了点头,像儿时一样简单地说:"我的父亲将我推上了这条路。"他将他的经历说了一遍。

司令以十分锐利的目光看着他,又问:"但你仍然不喜欢军队？有了我教给你的一切，你却仍然没能成为一个战士？"

源像以往一样有点茫无所措、忐忑不安。但他马上又下决心要做到无所畏惧，不害怕这个人。他说："我仍然恨战争，但我能以其他方式尽我的一分力量。"

"什么方式？"司令问。源答道："如今我要在这个新的大学校里教书，因为我要挣钱，我将自己闯出一条路。"

这下司令不耐烦了，他望着桌上的一只外国钟，似乎源不是战士，他便对他毫无兴趣了。于是源站起来，在一边等着，听司令对孟说话。司令说："你制订好新营地的计划了吗？新的军事法要求从各省增加征兵数目。从今天算起，新的分遣部队一个月以后到达。"

听司令这么说，孟将鞋跟一碰，站得笔直，他在司令面前一直没有坐下来。他敏捷地敬了个礼，以清晰自豪的声音说："司令，计划已经订好，正等您批准，然后就可以执行了。"

这次简短的会见就这样结束了。这时，排成纵队的士兵们正从操场上操练回来。源从他们中间经过时，虽然心中强烈地生出了往日的那种厌恶，但他不得不承认，这些人与他父亲手下的那些慵懒松懈、嘻嘻哈哈的家伙截然不同。这些人都很年轻，至少有一半不到二十岁，他们严肃认真、不苟言笑。王虎的部下总是吵吵闹闹、嘻嘻哈哈，当他们操练完，七零八落地回房休息时，总是粗鲁地耍着花招推来搡去，高声咋呼，瞎开玩笑，所以院子里总是充满了粗鲁的笑声。小时候，源每天都能知道什么时候开饭，因为他和父亲居住在内院，每当开饭时便会听到院外有哄闹、咒骂和狂笑声。可是眼前这些年轻人沉默地归来，他们的脚步庄重一致,发出的脚步声仿佛只有一个,但声音巨大。源从他们身边走过,望着他们那一张张的脸,他们全都年轻、单纯、严肃。他们是新型的军队。

那天晚上,源又给梅琳写信,信中这样写道:"他们看上去年轻得不像士兵,他们的脸是农村少年的脸。"然后他想了一会儿,想起了他们的脸,又写道:"可是他们有一种战士的气概。你不理解,因为你没有像我一样生活过。我的意思是他们是单纯的。看着他们,我就知道他们是如此单纯,他们完全能像吃饭那样杀人——这是像死亡一样可怕的单纯。"

在这座新的城市里,源找到了自己的生活和使命。他终于打开了书箱,将书放在他买来的书架上。还有那些他在外国培育出来的种子,他有点怀疑地瞧着依然封在口袋里的各类种子,自问如果将它们种在祖国更黑更厚的土壤里,它们将会怎样生长。他撕开一只口袋,将种子倒在手掌上。硕大、金黄、等待机会萌发的麦种躺在他手上。他必须找到一小块土地试验它们。

如今,源的生活日复一日、月复一月,周而复始。他在学校里度过整个白天。每当早晨,他就走向那些或新或旧的房子。那些新房子是灰暗的西式大厦,由水泥和细钢筋建成;这些房子建得太快,以至于许多地方已一块块剥落下来。但源的教室是在一座老房子里。因为房子是旧的,学校领导甚至不愿把破窗户修理一下。金色的秋日悠长、温暖,所以起初看到门铰链锈得嘎嘎作响,门无法关上时,源也没说什么。可是随着冬天的临近,天气已变得寒冷刺骨,十一月,随着西北沙漠刮来的朔风呼啸着到来，细黄沙通过每一条缝隙沙沙地钻进教室里，源裹着大衣，站在他索索发抖的学生面前，改正他们错漏百出的文章。夹着灰沙的风吹过他的头发，他在黑板上为他们写下诗词的格律。但这几乎没什么用，因为学生们心不在焉，一心想在衣服里缩成一团。他们蜷缩着，但有些人的衣服毕竟太单薄了，抵御不了严寒。

源起先写信给他的领导。那个领导是个官员，七个星期中有五个星期在那座沿海的大城市度过。他对这些信置之不理，因为他有许多职务，他的主要任务就是拿齐他所有的工资。源生气了，亲自找到学校的最高领导，将学生们的窘境告诉他：窗户上的玻璃破了，地板上的木板已开裂，刺骨的寒风从他们的脚间吹过，门也关不上。

但那个领导有许多任务，他不耐烦地说："忍一忍，忍一忍！我们现有的资金必须用来造新房子，而不是修无用的老房子！"这是这座城里到处都可以听到的话。

源考虑着那个领导理直气壮的话，梦想着崭新的大厦和舒适温暖的教室，可事实是冬天日渐逼近，一天冷过一天。如果源想解决这个问题，他就必须用自己的工资雇一位木匠来修理，使房间能避风防寒。经过一段时期的工作，他已经开始喜欢教学了，并对所教的学生产生了爱。他们通常不怎么富裕，因为有钱人将他们的孩子送进了私立大学，那类学校里有许多外国教师，校舍里每天还有供他们取暖的火和精美的食物。但这是一所公立学校，由新的政府开办，因此不收学费。这所学校里有小商人的儿子，有薪金微薄的老私塾先生的儿子，还有几个精明的乡村小伙子，他们希望能够比在田间劳动的父辈们生活得更好些。他们全都年轻单纯、衣衫褴褛、营养不良。源爱他们，因为他们紧张而热切地希望能理解他教给他们的一切，虽然他们常常不怎么理解。有的学生懂得多些，有的学生懂得少些，但总的来说所有的人都懂得不多。是啊，看着他们苍白的脸和热切地注视着他的眼睛，源希望他能有钱用来修理教室。

可是他没有钱，他甚至不能按期拿到工资，因为他的一些领导先拿钱。如果这个月钱不够，或因某种原因一些钱停发了，如为了军队，为了某个官员的新房子，或一些钱落进了某人的私囊，那么源和其他一些新教师就必须耐着性子等。源没有耐心，因为他急切地想摆脱欠他伯父的债务，至少能先摆脱一项债务。他写信告诉王掌柜："至于你的儿子，我还无能为力。我在这儿没有权，我能做的一切就是保住我自己的位置。但我把挣到的钱的一半寄给你，直到还清我父亲借的钱为止。只是我不能为你的儿子负责任。"就这样，源在这个新时代至少挣脱了一些血缘关系的束缚。

因此他不敢把钱花在他的学生们身上。他写信告诉梅琳，他多么想能够修理教室，冬天来临，天气多么寒冷，可是他不知道该怎么办。这一次她很快就回信了："为什么你不将他们带出破旧而不中用的房子，到暖和的院子里去上课呢？如果不下雨不下雪，带他们到太阳底下去上课。"

源手中拿着她的信，奇怪自己怎么没先想到这一点。冬天气候干燥，常常天气晴朗，阳光灿烂。从此以后，他常常在他找到的一处阳光充足的地方给学生上课，那是在两座建筑的边墙形成的一个角落里。如果有什么人经过时笑话他们，源也置之不理，因为太阳是温暖的。他不禁更爱梅琳了，因为她在新房建造起来之前很快想到了这个简便可行的方法。梅琳回信的迅速也使他领悟到了什么。当他提出一个无法解决的难题时，她的信总是回得比平时快。源开始变得狡猾起来，总是不断向她倾诉他的种种困境。如果他谈到爱情，她不会回答，可如果他谈到困难，她就会热心地回信。他俩之间的信件来往得很快，像秋风吹落的树叶一样越积越厚。

在隆冬来临之际，源还找到另一种使身体暖和的方法，那就是去田间劳动，将那些外国的种子播在田里。在学校里，源必须开许多门课程，因为对这些渴望求知的年轻人来说，这所学校没有足够的师资。当时到处都开办了新的大学校，传授那些人们从来没有学过的外国知识。年轻人拥进学校去学习，但学校却没有足够的师资能向他们传授在这个新时代他们渴望知道的一切。因此，由于源去过国外，他便受到推崇和荐举，要他把所知道的一切教给学生。他所教的课程之一就是怎样以新的方法种植和保养种子。他得到了一块土地。那块地在城墙外面，靠近一个小村庄。源带领他的学生上那儿去，他将学生组成了一支有四路纵队的小队伍。在街上，源阔步走在学生们的前面，他为他们买的是锄头而不是枪，他们把锄头扛在肩上走。过路的行人瞪着他们看，许多人停下手中的活盯着他们，惊奇地大声说："这真是稀奇！"源听到一个老实巴交、愚鲁迟钝的黄包车夫喊道："哦，如今我在城里天天看到新鲜事，可是没有哪桩事比这更新鲜：用锄头去打仗！"

听到这话,源不禁笑了,他回答说:"这是最新型的革命队伍!"

当他在冬日的阳光下轻松地前进时,这种自豪使他欣慰。这的确是支队伍,是他有生以来领导的唯一的一支队伍,它由到田间去播种的年轻人组成。虽然源并未察觉,但当他前进时,他以儿时在父亲的军营中学会的那种节奏迈着步子,他的脚步声是如此响亮、清晰,以至他部下的凌乱步伐也开始变得整齐,并与他一致起来。他们行军的节奏在他的血液中激荡。当他们穿过阴暗古老的城门时,步伐声在长着苔藓的墙砖间回荡,回声一直传往墙外的乡间,这一节奏在源心中开始形成短小精悍的诗句。这种事很久没有发生过了,仿佛他刚从扑朔迷离的迷津中走出,现在的工作使他重新平静下来,使他神清气朗,并升华为诗篇。他凝神屏息地等待着,当这些诗句向他涌来时,他想起了在土屋逗留的那几天中感受到的久远而清晰的快乐,他捕捉住了它们。三行生气勃勃的诗清晰地出现了,可是还缺少第四行。路已快到尽头,那块地就在眼前,他仓促中竭力想将最后一句诗挤出来,可它却毫无踪影。

他必须将这些诗句从心中驱除出去,因为这时他的学生中间响起了一片低语和怨言。他们上气不接下气,说源领他们跑得太快了,他们不能跑这么快,锄头又这么重,他们吃不惯这样的苦。

因此源必须抛开他的诗,他真诚地安慰他们说:"我们到了,就是这块地。在开始种地之前,大家先休息一会儿。"

那些年轻人躺在那块地旁边的田埂上,汗从他们苍白的脸上淌了下来。他们胸部起伏,喘着粗气。其中只有几个农村小伙子没有陷入这样的窘境。

他们休息时,源打开了装有外国良种的袋子。青年们都将双手握成杯状,源将那些饱满的金色种子倒进他们手中。现在他觉得这些种子特别珍贵。他想起了他怎样在万里之外的异国土地上种植这些种子,想起了那个白发老人。他自然也想起了那个与他接吻的外国姑娘。当他坚定地将种子倒出来时,他想起了那一刻。他希望她没有那样做过!可那一刻终究救了他,使他孤独地踏上了他的人生旅程,直到他找到了梅琳。他迅速抡起锄头开始挖地。"看,"他对观望着的学生说,"锄头必须抡起来!开始可能要费些力,因为你们一上来不可能像这样挥动锄头。"

他像那个老农夫曾经教他的那样上下挥动着锄头,锄头在阳光中闪闪发光。那些年轻人一个个从地上爬起来,试着像他那样挥动。爬得最慢最迟的是那两个农村小伙子,他们虽然清楚地知道怎样使用锄头,却拖拖拉拉地不愿动弹。源看出了这一点,厉声喊道:"你们怎么不干?"

那两个小伙子起先没有回答,然后有一个怏怏不乐地咕哝着:"我到学校来不是为了学习我在家里已干了一辈子的事,而是来学习一种更好的谋生手段的。"

听到这话,源生气了,他迅速地回答说:"是的,如果你知道怎样将田种得更好,你就不必离开家,去寻找挣钱更多的活计了。更好的种子、更好的耕作方法和更丰硕的收获也会使你的生活更好。"

这时,在源和他的学生周围已聚集了一小群村里来的农民。

他们惊奇万分地站着，目瞪口呆地看着这些年轻学生带着锄头和种子出来种地。起初他们诚惶诚恐，默不作声。但看到那些年轻人不会使用锄头，他们立刻开始咯咯大笑。听了源说这些话，那些农民都放松了。有个人高声说："先生，你错了！无论一个人怎样工作，无论他播什么种子，一切收获都是由老天爷决定的！"

源不知为什么受不了当着学生的面遭到反驳，所以他不回答这个无知无识的人。如同没有听到这蠢话一般，他教学生们怎样将种子播进田垄，怎样在种子上盖上一定厚度的土，最后又怎样在每一垄的尽头插上标牌，说明种子的名称、播种时间以及播种人的姓名。

那些农民目瞪口呆地看他们做这一切，对这种精耕细作感到好笑。他们放肆地笑着，高声说："你数过每粒种子吗？""兄弟，你已给每粒种子取了名字，记下了它的皮色了吗？"另一个喊道："我的妈呀！如果我们这么细心地照料每一粒小种子，我们十年也不会有收成！"

源的学生对这些粗俗的玩笑不屑回答，那两个农村小伙子是所有人当中最气愤的，他们高喊："这些是外国种子，不是你们在地里播的一般种子！"农民们的嘲谑使他们比老师还要起劲地工作。

过了一会儿，嬉笑声在观望的人群中沉寂了。他们沉下了脸，感到无趣，好像碰巧似的一个接一个吐了口唾沫，然后转身回村去了。

然而源十分快乐。能够再次播种，抚摸手中的泥土，这让他感到心情舒畅。这泥土十分肥沃，在金黄色的外国良种下衬得更黑。这天的工作就这样完成了。源觉得他的身上有一种带有快意的疲倦，这种疲倦却使他精神焕发。他抬起头来，看到了那些年轻人，即使他们中间最苍白的人这下也有了清新健康的脸色，虽然迎着西面吹来的寒风，他们的全身却很暖和。

"这是个取暖的好方法，"源笑着说，"这比什么火都强。"那些年轻人为了使源高兴，便大声笑起来，因为他们喜欢他。那几个农村小伙子虽然脸颊红红的，但还是有点闷闷不乐。

那天晚上，源独自一人在房间里，将一切写下来告诉梅琳。因为对他来说，每晚告诉梅琳他一天是怎样度过的已像吃饭喝水一样必不可少。写完了信，他站起来走到窗口，眺望这座城市。暗淡的旧房子鳞次栉比，参差错落，一群群地挤在一起，在月光中显得黑黝黝的。但在这些旧房子之中，到处都有些高大的有红屋顶的新大楼突兀地耸立着，它们有棱有角，具有异国情调，许多窗户里灯火通明。穿过整座城市的几条新马路显现出灯火辉煌的宽阔的轨迹，使月光黯然失色。

注视着这座日新月异的城市，他对眼前的一切却似见非见，因为他看得最清楚的还是梅琳。在他的心中，梅琳的脸是那样年轻、清晰，整座城市只是她的脸庞的背景。蓦地，那第四行诗从他脑海里跳了出来，就像他见到它印在纸上一样，这首诗居然这样神奇地完成了。他奔向桌子，拿起他刚刚封好的信。他拆开信，在信上加了这些字句："这四行诗今天突然来到我的心中，头三行是在田间劳动时出现在我脑海里的，但直至回到城里想着你时，才找到了完美的最后一行。当时它来得十分容易，就像是你说给我听的一样。"

源就这样住在这座城里,白天忙于工作,整个晚上则用来写信给梅琳。她写给他的信要少些,但写得稳重,词句少而精,却并不单调乏味,因为她的话言简意赅。她告诉他,爱兰在离家几个月之后回家了,他们夫妇俩将一个月的旅游一延再延,直到现在才回来。梅琳写道:"爱兰比以前更美了,可是她失去了一些温柔,也许她的孩子会将这种温柔带回来。那孩子再过不到一个月就要出生了。她常回家来,因为她说在自己的旧床上睡得更舒服。"她还告诉他:"今天我第一次真正地为病人动手术,是截去一个妇女的脚。她的脚在儿时被裹起来,一直裹到现在,已形成了坏疽。我不害怕。"她说:"我永远喜欢与那些弃婴一起玩耍,我也是其中的一员,她们是我的妹妹。"她还常常告诉源一些弃婴们说的可爱的孩子气的话。

　　有一次她写道:"你的伯父和他的大儿子要求盛回家来。他们说他花钱太大手大脚。现在,他们不能从老家的土地上收到租金,长媳又不愿将她丈夫的薪金寄往国外,而别处也找不到大笔的款子,因此盛必须回来,他很快就会缺钱了。"

　　读这封信时,源沉思着,想起他最后一次看到盛的情况:他穿着精致的新衣,走在那座外国大城市的阳光灿烂的街道上,舞动着一根闪闪发光的小手杖。自从他注意修饰仪表后,他的确花了大量的钱。盛毫无疑问得回家,银钱短缺毫无疑问是使他回家的唯一原因。源接着又想起了那个向盛献媚的女人。他想:"盛最好还是回来。我很高兴他终于要离开她了。"

　　梅琳总是仔细回答源写给她的每一个问题。当冬天日渐寒冷时,她告诫源穿上厚一些的大衣,吃得好一些,睡眠要充足,不要过度劳累。她还多次关照源在旧教室里要注意防风。可他在信中提到的一件事她始终没有回答。他在每封信中都写道："我没有变。我爱你，我等待着。"她对此从不回答。

不管怎么说，源认为她的信写得完美无瑕。每个月四次，在那一定的日子里，源知道他晚上回屋去时总能如愿以偿地在桌上发现她长长的信，信上是她那清晰小巧的字体。每个月中的这四天成了源的节日。为了预见他必然会得到的欢乐，源买了一个小型的日历，预先将他会收到信的日子在日历上标上记号。他用红笔将它们标出，到新年一共还有十二个这样的日子。到过年时就会有假期，他将回家去看她。过年之后的日子他没有做记号，因为他心中有一种隐秘的希望。

源就这样从这个第七天挨到下一个第七天，除去工作，几乎不到别的地方去，他也不需要朋友，因为他心里很充实。

可是孟有时会强迫他出去，这时源就与孟到某个茶馆里坐上一晚上，听孟和他的朋友发牢骚。孟并不如当初源看到他时那么春风得意。源听着，听出孟依然愤世嫉俗，依然大声疾呼要反对这个时代，甚至是新时代。一天晚上，在新街上刚开张的茶馆里，源、孟和四个青年军官在一起吃饭，他们对一切都感到不满。桌上的灯起先太亮，跑堂的不够聪明，菜上得太慢，都使他们不太满意。他们想喝一种外国白葡萄酒，却买不到。跑堂的在孟和其他四个军官中穿梭奔忙，大汗淋漓，气喘吁吁，不时地擦着他的光头，生怕得罪了这些皮带上佩着寒光闪闪的手枪的青年军官。甚至当歌女们进来，学着外国的时尚手舞足蹈地跳起舞来时，这些青年人依然不满意。他们大声嚷嚷，说这个歌女的眼睛怎么小得像猪眼睛似的,那一个又长了一只蒜头鼻,这个太肥,那个太老,直到所有的歌女眼中满是眼泪和怨恨。源虽然也认为她们不漂亮,却不由得同情她们,他终于说:"算了吧,不管怎么说,她们总得挣钱糊口。"

一个军官听了大声说:"我看她们最好饿死。"他们爆发出青年人的哄笑声,站起身来,他们身上的剑把撞击着,发出叮叮当当的声响,然后他们离开了茶馆。

那天晚上,孟送源回他的住所。他们一起沿街走着,孟吐露出他的不满,说:"事实上我们都窝了一肚子火,因为领导没有公平地对待我们。在革命中,我们人人平等,每人机会均等,这是原则。可是现在我们的领导正在压迫我们。我的司令,你认识他,源!你见过他。哼,他像个旧军阀似的坐在那儿,每月作为这个区军队的最高长官领到大笔薪金,而我们年轻人总被困死在一个位置上。我当时很快被提升为队长,提升得如此之快,以至我充满了希望,愿为我们伟大的事业赴汤蹈火,因为我期望能青云直上。虽然我费心劳神地工作,可我粘在这儿了,我始终是个队长。我们都不可能再往上升了。你知道为什么吗?因为这个司令害怕我们,他害怕我们有一天会胜过他。我们年轻力壮,更有才能,所以他压制着我们。这难道是革命精神吗?"孟在一盏路灯下停了下来,向源提出这些尖锐的问题。源看到孟的脸,像他过去在忧郁的少年时代一样充满了愤慨。当时有几个过路人好奇地在旁边盯着他们看,孟看到他们,便降低嗓门继续说下去,最后,他十分烦恼地说:"源,这不是真正的革命。必须再有一场革命。这些人不是真正的领导,他们像旧军阀一样自私。源,我们年轻人必须重新开始。人民大众还是像以前一样受压迫,我们必须为他们重新奋起。如今我们所有的领导都已将人民大众忘得一干二净了……"

孟说着说着停了下来,凝视着前方。这时,前面一个很有名的游乐厅的大门口,响起了一阵喧哗声。这个游乐厅的灯光炫目地照耀着,像鲜血一般殷红明亮,在这血色的光中,他们看到令人咬牙切齿的一幕。一个来自某条外国轮船上的水手,就像源在江上的外轮上看到的那种水手,正半醉半醒地攥紧粗糙的拳头打那个用车将他拉到游乐厅来的人。他醉醺醺地、气势汹汹地大声嚷嚷,头重脚轻,趔趔趄趄。孟看到那个白人在打人,便很快地向前冲去,源也跟在他后面跑。当他们跑近时,听到那个白人正在用下流话咒骂那个黄包车夫,因为那车夫竟敢认为白人给的钱不够。在那个白人的打击之下,车夫哆嗦着,举起手来抵挡,因为那个白人的身材高大,当他醉醺醺的拳头落下来时,每一下都又凶又狠。

孟冲到他们面前,朝那个外国人喊道:"你敢,你敢!"他扑向那白人,抓住他的胳膊,将它们扭在他的背后。可那水手不愿这么轻易地就束手就擒,他可不在乎孟是个队长或是什么别的。对他来说,与他不同种族的人都一样,都是卑贱的,于是他转过来骂孟。若不是源和车夫跳到他们之间挡开那些击打,他们在相互憎恨中会扑向对方厮打起来。源痛苦地恳求孟:"他喝醉了,这个家伙,他只是个普通人,你忘了你自己的身份。"他一边说一边迅速地将那醉醺醺的水手推进了游乐厅的大门,那醉汉到了那儿便忘了这场争吵,径自寻欢作乐去了。

源将手伸进口袋,掏出一些零碎铜板递给车夫,于是这场争吵就此平息了。那车夫是个矮小干瘪的老人,一天到晚吃不上一顿饱饭。他很高兴事情能这样了结,感激之余他略略笑了一下,说:"你懂道理,先生!确实,一个男子汉不能跟孩子、女人或醉汉计较。"

孟气喘吁吁地站在那儿,他撒在那个水手身上的气只有一小半,现在依然怒气冲冲,不能自禁。当他听到那可怜的笑声和陈腐的俗话,看到那挨打的人有了几枚铜板便很容易地息了怒火时,他简直不堪忍受。是的,他受不了。这时,那个外国人对中国人的侮辱在他心中激起的愤慨莫名其妙地变了味。他默默无言,但眼中又重新闪出愤怒的光,现在这目光落到了那个黄包车夫的身上。孟屈身对准那车夫的脸打了一记耳光。源看到孟这么做,禁不住叫了起来:"孟,你这是干什么?"为了这残酷无情的一巴掌,源急忙又从口袋里找出一枚铜板给那个车夫。

但那人没接这钱,他站在那儿,给打蒙了。这一巴掌突如其来,出乎他的意料。他张口结舌地站在那儿,嘴角淌出一些血来。突然,他弯下腰抓起黄包车的把手,只对源说了一句"这一记比任何外国人打得更狠",就走了。

孟在打了这一下之后也没有停留,他大步走开,源在后面追他。源赶上孟,正想问他为什么要打这一巴掌,但他看到孟的脸,便默不作声了,因为在明亮的街灯下,他惊讶地发现眼泪正沿着孟的双颊流下来。孟透过泪水凝望着前方,最后痛心疾首地喃喃说道:"为这样的人民而奋斗还有什么意义?他们甚至不恨他们的压迫者。像这样的事,只消几个小钱便可以息事宁人了……"孟在这一刻离开了源,一句话也没说就拐进了一条幽暗的小街。

源站着踌躇了一会儿,思忖是否要跟孟走,使孟不致在愤怒中进一步做出什么过火的举动。但他又急切地想赶回自己的屋子,因为这是第七天晚上,他眼前清晰地出现了那封信等待着他的情景,所以他又一次让孟单独怒气冲冲地走了。

终于快到年底了,从年底到放假只有几天的时间,一放假源就可以再一次见到梅琳了。在那几天里,他所做的一切似乎都是某种等待的方式,他在等待着他获得自由的那一天到来。他竭尽所能地做好他的工作,但这时他的学生对他来说已不再充满活力或意义,他已不能倾心关注他们,了解他们究竟学得是好是坏。他早早地上床,巴望夜晚快些度过,也早早地起床,以工作来度过白天。可无论他怎样做,时间还是过得太慢,就像时钟已停止了转动。

有一次源去看孟,他计划和孟乘同一趟火车回家,因为这时孟也放假了。虽然孟总是强调他是一个革命者,即使永远不回家也无所谓,但现在他心中烦躁不安,渴望着某种变动,盼着能有某些他做不到的事情发生。他愿意回家,因为他没有更好的事可做。他再没有跟源谈起那回他打一个平民的事,好像他已把这件事忘了。如今,一种新近产生的怒气又填塞着孟的心胸,这是因为老百姓甚是冥顽不化,居然不愿意在新政府规定的那一天过新年。事实上一般的人都习惯用阴历,而新时代的年轻人则希望用与外国一样的阳历,人们已被搞糊涂了。新政府在街上张贴了布告,命令所有的人将庆祝活动安排在阳历新年。人们聚集在一起看,有的不识字,就听人群中的读书人将那道命令一字一句地念出来。到处有人窃窃私语:"不管怎么说,新年的日期怎么能这样安排呢?如果我们早一个月送灶王爷,老天爷又会怎么想?我们发誓,老天爷不会以外国的太阳算数!"他们固执地坚持己见,妇女们不做年糕和菜,男人们也不愿去买红对联贴在门上以求吉利。

年轻的新统治者对人们如此执迷不悟感到非常恼火,他们制作自己的新对联,对联上不写神佛之类的内容,而代之以革命的内容。他们派出自己的雇员,以强制的手段将这些对联贴在老百姓的门上。

源去看孟的那天,孟一直在说这件事,他得意扬扬地将故事收了尾:"不管他们愿意与否,我们必须教育大众,强迫他们破除迷信!"

源没有回答,他确实不知说什么才好,因为对立着的双方他都能够理解。

在以后的两天中,源注意了一下,果然发现许多人家的门上都贴着新对联。他没有听到一句表示异议的话。男人和女人看着贴在门上的红纸,保持着沉默。偶尔有人大笑一声,或对地上的尘土吐口唾沫,然后继续走他的路,好像心中充满了某种不能说的东西。男男女女都像平常一样劳作,好像他们并没有什么过节不过节的事。虽然所有的房门上都热热闹闹,张贴着崭新的红纸对联,但人们似乎视而不见,只是有意地以惯常的态度做着日常工作。源禁不住偷偷发笑,虽然他知道孟的气愤是有原因的,虽然如果有人问他，他也会承认人们应该服从命令。

在那些日子里，源对任何小事都报以欣悦的微笑，因为不知为什么，他总感到梅琳一定变了，变得更热情了。虽然她没有对他所写的有关爱情的词句做出任何反应，但她读到了那些词句，他相信她至少不会将它们忘得一干二净。对他来说，这可算是他一生中最快乐最幸福的一年，因为他对这一年充满了希望。

源怀着这样的希望开始了他的假期，即使是孟的怨气也无法向他投下阴影，但是如果他让孟随心所欲的话，孟在这天的旅途中几乎会同他吵起来。事实上，孟心中压抑着一股隐秘的怒气，什么事都不能顺他的心。在火车上，孟很快就对一个富人发火了，那人敞开身上穿的皮袍，占了两个人的位置，因此一个看上去穷一些的人不得不站着。过了一会儿，孟同样又对那个穷一些的人发起火来，因为他忍受了这种事。源终于忍不住笑起来，半开玩笑地推了推孟，说："你对什么都不满意。你不喜欢富人因为他们富，不喜欢穷人因为他们穷。"

但孟心中正恼火，一点也不愿任何人开他的玩笑。他恼怒地转向源，用低沉凶狠的音调说："是的，我对你也同样不满，你容忍一切。你是我所知道的最温暾的人，永远也不能成为一个真正的革命者！"

看到孟恶狠狠的样子，源不禁变得严肃起来。他没有答话，因为所有的人正盯着孟看，尽管孟压低了嗓门，不让他们听到他在说什么。孟的脸色依然怒气冲冲，眼睛在倒挂的浓眉下闪闪发光。人们害怕这个人，他的皮带上插着一把手枪。源默不作声地坐在那儿,但在沉默中,他不得不承认孟说的是实话,他感到受到了点伤害,虽然他知道孟不是针对他,而是在对一种无形的东西生气。源冷静地坐了片刻,这时火车正沿着蜿蜒的铁道穿过峡谷、山坡和田野。源陷入了沉思,自问他自己是个怎样的人,他最需要的又是什么。确实,他不是个伟大的革命家,也永远不会是,因为他不能像孟一样恨得长久。他不能,他只能气一阵子,恨上片刻,但绝不会长久。他真正需要的是一种他能在其中工作的和平。他最喜爱的工作就是他现在的工作。他度过的最好的时光是他教育学生的时光——除了他用文字倾诉他的爱的时刻之外……

源沉浸在他的梦中,突然间,孟轻蔑地对他喊道:"源,你在想什么?你坐在那儿傻笑,就像一个小孩在不知不觉之中嘴里被塞进了一块麦芽糖!"

源不禁羞愧地大笑起来,血涌上了他的脸,使他脸上发烧。源暗暗地诅咒自己,因为他知道,在目前的状况下,将自己那些隐秘的想法向孟披露是不适宜的。

但有什么相逢会像梦中那样甜蜜呢?这天晚上到家时,源是跳上了台阶进屋的,可屋里却是一片静寂,过了一会儿,一个女仆出来向他请安,说:"太太说要你立刻到你大堂哥家去,他们设了家宴正为国外归来的少爷洗尘。她在那儿等你。"

现在,他渴望知道梅琳是否与太太一起去了的心情,要比他对盛回家的兴趣更为强烈。但无论他多么想知道这一点,他也不愿意问一个仆人,因为仆人会以极快的速度将一个男人和一个姑娘联系在一起。因此他必须耐心等待,等他到了伯父家里,他就可以知道梅琳是否在那儿。

多少天以来,源一直在梦想他将怎样先见到梅琳,他总是梦到他单独地同她相遇:在他跨进房门之后,他们就神奇地单独会面了。不知为什么,他认为她一定会在那儿。可事实上她不在。即使她在他堂哥的家里,他也不能指望单独见到她了,在众目睽睽之下,他除了冷静有礼之外,绝不敢在她面前显得有什么异样。

事实也是这样。他到了他堂哥的家,走进那间客厅,客厅中摆满了外国的昂贵的装饰品和椅子。他们就在那儿聚会。孟比源先到,客厅里的人刚刚结束了对孟的欢迎。源来到时,他们又开始欢迎源。源必须走到他伯父面前向他鞠躬,他的伯父现在很清醒,很快乐,因为所有的儿子都围绕在他身边,除了他送给王虎的那个儿子和那个驼背和尚,但他和太太早已不把他俩算作他们的儿子了。那对老夫妻穿着节日的盛装。老太太的身子将她的座位塞得满满的,她态度威严,一本正经地吸着水烟,一个女仆站在她身旁,老太太每吸一两口,女仆就给她重新添满。老太太手中拿着一串念珠,她不断地在指间数着那些棕色的珠子。她虽吸着水烟,但仍然不忘对老头子开的玩笑说上一两句相抵的正经话。源的伯父苍老松弛的脸上布满成千上万条皱纹,回答源时,他高声说:"好啊,源,我的儿子又回家了,他像个姑娘一样漂亮,我们害怕他带个外国老婆回来,看来一切担心都是不必要的,他还没有结婚!"

老太太听了非常严肃地说:"我的老爷子,盛太有头脑了,不会去想这种下流事。我求你在这把年纪不要说这种蠢话!"

可是这一次老头子毫不惧怕老太太的口舌。他觉得自己是一家之长,是这间豪华客厅里所有漂亮男女的首领。他喋喋不休,在众目睽睽之下放肆地喊道:"说说儿子的婚事难道是不得体的吗?嗯?认为盛会结婚是不应该的吗?"老太太威严地说:"在这个新时代,我知道什么是合适的方式,我的儿子不会埋怨他的母亲强迫他违背自己的意愿。"

源半带微笑地听着这老两口之间的口角,发现一件奇怪的事。他看到盛冷淡而凄惨地微笑了一下,说:"妈妈,我不会埋怨你,我到底还没有那么新派。你高兴让我怎样结婚就怎样办,我不介意。无论在哪儿,我想女人对我都一样。"

爱兰听了这话笑着说:"这只是因为你太年轻了,盛。"其他人同她一起大笑起来。这一刻一晃而过,但源不能忘记当众人哄笑,盛自己也镇定地微笑时眼睛里的神情。那是一种对一切都无所谓,甚至对与什么样的女人结婚都毫不在乎的神情。

然而,在那天晚上,源怎么可能仔细考虑盛的事?甚至在他向那老两口鞠躬时,他的眼睛已在寻找梅琳,并找到了她。源先看到了她,她十分恬静安详地站在她的养母旁边。刹那间,他们的目光相遇了,但他们都没有笑。她在那儿,即使不是如在梦中的一样,源也不会完全失望了。她在这间房间里,这就够了,即使他一句话也不能跟她讲。当时他想,他将一句话也不跟她说——现在不说,不在这间拥挤的房间里对她说。让他们真正的会见留在之后,在其他的什么地方。虽然源常常看她,可是在第一次四目对视之后,他再没有重遇她的目光。爱兰的母亲热情

335

地问候他，当他走到她面前时，她抓住他的手，轻轻在他手上拍了一下才放下。源在她身边停留了一会儿，当他停留时，梅琳找了个借口去取一些她需要的小东西。虽然他与所有其他的人周旋着，但他知道她与他同在，这使他心中感到热乎乎的。当她走来走去向碗中倒茶或送一块糖果给一个小孩时，他会用目光一次次地追寻她。

那晚人们所有的谈话和寒暄大都是为了盛，孟和源很快就成了其他人当中的一部分。盛比以往任何时候都英俊，他风度翩翩，一副博学多才的样子，他的一言一行都潇洒得体，以至源在他面前就像小时候一样腼腆。在这个完美无瑕的人面前，源感到自己又成了一个小孩。然而盛不愿使源如此拘束，他以过去那种友好的方式拉起源的手握着不放。源感觉到盛的光滑细嫩、女人般的手指的触摸，这种触摸使人既有快意又有反感，盛现在眼中的神情也是这样。虽然盛表面上显得很亲切很坦率，但在他的表情和举动中有某种近乎邪恶的东西，就好像一朵开得过盛的花，它香气浓烈，但除了芬芳之外似乎还有些什么别的东西，可这究竟为什么源也说不出个所以然。有时他觉得这是他自己想象出来的，但又知道并非如此。盛谈笑风生，他的笑声总是很得体、很动人；他的声音也像口钟，不高不低，声调柔和。尽管他看上去快活而机敏地参加家庭的闲谈，可是源感到盛的心思一点不在那儿，而是在某个非常遥远的地方。源不禁怀疑盛是否会为回家这事感到后悔。有一次，源在靠近盛时找到个机会，他悄悄问盛："盛，你离开那个外国的城市感到后悔吗？"

源注视着盛的脸，等待他回答。盛的脸光滑滑的，如金子一般，但毫无表情，他的眼睛像墨玉般光滑。他守口如瓶，只是机敏而可爱地笑着答道："哦，不后悔。我已做好了准备要回家。对我来说哪儿都一样。"

源又问："你又写了许多诗吗？"盛无所谓地说："是的，我现在出版了一小册诗集了。其中有几首你看过，但几乎全部都是你走之后新写的。如果你喜欢，今晚你走时我送你一本。"当源表示很想读读这些诗时，盛只微微地笑了笑。源又问："你将留在这儿生活，还是到那个新首都去？"

好像这儿有什么与他关系重大的事似的，盛迅速地回答说："哦，我当然要留在这儿。我已离家这么久，也习惯过摩登的生活了。我不能住在像新首都那样的不完善的城市里。孟已告诉了我一些情况，尽管他对那里的新街道和新房子很自豪，但我问他时他还是不得不告诉我，那儿没有现代化的浴室，没有名副其实的游乐场，没有上等的剧院——事实上，一个文明人应该享受到的一切那儿都没有。我曾对孟说：'我亲爱的孟，请问，在那座你为它感到无比自豪的城市中，究竟有些什么？'然后孟又陷入他愠怒的沉默之中。孟几乎没变！"盛操着纯熟的外国语说了所有这些话，这比他讲家乡话要流利得多。

盛的大嫂觉得盛十全十美，爱兰和她的丈夫也这样认为。这三个人对盛百看不厌。爱兰虽然有孕在身，但仍像从前一样开心地笑着，甚至比平日笑得更加欢畅。她对盛很随便，总是拿盛取乐。盛对她的妙语对答如流，并且恭维她，爱兰则美滋滋地接受他的恭维。虽然她身怀六甲，但仍然像以前一样美丽。其他女人在这种时候脸上会粗糙发黑，显得苍白而迟钝，可是爱兰却像朵可爱的盛开的花,一朵在阳光下怒放的玫瑰。她把源视为哥哥,活泼地向他问候;对盛则待以倩笑和妙语。她英俊的丈夫大大咧咧地、懒洋洋地看着她,丝毫也不嫉妒。因为无论盛有多美,爱兰的丈夫认为自己远胜于盛,任何女人都会垂青于他,而他所选中的那个女人尤其是这样。他爱自己爱得过分,以至不会嫉妒了。

宴会在谈笑中开始,他们欢聚一堂,不像过去那样按辈分排列座次,是的,现在已不再那么讲究辈分了。当然,老爷和他的太太坐在最上座。但在爱兰和盛此起彼伏的欢笑和其他人偶尔加进去的笑声中,却听不到老爷太太的声音。这是个极乐的时刻,源不由得为他所有的这些骨肉同胞感到自豪。他们都是富裕的、衣冠楚楚的人。每个女人都穿着色泽艳丽、款式新颖的优质绸缎袍子;除了源的老伯父之外,男人们都穿着西服,孟傲慢地穿着他的军官服装;甚至孩子们也高高兴兴地穿着色彩鲜艳的绸衣,佩着西式缎带。桌上堆满了各种西式的菜肴、糖果和酒。

源想起了什么。他的家庭里的所有成员并不全在这儿。在远离海岸的地方,他自己的父亲王虎正一如既往地生活着,王掌柜和他的孩子们也一样。他们不讲外国话,不吃外国食品,像他们的祖先一样活着。源想,如果他们被带进这间房间,一定会很难堪,会感到局促不安。王虎很快就会发脾气,因为这儿的地板上铺着丝织的花地毯,他不能再按老习惯随地吐痰了。虽然他不是个穷人,但他所习惯的最好的地面也只是用砖或瓦铺成的。而看到大量的金钱花费在图画、有绫罗绸缎覆盖的椅子、西式小摆设和那些西式的女人用的首饰上,王掌柜一定会感到心痛。王龙家里这边的一半成员既不能忍受王虎过的那种生活,也不能忍受老家中王掌柜过的那种生活。王掌柜家的房子是王龙在那座古镇上留给他的儿孙们的。现在这些孙子和重孙会认为那座房子太简陋,不适宜他们居住。冬天,那座房子里很冷,除了南面的阳光照到的地方。房子里既没有天花板,也没有任何现代化的设备,对他们来说不是一座适合居住的房子。至于那间土屋,它只是一个能住人的棚子而已,他们甚至已经忘却了它的存在。

但源没有忘记。在宴会上,源坐着,环视桌子周围的一切。他穿着款式新颖的白色西服,对往事的回忆奇异地在他脑海中闪现。他忽然想起了土屋,当他想起它时,他不知怎的感到自己依然喜欢它……他还没有彻头彻尾成为他们中间的一员。他慢慢地思索着:他既与爱兰不一样,也与盛不同。他们西化的外表和行为方式使他希望自己还没有西化到这种程度。然而,他也不能住在那土屋里——不能,虽然他深深地喜爱与它有关的某些东西,但他知道他现在不能像祖父那样心满意足地住在那儿,并感到它是自己的家。他不知怎的处在中间地带,一个孤寂的地方,就像他处在洋房和土屋之间一样。他没有真正的家。他的心孤寂飘零,无论在何处都找不到一个完全的归宿。

他的目光在盛身上停留了片刻。如果盛没有金黄色的皮肤和黑色的炯炯有神的眼睛,他就像一个十足的外国人了。盛的一举一动都西化了,并像个来自西方世界的人一样说着话。是的,爱兰喜欢这些,大堂嫂也一样,甚至大堂哥也觉得盛新鲜时髦、与众不同。大堂哥沉默不语,局促不安,不知怎么的还有点妒意,为了安慰自己,他一言不发,心情沉重地吃着东西。

源暗中飞快地瞥了梅琳一眼，心中也颇有妒意，因为当他在爱兰的目光中看到她对盛的钦慕时，他想到了某些事情：梅琳也会像其他的年轻女子一样看盛，被他的俏皮话逗得大笑，并在眼光中流露出对他的钦慕吗？源看见梅琳冷静地看着盛，然后又安静地将她凝视的目光转开了。源的心中如同一块石头落了地。怎么，梅琳也像他自己一样！她也处在两者之间，既不完全新，也不同于旧。他又一次看着她，充满了热情和渴望。他听任谈笑声的浪潮在他身外泛滥，心满意足地看了她一阵子。她坐在太太旁边，正倾着身子，用筷子优雅地从中间的碟子里夹起一块白切肉，将它放在太太的碟子里，并对太太莞尔一笑。源在心中充满激情地自言自语，她与爱兰这一类女子有着天壤之别，恰如幽竹下的野百合与温室里的花朵截然不同。是的，她也在两者之间，那么，他便不再是孤单单的一人！

在这一刹那，源的心中充满了温暖和柔情，他相信，梅琳也会像他一样一往情深。源为他的爱情心荡神驰，如今，他一切的感情都已热切地汇聚到这一点上了。

那天晚上他上了床，久久不能入睡。他憧憬着第二天怎样单独与梅琳谈话，并揣测现在她对他怀着怎样的一颗心。他认为他写的许多信会起作用，会使她变得对他热情起来。他憧憬着他们怎样坐在一起谈话，或许他能够邀她一起去散步，因为现在许多姑娘已单独与她们认识并信任的男子一起去散步。他想，如果她犹豫不决，他将怎样对她说他是她的兄长，但随后他又很快地否定了这个借口，坚定地对自己说："不，我不是她的兄长，无论我是什么身份，反正不是她的兄长。"最后他终于睡着了。夜里，他做了许多稀奇古怪的梦,但没有一个梦是完整的。

但是有谁能料到,就在那天夜里爱兰会生孩子呢?可事实就是这样。当源在早晨醒来时,听到举家上下充满了嘈杂声和穿梭奔忙的仆人的喧闹。他起了床,梳洗完毕,穿好衣服来到饭厅。饭桌上的早餐只准备了一半,一个睡意蒙眬的女仆懒洋洋地走来走去。屋里仅有的一人是爱兰的丈夫,他坐在那儿,穿着前一天晚上的衣服。源走进饭厅时,爱兰的丈夫快活地说:"源,如果某人的妻子是个新女性,他最好永远不要做父亲!我熬过了一段艰难的时光,如同我自己生出了这个孩子。我一夜没合眼,爱兰大哭大喊,发出的号啕声让我以为她快死了,不过医生和梅琳向我保证她一切顺利。如今这些女人生孩子真难。这婴儿是个男孩,真是运气,因为爱兰在清晨已将我叫到她床前,向我发誓她决不再生第二个孩子了!"他又笑了,用他漂亮光滑的手抹了抹他那哈哈大笑、半带懊恼的脸。然后他坐下来,胃口极佳地吃女仆摆在那儿的早餐。在此以前,他已经做过好几次父亲了,所以现在的事对他来说只是小事一桩。

就这样,爱兰的孩子在这座房子里出生了。全家都被卷进了这件事,并为之忙得不亦乐乎。除了有时在经过时偶尔看到梅琳,源几乎看不到她。医生一天来三次。除外国医生外,爱兰对一切医生概不满意,因此太太为她请来了这个外国医生。他是个高高的红发英国人,他看了看爱兰,并与梅琳和太太谈了话,叮嘱她们该给爱兰吃什么食物,以及她需要休息多少天。孩子也要人照料,爱兰要梅琳来亲自做这一切,梅琳也答应了。那孩子哭闹得厉害,因为雇来的第一个奶妈奶水不足,所以她们找了许多奶妈,逐一地试用她们。

爱兰像当时的许多时髦妇女一样,不愿用自己的乳汁喂养她的儿子,唯恐乳房长得太大太丰满,有损她苗条的身段。梅琳为这事跟爱兰吵了唯一的一次架,吵得很厉害。她大声责怪爱兰:"你不配有这个漂亮可爱的儿子!他生出来时壮实健康但嗷嗷待哺,你的奶胀得满满的,却不愿喂他!可耻,可耻,爱兰!"

爱兰生气得大哭起来,她自我怜悯地对梅琳大喊:"你对这种事什么都不知道——像你这样没有经验的女孩子怎么会知道呢?你不知道一个孩子在我身上一月一月地长大,衣服穿在我的身上变得越来越难看,这对我来说有多么痛苦。现在,在这一切痛苦过去之后,我难道在一两年里还应该继续这么丑吗?不!让女仆去干这种粗活吧!我不愿做这种事,我不愿!"

然而,虽然爱兰流着泪,漂亮的脸蛋气得通红,显得心烦意乱,梅琳却不愿轻易地就此罢休,她吵到了爱兰丈夫的面前。源当时正在那间房间里,因此听到了这场争吵。当她恳求那位父亲时,源心醉神迷地听着,仿佛从来也没见过梅琳如此可爱真诚。她迅速地走进来,怒气冲冲,并没有看见源。她恳切地对那位父亲说:"你就听之任之吗?你愿意让爱兰不给孩子喂奶而让奶断了吗?孩子嗷嗷待哺,她却不愿喂他!"

但那男人只是笑了笑,耸了耸肩,说:"有什么人曾使爱兰做她不愿做的事呢?至少我没有尝试过,现在肯定也不敢这样做。爱兰是个现代女性,你知道!"

他哈哈大笑,对源瞥了一眼。但源正在看梅琳。当她凝视着那个男人微笑的脸时,她的眼睛变得很大,她清秀苍白的脸变得更白了。她飞快地低声说:"哦,缺德,缺德,缺德!"她转过身走了。

她走后,那个丈夫友善地对源说了些当女人不在场时男人会说的那种话,他说:"不管怎么说,我不能责怪爱兰,带孩子是件非常烦人的事,这事迫使一个人每隔一两个小时就要想到照应家里。我不能要求她放弃她的娱乐,事实上,我也喜欢她保持她的美貌。再说,这孩子吃某个仆人的奶还不是跟吃她的奶一样?"

当源听到这些话时,他感到自己心里在热切地为梅琳辩护。她的一言一行都是对的!他突然站起身来离开了这个男子,不知为什么,这个男子现在使他感到讨厌。"至于我,"源冷冷地说,"我认为有时一个女人摩登得过分并不好。我认为爱兰在这件事上是错误的。"他慢慢地走回他的房间,希望在路上能遇到梅琳,但没有碰到。

他的几天假期就这样一天天逝去。没有一天他能看到梅琳十分钟以上的时间,也没有一次他能单独见到她,因为她总是和太太在一起照料那个新生儿。太太沉浸在一种狂喜之中,因为她现在终于有了个她盼望了许久的男孩。虽然她已习惯于各种新习俗,可现在,她在甜蜜而颇有点羞涩的快乐中也按老风俗办了些事。她染了一些红鸡蛋,买了些银的饰物,而且已开始为办满月酒做准备,尽管这样做为时还过早。她在计划每一件事时都会与梅琳商量,仿佛几乎已忘记了爱兰是这个婴儿的母亲,她无比信赖她的养女。

这时离婴儿满月还有一段时间,但源必须很快回到新首都去工作了。眼下时光白白地逝去，这对源来说不啻虚度光阴。过了些时候，源开始有点闷闷不乐了。他心里想，梅琳没有必要这么忙，如果她愿意的话，是可以为他抽出些时间来的，他就这么沉思默想了几天。当假期的最后一天临近时，他确信他的感觉没有错，梅琳是在故意做这做那，存心在任何时候都不单独见到他。太太沉浸在孩子出生的狂喜中，甚至也忘记了源和他爱着梅琳这件事。

于是，一直到源必须回去工作的那一天，事情还没有任何进展。这天，盛欢欣地走进来，对源和爱兰的丈夫说："今天晚上有人邀请我去参加一个盛大的晚会，他们还缺几个年轻人。你们俩愿意忘掉一下你们的年龄，装作重新年轻起来，为一些漂亮的女士做伴吗？"

爱兰的丈夫欣然地笑起来，回答说他十分愿意，这两星期以来他一直被爱兰的事束缚得动弹不得，以至于他都忘记什么是欢乐了。可源有点退缩了，因为现在他已有好几年不去这样寻欢作乐了。以前他常与爱兰一起去，但从那以后他再没去过。他一旦想起陌生的女人，便又感到了过去的那种羞怯。但是盛一定要源去，他们两个人一起强迫源去。源虽然起初不愿去，但后来他无所谓地想："为什么我不去呢！坐在这座房子里，等待着那永不会来临的时刻，真蠢。我怎样寻欢作乐，梅琳又怎么会介意？"被这种念头驱使着，他大声说："那么好吧，我去。"

在所有这些日子里，梅琳好像都没有关注过源，她一直十分忙碌。但那天晚上，源从屋里走出来，穿着他常在晚上穿的黑西装，正巧碰到梅琳从他面前走过，怀中抱着那个熟睡的婴儿。她疑惑地问:"源,你到哪儿去?"源答道:"与盛和爱兰的丈夫去参加一个晚会。"

此刻,他仿佛在梅琳的脸上看到了表情的变化,但他心中没有把握。过后他想自己一定想错了,因为她仅仅将熟睡的婴儿搂得更紧一点,平静地说:"那么,我希望你过得愉快。"说完,她就走开了。

至于源,他也对她强硬起来,他想:"那好,我会很愉快的。这是我在这里的最后一个晚上了,我要看看怎么过得愉快。"

源这天晚上的确过得快乐,他做了他从来没有做过的事。不管什么时候,只要有人喊他喝酒,他都来者不拒,开怀痛饮。他滥饮着,直到醉得无法看清那些与他跳舞的姑娘的颜面,而只知道怀中有一个又一个姑娘在跟他一起跳舞。他喝了那么多他没饮惯的外国酒,因此他眼前那装饰着鲜花的舞厅变成了明亮炫目、波光闪耀、飘忽不定的迷宫。尽管这样,源还是很好地藏着醉意,所以除了他自己,没人知道他真正醉到了什么程度。盛甚至高声夸奖他,说:"源,你真是个幸运的家伙!你是那种酒喝得越多脸越白的人,不像我们这些差劲的人,越喝脸越红。我敢发誓,只有你的眼睛表明你喝了酒,它们像煤球一样烧得通红!"

在那天的晚会上,他遇到一个似曾相识的人,那是盛带到他面前的一位女士,盛说:"这是我的新朋友,源!我把她借给你跳一轮舞,然后你必须告诉我,还有谁跳得比她还要好!"于是源发现自己将她搂到了怀里。她是个奇特、苗条的女子,穿着白色的由闪光的料子做成的西式长裙。当源俯视她的脸时,他觉得他们似曾相识,因为那是一张令人难忘的脸。这张脸圆如满月,色泽黝黑，嘴唇丰满而充满激情。这是一张算不上美但奇特而耐看的脸庞。她带着几分惊讶先开了口："怎么，我认识你——我们曾乘过同一条船，你还记得吗？"源尽力思索，终于想起来了，他笑着说："哦，你就是那个高喊要永远自由的姑娘。"

听源这么说，她大大的黑眼睛变得忧郁深沉，那丰满的、涂着厚厚一层唇膏的嘴唇噘了起来，她答道："在这儿要自由可不容易。哦，我想我是够自由了，但却是可怕的孤独……"突然她停住不跳了，她拉着源的袖子说："来，找个地方坐下，跟我聊聊。你像我这样痛苦吗？你不知道，我是我死去的母亲的最小的女儿。我父亲是这个市里的副市长，他有四个小老婆，她们都是些卖唱的女子。你能想象我过的生活吗？我认识你妹妹，她是漂亮，可是她与其他人一样。你知道他们的生活内容是什么吗？就是整个白天赌博，通宵达旦闲聊、跳舞！我不愿这么醉生梦死，我想有所作为——你如今在做什么工作？"

这些真诚的词句从她涂过口红、引人注目的嘴唇间奇特地吐出来。源告诉她那座新城和他在那儿的工作，以及他找到自己的落脚之处和工作的经过。她不安地听了一会儿。这时盛回来了，拉着她的手要带她回去跳舞，她任性地将他推开了。她对他噘起了过于丰满的嘴唇，认真地高声说："不要打搅我，我想严肃地与他谈谈。"

盛听到她的话大笑起来，他逗趣地对源说："源，如果我真的认为她能对某件事严肃的话，你会使我嫉妒的！"

那姑娘已经重新转向源，开始向他热情地倾吐心曲。她的身体也说着话，她小小的裸露的双肩耸着，漂亮而丰满的手在果断地挥舞。"哦，我恨这一切。你不恨吗？我不能再去国外了，我父亲不会给我钱，他说他不能再在我身上浪费钱了。他所有的小老婆都从早到晚赌博！我恨这儿的一切！那些姨太太都用脏话骂我，因为我与男人一起出去！"

现在源一点也不喜欢这个姑娘，她袒胸露臂的样子、她的外国服装和她红得过分的嘴唇都使他反感。尽管这样，他依然能感觉到她的真诚，并为她的处境而难过，因此他说："为什么你不找点事做做？"

"我能做什么呢？"她问，"你知道我在大学里学的专业是什么？西式家庭的室内装潢！我已将我自己的房间装饰好了。我也为一个朋友的室内装潢帮了一点忙，但这并不是为了报酬。在这儿，有谁需要我的那些本领呢？我想属于这儿，她是我的祖国，但我已离开她太久。没有一处是我的归宿，没有一个国家是我的安身之处……"

现在，源忘了这是个寻欢作乐的夜晚，他被这个可怜的人的境况深深地感动了。他同情地看着她。她坐在他面前，穿着俗不可耐、珠光宝气的衣服，显得花哨艳丽，她描画过的眼睛里充满了泪水。

源还没来得及想出什么话来安慰她，盛又回来了。这次盛不愿遭到拒绝。他没看到她的眼泪，将双臂搂住她的腰，一面笑她，一面将她拖进了急速旋动的音乐之中，留下了源一个人。

不知为什么，源再没心思去跳舞了，这喧闹的大厅里的所有欢乐都消失了。有一次，那个姑娘在盛的怀抱里向源这边转过来，但那时她仰望着盛的脸，她的脸又变得神采飞扬而空洞无物，好像她从来也没说过她对源说的那些话……源沉思着坐了一会儿，让仆人一次次地替他斟满酒杯，而他继续形单影只地坐着。

一直等到这个狂欢的夜晚结束，他们回家去时，源依然步履稳健，但事实上酒在他身体里像高热一样烧人。然而他还有足够的力量让爱兰的丈夫倚在他身上，因为那人已不能独自行走了，他醉得脸色发紫，像个傻孩子一样咿咿呀呀地发出一些毫无意义的声音。

当源到家门口，敲门要进去时，门立即开了。站在开门的男仆旁边的是梅琳，当那个醉汉看到她时，他似乎想起了源与梅琳之间的某些事，他对梅琳喊道："你——你——你应该走开，舞会上你有一个——一个漂亮的情敌，她不愿——离开源——危险，对吧？"他傻乎乎地大笑起来。

梅琳没有回答。当她看见他俩时，她冷冷地对那个仆人说："将我姐夫送上床去睡，他醉得太厉害了。"

在他们走后，梅琳扶住源。她突然凝视着源，眼中爆发出怒火。就这样，他们两人终于单独相会了。当源看到梅琳注视着他的愤怒目光时，他感到像有一股寒冷的北风吹着他，使他清醒过来。他感到体内的热度正在迅速地消退。有一瞬间他几乎感到害怕她，她是如此窈窕、挺拔、愤怒。他一言不发。

可她却没有保持沉默。这些天里她一直很少对他说话，但现在她开口了，她的词句像连珠炮似的射出来："你像所有其他的人一样，源，像所有饱食终日、无所事事、愚蠢无用的王家人一样！我使自己成了个傻瓜。我曾想，源与众不同，他不像个半洋化的纨绔子弟,这些纨绔子弟总将最好的青春年华花在酗酒和跳舞上!可实际上你也一样,一样!看看你这副尊容!看看你傻乎乎的西装!你浑身酒臭,你也喝醉了!"

源听到这话也生气了,像个孩子似的发起了脾气,他喃喃地说:"你什么也不愿给我,你知道我一直在等待着你,而你一直在找各种各样的借口……"

"我没有!"她叫道,她不禁跺着脚,向前倾着身子,在源的脸上迅速地狠狠打了一巴掌,好像他真是个淘气的孩子。"你知道我一直有多忙——他所说的那个女人是谁?这是你在家的最后一个晚上了——我已计划好……哦,我恨你!"

她突然大哭起来,并迅速地跑开了。源痛苦地站着,除了听懂了梅琳说的她恨他之外,对别的一切都不明白。源的假期就这样可悲地结束了。

第二天,源独自一人回北方的工作地去,因为孟的假期短些,他已先走了。冬末的冷雨下了起来。在这阴沉的日子里,火车向前奔驰着,雨水不断地从列车车窗的玻璃上流下来,所以他几乎看不到积水的田野。每个城镇的街上都流淌着脏水,车站空空荡荡,只有几个索索发抖的人,他们因为要干活而不得不待在那儿。源想起他没有再见到梅琳,因为他在清晨就离开了,她也没在那儿跟他道别。源心里想,这真是他一生中最最沉闷忧郁的时刻……

源终于看厌了雨,在令人心神不宁的愁闷中,源从包中拿出那天晚上盛送给他的那本诗集,那诗集他还没有读过。他开始漫不经心地翻动那厚厚的象牙色的书页,每一页上都印着清晰的、黑色的句或词,一小组故弄玄虚的短语,乍一看十分优雅精致。直到他对这些诗产生了好奇心,他忘掉了烦恼,更加仔细地读起这本书来。这时他才发现,盛写的这些小诗只是些空洞的形式。它们只是些玲珑剔透、言之无物的形式,其中的一切都精巧而空洞,虽然它们在诗的格律和音韵上如此完美流畅,以至于源一开始几乎忽略了它们内容的贫乏。直到源了解了这种形式之后,他才发现它们实在是言之无物。

他合起了烫银的装帧精美的书,将它放下了。车窗外,村庄一个接一个掠过,阴沉地瑟缩在冬雨里。人们在门口忧郁地望着那冬雨,雨敲打着他们头上的茅草屋顶。阳光灿烂的时候,这些人可以像动物一样生活在户外,快活而健壮,但淫雨将他们赶进陋屋,逼得他们在争吵和寒冷带来的痛苦中几乎发疯。现在他们向门外望去,憎恨下了这么多雨的老天……

盛的那些诗里是美味佳肴,是照在一个死去的女人金发上的月光,是公园里凝结成冰的泉水,是明镜一般的绿海上的仙岛,狭窄,躺在白色的沙滩之间……

源看到了那些阴郁的野兽般的脸,他心如乱麻地想:"至于我,我什么也写不出。我能看出盛写的东西非常精致,一目了然。但如果要我写盛写的那些东西,不知为什么,我就会想起这些凄苦的脸、这些陋屋和所有这些水深火热的生活。而盛对这些却一无所知,也永远不会知道。可是我也不能写这样的生活。我不知为什么我是这样烦恼,同时又这样沉默。"

他开始沉思。他想,一个不能使全身心都生活在同一个地方的人也许什么也创造不出来。他回忆起家族聚会那天他想到自己处于新旧之间的事。然后,他苦笑了一下,想起他曾多么愚蠢,竟以为自己并不孤独。他是孤独的。

他的旅程结束的时候,雨仍在下。他下了停在烟雨与黄昏中的火车。古老的城墙在雨中屹立着,威严、黝黑、高大。他叫了一辆黄包车,爬了进去,凄冷孤单地坐着。那车夫拉着车在泥泞的街上走。有一次车夫绊倒了,跌在地上,他爬起来站稳,歇了一会儿喘口气,从水淋淋的脸上撸下一把雨水。源从车上看出去,见那些丑陋的棚子仍然依附着城墙。雨水已淹进了棚子,里面那些可怜无助的人正坐在水中,默默地等待着老天的变化。

新的一年就这样开始了,源原以为这将是他最美好、最幸福的一年。但相反,灾难成了这新的一年的开端。淫雨使春天姗姗来迟,使人不堪忍受,虽然庙里的和尚祈祷了许多次,但他们的祈祷和供奉都毫无结果,新的灾难依然出现,因为这种迷信激起了根本不信神、只信奉英雄的年轻的统治者的愤怒。他们下令关闭这些地区的寺庙,毫不留情地派士兵进驻,将和尚赶到最差的斗室里去。这反过来又激怒了农民。当这些和尚化缘时,农民们会由于这样或那样的理由对和尚大发雷霆,但现在他们又害怕神会再次发脾气。他们说,这些该死的淫雨无疑是这些新的统治者引起的,因此这一次他们联合了和尚一起反对年轻的统治者。

雨下了一个月仍未停,大河开始涨水,水流进了一些小河和运河里,各处的人都开始看到那古已有之的洪水滚滚而来。如果有洪水,那么接踵而至的便是饥荒。人们本已相信新时代将会把他们带进新天地，可现在他们发现事实并不如此。老天还是那样漫不经心、不负责任，无论是洪水还是干旱，大地都会颗粒无收。人们开始抱怨新的统治者是冒牌货，并不比旧统治者好。新时代的统治者的诺言曾一度平息了人们以往的那种不满，现在却又是怨声载道了。

源发现自己又被分成了两半。孟这些天来被雨困在狭小的兵营里，不能像往常那样以训练士兵的方式来消耗他作为年轻人的那种旺盛的精力。他常常到源的房间里来，对源所说的一切都要争论不休。孟咒骂淫雨，咒骂他的司令，咒骂那些新领导。他每天都叨咕说，这些人变得越来越自私，根本不顾人民的死活。孟有时未免失之偏颇，有一天，源忍不住很温和地对他说："下了这么久的雨，我们很难责怪他们，即使发了洪水，我们也不能怪他们。"

但孟粗暴地喊道："我要怪他们，不管怎么说，他们不是真正的革命者！"然后他压低了声音，不安地说："源，我要告诉你一件别人不知道的事。我告诉你，是因为你虽然勇气不够，也没有明确地加入某项事业，但却有着自己的生活方式，忠诚、老实、始终如一。听我说，如果有朝一日我离开了这儿，你也不要惊奇！告诉我的父母不必害怕。事实是，在革命中，现在又有一种力量成长起来——它更好，更真实，源，这是一场新的革命！我和四个同伴决定去投奔那支革命队伍。我们将带着我们忠实的部下西行，革命力量正在那儿形成。已有数千年轻优秀的热血青年秘密地参加了这场革命。我将有机会与那个一向压得我抬不起头的老司令斗一斗了。"孟站了一会儿，怒目而视，然后他阴沉的脸豁然开朗起来，但也不过是像他平常一样开朗，因为他的脸不管怎么说总是阴沉的。他深思熟虑但却更加平静地说："真正的革命，源，是为了人民的利益。我们将夺取国家政权，为了普通人民的利益掌握政权，世上将不再有穷人或富人……"

孟滔滔不绝地慷慨陈词，源带着几分伤感，沉默地听他说着。源心情沉重地想，他这一生在许多地方听到过这样的话，但如今世界上依然有穷人，也依然有这样的豪言壮语。他想起甚至在富裕的外国也有穷人。是的，世上永远有穷人。源听任孟尽情地说着，最后孟终于走了。源走到窗前，在窗口伫立了一会儿，看在雨中吃力地行走着的三三两两的行人。他看见孟出了门，正从街上大步走过，即使是在雨中，孟也是这样昂首向前。但是他是街上唯一骄傲的人，因为街上绝大多数都是些淋得精湿的黄包车夫，他们正挣扎着走过滑溜溜的石子路……忽然间，源又想起梅琳还没有写信给他，他不能全然忘却这件事。他也没写信给她，因为他想："如果她这么恨我，写信也没用。"由于源想起了这件事，这一天就变得十分黯淡了。

只有工作依然如旧。他本该将全部精力投入工作，但即使在学校里，这一年对他来说也十分不利，对时局的不满已蔓延到了学校里，学生们就有关他们的法令争论不休。他们已充分意识到青春所赋予他们的权利。他们与统治者和老师发生争执，拒绝上学，不去学校。因此，当源进入那四面透风的教室时，教室里常常空荡荡的，没有人听他讲课。他必须重新回到住所，坐下来读那些他已读过的旧书，因为他不敢花钱买新书。他始终不渝地将他收入的一半寄给他的伯父还债。在这些漫漫的长夜里，要还清这笔债对他来说就像他曾对梅琳怀有的梦想一样毫无指望。

他一连七天都到学校去，但发现教室里始终空无一人。在百无聊赖中，他有点心灰意懒，一天他蹚过泥浆，穿过滴滴答答的雨，来到先前他播种外国麦子的地方。甚至在这儿也没有收获的希望，不知是由于外国种不适应长期下雨，还是由于板结，黑黏土排水不畅，麦根受不了，这些外国麦子在泥泞的黏土中开始腐烂了。这些麦子起先曾迅速地发芽并长高，每棵小苗都生机勃勃、欣欣向荣。但这片土地和天空对它们来说都是陌生的，它们没能自然地深深扎下根去，因此它们腐烂了，被糟蹋了。

当源站着，悲伤地注视着这破灭的希望时，一个农民看见了他，并不顾滂沱大雨跑了出来，幸灾乐祸地喊道："你终于发现外国麦子不行了吧！它蹿得快，长得又高又肥，但它没有后劲！当时我就说，用这种又大又白的种子真是违背天意。瞧我的麦子，泥土虽然太湿，但它却不死！"

源默默地看着。确实，在邻近的田里，那矮小硬朗的麦子稳稳地在泥浆中站着，发育不良，低矮瘦小，但没有死……源无言以对。他受不了那人粗俗的脸和快活而愚昧的笑声。刹那间，他明白了为什么孟打了那个黄包车夫。但源永远也不会动手打人。他只是默默地转过身，径自走他的路。

在这个沉郁的春天里，何处是他绝望的尽头，源自己也不知道。那天晚上他躺在床上抽泣，心中闷闷不乐，他的难过绝不是仅仅出于一种原因。他哭，是因为他对时世如此艰难感到悲伤。

穷人依然一贫如洗,这座新城至今没有竣工,它在雨中显得那样单调乏味,阴郁沉闷;地里的麦子全烂了;革命力量已经削弱,新的战争迫在眉睫;他的工作也被学生们的闹事所耽搁。那天晚上,源觉得没有一件事是在理的,但这一切中最大的烦恼是四十天来梅琳没有写来一封信,她最后说的话至今在他耳边萦绕,就像她当时说的时候那样清晰。自从她哭着说"哦,我恨你!"之后,他再没有见过她。

有一次,太太倒是写了一封信给他,源异常急切地拿过信,想看看太太是否在信中提到梅琳,但她没有。太太只是谈了爱兰的小儿子的情况,以及她自己是多么快乐。爱兰虽回她丈夫的家了,但将孩子留给了太太照料,因为爱兰认为孩子是累赘。太太不无欣慰地说:"爱兰这么爱她的自由和快乐,我几乎都高兴不过来了,因为这使她把这个孩子留给了我。我知道她这样做有点不对……但我整天坐着,把那个孩子抱在手中。"

源躺在黑暗寂寞的房间里,想着这封信,心里又增加了一点淡淡的哀愁。新生的小男孩仿佛已占据了太太的整颗心,她不再需要源了。在一阵自我怜悯中,源想:"似乎哪儿也不需要我!"最后他流着泪睡了。

不久,民怨到处沸腾蔓延,情况比源所了解的要厉害得多,在这座新城里,他的寂寞生活限制了他的视野。他尽心尽职地每月给他父亲写信,每隔一个月王虎也回他一次信。但源没有再回家去看父亲,部分是因为源希望工作稳定,在这动荡的时世中没有多少稳固不变的东西,还有部分是因为在短短的假期中,他最渴望的事是见到梅琳。

他也不能从王虎的信中清楚地觉察到时世的变迁，因为那老人总是不知不觉地一遍遍老调重弹。他总是气壮如牛地写着他计划怎样在春天发动一次大规模的袭击，打击周围一带的土匪头子，因为那个土匪已变得有点胆大妄为了，可他王虎发誓，要带领他忠实的部下，为了所有的好人将土匪打败。

源读着这些，几乎不再将它们当真。现在听到父亲的大话，源不再生气了，如果他有什么反应，也只是伤感地笑一笑，因为这种大话曾是一种威慑他的力量，现在他已明白这只是一些空话。有时他想："父亲真的老了，我夏天必须回去看他，看看他过得怎么样。"有一次他忧伤地想："这次假期我就该去看他的，这对我有好处。"他叹了口气，陷入了沉思，盘算着按他现在还债的速率，到夏天时他能还掉多少。他希望工资不要一直像这多事之秋中的情况一样，老是推迟发放或干脆不发。现在的时世是既不新又不旧，却还动荡不安。

因此，王虎的信中没有任何暗示，能使源为即将降临的灾祸做好准备。

一天，源刚刚起床，在他的小炉子旁边洗脸。每天早晨，他都要自己生炉子以防寒防潮。这时响起了敲门声，敲门人怯怯的，但很固执。源喊道："进来！"进来的不速之客是源怎么也意料不到的。那是源乡下的堂兄，他的伯父王掌柜的大儿子。

源立刻看出有什么不幸降临到这个疲惫的瘦小的人身上了，他皮肉松弛的黄色脖子上青紫斑斑，那张干枯的瘦脸上有深紫色的血痕，他的右手少了一根手指，一块肮脏的浸透血渍的破布包扎着那根指根。

源看到了所有这些暴力留下的痕迹,他默默地站着,惊讶得不知说什么或想什么才好。那个瘦小的人看到源就哭了,但他压抑着哭声,只是无声地抽泣着。源看出他有件可怕的事要告诉他,因此他迅速穿上衣服,让他的堂兄坐下,同时在一只罐子里取了点茶叶,从小炉子上取下水壶给他泡茶,然后源说:"快告诉我发生了什么。我看得出这是件非常可怕的事。"源等着他的堂兄开口。

堂兄缓过气来,以很低的声音开始叙说,他不时朝房门那边张望,见没有动静才放心。他说:"九天前的那个晚上,土匪袭击了我们的城镇。这都是因为你父亲。他到我父亲家里来住了一段时间,等着过阴历年。他不愿像老人应该做的那样安分守己。我们再三恳求他不要多嘴,但他偏要到处吹牛,说他已计划好等春天一来就与那土匪头子开战,他将像以前一样打败那个人。我们在附近有许多仇敌,因为佃户们总是恨地主,肯定是那些佃户不知怎么告诉了那些土匪,煽动他们来打我们。于是土匪头子勃然大怒,派出人马到处轻蔑地扬言,说他不怕老掉了牙的王虎,而且他不愿等到春天,现在就打算同王虎和他的一家决一雌雄。即使是这样,堂弟,我们本可以使他按兵不动,因为听到他的话之后,我和父亲连忙给这个土匪头子送去了大笔的钱,还有二十头牛和五十只羊,让他的兵把这些牲口杀了吃。就这样,我们由于你父亲侮辱了他而向他赔罪,恳求他不必介意一个老人的话。所以我说,要不是因为我们镇上平地起了一场风波,这件事本来是可以平息的。"

说到这里，堂兄停住不讲了，他一阵颤抖。源稳住他，说："不要急，喝点热茶，不必害怕。我将尽力帮助你们。请你尽量说下去。"

堂兄终于又能压抑着颤抖，继续说下去了。他的声音依然紧张尖细，几乎像是耳语："唉，新时代的这些麻烦事我都不懂。现在我们镇上有所新的革命学校，所有的年轻人都到那儿去上学。他们唱歌，将他们的新神像挂在墙上，在新神像面前敬礼。他们恨那些旧有的神祇。噢，如果就这些倒也没什么，只是他们煽动一个人，就是那个驼背，他是我们的堂兄，你肯定没有见过他吧？"堂兄又停了下来，提出了他的疑问。源心情沉重地说："我很久以前见过他一次。"源想起了那个驼背的小伙子，父亲曾告诉他那驼背有颗战士的心，因为王虎有一次经过土屋时，驼背想要他的枪。那孩子拿起那枪，仔细地察看每一部件，对它爱不释手，好像那枪是他自己的一样。王虎总是打趣地说："若不是因为他背驼，我就会向我的兄弟要他做儿子。"源想起了那驼背，他点点头说："讲下去，讲下去！"

于是那个瘦小的人又接着往下讲，他高声说："我们的这个和尚堂兄也被这阵疯狂冲昏了头。听说在最近两年里，自从他那个住在附近的尼姑庵里的养母久咳不治之后，他就变得一反常态，开始不安分了。他养母活着的时候，常常替他缝袍子，有时带给他一些她自己做的没有荤油的甜食，那时他安安静静地过着日子。她一死去，他在庙里就开始离经叛道，终于有一天，他从庙中逃了出来，参加了一个新的集团。我不知它属于什么性质，只知道他们煽动农民为自己抢夺土地。唉，这帮人与原来的土匪结成一伙,把城乡搞得一片混乱,这种局面我们还从未见过。他们说的话那么不堪入耳,我都说不出口。他们六亲不认,杀人先杀自己的一家。今年,百年不遇的大雨下个不停,人们知道肯定要发大水,接着便是饥荒。混乱腐朽的新时代使得人们愈来愈胆大妄为,他们已顾不上什么礼仪道德了……"

他将故事拉得这么长,并且又开始发起抖来。源简直受不了,他开始不耐烦起来,催促堂兄继续讲下去,说:"是的,是的,这我知道,我们这里也同样下雨,但请你告诉我究竟发生了什么?"

那个瘦小的人表情严肃地说:"这些新老土匪和农民联合起来了,他们来到我们镇上,将它洗劫一空。我父亲、我的兄弟、我们的女人和孩子只带着能藏在身上的一点东西逃走了。我们向我大哥的家里逃,他因你的父亲而统治着另一座城市,但你父亲不愿逃。他不逃,而且还像个老傻瓜一样说大话。其实他能做的,充其量也只是跑到了我们祖父留下的那片田地上的土屋里——"

那人又停顿了一下,并更剧烈地颤抖起来,他上气不接下气地说:"可他们——那土匪头子和他的人马,很快就追到了那儿。他们捉住了你父亲,捆住他的拇指,再将他吊在土屋里中堂的梁上。他们把他的财物抢得一干二净,特别是把他最喜爱的那把剑拿走了。他们一个兵也没给他留下,除了那个豁嘴老仆人,他藏在一口井里,保住了自己一条命。我听说了,想悄悄地去帮他。但他们又回来了,抓住了我,把我的指头斩了。我没有告诉他们我是谁,要不然他们会杀了我。他们以为我是个仆人,对我说:

359

'去告诉他儿子,他吊在这儿!'因此我就来了。"

源的堂兄十分伤心地哭起来,并急忙松开手指上血迹斑斑的破布,将碎裂的骨头和模糊的血肉给源看,指根在源眼前又开始流血。

现在源真的控制不住自己了,他坐下来,捧住头,想尽快地决定他该怎么办。首先,他必须到父亲那儿去。但如果父亲已经死了——噢,他一定还有点希望,既然那个忠实的老仆人还在那儿。"土匪们走了吗?"源突然抬起他的头问。

"是的,他们得到一切之后便走了,"那人答道,然后他又抽泣起来,说,"但那座大房子——那座大房子,它被洗劫一空,被烧光了!这是佃户们干的,他们帮了那些土匪的忙。这些佃户,他们本该联合起来帮助我们。他们夺走了一切——我们祖父传下的好房子,现在他们扬言还要夺回土地,要分土地。我这是听说的,可谁敢去弄明白这究竟是怎么一回事呢?"

听到这些,源受到的打击比他父亲遭受的痛苦还要大。现在,如果他们已丧失了全部土地,他本人和他的家真的会遭到抢劫。他缓缓地站起来,对发生的一切感到惶惑不安。

"我将立刻动身到父亲那儿去。"源说,考虑片刻之后,他又说,"至于你,你现在到那座沿海的大城市去,找到那座房子,地址我会替你写下来,你到那儿找我父亲的太太,告诉她我先走了,如果她愿意,就让她到她的老爷那儿去。"

源就这么决定了。那人吃了饭上路之后,源在当天就出发到父亲那儿去了。

在火车上的两天两夜里,这飞来之祸仿佛是某本古老的书上的一个恐怖故事。源心里想,在这个新时代,发生这种古老而可怕的事简直不可思议。他想起那座井然有序、和平安宁的海滨大城市,盛在那儿优哉游哉地度着快乐的光阴,爱兰则高枕无忧,大大咧咧地活着,总在妩媚地笑,全然天真无知——是的,她就像居住在千里之外的那个白人女子一样,对这类事一无所知。他深深地叹了口气,朝窗外望出去。

在离开这座新城之前,他去找过孟。他把孟拉到一个茶馆的角落里,告诉他发生了什么事。源这样做,是因为他心中存有一点微弱的希望,希望孟会为了家族的缘故愤怒起来,嚷着他也要去,去帮助他的堂兄。

但孟不动声色。他静听着,扬起了黑眉,争辩道:"我猜想,也许事实上是我的伯父们压迫了这些人。好了,让他们去受罪吧。我没有参与他们的罪恶,也不愿分担他们的苦难。"他接着说:"你真蠢,依我看,为什么你一定要去,为了一个可能已经死了的老头子冒生命的危险呢?你父亲究竟为你做过什么呢?我对他们中的任何一个人都毫不关心。"然后他看着源,源坐在那儿,在这飞来横祸的打击之下默默无语、垂头丧气地沉思着。孟倒也并不完全是铁石心肠,他弯下身子,将自己的手放在源搁在桌上的手上,压低嗓音说:"跟我走,源!你以前曾跟我走过,但没有全心全意。现在真正地加入我们的行列吧,为了我们新的崇高事业。这一次是真正的革命!"

可是源虽没有挪开自己的手,却摇了摇头。见此情景,孟便突然将自己的手拿开了,站起来说:"那么,这就是告别了。当你回来时,我已经走了。可能这一别便是永诀……"坐在火车上时,源想起了孟的形象。孟穿着那身军装,显得高大、英武而鲁莽,在他说完那些话后,他就迅速地走了。

整个下午,火车都在铁轨上摇晃。源唉声叹气地看着周围。周围是那些仿佛在任何火车上都一样的旅客:裹着绸缎和裘皮的胖商人,士兵,学生,带着啼哭的孩子的母亲。但在过道的另一边,对着源的座位,坐着两个年轻人,是弟兄两个,看得出他们刚从国外归来。他们的衣服是崭新的,款式是国外最新的流行式样:宽松的短裤、色彩鲜艳的长袜和黄色皮鞋,上身是针织厚毛衣,胸前绣着西洋字母,他们的新皮包闪闪发亮。他们无拘无束地笑着,用外语流畅自如地交谈。他们中有一人有只鲁特琴,他漫不经心地弹着,有时他们一起唱唱外国歌。车上所有的人都惊奇地听着他们发出的喧闹声。他们所说的一切源都懂,但他没有露出一点听懂的迹象。因为他筋疲力尽,心灰意懒,没有心思参加任何谈话。有一次,火车停下来时,他听到那弟兄俩中的一个对另一个说:"工厂越快开张越好,那时我们就可以使这些不幸的家伙有工作做了。"还有一次,源又听到另一个责骂那个服务员,也是因为他挂在脖子上用来擦碗的那条又脏又黑的抹布。当坐在源旁边的一个商人咳嗽并朝地板上吐痰时,那弟兄俩都对他怒目而视。

源看到了这些事,也非常理解这些事,因为他也曾经有过同样的感觉,说过同样的话。可是现在,他看着那肥胖的男人咳了又咳,终于将痰吐在地上,他漠然地由那人去了。现在他看到这种事再也不感到羞愧或愤怒,只是听之任之。是的,虽然他自己不会这样做，但会听任其他人随心所欲地去做。他可以看到那个服务员的黑抹布而不再大声指责，他至少已经可以默默忍受车站上小贩的肮脏了。他已麻木不仁，但不知自己为什么会变成这样，这看来好像是因为已没有希望去改变这芸芸众生了。然而他知道，他既不会像盛只是为了自己的快乐而活着，也不会像孟一样忘掉对父亲的责任。毫无疑问，如果他能够新得彻底，对一切都满不在乎，像盛和孟一样我行我素，对一切不愿见到的事视而不见，也感觉不到烦恼之事的羁绊，这样对他也许倒更好。然而他仍然是他自己，他父亲仍然是他父亲。他不能抛开对那个老人的责任。那个老人曾是他自己的过去，而且现在依然在某种程度上是他的一部分。因此，他耐心地继续他漫长的旅程，直到终点。

火车终于在土屋附近的镇上停了下来。源下了车，快步穿过小镇。虽然他逗留时没看到什么，但仍能觉察出这是不久之前被土匪们占领过的地方。人们默不作声，心惊胆战。到处是被烧毁的房屋，直到现在，那些逃走的房屋主人才敢回来，正在那儿懊丧地察看。但源径直穿过主街，也没有停下来看那座大房子。他走出了镇子另一边的城门，转弯穿过田野，向他记忆中的村庄走去。就这样，他又来到了那间土屋。

他又一次弯着腰走进中间的堂屋，他看到墙上他年轻时写的诗句依然如故，但他无暇停留下来品味它们现在在他心中引起的感觉。他喊了一声，两个人应声而出。一个是老佃户，他满面皱纹，牙齿脱落，他的妻子已经去世，他孤单寂寞，就像风中的残

363

烛。另一个是父亲的老忠仆。这两人一见源就叫了起来,那老忠仆一言不发地抓住源的手,甚至都没有像对少爷那样对他鞠躬,他急急忙忙地将源领到他以前的卧室,王虎正躺在那儿的床上。

王虎躺在那儿很久了,他僵直、安静,但一息尚存,因为他的眼睛正一动不动地凝望着一处,口中不断地喃喃自语。看到源时,王虎一点也不感到惊讶,他像个可怜的孩子一样,伸出他苍老的双手,只是说:"看我的两只手!"源看着那两只苍老的皮开肉绽的手,痛苦地叫出声来:"哦,我可怜的父亲!"这时那个老人好像才第一次感到了疼痛,浑浊的泪水涌进了他的眼眶,他呜咽了一阵,说:"他们打伤了我……"源安慰着他,轻轻地抚摸着他肿胀的大拇指,一遍又一遍地说:"我知道是他们干的,我确信是他们干的……"

源开始默默地流泪,那老人也一样,父子俩在一起哭着。

除了哭泣,源还能够做什么呢?他看出王虎已奄奄一息。王虎的肤色苍白蜡黄,令人害怕,哭泣时已上气不接下气。源心里害怕,恳求他安静下来,同时也强迫自己不再哭。王虎还有一件伤心事要告诉源,他哭着对源说:"他们把我的剑拿走了……"他的嘴唇又颤抖起来,并想按老习惯将手捂住嘴,但他一动手就疼,于是只好让手搁在床上,抬头看着源。

源一生中对父亲从来也没有像现在这样温柔。他忘却了所有逝去的岁月,好像父亲总是像现在这样有颗单纯童稚的心。源一遍遍地安慰父亲,说:"父亲,无论如何我会将它取回来,我要送一笔钱去把它赎回来。"

源明知他做不到这一点,但他不知明天父亲是否还能活着去想他的剑,所以他许诺一切以安慰这个老人。

可除了安慰他还能做什么呢?老人稍稍感到了一丝欣慰,终于睡着了,源在他身旁坐着。那个老忠仆送来了一点食物,他蹑手蹑脚地进进出出,生怕惊扰了他病痛中的主人不踏实的睡梦。源默默无语地坐在那儿,他的老父亲睡着时他就这么坐着,终于,他将头伏在身旁的桌子上,也睡着了。

夜晚快要降临时,源醒了,他的每根骨头都又酸又痛,必须起来了。他站起身来,悄无声息地走进另一间房间,那个老忠仆正在这间房里,他哭着向源复述了一遍源已知道的事。说完之后,老人又加上一句:"我们必须设法离开这土屋,因为附近的佃户对你们恨之入骨。如果他们知道我的老主人是这样无依无靠,他们会突袭我们。小将军,如果你不回来,我敢肯定他们会来的。看到你来了,又那么年轻力壮,他们可能会暂时推迟行动。"

这时那老佃户插了进来,他看着源,犹豫不决地说:"少爷,我希望你不要穿西装,因为现在乡下人对新派的年轻人恨得要死。那些新的统治者曾许下诺言,说一切都会好转,但今年大雨却下个不停,肯定要发大水。如果乡下人发现你穿的西装跟那些人穿的一样——"他忽然停下话来走开了,过了一会儿,他拿着他最好的蓝布袍子回来了,袍子只补过一两次,他劝说源道:"少爷,为了救救我们,穿上这衣服吧,我还有些鞋,穿上后人们看到你就——"

源穿上袍子,如果这样会更安全的话,他倒也心甘情愿。他知道受伤的王虎现在不能转移到任何别的地方去,他一定会在他

365

倒下的地方死去。源虽然嘴上不这么说，心里却这么想，因为他知道那老忠仆永远也不能忍受"死"这个字。

源在父亲的身边守候了两天，王虎依然活着。源守着父亲时，心里总在猜测，不知太太是否会来。也许她不会来，因为她有个极为钟爱的孩子需要照顾。

可是她来了。第二天傍晚，源正坐在父亲旁边。现在除了别人强迫他吃点东西或活动活动身子外，王虎就一直躺在床上，好像在继续他的睡梦。他苍白的脸变得更加毫无血色。一股轻微的臭味从他中了毒的垂死的肉体上冒出来，混入室内的空气中。室外早春已经临近，但源一次也没有迈出门去看看蓝天和大地。他相信那两个老人说的话，人们恨他，他现在不能出门去激起这种仇恨，为了王虎，为了使他能平静地在这间老屋里瞑目。

他坐在床边，思绪万千。他想得最多的是，他的生活是多么不可思议和扑朔迷离，他的生活中不知为什么总没有一种已知的希望让他可以寄托。这些年长者，当他们生活在他们的时代中时，他们的头脑清楚而简单——金钱、战争、欢乐——他们认为这些东西是美好的，值得人们为之追求终生。有些人将一切奉献给神，如他的大伯母，以及海外的那对老夫妇。任何地方的老人都一样，像孩童一样单纯，对一切都懵懵懂懂。可那些年轻人——他的同类——是多么迷惘，因为那些古旧的神灵和财富几乎已不再使他们满意！有一刻他想起玛丽，不知她现在生活得怎样——也许像他一样，至今没有清晰而伟大的目标。在他所知的一切之中，只有梅琳胸有成竹地去做她知道她想做的事情，如果他能跟梅琳结婚……

他正这样徒然地默想着,忽然听见了什么人的嗓音。是太太的声音!她来了!源迅速地站起来走出门去,因为听到她的声音而欣喜万分。他不知道他是多么希望她能来。太太在那儿——在她身边,与她在一起的是梅琳!

源从未敢这样想过或盼望过,因此他惊讶万分,只能看着梅琳,结结巴巴地说:"我想……谁带着孩子呢?"

梅琳平静地、很有把握地说:"我告诉爱兰这次她必须来照看孩子,也是凑巧,她丈夫常常去看某个女人,为此爱兰跟他大吵了一场,所以回家几天对她正合适。你父亲在哪儿?"

"我们马上去看他。"太太说,"源,我把梅琳带来,是考虑到她会以她的医术诊断他的伤势。"源立即将她们领进屋去。然后他们三人一齐站在了王虎的床边。

不知是由于谈话声,还是由于王虎难得听到女人的声音,或是由于其他什么原因,王虎从昏睡中暂时醒了过来。看到他沉重的眼皮睁开了,太太温存地说:"老爷,你还记得我吗?"王虎说:"啊,记得……"然后又昏睡过去,因此他们无法确定他说的是不是真话。但他很快又睁开眼睛,这一次他凝视着梅琳,像在梦中似的说:"我的女儿……"

这时,源本想告诉他梅琳是谁,但梅琳阻止了他,她怜悯地说:"让他喊我'女儿'吧。他已奄奄一息了。不要惊扰他。"

当父亲的目光又转向源时,源保持着沉默。虽然他明白父亲并不清楚自己说了什么,但听父亲这样称呼梅琳,他心中感到甜滋滋的。他们三人站着,以某种方式形成了一体,静静地守候

367

着,但王虎却沉入更深的昏睡。

那天晚上,源、太太和梅琳一起商议应该怎么办。梅琳心情沉重地说:"如果我的判断不错,他挨不过今晚。这三天他能活下来真是奇迹,他有颗结实健壮但苍老的心,可是它并不结实得足以承受他所必须忍受的一切痛苦,并不强壮得足以接受自己已被打败这个事实。此外,他受伤的手上的毒已进入血液,手已开始发炎,我替他洗手包扎时注意到了。"

当王虎昏昏沉沉地濒临死亡时,梅琳以娴熟的医术清洗他那血肉模糊的创口,并替他止痛。源谦卑地站在旁边看着她。当他看着梅琳时,他始终在问自己,这个温和柔顺的女孩与那个高喊她恨他的怒气冲冲的女人是不是同一个人。她在这粗陋破旧的屋子里到处走动,就像她一直都住在里面一样自然。在它的贫陋之中,她不知怎么竟能找到一些她服侍病人所需要的东西,这些东西源永远也不会想到会是有用的——稻草被她用来织成席子,垫在垂死的老人身下,使他能比在木板上躺得更舒服些;她从干涸的小水池边找到一块砖头,将它在灶里烤热,然后放在老人正在渐渐冷却的脚边;她细心地煮了小米粥喂那个老人吃。虽然老人一直不开口,但不像先前呻吟得那么厉害了。源一边责怪自己没有亲自做这些事,同时也谦卑地知道自己不会做这些事。她狭长而有力的手指能非常轻柔地操作,她似乎并没有移动老人那苍老枯瘦的大骨架,但却使他舒适了。

梅琳说话时,源听着,并相信她所说的一切。老忠仆说,后事一料理完,他们就必须马上离开,因为那些不怀好意的人在周围越聚越多。他们筹划着该怎样安排一切,太太听着他们各人的意见。那老佃户压低声音窃窃地说:"这是真的,今天我出去走了走,听到各处都流传着一种谣言,说少爷这次回来是来要地的。你们最好还是走吧,等这阵倒霉风头刮过去再回来。我和老豁嘴将留在这儿,我们假装赞同他们,但暗中依然为你们做事。少爷,破除土地法真是罪过,如果我们用这样无法无天的手段夺取土地,神不会宽恕我们,土地爷也不会宽恕我们,他们知道谁是合法的主人……"

一切都计划好之后,老佃户到镇上去买了一口普通的薄皮棺材,在夜深人静的时候将它偷偷运了回来。那老忠仆看见这棺材时轻轻地哭了,因为这种棺材是任何一个普通的人死去时都会用的棺材,而他的主人不得不躺在里面。他抓住源,恳求说:"答应我,你将来一定要回来,把他的骨头重新挖出来,像本来应该的那样,将他葬在一口双层的棺材里——他是我所见过的最最勇敢的人,他永远那么善良!"

源答应了他的要求,但心中却有些怀疑,觉得自己也许永远不会实现这一诺言。谁能预料将来会发生什么呢?现在一切都凶吉未卜,甚至连王虎和他的祖辈用来埋葬尸骨的那片土地今后会属于谁都不知道。

正在这时,他们听到有人在喊叫,这是王虎的声音。源奔进房去,梅琳紧跟着他。王虎睁大眼睛望着他们,醒了,他神志清醒地说:"我的剑在哪儿?"

可他并不等着回答。源还没来得及将他的诺言重复一遍,王虎又闭上眼睛睡了,没有再说话。

夜里，源从他坐着守候的那张椅子上站起来，心中惶惶不安。他将手放在父亲的喉咙上，每过一会儿就这样摸摸，感到游丝般的气息依然微弱地进进出出。这的确是颗苍老而结实的心，虽然灵魂已经出窍，可是这颗心仍然跳动不止，也许还要继续这样跳上几个小时。

由于三天来源一直待在这间土屋里，他心中甚是烦躁不安，觉得非出去一会儿不可。他想悄悄地溜出去，到打谷场上去呼吸几分钟凉爽的新鲜空气。

他溜了出去，尽管种种烦恼使他心情沉重，他依然感到户外的空气清新怡人。他眺望着田野，附近的那些田地按理应该是他的，他父亲死后这间土屋也是他的，因为在他祖父死后，这些产业早已分配好了。他想起那个老佃户说的话，想到这块土地上的人已变得冷酷无情。他想起很久以前他们就对他充满恶意，把他看作异乡人，虽然那时他并没有这么强烈地感觉到这一点。如今没有任何东西是可靠的，他感到害怕；在这个新的时代，谁敢说什么东西是属于自己的？除了自己的一双手、一副头脑和一颗爱人之心，世上没有一样东西是属于他自己的——甚至他爱着的那个人，他也不能称作是自己的。

正当他这样想时，他听见有人在轻轻地呼唤他的名字，他抬头一看，见梅琳正站在门口。他迅速地走近她，她对他说："我想他的情况可能更糟了。"

"每次我摸他颈部的脉搏时，都感到它跳得越来越弱。我害怕到天亮时他要不行了。"源说。

"我不睡觉了，"她说，"我们一起守夜吧。"

她这样说时,源的心激烈地跳动起来,对他来说,似乎"一起"这个词从来没有被人这样甜蜜地使用过。可他找不出话说,只是倚在土墙上,而梅琳站在门口,两人忧郁地望着沐浴着月光的田野。那时正临近月半,月亮圆满而清澈。当他们望着这一切时,静默凝聚起来,在他们中间涨得满满的,使他们不堪忍受。源感到自己已强烈地被这个女子所吸引,他柔情脉脉,心醉神驰,觉得必须说些很平常的事,既听到自己的说话声,也听到她的回答,免得他做出傻事,伸出手去抚摸她,而她却恨他。因此,他嗫嚅着说:"我很高兴你来了……你减轻了我父亲这么多痛苦。"她娴静地回答道:"我很高兴能帮助你,是我自己要来的。"她像以往一样平静。源必须将谈话继续下去,于是他将声音压得又低又轻,与夜晚相协调:"你……你害怕住在这样一个孤独寂寞的地方吗?以前我以为自己喜欢它——我的意思是当我还是个小男孩的时候。现在我不知道了。"

她环视四周,看到了那熠熠生辉的田野和小村庄里那些银色的茅草屋顶,若有所思地说:"我想我能在任何地方生活。但对像我们这样的人来说,最好能生活在那座新城市里。我一直在想那座新城,我想去看看它,希望在那儿工作。也许有一天我能在那儿建一座医院,我要将自己的整个生命投入这种新的生活。我们是属于那儿的——我们这一代新人——我们——"

她停住了,自觉有些语无伦次。忽然她轻轻地笑了一下,源听到了这笑声,向她看了一眼。在这一瞥之中,他们俩忘记了他们的处境,忘记了那垂死的老人,忘记了这片土地已不再稳定。除了他们分享的那一瞥,他俩已忘却了一切。然后,源注视着她的眼睛,用耳语般的声音说:"你说过你恨我!"

她有点气喘吁吁地说:"我是恨过你,源,但只是在那一刻……"

她看着他时,嘴唇微张着。他们的目光更深地注视着彼此。源目不转睛地凝视着她,直到看到她小巧的舌头柔软地伸出来,舔了舔张开的嘴唇,他的目光才转向她的嘴唇。蓦地,他觉得自己的嘴唇有点发烧。有一个女人的嘴唇曾吻过他,这使他感到心痛……可是他想吻这个女人的嘴唇!他突然而且明确地渴望这样,他以前从未渴望得到任何东西。除了一定要做这件事之外,他无法再想别的事情。他向前弯下身子,迅速地将自己的嘴唇贴上了她的嘴。

她站得笔直,一动不动地让他亲吻。这是他的血肉之躯,他的同类……最后他终于松开了她。他看着她,她微笑着与他对视。然而,即使是在月光下,他也能看出她双颊通红,眼睛闪闪发亮。

她努力地想做到与平时一样,说:"你穿着棉布长袍变了样了。我还不习惯看你这副打扮。"

源一时答不出话来。他很奇怪,在他们接吻之后,她竟然还能如此镇静地说话,还能站得如此泰然,依然将手背在身后。他有点不安地说:"你不喜欢这打扮吗?我看起来像个农夫——"

"我喜欢。"她简洁地说。然后她若有所思地审视了他一番,说:"很适合你,这比你穿西装看上去更自然。"

"如果你喜欢,"他热切地说,"我将永远穿袍子。"

她摇摇头,微笑着答道:"不要永远,应该有时穿这种,有时穿那种,要看场合,一个人不可能永远是一个模样。"

不知为什么他们又默默无语地对视起来。他们已完全忘记了死亡——对他们来说，死亡已不复存在。但是现在他必须开口说话，要不然他怎能继续忍受这心心相印的对视？

"那……那我刚才做的事，该是一种外国习俗……如果你不喜欢——"源结结巴巴地说，眼睛依然望着她。如果她不喜欢这种事情，他就会请求她原谅，但他又不知她是否明白他指的是那一吻，然而那个字他说不出口，他顿住了，依然注视着她。

她平静地说："并不是所有外国的东西都是坏的！"她突然将视线从他身上转开，低头看着地面，这时，她就像一个老式的姑娘那样羞怯。他看到她的眼睛扑闪了几下，有一刻她好像有一些动摇，几乎要转身走开，重新留下他孤零零一人。

可是她终于没有走。她勇敢地控制住了自己。她舒展肩背，挺直腰板，昂起头，坚定地迎着源的目光，微笑着，期待着。源也这样凝视着她。

他的心跳动得越来越激烈，全身热血沸腾。在这个星夜里，他开怀地笑了。在这一刻之前，他害怕的是什么？

"我们俩，"源说，"我们俩——我们什么都不用怕。"

© 中南博集天卷文化传媒有限公司。本书版权受法律保护。未经权利人许可，任何人不得以任何方式使用本书包括正文、插图、封面、版式等任何部分内容，违者将受到法律制裁。

图书在版编目（CIP）数据

大地三部曲 /（美）赛珍珠著；王逢振等译. ——长沙：湖南文艺出版社，2025.3. —— ISBN 978-7-5726-2169-7

Ⅰ . I712.45

中国国家版本馆 CIP 数据核字第 2024X6B918 号

上架建议：经典·长篇小说

DADI SANBUQU

大地三部曲

著　　者：[美]赛珍珠
译　　者：王逢振 等
出 版 人：陈新文
责任编辑：张子霏
监　　制：吴文娟
策划编辑：姚珊珊　黄　琰
特约编辑：张雪怡
营销编辑：傅　丽
封面设计：利　锐
版式设计：李　洁
出　　版：湖南文艺出版社
　　　　　（长沙市雨花区东二环一段 508 号　邮编：410014）
网　　址：www.hnwy.net
印　　刷：北京中科印刷有限公司
经　　销：新华书店
开　　本：855 mm×1180 mm　1/32
字　　数：755 千字
印　　张：33.75
版　　次：2025 年 3 月第 1 版
印　　次：2025 年 3 月第 1 次印刷
书　　号：ISBN 978-7-5726-2169-7
定　　价：168.00 元

若有质量问题，请致电质量监督电话：010-59096394
团购电话：010-59320018